박경리 朴景利 (1926. 12.

본명은 박금이(朴今伊). 1926년 경남 통영에서 태어났다. 1955년 김동리의 추천을 받아 단편 「계산」으로 등단, 이후 『표류도』(1959), 『김약국의 딸들』(1962), 『시장과 전장』(1964), 『파시』(1964~1965) 등 사회와 현실을 꿰뚫어 보는 비판적 시각이 강한 문제작을 잇달아 발표하면서 문단의 주목을 받았다.

1969년 9월부터 대하소설 『토지』의 집필을 시작했으며 26년 만인 1994년 8월 15일에 완성했다. 『토지』는 한말로부터 식민지 시대를 꿰뚫으며 민족사의 변전을 그리는 한국 문학의 걸작으로, 이 소설을 통해 한국 문학사에 뚜렷한 족적을 남긴 거장으로 우뚝 섰다. 2003년 장편소설 『나비야 청산가자』를 《현대문학》에 연재했으나 건강상의 이유로 중단되며 미완으로 남았다.

그 밖에 산문집 『Q씨에게』 『원주통신』 『만리장성의 나라』 『꿈꾸는 자가 창조한다』 『생명의 아픔』 『일본산고』 등과 시집 『못 떠나는 배』 『도시의 고양이들』 『우리들의 시간』 『버리고 갈 것만 남아서 참 홀가분하다』 등이 있다.

1996년 토지문화재단을 설립해 작가들을 위한 창작실을 운영하며 문학과 예술의 발전을 위해 힘썼다. 현대문학신인상, 한국여류문학상, 월탄문학상, 인촌상, 호암예술상 등을 수상했고 칠레 정부로부터 가브리엘라 미스트랄 문학 기념 메달을 받았다.

2008년 5월 5일 타계했다. 대한민국 정부는 한국 문학에 기여한 공로를 기려 금관문화훈장을 추서했다.

토지

토지

박경리 대하소설

3부 2권

10

다산책방

차례

제2편

어두운 계절

6장 본정통(本町通)에서

회색 가을 코트를 입고 전차에서 내린 명희는 아현동 강선
혜 집을 찾아갔다.

"어서 오셔요. 아씨 계세요."

대문을 여는 동시, 하녀 작은순이가 촐랑거리며 말했다. 오
륙십 간이 넉넉한 큰 집이었으나 도무지 꾸밈새라곤 없어 뵌
다. 물건도 아무 곳에나 쌓인 채 내버려둔 것 같고, 몹시 분주
한 집안 사정이란 인상이다. 강선혜가 혼자 쓰고 있는 사랑도
아니요 별당도 아니요 애매한 모양의 독채, 그 뜰 앞에만은
꽃이 피어도 시들시들할 것만 같은 해당화 한 그루가 게다리
꼴로 앙상한 가지만 남긴 채 서 있었다. 그리고 격에 맞지 않

게 신발장 하나가, 이건 또 턱없이 높아서 웅장한 감마저 주는 화강암 신돌 한곁에 오두머니 놓여 있었다. 방 안에선 아무 기척이 없다.

"언니."

대답이 없다.

"언니, 나 왔수."

"응, 명희니?"

"그렇다니까요."

"어서 들어와라!"

목이 쉰 듯 남자 목소리 비슷하게 그러나 묘하게 육감적이며 탄력이 넘친 음성이다.

"주일인데 어디 안 나가셨수?"

방문을 열고 들어서며 명희는 묻는다.

"아이구 졸려. 어젯밤 소설 좀 읽고 잤더니 말이야."

잠옷 바람으로 부시시 일어나 앉는 강선혜, 덩치가 크다. 좀 비대한 편이며 쌍꺼풀이 굵게 진 화려한 얼굴은 방 두 개를 터서 화려하게 꾸며놓은 방과 잘 어울린다.

"아침을 먹고 또 잤지 뭐냐? 살이 찔려고 이러는지 온, 아무리 자도 잠이 모자란단 말이야. 아 글쎄 장승같이 서 있지 말고 앉아라?"

이불을 벽 쪽으로 밀어붙인다.

선혜는 일본 M여전에 다닐 때 명희보다 일 년 선배였다. 그리고 기숙사에서 삼 년 동안 함께 지낸 사이기도 했다. 나이는 명희보다 세 살 위니까 올해 스물여덟, 덩치가 크고 살결이 희고 눈이 커서, 게다가 사치스런 치장 때문에 어디를 가든 사람들의 눈을 끄는 존재였지만 거듭 봐나가면 결코 미인이라 할 수는 없었다.

"언니."

"왜?"

"오늘 방해된 것 아니우?"

"내가 언제 사람 가리데? 그보다도 너의 오빠 나왔다며?"

"나왔어요, 보름 전에."

"잘됐다. 어쨌든 나왔으니까 말이야."

"한시름은 놨는데,"

"그런데?"

"시집가라고 더글더글 볶아댈 것 아니에요? 언니가 부러워."

"그런 말 하지 마라, 이 애. 생과부보고 무슨 소리 하는 게야."

하다가 선혜는 작은순이를 분주하게 불러댄다.

"이불 개켜놓고 세숫물 떠 와. 빨랑빨랑 하는 거야!"

자신에게도 무슨 변화가 있어야겠다는 생각을 하면서 찾아왔는데 막상 찾아와보니 선혜의 천기 어린 말투가 명희 비위에 거슬린다. 생과부로 자처하는 선혜는 내소박을 한 것이고 일본으로 건너간 것은 결혼에 실패한 후 변덕이 나서 한 짓이지만 용케 삼 년을 치르기는 치른 셈이다. 조선으로 돌아온 선혜는 취직 같은 것은 할 생각도 않고 하는 일 없이 항상 바쁜 세월을 보내고 있었다. 그의 말을 빌리자면 새 발의 피 같은 그깟 월급 받으려고 내 몸을 몽땅 저당잡히겠느냐는 것이다. 그렇게 큰 소리 뻥뻥 치는 것은 돈 걱정을 안 해도 되는 집안 형편 때문이다. 선혜의 부친은 마포 바닥에선 강 아무개 하면 알아주는 사람이다. 마포강에 장배 수십 척을 가지고 있었다. 신분은 보잘 것 없으나 재력으론 꿀릴 것이 없고 또 선혜는 그의 외동딸이었다.

"아씨 세숫물 가져왔어요."

작은순이가 문밖에서 말했다.

"알았다."

하고 밖으로 나간 선혜는 분주하게 세수하는 기척이더니 수건으로 얼굴을 문지르며 들어온다.

"이 애, 명희야!"

"왜 그러우?"

"나 말이야, 놀고 있기도 심심하구 해서 말인데, 깃사텐[喫茶店] 하나 해볼까 하는데 너 생각엔 어때?"

"뭐요?"

"왜 놀라니?"

경대 앞에 앉아 크림을 찍어 바르면서 거울 속으로 명희를 쳐다본다.

"아주 고급으로 한단 말이야. 예술가들이 모이는 집, 얼마나 멋있니? 본정통에다 조촐하게 말이야. 귀엽게 생긴 소녀나 둘 데리고서."

"아버님께서 허락하시겠어요?"

"내가 뭐 처녀냐?"

"그래두요."

"아버진 무식해서 아무것도 모르셔. 내가 좋아서 한다면 하는 거지, 너도 단순히 차나 파는 곳이라 생각하니까 그렇지. 그것도 경영하기에 따라 문화사업도 되는 거야. 외국에선 일찍부터 귀족들이 살롱을 열어놓고 모모한 사람들은 모두 그곳을 드나들며 예술을 논하고 정치를 논하고, 사실 서로의 의견 교환이 없는 사회에 무슨 발전을 기대할 수 있겠니? 기생방을 드나들며 소동파의 시나 읊조리는 것도 사내들의 사교는 사교겠으나 기생방에 숙녀들이 끼어들겠더냐 말이야. 그거나마 이젠 퇴물 아니니?"

"그렇긴 하지만, 취지야 좋지만 말들이 많을 거예요."

"마음대로 하라지. 구데기 무서워 장 못 담그겠니?"

"언닌 용기가 있어서 좋수."

"너라고 없으란 법 있니? 선생질하기 땜에 쪽을 못 쓰는 게야. 아닌 게 아니라 널 보면 속이 터질 때가 있어. 멀쩡하게 생겨가지고 영 얼굴값을 못한단 말이야. 비타민 A가 어떻고 비타민 C가 어떻고, 그래 평생 선생질이나 할 참이야?"

"그럼 어떡허우?"

"시집가야지, 부잣집에."

"오빠한테 실컷 당하고 왔는데 언니도 그러기유?"

"시집 안 갈려면 좀 더 멋진 일을 해보든가. 도시 그 머리 모양부터 마음에 안 든다 이 애. 무슨 놈의 밤낮 한복이니?"

"멋진 일이 있을 리 없지 않우."

"글쎄다아……. 내가 너 같으면 말이야, 음, 내가 너 같으면 양행(洋行)을 하겠어."

"네?"

"안 될 것 없지. 된다구."

"되는 일이면 언니가 하시구려."

화장을 마치고 화장품 케이스를 닫은 선혜는 옷을 갈아입는다.

"나는 공부 더 하고 싶은 생각 별로 없는걸."

"……."

"너는 점수벌레가 돼놔서 영어공부 같은 것 착실히 했잖어? 그리고 넌 예수쟁이니까 미국인 선교사하고 친분이 두텁고 말이야."

"양행 하고 돌아오면 그땐 양여성이라 하겠네요."

"그게 무슨 소리야?"

"신여성, 신여성 그러구들 하니까 말이유."

"못 되어 배 아프지. 이죽거리는 사내들, 그거 다 접근할 용기가 없으니까 그러는 게야. 골샌님들은 여자 시중드는 게 싫구, 하지만 이제는 여자들도 남자들 시중받을 시대라구."

허리가 잘룩해 보이는 은회색 코트를 입고 단발머리에 갈색 모자를 쓴다. 의복은 모두 동경에서도 일류 양장점의 제품이다. 핸드백을 집어 든 선혜는,

"나가자."

"어디루요?"

"좋은 데 안내할게."

"어딘데요."

"이 애가아? 서울 장안이지 어디긴? 가보면 알어. 너도 가만히 보아하니 우울해서 나온 모양이고, 일요일인데 집구석에 처박혀 있는 바보가 어디 있니? 오빠도 나오고 했으니 숨도 좀 돌려얄 거 아니냐."

늘 그랬었지만 따라나서기가 꺼림칙하다. 따라갈까 말까 명희는 망설인다.

"못 갈 곳에 가는 거 아니니 가자꾸나."

결국 명희는 선혜를 따라나섰다. 오가는 행인들이 모두 쳐다본다. 늙은이들은 걸음을 멈추고서 바라본다. 엄격한 눈빛 속에 강한 힐난이 있다. 선혜와 함께 가자면 그런 것쯤 각오해야 했지만 명희는 자신의 걸음걸이가 거북해지는 것을 느낀다. 그러나 선혜는 오불관언이요 시원스런 표정으로 하이힐 소리를 또각또각 내며 걷는다. 동경 은좌(銀座)거리에서도

14

손색이 없던 선혜의 차림이고 보면 신기한 구경거리가 되는 것은 당연하다.

"언니, 나 낯선 곳이면 안 갈래요."

불안해진 명희는 앞서가던 선혜 팔을 잡아끈다.

"조금도 낯설지 않을 테니 마음 놓고 날 따라와. 학생도 아니고 선생님이 왜 이러실까."

뿌리치기 어려운, 묘하게 강인한 것이 그 어조 속에 있다. 만나면 좋지 않다는 생각을 하면서 그러나 갈 곳이 막연할 땐 찾아가게 되고, 따라가면 안 된다 생각은 하면서도 결국 따라가게 된다. 동경에서 같은 기숙사에 있을 때도 그러했다. 좀 관심이 가는 청년이 있으면 서슴없이 그의 하숙을 찾아가곤 했었는데 그럴 때 선혜는 곧잘 명희를 대동하는 것이었다. 물론 끌려가는 데는 그만큼 선혜에게 사람을 끌어들이는 매력이 있다고 봐야 할 것이다.

"제법 쌀쌀하지?"

"이제 곧 겨울인걸요."

"그래, 곧 겨울이야. 지금부터 눈 속에서 꽁꽁 얼어서 같이 죽어줄 사내나 물색해놔야겠다."

"미친 소리 하지 말아요."

"참말 미치기라도 했으면 얼마나 좋겠니."

"안 미쳤으니까 하는 소리죠."

"이 애, 인생은 짧고 예술은 길대더라. 짧은 인생에, 오래

살고 멀쩡하면 뭘 하니?"

"나도 큰일이지만 언니도 큰일이유."

"아암, 너도 나도 큰일이지. 우수수 낙엽은 지고, 낙엽은 몇 잎도 안 남았는데 생과부와 올드미스의 신세가 좀 하겠니? 그래 넌 아직도 애인이 없냐?"

"선생 모가질 날리려고 그러우? 3·1운동 땜에 달랑달랑했던 모가진데,"

"온 세상에, 가엾구나 이 애. 월급 땜에 그런다면 내 월급 줄 테야."

"그럼 난 언니 머리나 빗겨줄까?"

"빗길 머리는 어디 있고오? 내가 만일 처녀라면, 너만큼 생겼다면 벌써 옛날에 백작부인은 됐을 게야. 말짱 헛거라니까. 그런 것 하나 낚아채지도 못하고서 밥통 걱정을 하니까 한심스럽다 그 말 아니겠어?"

"망칙스러워라."

"아직은 그래도 꽥 소리는 하는구먼. 좀 더 두고 보자. 접장 후취자리도 감지야 덕지야 할 테니."

"후취 사태가 났나 부지요."

"뭐?"

"집에서도 후취,"

"으음, 오빠가 기름을 짠 모양이군. 당연한 일이지."

"내 걱정 말구 언니나 가슈."

"이미 볼일 다 보았는데 어찌하여 그런 말씀을 하시나이까. 그대나 늘상 오종종해 있지 말구, 아 글쎄 임명희가 나 같은 생과부가 됐다 봐라, 아마 발등에 눈물 구멍 패일 게야?"

명희는 눈을 흘긴다.

"나 언니가 다 좋은데 그 말투만은 싫어! 남이 들을까 봐 조마조마하단 말이에요."

"열두 폭 치마로 푸욱 감싼다고 감추어지냐? 내 근본이야 뻔한걸. 역관이지만 고관대작들 옆에 맴돌며 예의범절에 밝은 너희네 아버지하곤 다르거든. 실컷 해봐야 악악거리는 것 이외 별수 없다구, 우리 아버지 말이야. 아무아무 판서의 손녀따님, 아무아무 정승의 고명따님, 그렇지, 그들하고 다르지. 일본까지 가서도 문벌 내세우고 태깔 부리는 꼴이 얄미워서 더 그런다, 왜?"

"말씨가 문벌 따라가나요."

"왜놈 땅에서도 문벌 찾더라. 일본 계집애들 귀족이라니까 사족 못 쓰던걸. 이제 다 왔군. 여기가 누구 집인 줄 아니?"

긴 돌담, 밖에서 보아도 어마어마하게 규모가 큰 한옥이다.

"누구 집이에요?"

"조병모 남작."

"뭐라구요?"

"조병모 남작 집이래두."

"그럼 우리가 이 집에 온 거유?"

"그렇다니까."

"난 안 들어갈래요."

"어째서?"

"알지도 못하는 집에 뭣하러 가요?"

"그게 아니겠지. 남작이라니까 친일 거두의 집인가 싶어 그러는 거지? 안 그래?"

선혜는 놀려주듯 웃는다. 덩치가 크고 얼굴도 눈도 다 큼직큼직하여 귀여운 곳이라곤 별로 없었는데 웃는 얼굴만은 퍽 귀엽게 보인다.

"아무렴 우리 명희아씨를 친일파 두목 집으로 안내할까. 이집은 말이야, 친일해서 작위를 받은 게 아니고 왕가와 인척간이어서 받은 작위래. 거절 안 하고 받은 것은 유감이지만 말이야."

"그래도 모르는 집인걸. 난 안 들어갈래요."

"들어가면 아는 얼굴이 있어."

"그래도 싫어요."

"어이구 참, 참말이지 여학교 선생님께서 왜 이러실까? 실은 말이야 너 윤덕화라는 애 알지?"

"왜 모르겠어요? 언니하고 같은 반."

"응 그래. 이 집이 그 애네 외가야. 천안서 며칠 전에 올라왔는데 한번 만나보재나? 편지로 보내왔던걸. 그것도 속달로 말이야. 귀족들 사는 꼴도 볼 겸, 너하고도 생판 모르는 새도 아니고, 우리 동창이 몇 되냐?"

덕화는 일본인 가정에 맡겨져서 통학을 했기 때문에 명희는 얼굴을 익혔고 인사를 나눌 정도였지 선혜처럼 행동을 같이 해본 적은 없었다.

"애기를 못 낳아서 진찰받으려고 서울 왔다던가? 뭐 그런 얘기야."

문을 두드리니 행랑할아범이 달려나왔다.

"덕화 만나러 왔는데요."

선혜는 행랑할아범의 아래위를 훑어보며 거만스럽게 내뱉는다.

"아 예, 예. 들어오십시오."

대문을 활짝 열어준다. 선혜는 큰 덩치하고서는 아주 민첩한 동작으로 들어섰고 명희는 슬며시 문 안으로 몸을 옮겨놓는다. 대문을 도로 닫아 건 행랑할아범이 팔짝팔짝 뛰는 듯한 시늉으로 앞선다.

"아씨는 지금 별채에 계십니다요."

연당을 지나서 키 높이보다 훨씬 큰 철쭉, 새빨간 나뭇잎이 몇 개 남아 있는 철쭉 뒤켠에 유리문이 계속된 한옥 한 채가 있었다.

"아씨."

"왜 그러느냐."

한가롭고 맥빠진 듯한 음성이다.

"손님이 오셨습니다요."

"손님? 누구라더냐?"

"저어,"

"나야!"

선혜가 소리를 팩 지른다. 동시에 유리문이 드르륵 하고 열렸다.

"어머, 선혜! 기다리긴 했어도 이리 일찍 올 줄은 몰랐구나!"

남색 치마에 옥색 반회장저고리를 입은 목이 긴 여자가 환하게 웃는다.

"아니, 이 애는 명희 아니냐?"

"언니, 그간 안녕하셨어요? 오래간만입니다."

"오래간만이야. 그래 결혼했니?"

"결혼은요. 학교에 나가고 있어요."

"그것도 좋지. 결혼해봐도 그저 그래."

덕화는 까르르 웃는다.

"언제까지 이렇게 세워놓을 거야?"

선혜가 덕화의 등을 툭 친다.

"그래그래, 내 있는 곳으로 가자."

하는데 안에서 뭐라고 하는 모양이다.

"잠깐만,"

하고 방 안으로 들어간 덕화의 낮은 목소리가 들려왔다.

"안에 누가 있는가 부지? 남편일까?"

선혜가 귓가에서 소곤거린다. 이럴 때 명희는 난처해진다. 그리고 선혜는 꼭 이럴 때면 무교양한 것을 노출하는 것이다. 남치마 자락이 할랑 하고 먼저 보이더니,

"들어와, 응?"

하며 덕화는 하얀 손을 흔든다.

"누가 귀족 아니랄까 봐서 사람을 이리 세워놓냐?"

선혜가 투덜거리는데 덕화는 꾀꼬리같이 그러나 조금은 맥 빠진 듯한 웃음소리를 낸다.

"아니야. 그런 게 아니구 내 거처방은 따로 있어. 한데 오빠 랑 동생이 나간다구 그래 손님을 이곳에 뫼시라는 거야. 숙녀 들을 환대하는 뜻에서,"

명희와 선혜는 다 같이 코트를 벗고 방으로 들어갔다. 남자 두 사람이 엉거주춤 일어서려는 자세를 취하고 있었다.

"오라버니, M여전의 동창들이에요. 강선혜 씨, 그리고 저기는 임명희 씨."

덕화는 유연하게 손짓을 하며 소개를 한다.

"네. 조용하올시다."

삼십 대로 보이는 조용하(趙容夏)가 예의 바르게 고개를 숙인다. 마르고 살결이 희고 회색 양복을 헐겁게 입었는데 냉담한 느낌을 준다.

"처음 뵙겠습니다."

강선혜도 조금 얼떨떨해한다. 명희는 잠자코 고개를 숙인다. 용하의 시선이 재빠르게 명희 얼굴을 스치고 간다.

"여기는 동생 찬하."

"안녕하세요?"

비로소 자기 위치를 확보한 것처럼 선혜는 인사말을 슬쩍 던진다. 찬하(燦夏)는 형보다 완강하고, 키는 큰 편이 아니지만 균형 잡힌 몸매와 때묻지 않은 젊음, 무표정하게 고개만 숙였지만 수줍음이 남아 있다.

"편히 놀다 가십시오. 그럼 실례합니다."

세련된 동작으로 소파와 탁자 사이를 지나서 조용하가 앞서 나갔고 찬하는 말없이 형을 따라나가는데 목덜미 근처가 불그레한 것같이 보였다.

"악수나 한번 청하려 했는데 덕화 너 체면을 위해 참았다."

선혜는 수박색 천으로 된 소파에 펄쩍 주저앉는다. 몸이 한두 번 튀듯, 자줏빛 스웨터가 한층 얼굴을 환하게 한다.

"내 체면은 또 뭔고? 오빠랑 그 애, 악수는 숙녀 쪽에서, 그 정도의 예의범절은 안다구요."

"그거 참 억울하게 됐네, 그럴 줄 알았으면 귀공자 손 한번 잡아보는 건데 말이야. 꽁생원인 줄 알았지 뭐야."

"언니도 참 주책이유."

옆에 앉은 명희는 무안해서 한마디 한다.

"젊은 애가 곰팡내 나는 소리만 하고, 그러니 시집을 못 가는 게야."

"넌 그 반대라 시집을 못 가는 것 아니니?"

덕화가 명희를 감싸듯,

"약은 쓰다고. 쓴 약을 좀 먹어야 시집 안 가는 병도 나아요. 나야 뭐 볼일 본 처지고,"

명희는 방 안을 둘러본다. 겉보긴 한옥이지만 넓은 마루방엔 고급 융단이 깔려져 있고 벽면엔 책장, 그림이 한 폭, 골동품이 몇 점, 누군가의 서재인 모양인데 자질구레한 물건은 일체 없었고 해서 방 분위기가 아주 점잖다. 손님을 안내한 할아범의 전갈이 있어 그랬던지 해맑게 생긴 계집아이가 커피를 날라왔다.

"커피 들어. 명희도,"

"네."

잘 끓여진 커피 냄새.

"굉장히 맛있구나. 찻집에서 이렇게 커피를 끓였다간 장사가 안 되겠지?"

"글쎄, 값을 비싸게 받으면 되잖아."

덕화는 철없는 아이같이 말했다.

"이 커피잔 리치몬드 제품이구나."

찻잔을 들어 올려 밑바닥을 보며 선혜는 말한다.

"나는 그런 것 몰라."

덕화는 역시 철없는 아이같이 대답했다.

"어째 좋다 싶었지. 이런 찻잔에 이런 커피 끓여 내면 아마
귀공자들께서도 손님으로 오실 거야."

비꼬는데,

"무슨 말이니?"

"선혜언니 찻집 하나 내고 싶어하거든요."

명희가 알려준다.

"선혜가?"

"고상하구 심심치 않고 괜찮은 장사야."

"그건 그래."

애매한 대답이다.

"그런데 아까 나가신 두 공자께서는 모두 기혼자야?"

"오빠는 결혼했는데 금슬이 좋잖아서,"

"그럼 작은 공자께서는 미혼이구?"

"신붓감을 구하는 중인데 마땅한 색시가 없나 봐."

"여기 있잖어?"

명희를 가리킨다.

"언니 미쳤수?"

명희는 발끈한다. 놀림을 당한 것 같아서 모욕감을 느낀
것이다.

"언니뻘이나 되니까 이런 얘기도 하는 게야. 다소곳이 앉아
있으라구."

"근사한 얘긴데, 누가 알어? 인연이 있으면,"

덕화는 좀 당황한다.

"언니들, 자꾸 그러면 나 비참해져요."

"그래그래, 관두자."

'안 따라오는 건데, 시집을 못 가서 누가 환장이라도 했나?'

"너희들 천천히 놀다 저녁 먹고 가는 거지?"

"글쎄에."

"글쎄가 뭐니, 심심해서 죽을 지경이야. 너희들이 와주어 숨이 트이는 것 같은데."

"네 처지가 그렇게도 한가하냐? 기혼자가 그렇담 그거 반갑잖은 소식이야."

"한가한 처지는 아니지만, 내려가야 하는데 의사를 기다리고 있어."

"의사를?"

"음, 올라온 김에, 며칠 새 온다니까."

"어딜 갔기에?"

"S병원의 닥터 웨버라구 미국인인데 잠시 귀국했다나 봐."

"불임증 땜에 그러는 거야?"

"그것도 그렇지만 또오,"

순간 덕화의 얼굴빛이 흐려진다.

"또오?"

"몸이 좀 안 좋은 것 같아서,"

"꼭 그 의사한테만 뵈야 하니?"

"글쎄······. 확실한 진단을 받아야 하니까. 우리 외삼촌하고 친분이 두터운 사이라서, 또 권위가 있고,"

명희와 선혜는 동시에 덕화 표정에서, 그 쾌활한 얼굴에서 불길한 것을 예감한다.

"왜 심각해지지?"

덕화 얼굴에 예민한 반응이 나타난다.

"아, 아냐. 난 병원이다 의사다 하면 괜히 겁이 나서 그래."

선혜는 얼버무렸고 명희는 일부러 무료한 표정을 지으며 방 안을 둘러본다.

"겁나도 별수 없지. 인명재천인걸."

"그런 얘긴 칠순 노인이나 하는 말 아니니?"

"죽음에 노소가 있니?"

"그건 그렇지만,"

"내가 어릴 때 말이야, 분이라는 비자(婢子)가 있었는데 한사코 내가 죽으면 꾀꼬리가 될 거라 하잖겠어?"

"그건 또 왜?"

"웃기를 잘하니까 그랬던가 봐."

"사람이 되어도 억울한데 꾀꼬리가 돼?"

"그렇지만 어릴 적에는 꾀꼬리가 된다는 말이 참 듣기가 좋았어."

"이 마나님 좀 보게?"

실없는 말을 주거니 받거니, 그러구러 시간을 보내다가 잘

차려낸 저녁대접을 받고, 자리에서 일어서는데 덕화는,

"또 한 번 만나자, 응?"

했다. 대문까지 따라나온 덕화는 또 한 번 만나자는 말을 되풀이하였다. 거리에 나온 선혜는 두 어깨를 올렸다 내리며,

"명희."

돌아본다.

"왜요, 언니?"

"좀 이상하지 않아?"

"……."

"몇 해 동안 소식이 없던 덕화가 말이야, 일부러 편지까지 보내어 만나자 하구. 예감이 좋지 않은데?"

"명랑해 뵈던데요 뭐."

했으나 명희 역시 기분이 묘했다.

"본시부터 성격이야 밝은 편이었지만, 그런데 기분이 좋잖은 것은 무슨 까닭일까?"

"진찰받는다는 얘기 들어서 그럴 거예요."

잠자코 걷는다.

"특히 나올 때 마음이 묘해지더군. 매달리다시피 또 만나자, 또 만나자 하지 않던?"

"언닌, 누구하고 사별한 일이 있수?"

"아직은,"

"그것만이라도 아직은 행복하네요."

"그것도 시한부지 뭐."

"그렇게 생각하면 간단하지만 누군가하고 사별한 사람은 죽음이란 말 좀처럼 입 밖에 낼 수 없을 것 같아요. 남자들 경우는 모르겠지만, 오빠 돌아가신 분을 들먹이는데 난 못 그러겠어요. 확인하는 것 같아서."

"이래저래 오늘은 별 신통한 일 없는 일요일이 됐구나. 본정통에나 나가볼래?"

"그럴까요?"

명희는 순순히 응한다. 명빈의 얘기를 한 때문인지 다시 노여움이 치밀었고 집에 일찍 들어가기 싫어진다.

'바로 그 점이 문제라구. 자신의 문제를 자신이 해결한다. 그러나 해결을 못하고 있는 것이 현실이거든. 안 그러냐?'

명빈의 말이 코트 깃을 헤집고 스며드는 저녁의 찬 바람보다 쌀쌀하게 되살아난다.

'해결을 못하고 있는 현실……. 결혼문제만이 아니다. 정열이 모자라는 여자, 나는 정열이 모자라는 여자야. 오빠는 신여성에게 정열이 부족하면 죽도 밥도 아니라 했다. 그래, 죽도 밥도 아니야. 내가 처음 교단에 섰을 때 두려워서 떨었다.'

명희의 생각이 훌쩍 건너뛴다. 학교를 마치고 모교에 부임했을 때 일이 맥락도 없이 뇌리에 떠오른 것이다. 희망에 부풀어야 했을 것을 그렇지가 못했다. 희망이나 기대 같은 것은 없었다. 어떻게 하리라는 포부도 없었다.

'지금도 두렵다. 배운 대로 또박또박 가르치는 것 이외 항상 난 동떨어져 있는 것만 같다. 그래도 주변에선 날 보고 열심히 한다고, 침착하고 상냥하다고, 열심히, 과연 열심일까, 그게? 조금도 흥미가 없고 학교에 갈 때마다 학교가 가까워지면 가슴이 철렁 내려앉고, 다 팽개치고 도망이라도 치고 싶은 충동을 매번 느끼는데, 도무지 난 선생 같지가 않거든. 학생들은 저만큼 있고 동그마니 나 혼자서 칠판에 글을 쓰고 책을 펼쳐 들고 출석부의 이름을 불러나가고, 학생들의 얼굴이 눈에 띄기 시작하면은 갈팡질팡 나를 가눌 수 없게 되니 언제부터 그랬을까? 처음부터 그랬을 거야. 그런데도 빠지지 않고 용케 나가는 것은 달리 길이 없으니까 그러는 거겠지. 어쨌든 나는 죽도 밥도 아닌 것만은 확실해. 교회에 가도 마찬가지, 사실 난 전심전력으로 기도해본 일이 없어. 입 속으로 기도문을 욀 때도 그렇고 마음속으로 기도할 때도 그래. 어떤 때는 말꼬리를 놓치고서 그걸 찾다 보면 기도시간은 끝나 있고, 하나님이 계신지 안 계신지 의문을 가져본 일도 없고 확신해본 일도 없고, 아버님이 살아 계실 적에 열심히 공부해서 칭찬받고 집에 들면 집안 살림 도와주어서 칭찬받고 그것이 내 전부였어, 그것이. 교장 선생님은 여성교육의 선구자라 하셨다. 여성교육의 선구자. 선구자 될 생각도 없으면서 뭘 여자가 시집이나 가지, 하면 불쾌해진다. 오라버니 말대로 자발적으론 아무것도 못하면서 최고교육을 받았다는 자부심은 있어서,

그 무거운 짐짝 같은 선생, 직업, 여성교육의 선구자, 그걸 끌고 막연한 독신주의자가 된다는 것은 역시 비참하다. 남은 뭐라건 자기 생각대로 행동하는 선혜언니 편이 나보다는 훨씬 나아. 혼자 살려고 교사질을 한다는 것은 참말 따지고 보면 우스운 얘기야. 후취자리보다 나을 것 한 푼 없지. 오라버니 말씀이 옳아. 우스운 일이야. 도시 우스운……'

막 웃고 싶은 것을 참는다. 명희는 같이 걷고 있는 선혜 옆모습을 바라본다.

"무슨 생각하니?"

"좀 우울하네요."

"우울한 일이 있으면 확 털어놓는 거야. 넌 혼자서 속으로 꿍얼꿍얼하니까 해결이 안 되지."

"선생질이란 참 고된 직업이유."

"그래 내가 뭐랬냐. 아까운 청춘 다 시든다."

두 여자는 전차를 타고, 다시 한번 갈아타고 내려서 본정통 입구에 이르렀다.

"동경 있을 때 생각 안 나니?"

"가끔 나지만,"

"한번 다녀오고 싶다."

"뭐하러요?"

"해거름에 은좌거리 걷고 싶어서,"

"여기가 은좌거리거니 생각하세요."

"아득하다. 언제 우리 조선도 남같이 살아보니?"

"남같이 살아보긴커녕 나라도 못 찾는 처지예요."

"어떤 때는 말이야, 상해로 튀어버릴까 하는 생각도 들어."

"뭣하게요."

"남장을 하구 말이야, 독립운동에 투신하고 싶은 정열이 막 솟을 때도 있다 그 말 아니니?"

'책 나부랭이나 들춰보기도 하는 모양인데, 애비가 배 척이나 갖고 있으니 망정이지, 돈 없으면 갈 데 없지, 창부질밖에 못할 계집이라구요.'

동경 있을 때 입정 나쁘기로 유명했던 정상조(鄭相祖)라는 법과 학생이 내뱉은 말이 피뜩 생각난다.

'경고하노니 명희 씨, 강선혜를 따라다니면 못씁니다.'

실은 선혜를 따라갔기 때문에 정상조를 만나게 된 것이지만.

"이 애! 명희야. 저, 저게 누구니?"

"뭐가요?"

"가만히 있어."

선혜는 명희의 팔을 잡아끈다. 들어간 곳은 양품점이었다.

"안녕하세요?"

진열대 속을 들여다보고 있던 사내가 얼굴을 든다. 이상현이다.

"아니, 명희 씨!"

인사는 선혜가 했는데 상현은 명희를 먼저 발견한다. 명희의 얼굴이 핼쑥해진다. 상현에게 동행이 있었다.

"이선생 경기 좋으신가 봐요. 다방골 언니까지 대동하신 걸 보면,"

다방골 언니, 기생이란 뜻이다. 상현의 동행은 기화였다.

"서방님, 전 먼저 가보겠어요."

짙은 남색 두루마기에 조젯 흰 수건을 목에 두른 기화는 미소를 띠며 선혜 옆을 스치고 나간다.

"기화!"

"아니에요. 또 만나뵙겠어요."

문을 밀고, 그리고 재빨리 사라진다.

"정말 이선생님도 여간 아니셔. 그러나 우리가 쫓아버린 꼴이 돼서 미안하게 됐어요."

"아닙니다. 괜찮소."

"괜찮다면 우리한테도 서비스 좀 해주셔야지요. 여기 서서 얘기만 할 수도 없지 않겠어요?"

상현의 처지도 딱하거니와 명희의 처지는 난감하기가 이를 데 없다. 그 자신은 멋모르고 따라 들어왔지만 이리 되기로 알고서 뒤따라온 꼴이 되고 말았다. 선혜의 팔을 뿌리치고 나가버리고 싶은 생각은 간절했지만 그렇게 한다면 일은 더 우습게 된다.

"하여간 나가봅시다. 밖은 어두워질려고 해요. 요조숙녀 명희아씨도 별 눈에 띄지 않을 거구요."

하는 수 없이 상현은 밖으로 나온다. 어두워졌다지만 거리는 전등불로 오히려 환했다.

"그냥 돌아가십시오."

상현은 분명하게 말했다. 명희를 생각해 그러는 것 같았다. 명희는 강한 수치심을 느낀다. 일이 처음부터 잘못 꼬여서 끝까지 자신이 당하고 만다는. 자기 자신의 성격에 분노를 느낀다.

"임선생님께서는 건강이 좀 회복되었는지, 일간 한번 찾아가 뵙겠습니다."

상현은 명희에게 짤막한 인사말을 하고 발길을 돌린다.

"으음, 여긴 동경 은좌거리가 아니다 그 말이로군. 조선의 신사께서는 그래도 명희를 아껴주신 거라구."

선혜는 별로 개의치 않았으나 명희는 눈앞이 캄캄해오는 것을 느낀다. 양품점에서 먼저 나와버리든가 아니면 먼저 가겠다는 말 한마디를 왜 먼저 못했을까. 강선혜도 아닌 주제에.

'창피하다. 창피해. 시집 못 간 노처녀가 무엇을 바라는 것 같은 추한 꼴이 되고 말았어. 불쌍한 명희야.'

"언니, 가요."

"그러자꾸나."

그런데 명희는 마음속으로 엄청난 비약을 하고 있었다. 이상현을 한번 찾아보리라 결심을 한 것이다. 그런 뒤에 누구에게든 시집가리라.

시집간다는 것은 상현을 찾아가기 위한 배수의 진이다.

7장 빗속을

어둠은 한없이 깊고 칠흑같이 깊고, 유폐(幽閉)하려 들듯이 사방에서 밀려온다. 걸음을 멈추고 서버리면 그 자리에 영원히 유폐되어 칠흑 같은 어둠을 헤치고 나올 수 없으리라는 생각이 든다. 어디든 가야 하고 멈추어서는 안 된다. 길켠에는 명멸하는 창가 불빛이 있는데 왜 이렇게 어두운가. 멈추어서는 안 된다. 그러나 그러한 의식은 때때로 가냘프게 날갯짓하고, 소망도 한낮의 촛불같이 희미해지면 코트 자락이 밤바람에 펄럭이는 소리를 들을 수 있었다. 명희는 자신이 어디를 향해 가고 있는가, 문득 깨닫는다.

'멈추고 싶다. 아니 돌아서버릴까. 가기 싫어. 선생 노릇도 아무나가 다 하는 건 아니야. 이대로 더 움츠린 채 있고 싶어. 마치 내가 하고 싶지도 않은 결혼을 위해 걷고 있는 것 같다.' 하기는 했지만 명희는 결혼이란 관문을 통과하기 위해 사실 걷고 있는 것이다. 일단은 그것을 전제로 하고 나왔으니까. 상현을 만나러 가는 행위는 상현을 만나기 위한 것보다 결혼을 결심하기 위해서다. 따라서 상현을 만난다는 그 자체는 무의미한 것이었는지 모른다.

칠판에 피리어드를 찍을 때처럼 밤길의 구둣발 소리가 뇌
신경을 물어뜯듯 울린다. 침묵한 생도들의 눈길과 흡사하게
불 켜진 길가 창문들이 자신을 지켜보고 있는 것만 같다.

'왜 가지? 이렇게 걷고 있는 것이 내 용기란 말이야? 우유부
단을 부숴버리려고 간다, 그 말이야? 아무 값어치도 없는 자
존심도 메쳐버리고.'

코트 깃을 세운다. 코트 자락이 펄럭인다. 구둣발 소리가
울린다. 밤은 잔인하게 침묵하고 있다.

'지금이 만족스러운 것은 아니지만, 아, 니, 지, 만…… 불만
스러운 것도 아니지 않어? 늙으면 구질구질해진다, 늙어서 구
질구질 안 할 사람 어디 있어. 젊은 여자가 늙었을 때 걱정하
는 거야말로 구질구질하고 청승스럽고……. 선혜언니처럼 남
이 뭐라건 개의치 않을 그런 자신은 없지만 조심스럽게 나를
지키면서 자유롭게 사는 것, 아무에게도 예속되지 않고 사는
것, 살기 나름으로 얼마든지 멋지게……. 어떻게? 어떻게 멋
지게 산단 말이냐. 선혜언닌 날 보고 양행하라 했다. 박에스
터, 하란사, 그런 분들처럼, 의사가 될까, 영문학자가 될까.
중년부인이 되어 돌아오면은? 아마 지금과 꼭 같은 처지를 또
겪게 되겠지. 그분들 흉내도 못 낼 주제에, 무슨 생각을 하는
게야? 뿐인가, 내게는 반역하는 정열도 없다. 배반하는 용기
도 없다. 배정자도 못 되는 거야.'

명희는 문득 정상조를 생각하고 그가 한 말을 떠올린다. 최초의 여자들, 어느 면에서는 최초의 여자라 할 수 있는 박에스터 등을 도마에 올려놓고 펴나가던 소위 신여성론이었다. 그때는 며칠 전 명빈이 말한 신여성론과 같이 뼈아프게 듣지는 않았다. 약간의 반발은 있었으나 자신과는 무관한 것으로 들어넘긴 얘기였었다.

최초의 해외 유학한 여성, 박에스터는 미국에서 의학공부를 하고 돌아온 조선에서는 최초의 여의사였다. 하란사(河蘭史)는 박에스터와 비슷한 시기에 미국으로 건너가 영문학을 전공하여 학사학위를 받아왔으며, 어느 정도였는지 자세한 것은 알 길 없으나 이등박문(伊藤博文)의 양녀였던 배정자(裵貞子)는 앞의 두 사람보다 먼저 일본서 교육받은 것으로 돼 있으며, 한일합방을 전후하여 정치의 파도를 타고 암약한 친일의 요화(妖花)인 것이다. 박에스터는 십 년 전에 몽매하고 가난한 병자들을 위해 헌신하다가 과로로 인한 폐환으로 사망하였고 하란사는 이화학당에서 교편을 잡다가 파리평화회의에서 조선여성 대표로 참석할 계획이 누설되어 지금은 중국에 망명하고 있는 터이다. 십 년 전 명희가 여학교에 다닐 무렵만 해도 배정자는 아예 문제 밖이었고 박에스터나 하란사에 대한 인식이 존경에 가득 찬 것은 아니었다. 그 원인이 보수적인 기풍 탓이라기보다 그들 출신, 신분에 있었던 것 같았다. 일말의 미묘한 모멸이 내포된 인식을 상당히 뿌리 깊은 것으로 느낀 것은 정상조의 지론 때문이겠으나 정상조와 같은 생각을 가진 남자들도 적잖았던 것이다. 동경에 있을 땐, 그때는 강선혜 쪽에서 찾아간 것은 아니었다. 일요일이었던 것 같다. 백화점에서 물건을 사들고 선혜와 함께 돌아오는 길에 우연히 정상조를 만났던 것이다. 그러나 우연인 것처럼 선혜와 정상조가 꾸민 것을 명희는 나중에 깨달았다. 그때 정상조는 퍽 적극적이었다. 길을 막고서 저녁대접을 하겠노라 간청하다시피 했고 선혜는 명희의 의사 같은 것은 아랑곳없이 잡아끌었다. 길가에서 실랑이하는 것이 창피하여 명희는 동행했으나 우유부단한 자신에게 환멸을 느끼며 한편 강선혜를 방패 삼아 자신을 겨냥하고 있는 사내, 실상 살이 찐 것도 아닌데 골격보다 육질을 더 느끼게 하는, 그리고 칼끝으로 자른 것 같은 날카로운 눈매 하며, 호남형이긴 하지만 일견하여 성격을 파악하기 어려운 정상조에 대한 불쾌감을 참으며 시종 침묵한 채 저녁을 먹었다. 자연히 얘기는 선혜와 정상조 사이에서 오고 갔는데 명희를 보는 노골적인 눈빛과는 다르게 정상조는 여자를 깎아내리는 화제만 고르는 것이었다.

"소위 신식 교육이라는 것을 받은 여자들, 해외 유학을 한 최초의 여자들을 보면은 묘한 공통점이 있지요. 상민 혹은 천민의 딸들이거나 아니면 친일파의 딸이란 말입니다. 여의사였던 박에스터, 하란사, 배정자 이 세 여자를 놓고 볼 때 박에스터는 목사관 하인의 딸이요, 하란사는 인천 감리(仁川監理)의 소실이며, 배정자 그 계집은 무당의 딸이라고도 하고 출생이 애매해요. 그리고 윤효구(尹孝具)의 딸 윤정원(尹貞媛)과 일진회 회장 윤시병(尹始炳)의 딸 윤정자(尹貞子)는 친일파의 딸인데 이들은 그러니까 모두 1900년 이전에 미국과 일본에서 유학한 여자들 아닙니까? 그러니 시초부터, 조선이라는 나라 사정에서 본다면 권위를 세울 수 없는 존재였다고도 할 수 있지요."

높지 않은 음성으로 명희를 슬금슬금 쳐다보며 말하는 정상조는 뭐 기껏해야 역관의 딸인데 높이 좌정할 것 뭐 있나, 어느 모로 보나 내가 과분한 상대라는 것을 알아차려야지, 하는 저의를 드러내는 것이었다.

"글쎄 난 내 인생 즐기기 바빠서 남의 사정은 잘 모르지만요, 윤효구 씨가 자강회 부회장인 줄 알고 있는데 그러면 자강회가 친일단체였나요?"

선혜가 빈정거리듯 한 말이었다.

"지금이야 민족지도자연하구 있지만 한때는 일진회에 가담했거든요."

"하구요, 또 배정자 내력은 잘 모르는 일 아니에요? 이등박문한테 밀정교육 받은 것도 교육은 교육인지 모르지만."

"아무튼 일본땅에서 공부한 건 사실이겠지요. 그러니까 이십육 년 전에 암살된 우리의 개화파의 영도자 김옥균 선생께서 일본에 망명해 계실 적에,"
하다가 정상조는 픽 웃는다.

"첩자 마쓰오[松尾]가 데리고 간 조선의 딸 배정자를 이토 히로부미[伊藤博文]에게 소개해준 사람이 김옥균 선생 그분이라 생각한다면, 또 김옥균 선생을 중국의 강유위나 손문에 비교한다면, 사실 손문이나 강유위는 일본에 망명했을뿐더러 때론 친일파요 때론 친영파요. 그러나 청조가 무너진 이 마당에선 무술정변(戊戌政變)이나 신해혁명(辛亥革命)을 반란으로 치부아니하는 것을 목도하건대, 애국자나 반역자란 역사의 산물이요 종이 한 장 차이인 듯도 싶고, 그렇게 본다면 배정자라는 한 계집을 집중하여 증오하고 지탄하는 것도 편협한 것이 아닌가 하는 생각도 드는군요. 내가 알기론 나라를 위해서, 하는 명분이 없었던 친일파는 단 한 사람도 없었으니까요. 배정자도 누가 압니까? 민족을 위해서, 하하핫핫…… 엄격히 따지자면 일본말로 공부하는 것도 친일은 친일 아니겠소? 면암 최익현 정도가 아니면은, 또 일본 유학은 꿈도 꾸어볼 수 없는 가난뱅이 백성이 아니면은, 배정자를 당당하게 욕할 수 없는 심리적 죄책감은 느껴야 할 겁니다. 안 그렇습니까?"

"그러니까 우리 두 여자도 피장파장이다 그 얘긴가요?"

"그럴 리가 있겠소. 여러 면으로 선구자격인 여성 얘기를 하다 보니, 나쁘다고 해서 회피하는 건 잘못이지요. 좀 더 노골적으로 얘기한다면 미국이 조선을 안 먹어서 망정이지 홀부처 은덕으로 미국에 유학한 박에스터도 배정자 같은 여건에 안 놓이리라고 누가 장담하겠소? 신경 곤두세울 하등의 이유가 없을 것 같은데,"

놀려대듯 실실 웃는다.

"신경이 곤두설 이유 분명히 없어요. 난 말예요, 마포강 뱃사공 출신의 딸이고 명희는 역관의 딸이지만 이등박문의 양딸은 아니라구요."

"그럼 얘기 계속할까요?"

"네, 하세요."

"배정자는 비위에 거슬린 눈치니까 빼지요. 아암, 그래야겠지요. 두 분께서는 순결한 조선의 딸들이고 누구누구처럼 남의 덕으로 유학하지 않았으니까."

"명주실 그만 꼬세요. 여자도 아닌데 수놓으실래요?"

그러나 정상조는 한 수 더 뜬다.

"허나 모를 일이긴 하지. 마포강에 배 척이나 갖고 있으니 망정이지, 이등박문 양딸 문제는 장담 못할걸?"

"미안하게 됐어요. 조선의 딸들이 모두 양반 소생이 아니어서 말예요."

서로 맵고 짜게 말을 주고받는데 표정은 천하태평이었다. 공을 던지고 받을 때처럼 즐거운 얼굴이기도 하다. 명희는 후덥지근한 분위기를 외면하듯 스시를 입 속으로 밀어넣고 모래알같이 씹었다.

"오늘 얘기에서 친일파 딸들도 제외하지요. 상전을 섬기면은 그 상전의 풍습을 따라가는 것이 상례이니까, 매국노요

반역자라 하더라도 재력은 있어서, 적어도 유학 과정에서만
은 비굴할 이유가 없는 거지요. 그리고 허영이든 껍데기든 자
각을 했든 아니했든 하여간 자발적인 것만은 확실한 일이고.
하여 일단 대관거족들의 딸들 쪽으로 밀어붙여 놓고서 문제
를 미천한 집 딸들에게서 풀어보는 것이, 아아, 생각해보십시
오. 태평양을 건너서 양행하는 일이 떡 먹듯 할 수 있는 일이
겠소? 한때 낙양의 지가를 올린 소설 있지 않소? 『곤지키야샤
[金色夜叉]』말이오. 얼마나 양행이 어려운 일이면 딴 남자에게
시집가는 조건으로 애인에게 양행을 내밀었겠소? 그러니 일
본만 하더라도, 남자에게조차 하늘의 별 따기 아니오? 화족
(華族)의 자식이 아니면, 그 호사스런 양행을 성경 말씀을 빌
리자면 바늘구멍에 낙타가 들어가기보다 어려운데 그 어려운
유학을 하고 돌아왔어도 일반 사람들은 전적인 존경을 왜 아
니 보내는가, 오히려 무의식 속에 일말의 모멸감을 가지는 까
닭은 무엇인가. 그것은 개화기에 있어서 필연성을 띤 것이기
는 하지만 말을 하자면 일종의 기현상이기 때문이지요. 거창
하게는 역사가 빚은 현상이라 할 수도 있겠고, 엄히 지켜져
내려온 내외법을 뚫는 거야 서민층이 훨씬 수월했을 것이니
까, 내외법이란 액면대로 말하면은 결국 예절 아니겠소? 예절
이란 자고로 상층에 올라갈수록 형식에 굳고 아래에 내려올
수록 엷어지는 만큼 엷은 곳이 뚫리는 것은 당연한 일이지요.
그러나 서민층에서 의식적으로 뚫었느냐 하면 그건 아니거

든. 밖에서 뚫었다. 강제가 먹혀들었다. 얼마 전까지만 해도 돈을 받기 위해 혹은 월급 많은 학교로 가자던 사회 풍경이 있었던 것을 우린 기억하지요. 그 진풍경을 생각해보면 알 만한 일 아닙니까. 그러니 새로운 교육을 받게 된 애초의 동기는 별로 향기롭지 못했다, 자각에서 시작된 것이 아니었다."

"안 뒤에 자각이지 모르는 사람이 자각을 먼저 할 리는 있나요?"

"지참금 얹어서 주는 꼽추 색시 맞아들이는 기분이었겠지요. 받는 비굴성이 내포되어 있었다, 개 발의 편자."

"어쩔 수 없는 일 아니에요? 무지몽매했던 것은 그들의 죄가 아니에요. 책임을 져야 할 사람들은 양반 그 자신들이니까. 제 얼굴에 침 뱉는 얘긴 관두시지요. 그건 여자 얘기라기보다는 남자들 얘기 아니에요?"

"아니지요. 나는 분명히 지금 여자 얘기를 하고 있는 겁니다. 신교육을 거부하고 용납하고 하는 데 있어서 남자와 여자는 근본적으로 달랐어요. 남자들에게는 일부 서민층을 제외하고 지식인은 남아도는 형편이었고 벼슬 못한 선비들이 우글거리던 것을 생각하면 납득이 갈 거요. 그러니만큼 남자들은 신교육 혹은 신학문을 거부하는 데도 그만한 명분이 있었을 것이요, 받아들이는 데도 그럴 만한 필요성을 느꼈을 것이니 어느 편이든 자각하고 취한 행동이지 여자들같이 맹목적인 것은 아니었지요. 여자들의 경우는 지식의 바탕이 전혀 없이, 전통도 없이 바로 들이대었기 때문에 교육을 받았다, 하면은 그것을 곧 학문으로 착각을 한단 말입니다. 학문이 무엇인지 그 개념부터 모르거든요. 엄연히 말하여 오늘날 우리가 해외에서 받는 교육은 학문이기보다 태반이 기술인 겁니다. 착각을 하고 있어요, 모두가. 특히 여자들이 말입니다. 의사나 간호원이나, 재봉, 요리가 포함된 가사과나 심지어 하란사가 미국서 영문학을 했다 하지만 세상에 태어나면서부터 영어로 시작한 그네들조차 학문으로까지 들어가기에는 아주 적은 몇 사람일 터인데, 솔직히 말하여 영어공부를 했다 하는 것이 옳아요."

"그럼 정상조 씨가 전공하는 법과는 기술분야인가요?"

"전문교육을 받는 여성께서도 그런 식의 질문을 하니 한심하지."

"예절은 양반들 독점물 아니었어요?"

"예절로서 한심하다 한 얘기도 아니거니와 내가 양반들 편들고 나올 것을 기대하였다면 그것도 동문서답일 게요."

"거룩하게도,"

"요즘엔 박에스터 말고도 여의사가 더러 탄생하는 모양인데, 남자도 어렵게 배우는 그 기술분야를 여자가 해냈다는 데 대하여는 나로서도 경의를 표하는 데 인색해질 이유가 없는 거지요. 그러나 기껏해야 가사과에서 요리나 재봉을 배우면서 학문한다고, 최고 지식인 행세하는 것은 꼴불견입니다."

"명희야, 너도 잘 들어두어. 우리 명심해야겠지?"

"명심해야지요. 좋은 약은 입에 쓰다 하지 않소? 설령 학문을 한다손 치더라도 우린 지금 학문하는 방법론을 배운다 그런 생각은 해야 할 겁니다. 조선에는 글자도 학문도 없었던가요? 일본 문화의 모체가 어딘데?"

"……."

"착각들 하고 있어요, 착각. 남자들도 물론 경각심을 가져야겠지만 이건 뭐, 여자들 말이오, 이건 뭐 황무지거든. 기틀도 없고 배만 바다에 띄웠지 돛대도 상앗대도 없단 말입니다. 타력에 의한 비굴성, 어떤 교환조건 아니면 돈이 있어서 옷치레하듯이, 그러니까 어떤 사명감보다 장식용으로 떨어질 공산이 크다는 얘기지요. 그러니 뭐가 되겠어요. 푼수 없이 들고 나오는 게 남녀동등 아닙니까? 그러니 성급하게 방향도 없이 자유를 부르짖고 방종을 자유와 혼동하고 바탕도 없이 학문의 깃발만 높이 세우면 뭐가 됩니까? 차라리 집안에서 언문이나 좀 배우다가 출가한 여자 편이 나아요. 해독은 없을 테니까."

"좋잖은 것만 들추어낸다면 끝이 없는 거예요. 도마 위에 올려놔보세요. 난도질이야 누구나 다 할 수 있는 거예요."

"신념과 사명감을 가진 여자가 없다는 것도 아니고 애국애족하는 여자가 없다는 말도 아니고, 신념이나 사명감이 편협하다는 거지요. 즉, 그것조차 맹목적이고 방법을 우선하는 확실성이 없어서 약방의 감초를 못 면한다면 아무리 외쳐봐도 남녀동등이 안 된다는 얘기가 되는 거지요. 사실은 출발이 아주 중요해요. 그래서 시초의 여자들의 경우를 생각해본 건데 사회적 여건이 나쁜 만큼 쉽게 덤비면 넘어진다는 거구, 넘어지지 않으려면 오히려 남자보다 더 강하고 확고해야 하는 건데, 뿐이겠소? 소위 여성 선구자, 그들 뒤를 잇는 여자들에게 사회적인 인식이 그대로 반영되기 때문에 시초가 중요하다는 거지요. 심하게 말하자면 유학도 그렇거니와 독립운동 같은 것도 장식으로, 유행으로, 그런 식으로 이끌리는 경향이 있다면 그건 안 하는 편이 좋다 할 수도 있지요. 구식대로 싸우는 남자의 반려, 그 편이 훨씬 순수하다 그 얘깁니다."

"도무지 난 종잡을 수가 없어요. 대관절 어쩌라는 거지요? 이야기가 이리 갔다 저리 갔다, 여자니까 알기 쉽게 간단하게 해주실 순 없을까요?"

강선혜는 일부러 하품을 깨무는 시늉을 했다.

"한마디로 여자 자신을 알아야 한다 그 얘기요. 이제는 양반이고 상민이고 그런 차이점보다 돈 있는 사람 없는 사람으로 구별이 돼야겠지만 돈 있는 집 딸들이 출가할 때 논밭이나 세간 장만해 가는 식으로 공부를 시켜 보낸다거나 돈 없고 얼굴 반반한 여자가 돈 있는 남자를 이용하여 공부를 한다거나, 그런 정신상태라면 학식이란 도시 뭐란 말입니까? 안 하니보다 못한 거 아니겠소? 수치스러운 것을 자랑으로 삼고 그런

의식들이 자리를 잡아버린다면 큰일이다 그겁니다. 바보 등신 같은 짓을 현명하다고 착각하고 그렇다면 한 치도 못 나가는 교육받아서 뭐하겠소?"

"결론하여 여자에게 교육이 필요 없다."

"필요 없다는 게 아니라 여자여, 자기 자신을 알라, 어떤 경우에도 여자이기에 덕 볼 생각은 말라, 그것은 여자의 역사였으니까 그것을 안 무너뜨리고서 남녀동등을 외치는 것은 우습다."

"이제, 이제, 고만하세요. 아이구 골치야."

선혜는 팔을 휘휘 내둘렀다.

"나도 그만둘 작정이오."

"제발 여자 연구는 그만하구 공부나 열심히 해서 고등문관에 패스하시구요, 장차 판검사가 됐을 때 어떻게 하면 민족반역자란 소리도 안 듣고 출세도 하고 하겠는가, 지금부터 그 연구나 해두는 게 좋을 거예요. 시시한 여자들 땜에 시간 허비할 것 없어요."

"그건 그렇지가 않지요. 나도 어차피 장가를 들어야 하고 또 자녀도 두어야 하니까 알맹이 없는 콧대만 가지고 오는 여자는 문제거든. 그렇다고 해서 콧대 없는 무식한 처녀 데려올 수는 없는 일이고 해서 신여성이라는 부류의 여자들을 생각해본 결과 의외로 문제는 간단치 않더란 말입니다."

"그러니까 신여성 중에서 한 푼만 정상조 씨보다 얕으면 되겠네요. 하지만 그것 참 어렵겠어요. 한마디만 덧붙이겠는데 출신신분이 어쩌구저쩌구 하지만요, 정상조 씨 입장에서 본다면 여자 박에스터, 하란사는 거물이에요. 정상조 씨 열 가지고도 못할 일 했으니까요."

"왜 이럽니까? 정상조가 다 살았소? 하기는 그 여성들 몫을 할려면 강선혜 씨 백 가지고도 안 될걸요."

"그렇담 결국 강선혜, 정상조 두 사람 얘기 아니에요? 여자 남자 얘긴 아니지 않아요? 아무튼 나는 민비를 아주 좋아한답니다."

"그래요? 나는 대원군이 민비의 처지였었다면 좋아했을 겁니다."

역사적으로 사회적으로 또 심리적으로 제법 그럴싸하게 문제를 제기했으나 끝에 가서는 흐지부지, 하기는 저녁 한 끼 먹으면서 오래 눌러붙어서 얘기할 장소도 아니었지만 얘기는 그런 꼴이 되었는데 정상조와 헤어지고 돌아가면서 선혜는,

"그 작자 상당히 가죽이 두꺼워. 나하곤 동갑이 아니면 한 살 아래일 텐데 말이야. 하는 꼴 보니까 고등문관은 패스하고 말걸? 하기는 입정 나쁜 것도 뭘 좀 안다는 자신이 없고서야, 말 듣기로는 책도 많이 읽고, 머리도 썩 좋다는 얘긴데, 실상 얘기 들으면서 별로 화는 안나더라. 전혀 일리가 없는 말도 아니었고, 결국 명희 너를 노리고서 배짱 내밀어본 건데. 어떤 면에선 그런 자신 있는 남자 괜찮아. 어때, 명희 네 생각은?"

"난 싫어요, 그런 사람!"

"의외로 그런 사람일수록 혼인하고 나면 마누라한테 꼼짝 못한대더라."

이상한 일이었다. 사 년 전의 일이 선명하게, 이치마루[市丸]라는 스시집의 간판이며, 물방울무늬의 갈색 머플러를 늘 어뜨렸던 선혜의 모습이며, 손가락을 펴듯 젓가락을 잡던 정상조의 남자치고는 작은 손이며, 스시에서 풍겨오는 그 냄새까지 되살아난다. 그때는 어렸었다, 단순했었고. 반발을 느꼈지만 정상조의 말을 새겨서 들을 줄은 몰랐다. 그렇다고 해서 지금 그때 한 말을 심각하게 되새기고 있느냐 하면 전적으로 그런 것은 아니다. 정상조의 얘기는 남에 관한 것이었고 명빈의 얘기는 자신에 관한 것이었다. 명희는 그렇게 생각한다. 명희가 정상조를 떠올린 것은 얘기의 내용보다 어쩌면 결혼이라는 것을 전제하고서 무의식중에 정상조를 상기해본 것인지도 모른다. 귀국한 후, 정상조가 일본에 남아 있다는 소식은 들었으나 그간 까마득히 잊고 있었는데 강선혜하고 본정통으로 가면서 잠시 정상조가 한 말을 떠올렸던 것이 그에 대한 기억의 실마리가 되었는지 모르지만.

어느덧 팔판동 그 집 앞에까지 명희는 와 있었다. 이 집 앞을 지나서 곧장 올라가면 출가한 언니의 집이 있다. 상현과 함께 동인지를 만들었을 무렵 명빈이 팔판동에 사는 누이동생 명순에게 부탁하여 주선해준 하숙, 바로 이 집이 상현이

기숙하는 집이다. 도중에 상현은 다른 곳으로 옮겨가곤 했었는데, 출옥한 명빈을 보러 상현이 집에 왔을 때,

"요즘엔 어디 있나?"

"전의 그 집에 있습니다, 팔판동 말입니다. 그동안 동대문 밖에 잠시 있다가 시골에 내려가 있었지요."

명빈과의 대화를 들었기에 명희는 상현을 찾아갈 것을 쉽게 마음먹었던 것이다.

'곧장 올라가면 된다. 언니가 보고 싶어.'

시부모가 없는 명순의 집이어서 밤이라 하여 찾아가기 거북한 곳은 아니다.

'곧장 가면 된다.'

그러나 명희는 그 집, 대문을 두드리고 있었다. 뭔가 머릿속을 스쳐 지나가는 것이 있었지만 명희는 멈추지 않고 대문을 두드린다.

"이선생님 계신가요?"

문을 열고 내다보는 중학생인 듯싶은 소년에게 묻는다.

"계신데요. 왜 그러시죠?"

이상한 얼굴이 된 소년은 명희 차림새를 보더니 표정이 좀 달라진다.

"만나뵈러 왔는데……."

"불러드릴까요?"

고개를 끄덕인다. 그러나 명희는 문밖에서 기다리지 않았

다. 소년을 따라 집 안으로 곧장 들어간다. 손님이 왔다는 말에 방문을 열고 나서려던 상현이 소년 뒤에 서 있는 명희를 보고 놀란다.

"무슨 일로 오시었소?"

무슨 큰일이 벌어졌을 것으로 지레짐작한 것 같다. 남자가 하숙한 집을, 그것도 밤에, 불가피한 일이 아니고서는 묘령의 처녀가 찾아온다는 것을 상상할 수 없기 때문이다. 더군다나 명희같이 깔끔한 여자가.

"말씀드릴 일이 있어서,"

잠시 상현은 망설인다.

"누추하지만 그럼 방에 들어오시겠소?"

무엇을 쓰고 있었던 것 같다. 전등불 밑에 종이랑 책들이 널려 방 안은 어지러웠다. 수면 부족인지 과한 음주 탓인지 상현의 얼굴도 방 안만큼 복잡하고 어지럽게 보인다. 명희는 코트를 입은 채 방문을 등지고 딱딱한 자세로 웅크리듯 앉는다.

"무슨 일이 있었습니까?"

"아니오. 아무 일도 없었어요."

또렷한 음성엔 차가운 쇳소리 같은 것이 섞여 있었다.

"네?"

어리둥절한다.

"제 일신상의 얘길 할려구요."

"일신상의?……"

납득할 수 없다는 듯 고개를 갸웃하며 명희를 쳐다본다. 명희의 얼굴은 입술빛까지 파아랗게 변해 있었다.

"저의 결혼문제예요."

"그, 그걸 내가 어떻게."

"아니에요. 이선생님 생각 여하에 따라서 결정될 거예요."

상현의 안색이 싹 변한다. 왈칵, 일시에 뭔가를 깨달은 것이다. 명희의 눈에는 아무런 동요가 없었다. 침착했다. 수치심과 두려움이 극도에 달해버린 후에 오는 무감각이었다.

"내 생각 여하? 무슨 뜻이지요?"

창백했던 상현의 얼굴에 핏기가 모여든다.

"며칠 전에 함께 있던 그 기생아씬 이선생님 애인이신가요?"

"무슨 말을 하는 거지요?"

"전 수치심도 아무것도 없어요. 빈손으로 왔어요. 다 버리고 나니까 참 편하네요."

무감각 상태에서 조금씩 풀려나는 듯 명희는 공포와 수치의 고비를 넘긴 뒤의 편안함, 큰 병을 앓고 난 뒤의 편안함, 죄를 고백한 뒤의 편안함, 그런 것을 천천히 느끼고 있었다. 한 줄기의 실낱같은 욕망까지도 포기해버린 자유로움도 느끼는 것이었다.

"이선생님."

"……."

"절 별로 좋아하시지 않지요? 조금은 누이동생같이 아끼는 맘은 가졌을지 모르지만. 저 그것 알아요. 벌써부터 알고 있었어요. 이선생님 생각 여하에 따라서 결정한다 했지만 그거 막연한 말이었어요."

"명희 씬 나보다 더 형편없는 사람이군요."

잠긴 음성으로 노여움을 짓누르며 상현이 내뱉는다.

"오빠가,"

"……."

"오빠가 말했어요. 정열도 용기도 없는 여자라 했지요. 정말 정열이 없나 하고 왔어요. 용기가 없나 하구. 그렇지만 이젠 그것도 아니었던 것 같아요."

"수치심이 없는 여자란 것을, 명희 씨가 그런 여자란 것을 나는 한 번도 상상해본 일이 없습니다."

목에 감겨드는 것을 잡아떼어 메어치듯이, 상현은 혐오하는 빛을 감추려 하지도 않는다.

"거북하시면 누이동생쯤, 그렇게 생각하실 수 있을 거예요."

"나는 봉건시대의 퇴물입니다. 형편없는 구식 남자요. 데리고 노는 창부라면 모를까 그렇지 않아야 할 여자가 이런 무모한 짓 하는 것 좋게 볼 수 없소."

"그러실 걸 잘 압니다. 저도 선생님만큼 구식이구, 이젠 예까지 왔으니까 돌이킬 수 없겠지요?"

상현은 담뱃갑에서 담배를 꺼내어 붙여 문다. 자다가 뒤통수를 얻어맞은 것만큼이나 그에게는 놀라운 일이었다. 틀림없는 명희인지 여우가 둔갑을 하고 왔는지 판단하기조차 아리송하다. 전혀 대처할 여유가 없다. 담배가 절반쯤 타들어갔을 때 갑자기 생각이 난 듯 상현은 재떨이에 담배를 눌러 끄고,

"늦기 전에 가십시오. 여긴 동경 아닙니다."

서둘러 일어난다. 그러나 명희는 일어나지 않는다. 상현의 얼굴에 신경질이 혼란과 함께 몰려든다.

"학생들을 가르치는 선생님이 이럴 수 있습니까? 어서 일어서십시오."

"……"

"일어서십시오."

"조금만 더 있다가 가겠어요. 어떠한 냉대, 어떠한 모욕도 오늘 밤 한 번으로 끝날 테니까요."

상현을 올려다본다. 비로소 명희 눈에 눈물이 돈다.

"나더러 어쩌라는 겁니까? 하숙집 사람들 눈도 있으니까 어서 가십시오."

"이대로 앉아 있다가, 아무한테나 시집가겠어요. 잠시만 이대로 놔두세요."

떼를 쓰듯 몸을 흔든다. 상현은 궁둥방아를 찧듯 자리에 털썩 주질러 앉는다. 다시 담배를 붙여 문다. 재떨이를 제 앞으로 끌어다 놓는다. 마치 분계선을 그어놓듯이. 철저하게 몸을 사리는 상현의 태도는 여자를 경험해본 일이 없는 소년 같았

다. 그리고 몸을 사리는 데만 열중해 있는 것같이도 보였다.
명희는 굳게 입을 봉하고 있고 밤은 딱하다는 듯 들창 밖에
머물고 있었다.

"명희 씨!"

"……."

"당신이 가르치는 사춘기의 여학생들도 이런 짓은 안 합니
다."

"……."

"날더러 이혼하고 결혼하자는 겁니까?"

"아니에요."

"아니면 본정통에서 만난 그 기생처럼, 무작정 함께 살자는
겁니까? 아니면 하룻밤 함께 자자는 겁니까?"

악을 쓴다. 상현은 정말 명희가 미웠다. 남자의 욕망 같은
것은 손톱만큼도 일지 않았다. 아름답고 상냥하고 깔끔했던
평소의 명희가 그럴 수 없이 우둔하게 느껴질 수가 없었다. 억
척스럽고 미련하게 보였다. 예쁘게 생긴 입술이 바보 천치같이
보였다. 회색 코트를 입은 어깻죽지가 가난하고 초라해 보였
다. 갑자기 후두둑 떨어지는 빗방울 소리. 비설거지를 하러 나
가는지 요란스럽게 열어젖히는 방문 소리, 홀딱홀딱 뛰는 발자
국 소리, 그리고 싸! 하며 일제히 지상을 적시는 빗소리. 다시
뛰어오는 발자국 소리, 방문 닫는 소리, 다음은 빗소리뿐이다.

"그럼 좋습니다."

상현이 벌떡 일어선다.

"내가 나가지요."

"아, 아니에요. 가겠어요. 갈래요."

뛰듯이 일어선 명희는 발이 저렸던지 휘청거리다가 쓰러진다. 그러나 팔을 뻗쳐 방문을 열어놓고 기어나가듯 나간다. 그 모습을 상현은 잔인한 눈초리로 바라본다. 대문을 닫는 소리, 그러고는 빗소리, 상현은 눈앞이 캄캄해오는 것을 느낀다. 미친 것처럼 뛰어나간다.

"아주머니! 아주머니!"

"왜 그러시우?"

"우산, 우산 좀 빌려주십시오."

"우산을요? 하나밖에 없는데."

"어서 주십시오! 내일 아침 사드릴게요. 어서!"

하숙집 여자는 상현의 기세에 쫓기듯 엉겁결에 우산을 내놓는다.

"원 세상에, 밤낮 술만 마시지 말구 우산이나 하나 마련하슈."

투덜거리는 소리도 귀에 안 들리는 듯 달려나간다.

"아무래도 제정신이 아니다."

중얼거리며 길 아래위를 번갈아보다가 아래켠 쪽, 새나온 불빛에 움직이는 것을 보고 뛰어간다.

"명희 씨!"

명희는 천천히 걷고 있었다.

"명희 씨!"

계속하여 천천히 걷고 있다. 씨근덕거리며 다가간 상현이 우산을 내민다.

"비 맞고 가면 감기 듭니다."

명희는 말 잘 듣는 아이처럼 우산을 받는다. 한 손으로 받으면서 다른 한 손을 내민다. 상현은 저도 모르게 작고 부드러운 손을 쥐여준다.

"안녕히 계세요."

명희는 허리를 굽혀 인사를 했다. 그리고 비안개 속으로 사라져버린다. 상현은 비를 맞은 채 우두커니 서 있다가 주먹을 펴본다. 손바닥 위로 빗살이 떨어진다. 간지럽게 두들긴다. 발길을 돌려놓는다.

"미쳤어. 미친 짓이야."

걸으면서 중얼거린다. 굵고 드세진 빗줄기가 얼굴을 친다.

"미쳤어. 미친 짓이야."

갑자기 심장 저 밑바닥에서 뜨거운 것이 소용돌이치고 견딜 수 없는 슬픔이 치민다.

"나도 미치는가 보다."

상현은 되돌아선다. 명희가 사라진 방향을 향해 걷는다.

"이 비를 맞고 웬일이셔요, 서방님."

초롱불을 내비치다가 흩어진 머리카락, 빗물이 뚝뚝 떨어지는 몰골, 암울하게 가라앉은 눈빛을 보고 기화는 놀란다.

"어서 들어오셔요."

팔을 잡는데 상현은 그 손을 뿌리치며 들어선다.

"가을도 다 가려는데 무슨 놈의 비가,"

기화의 드높은 목청이 울렸으나 불 꺼진 행랑에선 일어나는 기척이 없다. 방으로 들어간 기화는 수건부터 건네준다.

"웬일이세요?"

묻는다.

"그냥,"

"무슨 일이 있었나 보지요?"

"아무 일도 없었어."

기화는 반닫이를 열고 의복을 꺼낸다.

"갈아입으셔요. 감기 드시겠어요."

상현은 언제나 그러했듯이 주저의 빛을 나타낸다. 기화는 한숨을 내쉬며 지켜본다.

처음에는 기화가 지어내는 옷을 완강히 거절했었다. 나중에는 기화가 통곡을 하고 말았다.

"사내자식이 여자 하나 먹여 살리지도 못하면서 해주는 옷, 차마 못 입겠기에,"

달래면서 한 말이었다.

"그럼 처가에서 내는 학비로 공부는 어째 하셨어요?"

"그, 그건 법으로 만났으니까, 부모님이……. 기화는 다르지 않어."

"남이다, 화류계의 계집이다 그 말씀이지요?"

"측은해서 말이야. 나 입을게. 옷 입는다구."

그러나 한 번도 편안한 마음으로 옷을 갈아입은 일이 없었다.

기화는 소매 끝을 걷으며 부엌으로 들어간다. 기화가 전주에서 올라오기론 지난봄이었다. 기생으로선 볼일 다 본 나이였으나 기화의 독특한 창을 아끼는 풍류객은 많았다. 그래서 그를 기다리는 주석은 늘 있었고 지방보다 서울에 오면 도리어 생활이 윤택해지는 것도 그 때문이었다. 그리고 이제는 육십, 환갑을 눈앞에 둔 운삼이 여전히 단념을 못하고서 기화가 서울에 나타나기만 하면 새로운 희망을 걸고, 비록 셋집이나마 집을 마련해주는 정도의 수고를 아끼지 않았다.

"저렇게 욕심 없는 계집은 처음 봤다. 조금만 참을성 있게 힘쓰면 내로라하는 명창을 치고 나갈 건데, 그 좋은 목을 가지고 말이야."

운삼이 한탄하면 함춘관의 추산은,

"어지간하다니까. 아직도 단념 못하셨수?"

"글쎄 그게 아까워서 그래."

"단념하는 게요. 나이가 있지 않수? 이젠 안 될 거요."

"마음먹기에 달린 거지. 돼 있는 바탕에다 조금만 닦으면 되는데 나이가 무슨 상관이야."

"했으면 벌써 됐을 거 아니오? 틀렸어요. 넋을 빼서 어디 걸어놓고 온 아이예요. 이번에도 얼마 동안이나 서울에 붙어 있을는지 모르지요. 여차하면 훌쩍 날아버릴 텐데. 아직도 운삼 선생께서는 기화를 여자로 보셔요?"

"여자니까 여자로 보일밖에, 투기하는 겐가?"

"객쩍은 말씀, 그럴 힘이라도 남아 있으면 얼마나 좋겠소."

이번에 기화가 서울로 오게 된 것은 상현이 때문이다. 상현을 뒤쫓아 서울로 왔고 상현은 하숙생활을 하면서 이따금 기화 집을 찾곤 했는데 기화는 남편을 대하듯, 그러나 상현은 결코 남편 행세를 하려 들지 않았다. 기화가 술상을 보아 방으로 들어갔을 때 옷을 갈아입은 상현이 멍청하게 앉아 있었다.

"아무리 생각해봐도 이해할 수가 없어."

중얼거렸다.

"뭐가요?"

"여자들 말이야."

"여자들······."

"기화도 그렇고,"

"또?"

"내가 나쁜 놈이야, 내가······ 구제할 수 없는 놈이야."

상현은 기화가 내미는 술잔을 받아 비운다.

"기화."

"네."

"빈털터리, 한 달의 생활도 책임질 수 없는 나 같은 사내를 뭣 땜에 이러는 거지?"

"의지하는 거지요."

"무슨 능력이 있어서 날 의지하누."

"돈만 있으면 능력이 있는 건가요? 돈은 저도 쓸 만큼은 벌고 있어요."

"그러니까 사내가 병신이 되는 거지."

"서방님?"

"음."

"다음에 쓰는 소설에는 신여성이 나오겠지요?"

"뭐라구?"

기화를 뻔히 쳐다보는데 상현의 눈빛이 흔들린다. 얼마 전에 상현이 발표한, 『헐벗은 나무 밑에서』, 긴 제목의 소설은 타락하여 친구와 부모한테까지 버림받은 지식청년과, 소꿉동무였던 기생과의 사랑을 쓴 것인데 그 기생은 기화가 모델이다. 기화는 양품점에서 만난 명희를 두고 상현의 마음을 타진한 것이다.

"유치한 소리, 그런 말도 할 줄 알았나? 제법인데?"

상현은 술상을 밀어버리고 기화를 껴안으며 들뜬 목소리로 말했다.

"누가 뭐랄까 봐서 그러세요?"

상현을 떠밀어내는 기화의 목소리는 흔들리었다.

"아니야. 기화의 살갗이 따뜻해서 좋다."

상현은 더욱 굳게 껴안으며 마음속으로는,

'가엾은 기화. 언제든 난 너를 버릴 텐데 말이야.'

8장 오열(嗚咽)

"빌어먹을 여편네."

상현은 원고지를 뿍 찢어서 구기다가 홱 집어던진다. 길에
기명물 뿌리는 소리가 그쳤는가 싶더니 대문 닫는 소리, 빗장
지르는 소리는 더 요란하다. 다시 부엌 쪽에서 솥뚜껑을 열어
젖히는 소리가 울려온다. 새벽 두 시부터 일어나서 일본말로
된 외국소설의 번역을 좀 해놓고 먹이를 노리는 매같이 책상
앞에 도사리며, 그리고 날이 밝은 것이다. 간도의 생활체험을
소재로 하여 쓰려는 소설이 단 한 줄도 나가지 못한 채 한 달
가까이 상현은 계속하여 그런 새벽을 되풀이해왔다. 술을 끊
었고 기화한테 가지도 않았다. 그러나 소설을 쓴다는 것, 지금
의 상현에게는 소설을 쓴다는 것, 쓰는 행위 이상의 절실한 무
엇과의 대결상태, 문학은 하나의 방패였었는지 모른다. 싸움
의 방편이었는지도 모른다. 이래도 좋은가, 이래도 좋은가, 수
없이 자기 자신에게 의문을 던지면서 낫질도 도끼질도 할 수
없는 자신의 내부, 자신을 둘러싼 외부와의 대결은, 그러나 언

제 끝날지, 과연 끝날 수 있을 것인지 알 수 없는 일이다. 욕망과 갈등과 자포자기, 제약과 여건과 의무, 그 모든 것은 첩첩이 쌓인 가시덤불, 이동진의 아들이 일제하에서 어떻게 발붙일 것인가. 발붙일 곳도 없거니와 발을 붙여도 아니 된다. 그러면 어디로 가나 갈 곳이 없다. 일본 유학은 했다지만 조선에서 계통을 밟지 못했던 상현이 갈 수 있었던 곳은 정규적인 학교가 아니라 학원 따위였고 청강생을 넘을 수 없었다. 의사도 교사도 변호사도 될 처지가 못 되었다. 철새 같은 기자생활이 고작이었으며 가산이 있어 가산을 경영할 처지도 아니다. 초조하다가 포기하고 오히려 위악적으로 치달린 상현이 기독교에 기울어질 리 없고 권위의식은 여전히 남아서 많은 지식청년들이 교회로 몰려 앞길의 방향을 잡는데 그는 그 길을 통해 숨 쉬어볼 구멍도 없다. 연해주로 간다? 신념이 생기기까지는 출발할 수 없는 것이다. 간도에서 연해주를 오가며 조선사람의 힘으로 독립이 된다는 것에 회의를 품었던 상현은 3·1운동이 잠들어버린 지금엔 더욱더 그것을 믿지 않았다. 여자, 여자들, 인간관계에서도 안주할 곳은 없다. 조혼한 아내는 영원한 타인일 것 같았고, 그리움보다 미움을 더 강하게 품게 된 최서희는 먼 곳에, 날이 갈수록 더욱 멀어져만 가는 여자다. 기화의 경우는 연민과 편안한 잠, 잠시나마 쉴 수 있는 가슴, 방황하는 공통점, 그런 것으로 하여 기약도 없는 만남을 지속해왔지만 그것이나마 사내 자존심 때문에 괴로운 관계가 아닌가. 상현은 아내가 영

원한 타인인 한에서는 자신도 영원히 남편이란 위치에서 부초
(浮草)일밖에 없다는 생각을 한다. 절대로 이혼은 못하기 때문
에. 그래 글을 쓰자, 문학에 생애를 걸고 승부를 보자, 그러나
한심하다. 자기 모멸을 완전히 배제할 수가 없는 것이다.

지난 늦가을에 느닷없이 나타난 명희가 해괴한 행동을 취하
고 돌아간 일은 상현에게 깊은 충격을 주었다. 난폭한 언사,
차마 그럴 수 없는 모욕을 퍼붓고 빗길로 내쫓은 명희였다. 그
러나 상현은 가끔 검정 치마와 저고리, 검은 머리가 나부끼는,
얼굴이 새하얀 명희 모습을 환영처럼 눈앞에 볼 때가 있다. 검
은 치마와 저고리, 검은 머리, 치마가 나부끼고 옷고름이 나부
끼고 머리칼이 나부끼고 차마, 감히 사랑이라 할 수는 없었지
만. 명희의 일이 있은 후 십이월 초순에 접어들어서 상현은 다
시 한번 충격을 겪었다. 지금도 자책과 부끄러움 없이 그 일
을 상기하지 못한다. 그러니까 명희와 그런 일이 있은 지 일주
일쯤 지났을까, 진주에 있던 석이가 사십을 훨씬 넘긴 듯 비쩍
마른 전라도 사내를 데리고 하숙을 찾아왔던 것이다.

"임역관 댁엘 갔더니 이선생님 계신 곳을 가르쳐주시더군
요."

"무슨 급한 일이라도 있었던가?"

"급한 일이랄 건 없지만 우선 이분부터 소개해야겠습니다.
용정촌에서 이서방이랑 함께 지낸,"

"예. 성은 주가고 이름은 갑이라 합니다요."

하며 사내는 고개를 숙였다가 코끝을 문질렀다.

"아, 네, 나는 이상현이오."

어리둥절한 채 상현도 우선 통성명을 했다.

"고향 다녀오는 길인디, 그 길로 이서방을 찾아 진주로 가들 않았겠소? 헌디 이서방은 못 만내고 영팔이성님을 만내가지고 정선상을 알게 됐지라."

이야기가 길어질 것을 염려하듯 석이가 막고 나섰다.

"다름이 아니라 저도 서울 올 일이 있고 해서 함께 왔습니다만 얘기를 듣고 보니 연해주에 계시는 이동진 선생님을 잘 아신다 하기에 한번 만나뵈는 게 좋지 않겠나 하고,"

눈이 날카로워지면서 상현은 긴장한다.

"댁이 내 아버님을 어떻게 아시지요?"

떠다밀듯 주갑에게 묻는다.

"연해주에는 팔구 년 넘기 있었인께 잘 알지라우. 지난 사월에 도현 어른허고 몇몇 분이 니콜라옙스크까지 쳐들어온 왜놈헌티 붙잡혔을 때만 혀도 아 금매 이선상님도 당할 뻔 안 혔간디요? 딴 사정이 생겨서 동행 못헌 것이 천만다행이라."

상현의 낯빛이 싹 변했다.

"그래서?"

"지금은 연추에서 탈 없이 기시는 걸 보고 왔는디 그곳 형편이 죽 끓듯 한께로 기약허기가 어렵지라우."

"그러면 댁에서는 일을 한다 그 말씀이오?"

"일은 무슨 일이겄소. 이것저것 닥치는 대로 허면서 사는 날품팔이여라우."

그 말을 듣고는 상현도 긴장을 풀었다. 이상한 목적이 있어 왔다면 일한다는 것을 부정할 리가 없고 또 신경과민이어서 그렇지 일본 관헌이 상현에게 손을 뻗쳐온들 별무소득일 테니까. 상현은 어두운 낯빛으로 내키지 않는 듯이 그곳 사정을 물었다. 주갑은 그의 독특한 화법으로 우스꽝스런 몸짓을 겸하여 그러나 비교적 명확하고 요령 있게 그곳 사정을 상현에게 들려주었다.

"얽히고설키고 혀서 말로는 할 수 없는 일들이 수두룩헌께로, 또 본시부텀 배운 거이 없인께."

주갑은 이제 끝났다는 듯 잠시 동안 침묵을 지키다가 묵묵히 앉아 있는 석이를 힐끗 보고 나서,

"이런 말씀 드리면 웨떻게 생각허실지 모르겄는디, 제발 남의 일에 관계 말라 허시들 말고, 이제는 글렀어라. 연추에 기시는 그 어른 이제는 연만허시고 또 기력도 쇠허신 것겉이 보이는디, 피치 못할 사정이 있다 헌다머는 헐 수 없는 일이겄소만 어지간허면 젊은 선상님이 그곳에서 함께 지내는 것이 합당허지 않나 생각을 허는디 웨떻겄소? 말이 쉽지, 고국산천 떠난 지가 이십 년이 넘는다는 말씸을 들었을 적에는 눈물이 나들 않겄소? 그렇다고 혀서 그 어른께서 돌아오실 형편이 된다요? 허기사 쳐 죽일 놈의 이 몸도 큰소린 못혀. 고향이라

돌아간께로 울 아부지 돌아가신 지가 오래라, 참말이제, 낯짝
쳐들고 동네 길을 다닐 수 없더란께로. 뜨내기 겉은 이 몸 신
세야 별 상관이 없는디, 내 나라를 등지고 이십여 성상(星霜)을
독립운동에 몸 바쳐서 늙은 분네들은 그 공과야 웨떻든, 허기
는 태평성대 겉은 말 말라고 퉁방울*을 묵을지 모르겄소마는,
조급허고 맴이 거세어서, 총대 잡고서 뛰먼은 누구든지 그러
기야 헐 것이요잉. 아 금매 늙으신 어른들도 말씸으로는 나라
잃은 백성이 일신의 안락을 웨찌 바랄까 보냐, 나라를 잃은
것도 따지고 보면 우리 자신이 단속을 잘못헌 죄가 아니겄느
냐, 고생허는 걸 원망헐 처지가 아니라 허시기야 헙디다마는,
일이라도 활발히 헐 처지라면 시름도 잊고오 희망도 있으련
만, 이자는 일헌다는 사람의 질수가 달라졌고오 세상도 많이
변했인께 그 어른도 괴롬이 참 많을 것이오. 아니헐 말인지도
모르겄소만 부자간에 설령 의견이 상충된다 허더라도 젊은
선상께서 젊은 사람들허고 어울리어 일을 허게 된달 것 겉으
면 그 어른의 맴이 좀 흡족할 것이여? 기상이 강한 어른이라
겉보기에 무심상허지. 최도현 어른께서 도척이 겉은 원수 놈
들 손에 무참스리 세상을 뜨시고부터는 참말로 맘 붙일 곳이
없을 것이여. 뭣이라 이런다고 혀서 젊은 사람들이 그 어른을
소홀히 헌다거나 괄시를 헌다는 이야그는 아녀. 이녁 혈육만
이야 헐 것인가 그 말 아닌게라우."

한마디 한마디가 폐부를 찌른다. 부친의 딱한 형편을 빌미

삼아 자신을 내리치는 것 같아 상현은 분노의 심정을 가라앉히기가 어려웠다. 처음, 니콜라옙스크 얘기가 났을 때부터 상현은 가슴에 못질을 당한 기분이었던 것이다. 차마 생각하기조차 싫은 것, 그러나 상현은 이따금 부친 생각을 할 때 김훈장을 연상하곤 했었다. 주갑의 말은 대안의 불 보듯 서 있는 자신을 힐난하는 것이라 느끼는 동시 차마 생각하기조차 싫은 그 연상을 다시 하지 않을 수 없었다. 주갑은 자리에서 일어서며,

"저거,"

하며 딴말을 꺼낼 모양인데, 석이가 재빨리 말을 받아서,

"온 김에 봉순이누님을 한번 만나보고 싶어합니다."

상현은 적의에 가득 찬 눈초리를 석이에게 돌린다.

"봉순이누님이 간도에 가셨을 때 주서방께서 신세를 많이 졌다는군요. 그래서 인사나 하시겠다고."

"예. 모르면 모르까 거처허는 곳을 안다고 헐 것 겉으면 인사를 않고 그냥 갈 수는 없는디,"

"임선생님께 여쭈어보았더니 이선생님께서 혹 아실지 모르겠다 그러시더군요."

얼굴은 빳빳하게 굳어져 있었고 눈에는 여전히 적개심을 태우고 있었지만 별말 없이 기화의 집을 자세히 가르쳐주었다.

주갑이를 데리고 석이가 일부러 상현을 찾아온 것은 이동

진의 소식을 전해주는 일보다 실은 서울서 얼마 동안 더 머물러야 할 주갑의 사정이었으므로 안전한 거처를 마련하는 데 목적이 있었던 것이다.

그들이 떠난 뒤 상현은 며칠 밤 잠을 이루지 못하였다.

'천하에 못난 놈 같으니라구, 네 같은 놈을 자식으로 가진 것이 부끄럽다!'

꿈속에서 호통치는 부친의 목소리를 듣고 벌떡 일어나 앉곤 하는 것이었다. 하기는 새삼스런 일은 아니었다. 주갑이 와서 그런 말을 하지 않았을 적에도 상현은 이따금 부친과 대면하고 대결하는, 그런 꿈을 꾸는 밤이 있었다. 새삼스런 고통은 아니다.

한데 그날은 십이월 초순, 한 달 넘게 발을 끊었던 기화 집에, 주갑이 그곳에 있으리라는 생각은 꿈에도 하지 않고 찾아갔는데, 뜻밖에 삐쩍 마른 전라도 사내와 상현은 마주쳤던 것이다.

"아니!"

당황했다.

"젊은 선상님, 어서 오시시오."

주갑은 정중하게 고개를 숙였다. 처음 만났을 때와는 딴판으로 침울한 얼굴이었다.

"어찌 된 일이오? 아직 안 가셨소?"

"예. 이 댁에서 일 좀 해주고 여비나 매련해볼 양으로,"

심드렁한 말투다.

"어서 들어가시시오. 기화아씨 기십니다요."

자격지심에서 그랬겠지만 주갑의 말이 몹시 귀에 거슬렸고 뭔지 석연치 않아 불쾌했다.

기화는 주석에 나갈 차비를 하고 있었다. 경대 앞에 서서 남빛 법단 치마의 허릿말을 졸라매면서 상현을 쳐다보는데 얼굴이 많이 수척했다.

"어떡허지요? 나간다고 했는데,"

"나가야지."

기화 얼굴이 빨개진다. 곧 핏기는 가시고 풀이 죽는다. 나 가지 말라는 말을 기대했던 것 같다.

"그보다 저 사람 어떻게 된 거지?"

"주서방 말씀이셔요?"

"음."

"석이가 와서 머슴으로 두라고 하기에, 민망해서 일은 안 시켰습니다."

"그래? 어째 얘기가 다르군."

"뭐랬기에요?"

"글쎄……."

하고 상현은 말끝을 얼버무리고 말았다. 석이의 부탁이었다 면 그럴 만한 이유가 있었겠지 했으나 상현은 과히 기분이 좋 진 않았다.

"나 한잠 자고 가겠어."

상현은 팔베개를 하고 반듯이 눕는다.

"이부자리 깔아드릴까요?"

"아니, 이대로가 좋군, 방바닥이 따스해서. 나한테 신경 쓰지 말구 나가라구."

기화는 베개를 꺼내어 머리에 받쳐주면서,

"무슨 말씀을 그렇게 하셔요?"

"왜? 못마땅한가?"

"남남처럼,"

낮게 들릴락 말락 한 음성이다.

"기화도 변하는군. 이상하게 변해간다."

"네, 변했어요. 저도 모르게요."

"집착하지 말어. 누구 말마따나 나는 뜨내기 신세야."

"그걸 모르나요?"

"알면 됐어."

"말씀만이라도 그렇게는 하시지 마셔요."

상현은 눈을 꼭 감아버린다.

상현이 한숨 자고 일어났을 때 기화는 아직 돌아오지 않았고 들창은 캄캄하게 어두워져 있었다.

'흠, 늙은 부친은 천 리 이역 풍설 속에서, 아들놈은 기생방에 늘어지게 자고, 전라도 사내가 분개하겠는걸? 아무렴 어떤가. 세상은 막바진데 상놈이 훈계하고 나무라는 세상 아니

야? 양반 자식이 타락하는 것 무리가 아니지. 아암, 상놈이 양반을 동정하는 세상이거든.'

방문을 열고 밖으로 나간다. 뒷간으로 가려고 상현이 뒤안으로 돌아가는데 어둠 속에 흐느껴 우는 소리가 들린다. 멈칫하고 어둠 속을 살펴본다. 박쥐처럼 벽에 바싹 붙어 서서 울고 있는 사내, 주갑이다. 그냥 못 본 척 되돌아 나오려다가 심상치가 않아서,

"거기 주서방 아니오?"

묻는다. 대답이 없다.

"여보시오."

"예. 내가 주가여라우."

목이 꽉 잠긴 음성이다.

"무슨 일로 그러시오?"

"……."

"딱한 사정이라도 있으면 말해보시오."

일전에 찾아왔을 때는 당당하고 일장의 변설도 사양치 않던 사람이 이 무슨 꼴인가, 상현은 속으로 웃음이 나올 뻔했다.

"딱허기야 이보다 더 딱헌 일이 어디메 있을 것이여. 이자는 다 틀려부린 일, 신령님도 별수 없단께로."

다시 흐느껴 운다.

"허허 참, 그러니 운다고 해서 될 일도 아니구먼."

울음이란 묘한 것이다. 상현은 갑자기 주갑에게 친근한 것

71

을 느낀다. 사십을 훨씬 넘긴 사내가 흐느껴 운다. 그것도 부지깽이 들고 쫓아오는 어미를 피하여 도망쳐 온 소년처럼 벽에 붙어서 울다니.

"무슨 일이 그렇게도 서러운지는 모르겠소만 우는 것보다는 술 마시는 편이 낫겠소. 자아, 갑시다."

"다아 허사여."

중얼거린다.

방으로 함께 들어온 주갑이는 우두커니 선 채 낯선 사람을 바라보듯 상현을 쳐다본다. 눈물에 얼룩진 가죽과 뼈뿐인 듯 여윈 얼굴, 그러나 눈이 그렇게 맑을 수가 없다, 슬픔에 가득 찬 눈이. 딱하고 우습기만 했던 상현은 그 눈을 보는 순간 놀란다. 왜 놀랐는지 알 수 없지만.

"젊은 선상, 미안스럽소."

소리를 지르며 통곡한 것도 아닌데 여전히 목이 잠겨서 전라도 사투리가 차분하게 느껴진다.

"아니오. 내게 미안해할 것 없지요. 앉기나 하시오."

"예."

상현은 그가 주저앉는 것을 보고 밖으로 나간다.

"어멈."

행랑어멈이 쪼르르 나온다.

"술상 좀 보아주겠나?"

"예에."

기화가 나가면서 단단히 일러놓은 눈치다. 술상은 지체없이 들어왔다. 행랑어멈은 주갑을 쳐다보며 의아해하다가 나가버린다. 말없이 술잔을 비운 주갑이,

"내가 본시부텀 눈물이 헤픈 사낸개 비여."

"……."

"날아가는 철새만 보아도 눈물이 난단 말시. 저놈들은 사람보다 지혜가 있고 죄 없는 놈, 장하다는 생각이 들지라. 철 따라서 수만 리 장천을 그 연약한 날개 하나로. 찢어져도 제 갈 길을 간께로. 사람이 저저이 가야 할 길을 간단가? 얼굴을 치켜들고서 그것들이 날아가는 하늘을 보고 있노라면 눈물이 절로 흐르들 않겠소? 잘 가더라고 철새야, 어서어서 가서 날개 접고 쉬더라고."

상현은 주갑을 유심히 쳐다본다. 남자다운 데라곤 한 군데도 없는 몰골이요 용모다.

"올해 몇이지요?"

"나이 말씀이란가? 쉰은 쪼깬 넘었일 것이오."

상현은 부친을 두고 그 어른 그 어른 하며 상노인 취급을 하던 생각이 난다. 나이를 듣고 보니 크게 차이가 지는 것도 아닌데, 부친의 나이 금년에 쉰아홉인 것을 생각한다. 아무튼 상현은 주갑이라는 사내가 신기하다. 나이를 듣고 보니 그쯤 됐을 것 같기도 하고 그러나 연령을 느낄 수 없는 사내다.

"젊은 선상, 강우규 어른을 아신다요?"

어세가 뚝 떨어진다.

"강우규 의사를 모를 사람이 있겠소?"

'왜 갑자기 강우균가.'

3·1운동의 수습책으로 작년 구월에 해임된 하세가와[長谷川] 총독 대신 사이토[齋藤]가 후임으로 부임하던 날 남대문 역두에서 폭탄을 터뜨린 예순다섯 살의 노인 강우규를 모를 사람은 없을 것이다. 그 노인은 며칠 전에 처형되어 이 세상에는 이미 없다.

"알기는 많이들 알 것이여. 이름 석 자를 안다는 얘길 것이여."

얼굴을 숙인다. 눈물방울이 무릎 위에 투덕투덕 떨어진다.

"그 어른을 이자는 볼 수 없단 말시."

"……?"

"그 어른은 내 선상님이여라. 으흐흐흐흣……."

"네?"

"만주땅 퉁포슬이란 곳에서 그 어른을 만냈지라우. 토사곽란을 만내서 죽는가 싶었는디 우연찮게 그 어른을 만내서 침으로 살아났어라. 그간 구 년의 세월이 흘렀어야. 젊은 놈들, 젊은 놈 다 뒈져야 한단 말시. 으흐흐흣……."

"그러니까 그 어른을 줄곧 모셨다 그 말씀이오?"

"그려."

"그랬었군. 해서 못 떠났구먼요."

74

"이자 떠나야겄어라우."

주갑은 눈물을 거두고 술잔을 들었다. 상현은 공손하게 술을 따라주었고 지순한 한 사내의 뜨거운 눈물을 가슴 깊이 새겨보는 것이었다.

"실상은 내가 그 어른을 모셨다기보다는 애를 많이 먹였을 것이여. 그 어른은 몸으로 날 가르쳤단 말시. 참말로 잊을 수 없을 것이여. 젊었을 적에는 기천 원의 거금을 던져서 핵교를 세우고 중년에는 행상도 허시고 한의 노릇도 허심서 핵교 뒷바라지, 말씸으로 안 허시고 몸으로 허셨단께로. 마지막꺼지 그 어른은 몸으로 허싰어."

그다음 날로 주갑은 떠나버렸다.

조반을 뜨는 둥 마는 둥 상현은 하숙을 나왔다. 작년에 발간된 「고려신보」에 나가게 된 것이 지난 구월이니까 3·1운동 후 약 일 년 반을 상현은 직장 없이 전전했던 것이다.

두 시까지 신문사에서 일을 보다가 늦은 점심을 먹기 위해 상현은 외투를 걸친다. 문간에서 담배를 붙여 물고 바람이 몹시 이는 밖을 내다보다가 외투 깃을 세우며 나섰다.

"이선생님!"

황태수 집 사동 만길이가 뛰어온다.

"웬일이냐?"

코가 빨개가지고 입김을 내어뿜으며 소년은 웃었다.

"심부름 왔습니다. 하마터면 못 만날 뻔했습니다."

"무슨 일인데?"

불꽃을 날리며 담배 몇 모금을 피운다. 바람이 아주 거세다.

"저녁에 오시라구요, 우리 댁 서방님이."

하다가 소년은 쪽지를 내민다. 쪽지의 내용은 만사 폐지하고 저녁 여덟 시에 집에 오라는 것이다.

"오신다고 여쭐까요?"

"알았다고 말씀드려."

"네."

솜 바지저고리를 입은 소년은 등을 구부리고 바람 속을 뛰어나간다. 소년의 뒷모습을 바라보며 상현은 황태수 집에서 임명빈과 만날 일을 생각한다. 대면이 아주 거북할 것 같아서 갈 것인가 말 것인가 작정을 못한 채 신문사 근처에 있는 음식점 문을 열고 들어간다. 대낮부터 소주를 마시고 있던 사내가 들어서는 상현을 보자 손을 번쩍 들었다.

"이리 오시오, 이선생!"

D신문사의 기자 안익준(安益俊)이다.

"오래간만이오."

자리에 앉으며 인사를 한다. 점심때가 지났기 때문인지 동료는 한 사람도 없고 손님도 적다. 국밥을 시켜놓고,

"그동안 고생했지요."

"고생이야 늘 하는 건데 뭐."

안익준은 챙같이 된 뻣뻣한 머리를 귀찮은 듯 쓸어넘기며

말했다.

"신문이 나오게 돼서 어쨌든 잘됐어요."

일본의 삼종신기(三種神器)를 모욕했다 하여 발간 오 개월 만에 무기정간을 당했던 D신문의 사정 얘기다.

"풀리기는 했지만 신문이 나와야 말이지요. 지금 사정 때문에 큰일이오. 3·1만세 덕분에 얻어낸 우리 언론인데 속이 바싹바싹 타누마. 제에기랄, 육시럴 놈들!"

상현은 갖다 놓은 국밥을 먹는다.

"이선생 술 끊었소?"

"누가 장담을 해요."

"이래서 마시고 저래서 마시고 조선에서 돈 버는 것은 술장사밖에 없겠소."

"술장사도 조선사람만 한다면야."

다혈질인 안익준은 좌충우돌, D신문이 유생(儒生)들을 비난했다 하여 유림(儒林)이 들고 일어나서 불매운동을 벌였던 일을 들어 욕지거리를 하는가 하면, 상해임시정부의 대통령인 이승만이 조선을 미국의 위임 통치하에 두자는 얘기를 했다 하여 욕설을 퍼붓고 하다가,

"이보시오, 이선생."

"네."

안익준은 목소리를 낮추었다.

"독립군들이 말이오, 속속 노령으로 넘어간다는데 그러면

상해임시정부는 어떻게 되는 거지요?"

"무너지겠지요."

"그럴까? 정말 그럴까? 상해임정은 오늘날 국내에서는 하나의 상징인데 그렇게 되면 독립운동의 구심력이 무산되는 거 아니오?"

"모두 노령으로 넘어갔다면 그곳에 새로운 상징이 서겠지요."

상현은 아무런 열의도 없이 내뱉듯 말했다. 안익준은 혀를 내밀어 윗입술을 누르며 생각을 한다.

"어디로 가나 속시원한 일은 하낫도 없지. 쌀은 자꾸자꾸 실어 내가고오 제일 특대우를 받는 조선의 지주들도 따지고 보면 왜놈들의 고지기거나 관리인에 불과한 거니 열나서 농사지을 생각도 안 나고 빌어먹을, 3·1운동 때 그만 왕창 죽어버리는 건데,"

"서서히 죽어가고 있지 않소."

"여기저기서 폭탄이 툭툭 터지건만,"

"그것 믿었다간 심장만 노쇠하지요."

"제에기랄! 미국에나 건너가서 사탕수수나 심고 살까 부다."

"미국사람 마음씨 좋다 하던가요?"

"하기야 그놈이 그놈이지, 별수 있을라구? 제에기, 우리는 삼일(3·1)이고 중국은 오산(5·4)데 그러니까 두 달하고 삼 일이 앞섰다는 말씀이오."

"그래서요."

1919년 같은 해, 중국에서는 북경대학을 위시한 열세 개의 학교, 삼천 명에 달하는 남녀 학생이 파리강화회의에서 산동(山東) 문제를 해결하지 못한 데 분노하여 배일(排日)의 시위를 벌인 것이다. 그들의 창날이 친일파로 향함과 동시 일화(日貨) 배척, 일본 상품의 불매운동이 전개된 것이다.

"확실히 중국인들은 지구력을 갖고 있단 말씀이오."

"여건이 다르지 않소. 속이야 만신창이지만 그들은 아직 독립국이니까."

"하지만 그들 학생운동이 일본이나 기타 외국만을 겨냥하여 진전되고 있다 할 수는 없어요. 본질은 오히려 혁명운동 아니겠소? 학생운동에서 지금 중국에선 노동운동으로 확대돼 가고 있으니 말이오."

상현은 수저를 놓고 손수건을 꺼내어 입술을 닦는다. 할 일이 별로 없는 안익준은 말을 계속한다.

"아무튼 다아 그만두고 신문이 말만 제대로 할 수 있다면 지금 우리가 할 수 있는 것, 하나는 있어요."

"신문이 말을 제대로 할 수 없는 데 문제가 있는 것 아닙니까."

"우리도 일본 상품의 불매운동을 한다, 제에기랄! 썩어빠진 유생들이 뭐? D신문 불매운동? 미친 개자식들, 그따위로 하니까 욕을 처먹지. 각성하라면 각성하는 거지. 어쨌거나, 일본 상품의 불매운동을 한다면 신문이야말로 도깨비방망인데 말씀이오."

"불매운동도 우리 상품이 있은 뒤 얘기 아니겠소? 중국은 그동안 민족자본이 착실히 육성됐거든요. 사실 일화배척운동도 중국에선 자본가의 뒷받침 없이는, 우리에게 뭐가 있소? 동척(東拓)은 우리 농토를 수탈하면서도 민족자본의 유출을 두려워한 그네들은, 막는 수단으로 지주들을 보호하고 있지 않소? 물꼬를 꽉 틀어막아놨는데 되는 것 없어요. 기껏해야 계몽운동, 하세월이지."

"어째 이선생은 그렇게 부정적으로만 생각하시오."

"나만 그런가요? 우리는 이미 일본의 입 속으로 들어갔고 중국은 그래도 하늘 보고 있어요."

"그렇다고 이대로,"

"모두가 다 그런 생각이야 하지요. 이래도 좋은가, 이래도 좋은가, 이래도 좋은가, 하하핫핫!…… 하하핫핫, 그럼 나는 가겠소이다."

상현은 멍하니 쳐다보는 안익준을 놔두고 거리로 나왔다. 거리에 나왔어도 웃음이 났다. 모래 실은 바람이 얼굴에 따가운데 열병에 걸린 것처럼 머릿속이 달아오른다. 밤마다 이래도 좋은가, 이래도 좋은가, 수없이 자기 자신을 향해 던졌던 의문은 음식점 기름때 묻은 술판 앞에서 수포가 되어 사라져버린 것이다.

바람 부는 거리에서 갈 곳은 어딘가. 신문사에 가야 한다. 가도 할 일은 남아 있지 않지만 갈 곳은 그곳밖에는 없다.

'마침 잘됐군. 저녁에는 그곳에 가야, 갈 곳이 있어서 좋고……'

9장 외투 입어!

상현이 구리개(仇里介)에 있는 황태수 집 사랑으로 들어섰을 때 임명빈의 시선을 대비하고 있었던 그의 눈에 들어온 사람은 울퉁불퉁한 얼굴, 대추씨같이 야무진 몸집의 사내 서의돈이었다.

"어이구, 우리 미남 소설가께서 납신다."

서의돈의 첫마디였다. 바늘이 감추어진 음성이다.

"형님, 언제 오셨습니까?"

형님! 하고 쫓아 들어가야 하는 것이지만 상현은 문을 닫고 나가버리고 싶은 심정을 누른다. 몸을 뒤틀듯 하며 방에 들어가 자리를 잡는다. 황태수, 임명빈 말고도 동경서부터 서의돈과 교유가 잦았으며 귀국 후 상현과 임명빈하고 술자리를 번번이 함께 했던 선우일(鮮于逸), 성삼대(成三台)도 와 있었다. 그들은 상현과 동배다. 오늘의 주연은 중국에서 돌아온 서의돈을 위해 베풀어진 것 같다.

"언제 오셨습니까?"

상현이 다시 물었다.

"며칠 됐지. 그래, 재미가 어때?"

비꼬는 것 같고 어제 그제 만난 사람같이 무심상한 것도 같다.

"재미는 무슨,"

상현은 기화와의 관계를 서의돈이 알고 하는 말이라 생각한다.

"수인사는 그만하고 술이나 들어."

옆에 앉은 선우일이 술잔에 술을 쳐준다. 술을 비우고,

"형님, 잔 받으시오."

서의돈에게 내민다.

"오냐."

받는다.

"고생이 많았지요."

"한 일이 있어야 고생이지. 구경 자알하고 왔네. 일본 중국다 돌았으니 이제는 미국 가는 게 남았다."

"혀는 짧아도 침은 길게 뱉으라 하던가?"

임명빈이 이죽거렸다.

"옳지. 내가 무망중에 잊었군. 옥고에 존체 보존은 여하하온지 문안드리오."

서의돈은 물러나 앉으며 너붓이 큰절을 하는데 우스개치고

는 어딘지 모르게 허약하고 실의에 찬 것같이 느껴진다.

"이거 대국 갔다 오더니 소국 갔을 때와는 판이하구먼, 예절에 밝아져서. 거 좋은 현상이야."

황태수가 껄껄 웃는다.

"흥! 그런 소리 말게. 내가 가서 되놈들한테 예절 가르쳐주고 왔다."

"그거는 그렇고 앞으로 어쩔래? 형사 놈들 자네 집에 못을 박아놓고 있는데 말이야."

"그런 얘기는 두었다 하자. 애국애족 얘기도 두었다 하고, 아전의 아들 이동휘(李東輝)가 공산당 조직하는 것은 당연하고 임금에게 충성을 맹세했던 이동휘 참령이 공산당 조직하는 것은 더욱더 당연하고, 뭐 그런, 그렇게 된 건데 자네들 같은 보수파들 애국애족은 당분간 휴업하는 것이,"

"꼬불꼬불 걷지 말고 똑바로 걸어주시오, 형님."

성삼대가 입술에 침을 바르며 다가앉는다.

"흥, 날아갔다가 울면서 돌아올려고?"

"이 자리가 어떤 자린데 허행합니까."

"술자리지 어전 회의장이냐?"

"그래도 갈 데 있습니까? 묻혀온 것은 떨어지게 마련이지요."

임명빈과 황태수는 성삼대가 밀고 나갈 것을 기대하며 싱글벙글 웃는다. 그곳 사정을 좀 더 구체적으로 알고 싶은 것은 공통된 심정인 것이다.

"이놈아 나 갈 데 있다! 수표동 물꾼 집에 갈 거야. 이제부터는 그들이 왕이라구, 젠장!"

서의돈은 연거푸 술을 마신다.

"과연 공산당이 큰 세력으로 확대될까요?"

"임정은 유명무실이다. 깨어졌어."

"이동휘와 이승만 때문에……. 앞으로의 전망은 어떨까요?"

"평생 가도 남의 덕 보자는 거지 뭐. 한마디로 강대국들 성쇠에 달린 것이 조선의 운명이야."

그 말은 진지하게 했다.

"내가 아까 이동휘를 어쩌구저쩌구했지만 사실은 지략이 부족해서 그렇지 이승만보다는 순수한 사람이야."

"그렇지만 대담하게 러시아에 접근해가는 것을 보면 상당한 모사꾼 아닙니까? 아무튼 실력으로 조직해나가는 것은 입뿐인 이승만이 못 따를 것 같은데."

"조직? 그게 뭔 줄 아냐? 돈이야 돈! 미국놈이 이승만한테 육십만 불이고 백만 불이고 주어보라지. 그 여우가 어떻게 하나. 아무튼 이승만이 정치가인 것만은, 그 면에서만은 두각을 나타냈다 할 수 있어. 한마디로 야심가야. 그게 싫어서 반골들이 고개를 내젓는단 말이야."

"러시아에서 준 자금의 일부가 강탈당했다는 것은 사실입니까?"

"사실이야. 노령(露領) 한인공산당(韓人共産黨)에게 뺏긴 것은 사실이야. 바로 거기에 큰 문제가 있어. 지금 속속, 노령으로 독립군들이 넘어가고 있는데 청산리(靑山里) 싸움의 김좌진(金佐鎭) 부대, 이청천(李靑天) 부대도 이미 월경했고 잘만 하면 기대해볼 만한 일이거든. 그러나 본토박이 이르쿠츠크파가 좌시하겠는가. 주도권 쟁탈의 개판싸움이 안 벌어진다고 누가 장담하겠나. 게다가 일본놈들이 한사코 덤빌 거란 말이야. 혁명 후 나라 안도 정비가 못 된 상태의 러시아도 끝까지 배짱 내밀까? 정치에 능한 놈들이. 어디 세상에 조선놈들같이 정치 수완 없는 백성이 있을까?"

"수완은 고사하고 정치의식이나 있는지 의심스럽지요."

선우일의 말이었다.

"사실은 이동휘가 임정의 국무총리를 물러난 것은 아무것도 아니야. 빈집만 남겨놓고 가는데 돌아볼 건 뭐 있누. 문치파(文治派) 안창호(安昌浩)가 어느 시절에 태극기를 서울에 꽂겠느냐 말이야. 노령에 집결한 독립군이 분열 없이 러시아의 고용병 노릇을 한다 하더라도 한편 힘을 키우고 목전의 일본을 노린다면 방편으론 그것도 괜찮은 거야. 그러나 그렇게 될까. 이르쿠츠크파니 상해파니 그것만도 아니고 아주 그곳 사정이 복잡하기 짝이 없거든."

"그럼 어떻게 될까요?"

"그걸 내가 어떻게 아나. 애초 말 말자고 했잖았나."

한동안 침묵이 흘렀고 침묵한 채 술잔을 기울인다.

"의돈이."

황태수가 다소 긴장한 낯빛으로 말했다.

"공산당이라는 것에 관해서 좀 말해주겠나?"

"그럴 줄 알았다. 양반보다 부자가 무서워하는 것이 공산당이니까 말이야."

황태수는 싱긋이 웃는다.

"내가 듣기론 민족주의하고는 상치되는 것이 공산주의라 하던데,"

"그런 것까지는 나도 몰라. 이르쿠츠크파를 본다면 그렇게 말할 수도 있지. 그네들은 조선인이기보다 귀화인의 자손이니 러시아사람 아니겠나?"

"형편 얘기가 아니고 공산주의라는 그 자체를 두고서 말한다면 말일세."

"두고 봐야겠지. 난 몰라. 지금은 코에 걸면 코걸이요, 귀에 걸면 귀걸이지. 아 글쎄, 이승만이도 뭐 위임통치론을 들고 나오는 판국에, 그렇게 따지자면 이승만이도 민족주의자가 아니란 지탄을 받을 수밖에 없는 게야."

서의돈은 묘하게 황태수가 질문하는 요점을 피해버리고 만다.

"그런 얘기 이제 고만하지. 어때, 소설가 선생?"

하고 서의돈의 눈알이 커진다.

"요즘에도 글을 쓰시는 겐가?"

"왜 이러십니까, 형님."

"네 소설 읽었지. 제목이, 아 그렇지 그래, 『헐벗은 나무 밑에서』."

상현이뿐만 아니라 다른 사람들의 얼굴도 머쓱해진다. 기화와의 관계를 알기 때문이다.

"국사를 논하는 마당에서 그까짓 소설 얘기는 뭣 땜에 끌어내누. 서의돈 같은, 사내대장부가 논할 일이 못 되는 거라구."

명빈이 구원의 손길을 내민다.

"허허어, 이 친구 보게나? 옥살이를 하더니만 간 부풀었어? 혁명정부의 교육부장쯤은 문제없겠다. 하하핫핫, 핫핫핫……."

"육갑하네."

"어이구, 그거 감옥소에서 배웠냐? 덕구덕구 덩덕구, 어이구, 미안하이. 춘부장께서 별세하셨는데 조문도 못 가고 안됐네."

서의돈은 임덕구 역관을 놀려대려다 말고 아차 싶었던지 자신의 감정에 제동을 건다.

"제 버릇 개 못 준다더니,"

임명빈은 꾹 참는다. 서의돈의 감정상태는 처음부터 좋지가 않았다. 황태수는 상현을 부른 것을 후회한다. 설마 돌아온 지 며칠도 안 되는데 상현의 소설을 읽었으랴, 실은 미처 그 생각도 못했지만. 서의돈은 상해에서 돌아와 처음 잠입해 들어간 곳이 외사촌 누님 집이었다. 누님이라지만 어머니뻘이나 되는 나이였고, 조카 방에서 이틀 동안 기거하면서 심심풀이로 집어든 잡지 속에서 이상현의 소설을 보았던 것이다. 이미 기화하고는 손을 끊었고 그것도 자기 자신이 먼저 한 노릇인데 막상 소설을 읽고 보니 감정의 찌꺼기가 살아나고 그것이 차츰 부풀어 오르는 것을 서의돈 자신도 어쩔 수가 없었다. 기화는 처음 연정을 느꼈던 여자다. 그러나 그 후 달리 여자관계가 있었다면 그렇지 않았을는지, 상대가 상현이 아니었더라면 그냥 쓸쓸한 것으로 그쳤을지 모른다. 그리고 서의돈은 상현이 올 거라는 말을 들었을 적에 감정을 내비치지 않으려고 단단히 작심을 했었고. 그러나 얼굴을 보는 순간 저도 모르게 지글지글 끓어오르는 것을 억제할 수가 없었다. 임역관의 죽음을 잊어버리고 덕구덕구 덩더궁 하고 놀려대던 것도 서의돈의 감정이 고르지 못했던 결과였던 것이다.

상현은 되도록 평정하려 애를 쓰며 술잔을 거듭하는 것으로 난처한 입장을 모면하려고 한다. 그러나 편협하고 오기가 강한 성미에 견디기가 어렵다.

"자아, 우리 밤도 제법 깊은 것 같은데 자릴 옮겨볼까?"

황태수가 제의했다.

"어디를?"

"어디긴? 술이야 집 아니면 기생집이지."

하다가 황태수는 아차 한다. 침착하고 용의주도한 황태수도 너무 공기가 살벌하여 실수를 했다. 기생이라는 말은 지금 불에 기름 붓는 격이었으니까.

"어림도 없다. 의돈이 그런 곳에 가게 생겼어? 어느 놈 승진시키려고?"

명빈이 재빨리 수습하려 든다.

"상현아."

서의돈이 불렀다.

"네."

"내 술잔 받게."

상현은 술잔을 받는다. 술을 마시는 것을 가만히 바라보고 있다가,

"상현이 너는 문약해서 못써."

차분하게 말했다. 모두 가슴을 쓸어내린 표정이다.

"문치파(文治派), 무단파(武斷派), 무단파라 하니까 왜놈들 독점물 같은데 말이야. 내가 이 시기에 이동휘를 이승만이나 안창호보다 높이 평가하는 것은, 그렇지, 도덕주의자 안창호, 정치가 이승만, 그 인물들이 제아무리 출중한들 딛고 설 땅이 있은 후 그 출중함도 써먹을 수 있다, 그 사람들은 후에 나와야 한다아 그 얘기야. 알아듣겠나?"

흩어진 생각을 한곳에 모으려고 서의돈도 무던히 애쓴다.

"네가 문학에 재능이 있어서 문학하는 거 좋다. 그러나, 음

그러나 선이 가늘어, 여자같이 선이 가늘단 말이야. 왜 토막나무 자르듯이 툭툭 잘라서 지석지석 쌓아올리듯 글을 못 쓰나. 내게는 글재주 같은 것 없어. 그러나 보는 눈은 있단 말이야. 그리고 또 한 가지, 아직 풋냄새가 난다. 하기는 지금 우리 조선의 수준으로 본다면, 뭐 그렇다고 해서 내가 위대한 남의 나라의 소설을 읽은 것이 없으나, 중국소설이야 더러 읽었지. 유곽의 창녀들이 읽는 소설도 읽었다구. 하여간 글이란게 형편없이 후퇴했다고 본다면은 자네 소설이란 것은 제법 짭짤하고 재치 있고오 참신하고, 그러나 말이야, 연애소설 따위를 쓰면서 말이야, 새로운 이 나라의 문화를 담당한 것 같은, 소위 그 뭐냐 사명감을 가지는 족속들을 보면은 구역질이 난다아 그 말이야. 우습지. 우스꽝스럽다 못해 눈물이 날 지경이지. 두상 크고 고수머리인 저기 저 서른다섯 살의 문학청년 임명빈을 늘 연상하게 된단 말이야."

다시 감정이 비어져 나오기 시작한다. 상현을 공격하면서 임명빈까지 끌어내어 간접의 공격을 곁들인 것이다. 상현은 얼굴이 새파래져 있었다. 참을 수 없는 모욕이다. 서의돈에 대한 거북했던 마음은 무산되고 이를 갈고 싶은 분노가 치민다. 유곽의 창녀들 읽는 소설이라는 말이, 기화에 대한 미련에서 하는 역설인 것을 알지만 그 말은 상현에게 거의 치명적인 상처를 준 것이다.

"명색이 선생님인데 저자의 말버릇 좀 보게? 그러는 게 아니라구. 태초에 시작하기를 남자와 여자가 있었다."

명빈의 말을 서의돈이 얼른 되받아서,

"옳지. 사내 갈비뼈로 계집을 만들었지."

명빈은 상현의 질린 얼굴에 곁눈질을 하면서 계속한다.

"처음 시작한 것이 종자 만드는 일이라."

"베갯동서는 보통이지. 제 뼈다구로 된 밭에다 씨 뿌리는
처지면은,"

들은 척도 않고 임명빈은,

"하고 보면 연애란 문약한 사내의 사업은 아니라구. 씩씩하
고 힘센 사내가 퍼뜨린 종자로 말미암아 인류라는 것이 생겼
고 문명도 생겼고 전쟁이 생겼고, 또 뭐냐, 감옥이 생기고 그
렇지 그래, 힘센 사내가 비옥하고 아름다운 밭을 찾아가서 씨
뿌리는 거야 인간의 근본인데,"

되는 대로 주워섬기며 임명빈은 분위기를 딴 곳으로 몰고
가려고 한다.

"자네는 저리 비켜! 상현아."

다시 감고 든다. 집요하다. 서의돈은 양복저고리를 벗어 던
진다.

"말씀하십시오."

똬리를 튼 독사같이 도사리고서 상현은 싸늘하게 말했다.

"하지 말라 해도 말은 할 거야. 잘 들어. 오늘날 우리 주변
에는 매국노가 있고 혁명가가 있다. 그와 같이 문사라는 것들

에게도 순교자가 있고 창부가 있을 것이다. 매국노와 창부의 해독은 맞먹는 것이다. 아니, 어떤 면에서는 그 해독이 더 크다 할 수 있다."

"무단파인 형님께서는 계몽주의를 높이 사시는군요. 대단히 고마운 충고이긴 합니다만 뭣 땜에 관심이 그리 지대하시지요? 나만 용렬한 인간인 줄 알았는데, 아직 마음속에서 해결을 못 보았다 그 말씀인가요?"

침착했으나 얼굴에는 경련이 일고 있었다. 서의돈의 얼굴에도 경련이 인다.

"뭣이 이 새끼야! 네가 만인에게 읽으라고 글을 썼으면 독자의 비판을 받는 것은 당연한 일 아닌가!"

"독자로서 비판하시는 겁니까, 우국지사로서 비판하시는 겁니까, 아니면 이유가 따로 있습니까."

"뭘로 비판한다고 넌 생각하나."

"네. 형님쯤 되시는 분이 그따위 소설 나부랭이를 가지고 왈가왈부하는 데 실망했고 계집 하나 때문에 구차스럽게 매국노까지 빌려오시는 데 실망했습니다."

서의돈의 얼굴이 홍당무가 된다. 눈에 광적인 빛이 돈다. 그러더니 씩 웃는다.

"헐벗은 나무 밑이 아니지. 벌거벗은 나무 밑이래야 제격이다. 기화의 나체 아니겠느냐?"

말리고 들어설 기력도 없어진 듯 모두 어이없는 표정들이다. 술이 들어가면 술버릇이 고약한 것은 익히 알고 있었으나 너무한다 싶었던 것이다.

"억지 쓰지 마십시오. 좀 더 떳떳했으면 좋겠습니다. 짓뭉갠다고 해서 형님이 잘나 뵈지도 않군요."

"기생 나부랭이 궁둥이나 두드리고 있었다면 떳떳했겠나? 소설가 선생처럼 말이야."

서의돈은 이미 엎질러진 물로 생각하는 모양이었다. 술도 많이 마셨지만 감정의 회오리는 걷잡을 수 없게 되었고 자신이 얼마나 치사한 인간이라는 것을 느낄수록 입에서 나오는 말은 치졸한 것뿐인 것 같았다.

"참으라구."

술상을 때려 엎으려는 상현의 손을 선우일은 꽉 잡는다. 성삼대도,

"상현아 너무한다! 형님한테 그럴 수 있어?"

하며 무릎을 꼬집었다. 한동안 잠잠하게 방 안은 가라앉는다.

그러고 보니 어느덧 임명빈은 나가고 없었다. 남은 사람은 나갈 수도 없게 되었다.

"태수형님."

선우일이 겨우 화제를 만들었던지 황태수를 불렀다.

"앞으로 말입니다."

"......?"

"형님도 사업의 범위를 좀 넓혀봐야 할 겁니다."

"어떻게?"

"요즘 한창 논의되고 있지 않습니까?"

"……."

"소위 민족자본의 육성문제 말입니다. 중국에선 활발한데 도무지 이곳에선 구체적인 방안에 착안하는 사람이 없는 것 같아요."

"생각들이야 왜 안 하겠나."

"이렇게 나가다가는 철공소 하나 못하게 될 겁니다. 일본자 본과 경쟁을 벌인다는 것은 그것은 이미 불가능한 일이겠지 만 아직 그네들의 손이 안 미친 곳, 조선의 특수한 것을 들어 서 더는 침투 못하게 확보해두어야 합니다. 모두 맹목적이요 주먹구구식으로 언제까지 그럴 작정인지 한심합니다."

"말만 가지고 되나."

"우리 같은 사람이야 말밖에 더 하겠습니까. 그러나 형님은 자본으로 하셔야지요."

"글쎄……."

사실 얘기에 열중할 기분은 아닌 것이다. 그러나 선우일은 계 속하여 지껄인다. 같이 침묵하는 것이 견딜 수 없었고 못나고 치사한 위인들이라고 속으로 욕지거리를 하면서도 지껄인다.

"오히려 민족자본의 육성이 무엇인지 알지도 못하는 서민 층이 민감합니다. 위협 같은 것을 그들이 더 느끼고 있는지 도 모르지요. 지방의 장터 같은 곳을 둘러보면 그걸 알 수 있어요. 하잘것없는 밑천으로 장을 돌아다니는 장돌뱅이들, 파리평화회의고 나발이고 그런 거는 모르지만 그들은 자신들이 밀려나고 있다는 것만은 예민하게 알아차리거든요. 새 발의 피도 안되는 소비자나마 빼앗기고 있다는 것을. 네, 황금 같은 소비자, 그 소비자로 말한다면 오늘 같은 양상에서는 땅덩어리와 맞먹는 것이지요. 열강들의 싸움도 이제는 땅덩어리보다 시장입니다. 생각해보십시오. 사고 싶어도 조선사람의 물건이 없다, 그래서 일본 상품을 산다, 그것으로 그치는 일이겠습니까? 생각해보십시오. 일본 여관에 밀려나 객줏집이 망합니다. 농촌 아낙들은 일산 광목, 옥양목에 밀리어 베를 안 짭니다. 어떤 결과가 나지요? 가난해지는 겁니다. 물론 가난해지지요. 영세한 장사꾼들이 사라집니다. 농사꾼이 농토를 내버립니다. 어디로 갑니까? 일본놈 공장밖에 더 가겠습니까? 그들은 보다 더 값이 싼 조선사람을 고용하고 왜놈들은 위로 위로 밀어올리지요. 이런 순환이 계속된다면은 부자 빈자 없어요. 깡그리 싹 밑바닥에 깔려버린단 말입니다. 하다못해 한지 하나라도 만드는 데 있어 기업화해야 하는 거요. 물론 이론대로 되는 것은 아니겠지만 돈푼 가지고 있는 사람들이 먼저 깬다면 그 성과는 오히려 계몽에 소일하는 것보다 훨씬 빨라지겠기에 말입니다."

상현과 서의돈은 다 같이 술만 연거푸 퍼마시고 있다.

술잔을 거듭할수록 취하기는커녕 오히려 술이 깨어오는데

머릿속에선 물방아가 돌고 있는 것만 같다. 갖가지 생각이 돌고 있는 것이다. 어느 마디를 꽉 잡아서 돌고 있는 물방아를 정지시키고 싶은데 영 그것이 안 된다. 걷잡을 수 없이 생각은 제멋대로 돌고 있는 것이다.

'개자식! 망할 놈의 자식! 염병할 놈! 육시럴 놈!'

온갖 욕을 다 동원하여 마음속으로 퍼부어보지만 별수 없다. 답답하고 분하고 무수한 생각이 밀려오고 밀려가고, 마찬가지다. 이제는 기화하고 상현의 관계를 노여워하기보다 바늘 끝 같은 눈초리를 하고서 아픈 곳을 사정없이 찔러오던 상현의 언사를 괘씸하게 생각는 것보다 한마디, 형님 잘못했습니다 하고 빌지 않는 상현이 야속하다. 상현이 그럴 위인이 아니라는 것은 누구보다 의돈 자신이 잘 알고 있으면서. 잘못했다는 말이 나오게끔 틈을 주지 않았던 것도 사실이다. 설혹 상현이 잘못했다 하더라도 의돈이 그 말로써 감정이 깨끗해질 것인지 그것도 의문이다. 그러나 이대로 침묵으로만 버텨나갈 수는 없다. 파탄 없이 침묵에서 풀리어 나가자면 아무래도 상현이 먼저 입을 열어주어야 한다. 형님, 제가 잘못했습니다 하고. 졸렬하고 추악하기조차 한 자신의 언동을 이제 와서 자신이 수습하려 든다면 그것은 술상을 들어엎는 것보다 더욱 졸렬한 짓이 될 것이다. 이놈아, 한마디라도 좋으니 잘못했다 해라. 그것은 상현에 대한 지금까지의 애정 같은 것, 그냥 등 돌리며 헤어지고 싶지 않은 미련이었다. 용렬하고 옹졸하고, 나이 삼십이 되었어도 도련님 기질이 그냥 남아서, 그것은 의돈도 마찬가지였지만, 아무튼 기둥과 같은 사내의 고집과 호협한 도량은 도저히 바랄 수 없는 상현의 사람됨이지만 철사같이 깡마르고 날카롭고 섬세하여 오기가 대단하고 강한 자존심과 이것도 저것도 아니면서, 이것이나 저것하고도 쉽사리 타협을 못하는 이상현을 윽박지르면서도 서의돈은 사랑했었다. 지금 눈앞에 똬리를 튼 독사같이 독기를 품고 꼿꼿하게 앉아 있는 상현이 죽이고 싶게 밉지만, 잘못했다고 빌지 않는 그 오기를 짓밟아서 갈기갈기 찢어버리고 싶은 충동도 참기 어려웠지만, 그러나 독사 같은 꼴이라도 마주하고 있는 편이 낫다. 상현이 자리를 차고 나간다면 끝장이다. 유치하고 이성 잃은 서로의 공박에서 서의돈 역시 자리를 차고 나가지 않는 것도 끝장을 내기는 싫은 때문이다.

'이깟 놈이 뭔데? 배신자, 비겁한 놈!'

상현이 자리를 박차고 나가는 것을 두려워하는 자기 자신에 의돈은 또 화가 치민다.

"상현이 네 이노옴!"

드디어 서의돈은 다시 포문을 열었다. 술잔을 기울이며 상현은 들은 척도 안 했으나 전신의 근육은 도전에 대비하는가 오므라드는 것 같았다. 성삼대, 선우일과 토론에 열중하는 척 그러던 황태수가,

"허허허, 이제 그만두지그래. 실이 노가 되게* 그러는 게 아

니야."

하며 쓰게 입맛을 다신다. 서의돈은 입술을 뒤집었다. 웃음이
었던 모양이지만 덫에 걸린 짐승 같았다.

"무사태평주의, 두리뭉실, 팔방미인, 그것은 벼슬아치들의
속성인 줄 알았는데, 야, 황태수! 자네 조상이 언제 벼슬살이
했었냐?"

어세는 축 처졌지만 뿔을 황태수에게 들이댄다.

"허허어, 이 친구가. 하기야 명빈이 가고 없으니 할 수 없
지. 좋다, 대신 내가 매 맞아주겠네. 하하핫……."

"선심은 있는 놈들의 특권이라 하던가?"

"악 자 돌림보다야 선 자 돌림이 낫지."

"주는 재미, 칭송받는 재미, 등 따습고 배부르면 으레껏 해
보는 짓거리지. 그것도 약아빠진 놈들이 즐겨하는 짓거린데,
치면은 화라도 내주어야 귀엽잖겠어? 안 그러니까 더 메스껍
지. 뽐내지 않는 것은 뽐내는 것보다 한 수가 위고, 그런 위인
일수록 남 약 올리는 데는 능수거든."

"발뒤꿈치 흰 것도 흉보는 시어미 같구면."

"아암, 발뒤꿈치 흰 것도 흉은 흉이지. 마른 자리만 살살 도
는 약삭빠른 며느리면 시어머니 아니라도 얄미울 게야."

"그렇게 되나?"

"선심 쓰는 놈들이야 으레껏 한 가지밖엔 모르는 법이야.
똑똑히 들어두어. 선심을 고맙게 생각하는 사람보다 고맙지

않게 생각하는 사람이 더 많다는 것 말이야. 재물로 사람을 엮어두는 관계처럼 허약한 건 없는 법이야. 또 선심 안 받아도 얼마든지 좋은 사람이 그놈의 선심 때문에 고맙다 고맙다 생각하게 하는 것도 좋잖은 일이야. 알겠나? 황태수! 사람이란 눈빛 하나, 찬밥 한 덩이 가지고도 평생의 우의를 맺을 수 있지만 황금을 쌓아도 친구가 못 되는 경우가 얼마든지 있다는 걸 알란 말이야. 잘난 체하지만 가진 자만큼 고독한 인간도 없는 게야. 하느님께서 공평히 주신 거를 더 가졌다면 분명 **빼앗긴** 사람이 있을 터인즉 가난한 자는 슬프지만 탐욕에는 사랑이 없어."

황태수의 훤하게 잘생긴 얼굴이 구겨진다. 성삼대가 말참견을 하려고 입을 쭈뼛거렸으나 의돈은 계속하여,

"남아도는 것 조금 베풀고 칭송받는다면 그거 장사치고도 괜찮은 거야. 뭘 더 바래? 장자풍(長者風)이란 으레 공허한 거요 위선이다 그 말씀이지. 흥! 그 정도면 또 낫게? 푼돈 좀 뿌려놓고 줏어먹는 놈들 두목 행세하는 거야말로 치졸하여 눈 뜨고는 못 본다. 그런 거야 도둑놈 세계가 훨씬 깨끗하지. 하기는 갑부라면 도둑치고도 큰 도적인데, 핫핫하아, 하핫핫아!"

들린 것처럼 웃는다.

"해도 너무합니다. 싸잡아서 욕질인데 그러면 우리는 떡밥 보고 모여든 고기 떼다 그 말씀이오?"

성삼대가 무릎을 밀고 나온다.

"넌 잠자코 있어!"

의돈이 날카롭게 말했고 황태수는 손으로 제지하고 나서,

"아무려나 생각하게. 눈빛 하나 찬밥 한 덩이로 평생의 우의를 맺는 것도 하늘의 별 따기만큼 어려운 노릇이거니와 가진 것 다 버리고 거지 될 자신도 내겐 없네. 자네 말은 다 옳고, 아암 옳은 말씀이야. 참된 것을 찾는 길은 자네 편이 가깝고 내게는 멀어, 알고 있네. 자아, 술이나 들게. 취중의 진담이라고."

술잔을 내밀고 술을 쳐준다.

"진담이란 대개의 경우 욕이며 행패일세."

"아첨이란 늘 거짓이니까."

"한데, 욕하고 행팰 부려도 자네는 빠져나갈 구멍이 있지만 장안 갑부의 아들 황태수는 욕하고 행팰 부렸다면 빠져나갈 구멍도 없는 게야. 그래서 공허하고 위선이라도 별수 있겠나? 자네 말마따나 나는 장사꾼이요 약은 놈이니까. 주석에선 전주(錢主)인 내가 항상 상석이지만 알고 보면 그게 말석이라는 것쯤 왜 내가 모르겠어. 세상 개명 많이 했다 하지만 재물을 천시하는 선비풍은 여전하게 장자풍을 누르고 있다는 것을 왜 모르겠는가. 내 부친은 고방에 엽전 쌓이는 것을 낙으로 삼고 외로움을 모르셨고, 아마 내 자식 대에 가서는 재물을 탕진하는 재미로 외로움을 잊을 걸세. 쌓이는 재미, 탕진하는 재미, 나는 어정개비야. 그러니 푼수나 지키고 살밖에

더 있겠나?"

황태수는 껄껄 웃는다.

"의돈형님이 억지쓰는 거야 세상이 다 아는데, 우린 물고기, 태수형님은 낚시꾼, 떡밥이나 많이 뿌려주슈."

선우일은 싱글벙글 웃는다. 성삼대하곤 달라서 일이 이젠 제대로 풀려간다 싶었던 것이다.

"막대기 같은 놈이 제법 간사스런 노파같이 맘을 쓰는군." 하고는 웬 까닭인지 의돈의 얼굴이 가라앉는다. 그리고 혼잣말같이 가난한 자는 슬프지만 탐욕에는 사랑이 없다 하고 중얼거리더니 표정이 싹 변해버린다.

"간사스런 노파라 하니 생각이 나는군."

의돈은 화제를 주저 없이 돌려버린다.

"내 얘기 하나 하지."

여태껏 비꼬고 이죽거리고 폭언을 퍼붓고 했던 것을, 언제 그랬더냐 싶게 전혀 새로운, 어처구니 없는 표변이다. 그러나 얘기를 들려준다기보다 기억을 쫓아가는 듯,

"육칠 년 전일까? 아니야, 칠팔 년쯤 되겠군. 보부상에 홍가라는 자가 있었지. 평소 그자의 성격이 좀 남다른 데가 있어서 뭐랄까, 나이는 나보다 칠팔 세나 위인데 묘하게 동생 같은 느낌을 주는 사내였어. 아주 온순한가 하면 겁이 없고 성미를 한번 부렸다 하면 불칼 같았지. 그런데 왜 그런지 늘 외로워 뵈더란 말이야. 저고리 밑에 두 손 집어넣고 돌담에

기대어 봄볕 쪼이는 계집애같이, 왜 그리 외로워 보였던지, 듣기에 학식도 있었다는 게야. 한데 그자가 중병에 걸린 거야. 하루는 나를 찾는다기에 가보지 않았겠나."

"선심 쓰시려구요?"

선우일이 비꼰다. 그러나 의돈은 개의치 않고,

"아닌 게 아니라 안색을 보니 소생하기 어렵게 생겼더군. 말로는 병났다고 다 죽으면 사람의 씨도 안 남을 거라 했지만 그런 말에는 도통 개의치 않고 뜻밖의 부탁을 하는 게야. 자기 목숨이 앞으로 길잖을 것 같은데 따로 부탁할 사람이 없어서 나를 찾았다 하면서 제 신상 얘기를 하더군. 여러 해 전에 초취한 계집이 딸아이를 데리고 집을 나갔는데 삼 년 동안을 찾아 헤매다가 결국 마음을 고쳐먹고 재취를 했는데 그런데 그 계집은 일 년을 못 넘기고 보따리를 싸더라는 거야. 재취는 소박데기여서 웬만하면 살아주겠거니 하고 얻은 여자였지만, 결국 그래서 여자는 아니 얻기로 작정을 했다는 것이며,"

"왜 그랬을까요?"

상현은 자포자기한 듯 술을 퍼마시고 있었고, 흥미 있게 듣는 사람은 성삼대뿐, 그 성삼대가 물었던 것이다.

"나중에 알고 보니 그게 시어머니 탓이더구먼. 그때야 중병 앓는 사람보고 그럴 만한 이유 같은 것을 물어볼 수 없었지만. 그래 그가 하는 말이 재취는 귀밑머리 마주 푼 사이도 아니고 자식이 있었던 것도 아니니 상관할 것 없지만, 초취한 계집이 재가해서 사는 곳을 얼마 전에 알게 되어 그것은 마무리를 지었다 하기에, 마무리라니? 하고 물었더니, 어차피 병이 들어 죽을 몸 아니겠는가, 일부종사 못하고 간 것은 그 여자의 죄가 아닌 만큼 내 혈육을 생각하여 얼마간의 돈을 보냈다 하더군. 한데 한 가지 남은 일은 노모의 후사인즉 어디 맡길 만한 곳도 없거니와 더불어 살아갈 성미도 아니어서 절에다 모시고 싶은데 모친 모르게 장만해둔 논 일곱 마지기를 최근에 팔았고 그 돈이 있으니까 자기가 죽고 나면 산골의 어느 절이든, 노모와 함께 맡겨달라 하며 돈을 내놓는 거야. 이 사람, 자네 사촌동생이 있는데 그 사람한테 부탁하는 게 좋잖은가, 했더니 동생을 못 믿어 그러는 게 아니라 노모가 절에는 안 가고 돈을 되찾을 것이기에 안 된다 그러더란 말이야. 이때 어디 갔다 오는지 노파 한 사람이 방문을 왈칵 밀고 들어오더군. 나를 보자 주춤하는데 순간 거친 분위기는 싹 가셔지고 노약하고 불쌍하고 허리까지 구부정하니 굽어버리는데, 온 세상에, 눈앞에서 사람의 모습이 그렇게 감쪽같이 변할 수 있는지 신기하더라구면. 홍가를 내려다보았더니 어느새 눈을 감아버렸고 눈을 감은 채 홍가는, 어머니 앉으시오, 할 말이 있습니다, 노파는 어줍은 몸짓을 하며 비틀거리며 자리에 앉는데 눈을 번쩍 뜬 홍가는 뚫어져라 노모의 눈을 쳐다보는 거야. 그리고 하는 말, 내가 이번에는 아무리 해도 살아날 것 같지 않으니까, 하고 말을 하는데 노파의 눈에서 굵은 눈물이 뚝뚝 떨어지더군. 자식 앞세우고 내가 살면 뭣하겠느냐 하며 흐느껴 우는 거야. 가슴이 짜릿하더구먼. 홍가는 방금 내게 부탁한 일을 노파에게 설명하는데 설명이 끝나기도 전에 첫마디가 절에는 안 가겠다, 돈을 자기 손에 쥐여달라, 눈물도 마르지 않은 얼굴에 드세고 냉혹하고, 뭐랄까, 먹이를 채려는 매 같은 형상이라고나 할까? 노파의 얼굴은, 한마디로 소름이 끼쳤어. 홍가는 양 볼을 실룩거리며 노인에게 절이란 좋은 곳이고 부지런히 염불을 외야 극락 간다며 타이르듯 했으나 목소리는 노파의 얼굴과 꼭 같이 냉혹하고 잔인하더군. 그러나 노파는 선언하듯, 내가 양잿물을 마시고 죽으면 너에게 얼(응어리, 원망)이 갈 터인즉 굶어서 시름시름 앓다 가는 것이 좋을 듯하니 오늘 저녁부터 식음을 전폐하겠노라, 자식 앞세우고 내가 살면 뭣하리, 대성통곡이라. 홍가는 집어치우시오! 외치며 자리에서 벌떡 일어나더니 발광을 하고 괴상한 소리를 지르고, 노파도 지지 않고 불효자식이라 소리소리 지르는데 넋이 쑥 빠지더구먼. 홍가가 자리에 쓰러지길래 별수 있어? 천하에 불효한 놈이라고 외치는 노파를 쫓아냈지. 자리에 쓰러진 채 나를 쳐다보는 홍가의 눈은 무서웠어. 나까지 원수 보듯, 원한과 절망과, 그 눈을 잊을 수가 없다."

의돈은 말을 끊었다. 홍가의 음성이 귓가에 울려오는 것만 같았다.

'나는 회초리로 아이를 때리는 어미를 보면 부러운 생각이 듭니다. 안 맞아보았다는 얘기는 아니고…… 내 평생은 항상 무서움에 쫓겨다녔던 것만 같습니다. 철들면서, 내 잘못은 매질보다 어머니가 목을 매는 일이었지요.'

홍가는 몸서리치듯 몸을 흔들었다.

'평생입니다, 평생. 그런 일을 겪을 때마다 손발이 닳게 빌거나 발광을 했지요. 무서우면 무서울수록, 예, 무서우면 무서울수록 더 미치는 거지요. 어머니는 비는 것보다 발광하는 것을 원했을 거요. 거짓말이 아닙니다. 정말 거짓말이 아니라니까요. 밤에 나가다가 기둥에 얼굴을 받쳐 상처가 나면 어머니는 얼굴이 왜 그러냐고 남이 묻는 말에 대답을 안 합니다. 허둥지둥 내가 기둥에 받혔노라 대신 말을 하면은 힐끗 나를 쳐다보고 어머닌 눈을 흘깁니다. 부, 불효자식을 만들어놔야 어머니는 안심을 하는 거지요.'

홍가는 치를 떤다.

'만사가, 마, 만사가 그, 그렇게 돼나갑니다. 부끄럽고 창피하고, 어릴 적부터, 큰 죄도 안 졌는데 문고리를 잠근 빈방에서 치마끈으로 목을 매어 파아랗게 죽어가는 얼굴, 울부짖는 소리에 이웃들이 모여들어 에미 애 좀 고만 먹여라 하던 아낙들의 음성, 떠다 준 찬물 한 대접을 마시고 후유 하고 숨을 내쉬던 어머니의 얼굴, 내 또래들은 매를 맞으면 남들이 철없는 것을 그만 때려라, 그게 얼마나 부러웠는지, 평생 등바닥에 들어붙은 전복같이 어머니가 목을 매거나 양잿물을 마시면 어쩌나, 남이 나를 불효자식이라 한다, 길 가다가도 머릿속에 불이 붙는 것만 같았어요. 그 두 가지는 참으로 튼튼한 어머니와 아들 사이의 밧줄이었소. 집을 떠나 있을 때도 못 견디지요. 화를 내고 집을 나서면 목을 매는 모습이 눈앞에 어른거려 미친 것처럼 집으로 되돌아오고, 아무리 독한 맘 먹으려 해도, 내가 죽지 않는 한…… 소동이 날 때마다 머리가 터져버릴 것 같고 내가 먼저 죽고 싶었습니다. 내가 먼저 죽어야 한다, 내가 먼저 죽어야 한다, 그래야 나는 불효자식이 안 될 것이며 이 무겁고 끈질긴 밧줄에서 풀려날 것이며…… 예, 내가 이긴다고 생각했지요. 나를 낳아준 어머니를 저주하는 자식 놈이 무슨 수로 기를 펴고 세상을 살아가겠습니까. 오늘도, 오늘도, 반반이었지요. 자식을 위해 슬퍼할까 모든 탐심을 버릴까 하는 생각, 이제는 내가 이겼다, 내가 먼저 가니까 이제는 불효자식이라는 외침도 안 듣게 될 것이오, 어머니가 목매는 무섬증에서도 풀려날 터이니까, 하하핫…….'

홍가의 눈은 신들린 것같이 반짝거렸다. 죽음을 사랑하고 죽음을 동경하고 보복의 쾌감이 넘실대고 있는 것만 같았다.

'나는 평생 정에 굶주린 들개같이 쏘다녔지만 따뜻하고 참말 하는 사람을 못 만났습니다. 거짓만 보아온 내 눈에는 조그마한 거짓도 먼저 눈에 보였고 웃고 넘길 거짓도 용납할 수가 없었습니다. 구역질이 나게 싫은 사람은 견딜 수가 없었습니다. 여자는요? 예, 여자는 꿈이지요. 달아난 처음 여자, 실은 말입니다. 그 여자가 싫었던 건 아니었소. 함께 자는 것이 싫었지요. 왜냐구요? 세 사람이 함께 자야 하는 방에서 도저히 그럴 수가 없었소. 뿐만 아니라 그 짓이 추하고 더럽고 죄악 같았소. 어찌어찌하다가 딸애 하나는 생겼지만 결국 사내구실을 못하는 병신이 된 거지요.'

'그 말까지 해야 하나? 나쁘다.'

의돈은 우울하게 말했다. 홍가는 얼굴에 핏기를 모으며,

'예. 이제는 나쁘고 불효하고 못나고, 그런 나하고도 작별하는 겁니다. 네에! 작별하는 겁니다!'

홍가는 진이 다 빠진 것처럼 눈을 감고 웃었던 것이다.

"말씀하시다가 무슨 생각을 하시오?"

선우일이 말했다.

"으, 음."

"그래 어찌됐지요?"

이번에는 성삼대가 물었다. 황태수는 지겨운 것을 참아내는 표정이었고.

"얼마 후 죽었지."

"그러면 노파는 절로 갔나? 아니면 아들을 따라 죽었나?"

황태수는 인사치레처럼 물었다.

"그 어느 쪽도 아니야. 절에 가서 논 일곱 마지기 판 돈 부처님보고 내놔라, 내놔라! 한다면 극락왕생은커녕 죄를 더 지을 터인즉 노파의 소원대로 주어버렸다."

"하기는 늙을수록 재물과 생명에 대한 집착이 강해지긴 한다더군."

"얘기론 젊을 때부터 그랬다는 게야. 비싼 이자놀이를 하다 돈을 떼인 일이 한두 번 아니라는구면. 인색한 거야 천성이지. 효도라는 윤리 도덕이 가장 악용된 경우일 게야. 효 사상은 사랑이라는 인간 본연의 바탕 위에서 가장 아름답게 피어야 하는 꽃인데, 사랑이 있으면 의견충돌이나 성격문제 같은 것도 얼마든지 극복이 될 테지만 사랑이 없는 곳엔 바위에 계란 치기지. 어디 부모 자식의 관계만이 그런가? 부부 관계, 붕우 관계, 다 마찬가지야. 어떤 경우에도 탐욕에는 사랑이 없어. 그렇기에 절대적으로 자기 자신만을 위한 방패가 필요하지. 효도이든, 충성이든, 의리든, 그것을 십분 이용하는 거지. 가질 수 있는 한 다 가지려는 게야. 철저한 착취거든. 종에게 피죽 먹이듯, 그래야 소유를 확인할 수 있는 심리, 자식 먹는 것도 아까운 수전노에겐 불효자식을 만들 필요가 있어. 그래야 자신이 엄폐될 거 아니야? 의리 없는 놈이다 의리 없는 놈이다 하는 것과 역적이다 역적이다 하는 것이나 그게 다 방편을 위해 묶어두려는 협박일 때 그같이 추악한 건 없을 게다. 무섭지."

"아아니, 끝내."

황태수는 정말 화를 낸다. 의돈은 피식 웃는다.

"흥분하지 말아라, 황태수야. 내가 뭣이 답답해서 네 친구가 되었겠냐. 나 술 사줄 사람 많다구. 백정, 물꾼, 보부상, 상

놈, 다아 내 친군데. 하긴 물에 물 탄 듯해서 자네가 좀 답답
하긴 하지."

자포자기하듯 술을 마구 퍼마시고 있던 상현은 벽을 등지고
앉은 채 잠이 들어 있었다. 서의돈은 비틀거리듯 일어서서 양
복저고리를 입고 외투까지 걸친다. 상현의 외투를 걷어든다.

"어딜 갈려고 그래?"

"음, 가만히 있어. 이놈하고 화해를 해얄 거 아닌가."

서의돈은 상현을 툭툭 찬다.

"일어나! 상현이 이놈아!"

"이크!"

상현은 잠결에 벌떡 일어선다. 잠이 덜 깬 상현을 끌고 나
가면서,

"또 만나자구. 태수야, 내 성미 알지?"

피익 웃는다.

"용천지랄하네."

대문 밖으로 나오자 상현은 찬 바람 속에서 머리를 흔든다.

"외투 입어!"

건네주는 외투에 팔을 끼면서,

"어딜 가자는 겁니까, 의돈형님."

상현도 겸연쩍었던지 술이 덜 깬 혀 꼬부라진 목소리로 어
물거리듯 말했다.

"기화 집으로 가자."

"싫소이다. 형님 혼자 가시우."

"혼자 가면 그 계집 때려 죽일 것 같다."

"왜요? 기화가 뭐 잘못했소? 형님이 기화한테 논문서 갖다 주고 한 베개 벴어요? 형님이 발걸음 끊기 전에 기화가 딴 서 방 봤나요? 불쌍한 여어자 그러지 마십시오. 내 또 말할까요 오? 기화가 죽고 못 살게 좋아서 서의돈이란 사내한테 제 몸 던졌습니까? 그간의 경위는 형님 자신이 더 자알 아시면서 왜 이러시지요? 한 사내의 순정을 따뜻하게 네에, 기화는 외로운 여자였으니까요. 하지마는 의돈형님! 형님은 순정보다아 대장부라는 자긍심, 나도 마, 마찬가지요만! 그거, 우리 조선남 자들 다 안 그래요? 기생을 정실 삼을 사내는 없을 테니까요. 거 좋은 말 있지요. 풍류, 풍류나 연애나 바람이나, 어이구 골 치야."

상현은 어둡고 텅 빈 길에 쭈그리고 앉으며 두 손으로 머릴 누른다.

"흔히 일개 계집이라아 하지요만 동가숙서가식하는 노방초 야 어디 한 개나 되나요? 반 개 계집인데, 누구나 주워다 버리 는 계집인데, 하지만 형님 말씀대로라면은, 기화는 근수 나가 지요. 탐욕에는 사랑이 없고 가난은 슬프다. 네에에, 슬픈 여 자한테 오늘 밤 찾아가려 했는데, 어이구 골치야."

서의돈은 응수하지 않고 담배를 꺼내어 바람을 막으며 불 을 붙여 문다. 바람이 불고, 자꾸 바람이 불어온다.

10장 갯바람 솔바람

어째 그날은 그렇게도 뱃길이 험했던지 망망 바다에서 산더미 같은 너울이 몰려오면은 돛을 내린 목선이 꼿꼿이 곤두서는 것만 같았다. 뱃전을 거머잡고 병든 내 자식 얼굴 한 분못 보고 속절없이 내가 죽는구나, 하고 야무네는 생각했다. 갠 날이면 대마도를 바라볼 수 있는 뱃길은 파도가 없는 날에도 배멀미를 하는데, 떠날 때는 그렁저렁 괜찮으리라 생각했는데, 갑자기 날씨가 궂었던 것이다. 오리섬에 내렸을 때 야무네는 반죽음이 되었으나 뭍에 발을 디딘 것만 고마워서 마음도 화살같이 날고 싶었고, 갯가 주막에서 국물이나 좀 마시며 쉬려 하다가 보따리를 이고 걸음을 옮긴 것이다.

'아아가 내 꼬라지를 보믄 얼매나 놀랠꼬?'

야무네는 바닷가의 길을 따라 걷는다. 얼마 후 길은 바다와 멀어졌고 솔바람이 무섭게 소리내는 고갯길로 접어들었다.

'어서 가야제. 에미 보고 접다고 울어쌓더라 카는데, 어이구, 복 없는 내 자식아. 이럴 줄 알았이믄 근가죽에 여이서 얼굴이나 자주 볼 거로.'

섬에서는 뭍의 처녀와의 혼사를 즐기고 뭍에서는 섬 혼사를 꺼린다.

"섬에서는 그 귀한 논이 열 마지기나 될 기고 밭농사는 내가믄서 묵지. 가슬에는 아아 대갈통만 한 고구매를 스무 섬이나 한다니께, 그라고 고깃배도 한 척 있고요. 말이야 바로 하지, 섬 혼사니께 지금 너거들 처지에 예물이나 하나 해 가겠나? 물 가지고 탓하겠나? 몸만 가믄 되는 기라. 총각이 야물어서, 둘째지마는 제 몫은 따로 다 매련돼 있단다."

중신에미의 말만 듣고 배나 곯지 말고 살아라 싶어 딸을 섬으로 여읜 것이다.

'이자는 살림이 따시믄 무신 소용고. 지 일신 병들었는데,'

고개를 넘고 마을이 멀리 보이기 시작하자 야무네의 발길은 무거워진다. 어미 생각을 하며 운다는 소식을 들었으나 사돈댁에 가지고 갈 차반은 어디 있으며 여비인들 뜻대로 마련할 형편이 아니었다. 가을걷이가 끝나자 겨우 야무네는 찹쌀 두 되를 찧고 적으나마 곱게 곱게 쳐서 콩가루에 굴린 인절미와 밤 두 되를 동구리에 넣을 수 있었다. 조가비 속에 모은 일 전짜리 오 전짜리 몇 개, 십 전짜리 한 개를 꺼내어 염낭에 넣고 나섰는데 나룻배에서 만난 두리어매가 어디 가느냐고 물었다.

"딸네 집에 갑니다."

"가봐야 맘만 상할 긴데 머할라꼬 노비 쓰고 가노."

"얼굴 한분 치다보고 올라꼬……."

"보고 접기야 와 안 보고 접겄노. 몸이나 성함사. 사돈 대하기 거북할 기다."

두리어매 말이 생각이 난 것이다. 마음 같아서는 날아서라도 어서 가보고 싶고 한시가 열흘 같았고 고개 하나가 멀고

먼 것 같았는데,

"아가, 푸건아."

하며 딸을 안아보고 싶었는데, 그렇다, 사돈 대하기가 거북하다. 서둘러 왔을 때와는 반대로 이제는 동네가 좀 멀었으면 싶다. 그러나 어느덧 사돈집 사립문 앞에까지 와 있는 것이다. 방금 일하다가 돌아왔는가 사위는 마당에 주질러 앉아 손을 씻고 있었다. 푸건의 시어머니는 손자를 업고 아들 옆에 얼쩡거리고 있었다. 저녁을 짓는 부엌 쪽에서 된장 끓는 냄새가 풍겨온다. 해는 산허리에서 아주 모습을 감추어버렸고, 바다는 희여끄름하게, 어둠으로 옮겨가는 과정에 있었다. 야무네는 이고 온 차반 보따리를 내려서 들고 죄인같이 사돈집 마당으로 들어선다.

"사돈."

"아니 누구요? 아아, 사돈입니까?"

손 씻는 아들을 내려다보며 얘기를 하고 있던 시어머니가 고개를 든다. 무심상한 표정이다. 그러나,

"장모님! 웬일입니까."

사위만은 물 묻은 손을 옷에 문지르며 얼른 일어섰다. 그러나 다음 모친의 기색을 살피며 엉거주춤한다.

"마루로 올라가입시다."

하더니 시어머니는,

"큰아아야! 아이 좀 받아라."

부엌에서 큰며느리가 쫓아 나오며,

"오싰습니까?"

마을 온 늙은이한테 인사하듯, 그리고 업은 아이를 받아 안는다. 야무네는 차반 보따리를 마루 끝에 내려놓고 올라간다. 시어머니도 따라서 마루로 올라와 마주 앉는다. 이마가 홀딱 까지고 양 볼이 푹 꺼지고 몸매는 깡마른 시어머니의 표정은 쌀쌀하기 짝이 없다.

"볼 낯이 없십니다, 사돈."

야무네는 고개부터 숙여야만 했다. 딸이 어느 방에 누워 있는가, 하마 어매, 하고 나타나지 않을까 마음이 졸여들듯 했지만.

"병이 나고 접어서 났겄소. 우리 운수가 불길해서 그렇제요."

말은 그렇게 했으나, 그러나 다음,

"이런 말 하든 섭운하게 생각할 기요마는 참말이제 이자부터는 뭍의 사람들하고 혼사 못하겄소."

하고 덧붙인다.

"바람이 많이 불어서 뱃멀미 많이 하싰는가 배요."

올라오지도 못하고 마룻가에 서서 사위가 말했다.

"우리들이사 섬것들이 돼서 괜찮소만 사둔은 욕보싰겄소."

시어머니의 말에는 차츰 바늘이 꽂히기 시작했다. 사위는 먼 산을 한 번 쳐다보고 나서,

"오시믄서 요기나 좀 하싰습니까?"

"별로 배 탄 일이 없어서, 멀미 때문에 아무것도 못 묵겄네."

"한데, 무슨 볼일이라도 있어서 오싰습니까?"

"볼일은 무신 볼일이겄소. 딸 보러 오싰겄지요."

사위는 우울하게 말했다.

"하기는 오싰으니께 동네 사람들한테 우리 체면은 서겄소. 사람이 아파 죽는다 해도 친정에서는 개미 새끼 한 마리 얼씬 거리질 않았으니께."

"없는 살림에 한 분 오기가 쉽잖아서, 날개라도 있었이믄 날아서도……."

울먹인다.

"참말이제 사돈을 볼 낯이 없십니다. 딸 준 죄인이 무신 말을 하겄십니까."

다음에 무슨 말이 나올지는 몰라도 데리고 가라는 말은 하지 않았다.

"딸 보러 오싰인께, 순구야, 니 사람한테 장모 모시고 가봐라."

"예, 장모님, 가입시다."

야무네는 재빨리 벗었던 짚세기에 발을 건다. 그러더니,

"별거는 아니지마는 사돈 잡수라고 해 왔십니다."

마루 끝에 놔둔 차반 보따리를 슬며시 밀어낸다.

"머할라꼬, 해 왔십니까."

사위는 뒤꼍으로 돌아갔다. 헛간 옆에 동떨어진 방이었다.

"보래?"

"야아."

"하동서 장모님 오싰다."

"뭐라꼬요!"

"아가야, 푸건아. 내가 왔다."

사위가 먼저 방문을 열었다.

"어매요!"

"아가아! 내 새끼야!"

부둥켜안는다. 모녀는 소리를 죽이며 운다.

"밤낮 꿈꾸었다 하더마는, 울기는 와 우노. 장모님 맘 상하라꼬."

"어매요. 이기이 꿈입니까, 생시, 으흐흣……."

야무네는 딸의 머리를 쓰다듬고 또 쓰다듬고 하면서 부모 잘못 만난 죄란 말만 되풀이하고 있었다. 사위는 방문을 닫아주고 간다. 방 안은 어두침침했다.

"아가, 푸건아 어디 보자."

"보믄 머하겄소. 꼬지꼬지 말라서 어매 가심만 아플 긴데,"

"이 헛간 겉은 뒷방에서……."

야무네는 다시 소리를 죽이며 운다.

"뒷방이믄 우떻소. 막 쳐서 내보내는 사람도 있던데,"

"그만 나랑 안 갈라나?"

"죽어도 이 집 구신인데 가기는 어디로 가겄소. 떠밀어도 안 갈 긴데. 아직이사 가라고는 안 한께요."

"이 무상한 것아, 니 몸이 성함사. 죽물이라도 에미가 끓이 주는 것 묵으믄 맴이라도 안 편하겠나. 굶으나 묵으나 나랑 함께 가자."

"한 분 데리고 왔이믄 그만이제, 뱅들었다고 내치는 법은 없소. 아예 시어무니 앞에서는 말도 내지 마소."

가고 싶지 않아서 그러겠는가. 찢어지게 가난한 친정에 책임을 지우지 않으려고 하는 것을 아무네는 안다.

"이자 어매를 봤인께 한이 없일 것 겉소. 그런데 큰오래비 한테서는 펜지라도 있었십니까?"

"펜지는 무신, 갈 때 돈 못 벌믄 고향 안 온다 하고……."

"작은 오래비는 우찌하고 있소."

"우짜믄 좋은 일자리가 있일 것 같은데 아직이사 동네서 일하고 안 있나. 성한 몸이야 머, 니 일이 걱정이다. 되기 아프나?"

"되기 아픈 곳은 없소. 머리가 아프고 기운이 없어서……밥을 영 못 묵은께."

발소리가 났다.

"장모님."

"나 여기 있네."

"저녁 잡수러 가입시다."

"오래간만에 아아를 만냈는데 밥이 넘어가겄나. 내 걱정은 말게."

"불이나 켜야지요."

사위는 방으로 들어와 등잔불을 켜준다.

"방금 꺼내온 긴데 임자도 묵고 장모님도 잡수이소."

사위는 바짓말 속에서 달걀을 네 개 꺼내어 방바닥에 놓는다. 달걀은 대굴대굴 굴러서 벽 쪽으로 가서 멎는다. 꾸부정, 허리를 굽혀 달걀을 주워다 푸건의 무릎에 놓은 사위는,

"그라믄 얘기하고 기시이소."

"운냐."

불빛 속에서 본 푸건의 얼굴은 뼈와 가죽만 남아 있는 것 같았다. 햇볕을 못 보아 종잇장처럼 살갗은 희었다. 그런데 이상하게도 예뻐 보이는 것이다. 말없이 언제까지 모녀는 서로의 얼굴을 바라본다.

"아가, 좀 눕는 기이 우떻겠노. 눕히주까?"

"야."

푸건이는 어리광스럽게 어미에게 몸을 맡겼다. 반듯이 누워서 배시시 웃는다.

"계란 하나 안 묵을라나?"

"나중에, 어매만 볼라요."

야무네는 한숨을 내쉰다.

"어매도 참 많이 늙었소."

"내 늙는 거사, 니나 나으믄 얼매나 좋겠노. 푸건아."

"야."

"그만 나랑 가자, 함께."

야무네는 뒷일이야 어찌 되든 딸을 데려가야겠다는 생각을 한다. 떠나올 때는 데려가리라는 생각은 하지 않았었다. 동냥을 하고 집 한 칸을 날려도 에미 품속에서 딸을 보내야겠다는 결심을 한 것이다.

"씨어무니가 데리가라 하시던가요?"

"그런 말은 안 하더라."

"강서방이 안 보낼 기고 어매 얼굴 한번 보았인께. 나는 안 갈 기요."

"니 신랑은 잘해주나?"

"야. 그러니께 이날꺼지,"

하는데 푸건의 목이 메인다.

"어매요."

"운냐."

"이렇기 될 줄 알았이믄 나 시집 안 올 긴데."

"앞일을 누가 알겠노."

"청루에나 몸 팔아서 어매나 살게 해놓을 거로."

"산 입에 거미줄 치겄나? 그런 소리 안 하네라."

야무네는 사돈집에서 이틀을 묵었다. 어미를 만나보아 그랬던지 푸건이는 좀 생기가 돌아온 듯 사위는 다른 때보다 음식을 잘 먹는다고 말했다. 야무네는 무작정 사돈집에 머물 수는 없었고 송장이 되어도 친정에는 안 간다는 딸의 고집을 꺾을 수 없었고 해서 차마 떨어지지 않는 발길을 돌려놓는데 사립문에 몸을 가누며 돌아보며 돌아보며 가는 어미를 전송하는 푸건이, 야무네는 길이 눈에 보이질 않았다. 사위는 선창가까지 장모를 바래다주면서 말이 없었고 배를 기다리며 갯가에 한 시간가량 쭈그리고 앉았어도 사위는 말이 없었다. 비로소 야무네는 사위의 얼굴이 못쓰게 된 것을 깨닫는다. 끝도 없이 넓은 바다, 아득히 먼 수평선, 갈매기가 날고 있었다.

'아이구 내 팔자야!'

땅을 치고 통곡하고 싶은 것이다. 삑 둘러진 수평선은 멀고 아득하며 어느 한 곳 휘어잡을 곳이 없다.

'내가 죄가 많아서, 아이고오 내 자식아!'

목이 메인다.

"장모님, 벵나시겄소."

겨우 사위가 한마디 뇐다.

"이런 에미, 살아 있이믄 머하겄노."

"아무것도 안 잡숫고,"

다시 두 사람은 수평선을 바라본 채. 배가 오고, 배에 오르려 했을 때,

"장모님."

사위는 야무네 손에 꼬깃꼬깃 접은 오 원짜리 한 장을 쥐여준다.

"아, 아, 아니다!"

"어서 타시이소. 삼판 걷을라 캅니다."

야무네는 엉겁결에 배에 올랐다.

그것이 지난가을의 일이었다. 그러고는 소식이 없었다. 야무네는 부엌 바닥에 퍼질러 앉아서, 저녁 죽거리를 하려고 삶은 고구마순의 껍질을 벗기고 있었다. 시래기는 벌써 떨어졌고 산나물도 한 보름쯤 지나야……. 야무네는 부엌 밖의 하늘을 힐끗 쳐다본다. 가슴이 철렁 내려앉는다. 아무 일도 없는데 가슴부터 내려앉고는, 다음 푸건의 얼굴이 떠오른다. 하루에도 몇 번 있는 일이다. 그러고 나면 목이 꽉 메어 목소리가 나오지 않는 것이다. 딸이 죽을 것이란 것은 이미 정해져 있는 일이거니와 죽을 것이라는 사실이 가슴 아픈 것은 아니다. 헛간 같은 방이며 시어머니, 동서의 쌀쌀맞은 눈빛이며 무엇을 먹고 온종일을 무슨 생각을 하며 지내는가, 그 생각 때문에 목이 메이는 것이다.

"있나 없나."

사립문 쪽에서 들려온다.

"누고오?"

"있고나. 나다."

야무네 또래의 아낙이 부엌 앞에 나타난다. 보기에 몹시 흉하지는 않지만 얼굴이 얽었다. 화개에 사는 야무네의 어릴 적 친구다.

"우옌 일고."

"볼일이 있어서 좀 왔다마는, 그것도 허사고."

야무네 옆에 쭈그리고 앉는다. 그리고는 염낭 속에서 똘똘 말아놓은 한지를 꺼내어 한 귀퉁이를 찢고 담뱃가루를 놓아 역시 똘똘 말아 침을 묻혀 바른다. 몹시 씨근거리며 염낭을 묶은 뒤 보리쌀을 삶고 불씨가 남아 있는 아궁이에서 솔가지를 집어 담뱃불을 붙인다.

"그거 안 피우믄 못 살겠나?"

"심심초 앙이가."

아낙은 담배 연기를 뿜어내며 눈을 가물가물 감는다.

"니도 좀 배워봐라. 속 터질 때는 한결 낫네라."

"담배 사서 피울 돈은 어디 있고."

"죽거리가?"

"시래기도 떨어지고 해서……."

"손이 가서 그렇지, 고구마순도 죽 끓여놓으믄 상긋하니, 묵을 만하지."

"그냥 하니께 까끄럽다* 캐서 껍데기를 벳기는데 손 잡히는구마."

"딱쇠는 일하러 갔나?"

"봄갈이 품 나갔다."

"말 들은께 진주 간다 카더마는, 우이 됐노."

"복 없는 놈이 무신."

한숨을 내쉰다.

"안 됐는가 배. 가보기는 가봤나?"

"허행했거마는,"

"두만네가 그럴 사람 아닐 긴데?"

"두만네성님이사, 하지마는 이자는 곤리(권리)가 있어야제. 모두 자식이 번 기니께. 두만이가 한 고향 사람은 안 쓰겄다 딱 잘라 말하는 데는,"

"나쁜 놈이다. 까매기도 지 땅 까매기믄 반갑다 카는데 그럴 수가 있나."

"그러씨……. 옛날과 달라서 이자는 떵떵 울리고 살 만큼 됐인께 근본 들추는 기이 싫은갑더마. 자식들도 크나고 한께."

"아따, 비빔밥 장사는 종 신세보다 낫다 그 말인가? 흥."

"그거사 작은집에서 한께로,"

"참말로 세상일은 모리겄다. 옛날에는 장자가 될라믄 삼 대가 걸린다 했는데, 요새사 망하고 흥하는 기이 순식간이라."

"공연히 우리가 가서 집안 분란만 일으키고,"

"막딸이는 잘살더나?"

"묵고 입는 거사 걱정 없더마."

"그라믄 됐제. 자식 있고……."

아낙은 손톱 밑에 닿기까지 담배를 피우다가 버리고 고구마순의 껍질 벗기는 일을 거들어준다.

"니 이러고 있어도 되나?"

"생각이 안 나서 그런다."

"볼일이란 무신 일인데?"

"따로 볼일이 머 있겠노. 돈 좀 구하러 왔더마는,"

"두리네 집에?"

"응."

"그 집도 옛날 같잖아서 낼 돈이 없일 기다."

"그런갑더마. 그래 생각이 안 나서, 우짤꼬 싶어서,"

"어디다 쓸라꼬?"

"쓰기는, 작년에 시어무이 초상 때 빚을 좀 냈더마는, 없는 살림에 제때 추리(이자)를 못 내고 한께 수울찮게 빚이 커가더마."

"빚같이 무섭은 거는 없제. 저승차사가 빚쟁이겉이 무섭으까."

"와 아니라. 그놈의 빚을 당장 갚으라고 오복겉이 조우는데* 나올 데가 있이야 갚지. 생각다 못해 돈 좀 구해볼라고 왔더마는."

"입때 암 말 없다가 와 별안간 그러는고?"

"갚으라는 말이사 더러 있었지. 이분에 바싹 볶아대는 것은 그럴 만한 일이 있다."

"그럴 만한 일이라니?"

"우리 간난이를 주먼,"

"빚 대신 말가!"

"그거는 아니고 우리가 부치는 땅 임자가 간난이를 달라는 기라. 벌써부터 있는 얘긴데 자식을 그런 데다 우찌 주었노. 주믄 논 열 마지기 떼주겠다 하지마는 우리 잘살자고 자식 신세 궂히겠나. 뻔히 다 아는 일 아니가."

"그 늙은기이 아직도 자식 볼 생각을 하는가 배."

야무네는 껄껄 혀를 찬다.

"그런데 이분에는 빚쟁이까지 내세우고 여차하믄 땅까지 걷어부릴 기라 함서, 가심에 못이 백히는 것 같다. 돈을 구해 서 빚을 갚는다 캐도 일이 끝나는 것도 아니겄고, 희여멀숙한 가이나를 보믄 한탄이 절로 난다. 차라리 나겉이 얽기나 했더 라믄 하고."

"큰마누라가 벌써 두 사람이나 쫓아냈다 카던데, 없는 놈은 그만 콱 죽어부리야 한다. 자식이고 부모고, 없이 사는 것도 한탄인데 우환 재앙은 없는 놈만 찾아서 오는가."

야무네는 이럴 줄 알았으면 시집 안 오고 청루에 나가서 어 매나 살게 할 거로, 하던 푸건이 말을 생각한다. 가슴이 철렁 내려앉는다.

'우찌 되었으꼬, 근가죽에 보냈다믄 얼굴이나 쳐다보제.'

코를 훌쩍인다. 눈물이 저절로 흘러내린다.

"니도 딸 때문에 그러나."

"맴이사, 꽁꽁 품어서 머리카락 하나 안 다치고, 머리카락 하, 하나 안 다치고 데리고 오고 접지마는, 간밤에는 꿈에 뵈더마는, 으흐흥흣흣……."

야무네는 치마꼬리를 잡아당겨 눈물 콧물을 닦는다.

"하기사…… 니 맴이 와 안 그렇겠노."

"그 빌어묵을 가시나가 가자 캐도 뻑뻑 고집을 피고, 아이구 고만 내가 심장이 터져 죽을 것 겉다."

목이 쉬어서 말이 기어나오는 것 같다.

날이 저물어서 딱쇠는 논갈이를 끝내고 쟁기와 소를 임자 집에 들여놓고 터덜터덜 집으로 돌아왔다.

"배고프제? 얼른 저녁 묵으라."

"머 배고픈 줄은 모르겠는데."

"점심을 잘 해주더나?"

"잘 묵었소."

밀을 갈아서 고구마순과 함께 넣어 된장을 풀고 쑨 죽과, 간장종지 하나 올려놓은 저녁상을 들고 들어온 야무네는,

"일이 고되던가 배?"

아들 앞에 상을 놓으며 묻는다.

"일이사 정해진 거지마는 소가 지랄을 해서 애 좀 묵었지요."

딱쇠는 간장을 떠먹고 죽을 먹으려다,

"어매는 어쨌소?"

"늦게 점심을 묵었더니 아직 배부르다."

"또 속을 끓있는가 배요. 일 당할 때는 당하더라 캐도 좀 잊어부리소."

"……."

"강서방이 잘한다 카이."

"강서방인들 할 짓이겠나. 어매 눈치 보랴 형님 형수 눈치
보랴."

"할 수 있십니까, 제 사람인데."

딱쇠는 후딱후딱 죽을 먹어치운다.

"더 주까?"

"낮에 잘 묵었더니 괜찮소. 그보다도 돼봐야 되는가 하겄지
마는, 이서방아재를 만났는데 조금만 참으믄 땅마지기나 부
치게 하겄다 그러더마요."

"정말 그러더나?"

"야."

"이서방이사 별말 할 사램이 아닌께, 그렇게 되믄 얼매나
좋겄노."

하는데 밖에서 인기척이 났다. 야무네 얼굴이 빳빳하게 굳어
진다.

"어매도 참, 와 그리 놀라요."

딱쇠는 방문을 밀고 밖을 내다본다.

"누구요?"

"난데에."

푸건의 중매를 든 대추나무집 노파다.

"좀 들어오이소."

"글안해도 전할 말이 있어서."

노파는 방으로 들어왔다.

"무신 일이 이, 있소?"

벽에다 등을 대고서 야무네는 목쉰 소리로 물었다.

"음, 여수에서 우리 아아가 왔는데,"

"그, 그래서,"

"참말이지 말하기 안됐구마."

"죽었다 캅디까?"

"그거는 아니고,"

"그라믄요."

비로소 벽에 붙였던 등을 앞으로 기울인다.

"내가 이래저래 중신 한분 잘못 들어서 원망만 듣는데, 사우가 아프단다."

"뭐라꼬요?"

"강서방이 아프다고요?"

딱쇠도 몸을 앞으로 기울인다.

"그래서 그 집에서 딸을 좀 데리갔으믄 하는갑더마."

"아이고오, 하느님!"

"액운이 겹치믄 내리 겹친다 카이. 나도 잘 살라고 끈을 붙이준 긴데 사람이 앞일을 모리니……. 데리고 오고 안 오고는 알아서 해라. 말은 전해야 안 하겠나."

노파는 간다 하면서 나가버린다. 어미와 아들은 우두커니 바라만 보고 앉았다.

"데리고 와야 안 하겠소. 데리고 오자믄 나도 함께 가야 할 긴데 여비 마련부터 서둘러야겠소."

"여비는 있다."

"야?"

"그때 사돈댁에 갔일 때 강서방이 돈 오 원 주는 거를⋯⋯. 푸건이 생각을 하고 니한테 말을 안 했다."

"그랬던가요?"

딱쇠는 다소 섭섭해하는 눈치다.

"동기간인데 지가 머랠까 봐, 어매도 참."

야무네는 아들의 기색이나 말에는 도통 무관심이다.

"세상에 우찌 강서방까지 아프겠노!"

쨍! 소리를 지르더니 방바닥에 깔아놓은 이불을 뒤집어쓰고 누워버린다. 딱쇠는 송장같이 누워 있는 어미를 우두커니 바라보다가, 울퉁불퉁 못이 박힌 손을 내려다보다가 손 가시랭이를 뜯고 그러고 나서 밥상을 들고 나간다.

이튿날 딱쇠가 눈을 떴을 때 방문이 훤했다. 눈을 비비며 방문을 열고 나왔을 때 야무네는 팔짱을 끼고 마루 끝에 앉아 있었다. 나들이옷을 입고 조그마한 보따리 하나를 옆에 두고 골똘히 땅바닥을 내려다보고 앉아 있는 것이었다.

"어매."

"운냐. 큰방에 니 옷 내났다. 얼굴 씻고 옷 갈아입어라. 주

129

먹밥을 해놨인께 가믄서 묵고."

땅을 내려다본 채 말을 했다. 딱쇠는 시키는 대로, 그리고 앞장서 집을 나섰다. 마을 길은 뿌옇게 안개가 낀 듯, 참새 떼들이 몹시 조잘거렸다. 나룻배 안에서 소금을 치고 파래로 싼 주먹밥을 야무네는 꺼내어 아들에게 준다. 보따리 속에는 미숫가루도 들어 있었다. 딱쇠가 잠든 사이 보리와 쌀을 반반 섞어서 볶고, 맷돌에 갈았던 모양이다. 푸건이를 데려오면서 먹일 요량인 것 같다.

"어매도 잡사보소."

"나는 묵었다."

파래 냄새가 향긋한 보리 주먹밥을 깨무는데 딱쇠 눈에 눈물이 어린다.

'참말 살기 심들고나.'

병든 누이를 데리러 간다거나 매부가 병이 났다는 것, 그런 일들은 먼 곳에서 일어났고 자신하고는 관계가 없는 것 같은 생각이 든다. 눈시울이 뜨거운데 서러운지 고통스러운지 그것도 분간할 수 없다. 그냥 배가 물살을 헤치며 가고 있고 어미가 목석같이 강가를 바라보고 있다는 것만 느낄 수 있다.

여수에 닿은 모자는 오리섬으로 가는 배를 찾기 위해 바닷가에서 한동안을 헤매야 했다. 오리섬에는 정기적으로 다니는 배가 없다. 해서 고기를 싣고 왔다 돌아가는 배가 아니면 오리섬에 물건을 팔러 가는 짐배를 이용해야 한다. 오리섬은 상당히 큰 섬이었고 마을도 여러 곳에 산재해 있었지만.

"배를 찾았소!"

딱쇠가 헐레벌레 쫓아온다.

"마침 가는 배를 찾았소. 그 배는 내일 낮에 여수로 돌아온다는 말도 들었인께 올 때는 그 배 타믄 될 성싶은데,"

날씨는 쾌청하여 지난가을에 갈 때처럼 야무네는 고생을 아니했다. 돛은 부드러운 남풍을 듬뿍 머금고, 사공도 노 젓기를 게을리하지 않아 배는 잘 달렸다. 그리고 가는 도중 고깃배들도 심심찮게 만날 수 있었다.

"밤낮 이런 날씨라믄 뱃놈 생활도 할 만하지."

화주인 듯한 사내가 병술을 마시고 명태를 찢으면서 사공에게 말을 건다.

"흥, 쪽박 든 거러지보고 게울이 없이믄 거지생활도 헐 만허다, 그 말허고 다를 것이 없지야. 용왕님도 심심허신디 용트림 안 허고 견딜 재간 있을랍디여?"

바위를 쌓아올려서 파도에 무너진 곳도 있고, 목선 몇 척 기대는 것쯤이야 상관없는 선창에 야무네는 딱쇠 팔에 매달리다시피 배에서 내린다. 바닷물에 씻기고 파래가 낀 바닷돌은 개울돌과 달리 모가 지고 거칠다. 비쭉비쭉한 바위 모서리가 야무네 심장을 찌르는 것 같다. 지난가을의 일이 생각나는 것이다. 바닷가 길을 따라서, 그리고 고개를 넘어서 마을을 내려다보고 모자는 타박타박 걷는다. 마을 어귀에 들어섰을 때 북소리 경쇠 소리가 들려왔다. 두 모자는 사돈댁에서 굿을 한다는 것을 즉각으로 느꼈다. 집이 가까워왔을 때,

"굿바위다 짐(재물) 바치고 무당이 돌아왔는개 비여."

"돌아왔지라. 나도 허든 일 싸게 허고 구겡 갈라누마."

"큰굿이라 수울찮이 돈 들 것인디,"

"자석 잃는 것보담사, 내 애당초 뭍의 혼사 허는 걸 마땅찮이 여깄는디 기여 동티가 나들 않았겄어?"

"돈푼 있으면 뭍의 혼사 헐러고들 한께로, 이자부터는 생각들 달리헐 것이여."

귓가에 흘러들어오는 마을 아낙들 말을 뒤로 하고 모자가 사돈집에 당도했을 때 마당에는 사람들이 그득 들어차 있었고 마루에는 제수를 차려 놨고, 무당은 멍석 위에서 경쇠를 두드리며 넋을 들이고 있었다. 대잡이는 아직 시기가 아니었으므로 신대를 쥔 채 우두커니 서 있었고, 무배(巫夫) 두 사람이 북을 치고 피리를 불고 있었다. 차마 사람들을 헤치고 들어갈 수가 없어 야무네는 아들의 옷소매를 끌고 뒤란으로 돌아간다.

"오셨습니까."

뒷간에서 나오던 이 집 큰며느리가 냉랭하게 말했다.

"예. 강서방은 좀 우, 우떻십니까?"

죄지은 사람같이 얼굴을 못 들고 묻는다.

"아직도 전신이 펄펄 끓고 정신을 못 차리네요."

"의원은 머라 하던가요?"

"처음에사 감기라 합디다마는, 감기 겉으믄 아직 못 일어나 겄소?"

"우, 우짜다가,"

"배 타고 나갔다가 비를 흠빡 맞고 오더니 그냥 눕더구마 요."

"사람들이 하 많고, 그래서 사돈한테 인사도 못 디리고 이리로 왔십니다마는,"

"잘했십니다. 동네 사람 보기도 민망하고, 동서 방에 들어가 기시이소. 그라믄 지가 씨어무니한테 귀띔하겠십니다."
하고는 찬바람이라도 일으키듯 돌아나가버린다.

"어매, 참말로 딸 준 죄인이구마요."

딱쇠가 화난 음성으로 말했다.

"지금 오기 낼 헹편 아니다. 드, 들어가자."

방 안에서 어미랑 오라비의 목소리를 들었을 텐데 아무 기척이 없다.

"아가."

야무네가 방문을 연다. 푸건은 멍청히 앉아 있었다. 며칠 몇 날을 울었을까, 눈이 부어서 눈동자가 보이지 않을 지경이다.

"오빠, 날 데리러 왔소?"

"가야지. 병 나으믄 도로 오더라 캐도,"

딱쇠는 누이의 기막히게 된 모습을 보는 순간 멀기만 했던 생각이, 갑자기 등을 돌리고 달려드는 듯 오열한다.

"나는 안 갈 기요. 갈 것 같으믄 콱 고만 죽어부릴라요. 아무리 해도 죽을 긴데 부모 형제까지 못 살게는 못하요. 강서방하고 함께 죽을 기요."

"이 철없는 것아, 그만 날 따라갔이믄……. 하, 하기사."

하다가 야무네는 눈물도 말라버렸는지 햇살이 비치는 방문을 바라본다. 이윽고 발소리가 들려왔다. 방문이 열렸다. 양 볼이 쑥 들어간 깡마른 늙은이가 들어온다.

"사돈, 볼 낯이 없십니다. 얼매나 놀랬습니까. 딱쇠야, 인사 안 하고 머하노."

딱쇠는 입은 봉한 채 절만 한 번 하고 옷자락을 걷으며 앉는다.

"기별 받고 오시는 깁니까?"

눈동자가 덮일 만큼 눈이 부은 며느리에겐 한 번도 시선을 보내지 않는다.

"예."

"그라면 데려갈 차비는 차리고 오싰구마요."

"예."

딱쇠 눈이 분노에 탄다.

"그렇다믄 별로 할 말은 없겠소만 작년 가슬에 사돈이 오싰다 가신 뒤 우리는 참말 염치없는 사램이라 생각했소."

"예?"

"우리 입으로 데리가라 안 한다고 해서 그냥 떠맡기고 간 사돈을 말입니다."

"……."

"집구석에 이런 일만 안 났어도 우리 입으로 데려가라 마라 하지는 않았일 기요만, 생때겉은 내 자석이 죽을 판인데 할 수 없는 일 아니겄소? 그나마 우리만 하니께 그동안 보아왔지 다른 사람들 겉으믄 어림이나 있었겄소? 제 밥 찾아 묵기도 바쁜 형편에 말이오. 게다가 답답한 사람이 우물 파더라고 생때겉은 자석이 드러눕고 보니, 점도 치게 되고 굿도 하게 되고 집구석이 결판날 판이오. 우리 집안에서는 구신이 덧들(건 드릴) 일이 없소. 점괘에 납디다. 작은아아 친정아부지가 나오더마요. 사람 하나 잘못 들어온 탓으로……."

"아무리 딸 준 죄인이라 카지마는 너무 안 하십니까."

딱쇠가 참다가 입을 열었다.

"너무하다니?"

"안 그렇십니까? 안 그렇다 말씸이오? 우리가 안 데리고 가겄다 하믄 우짤 깁니까? 내 동생이 가마 타고 집을 나갈 적에는 멀쩡했소. 병든 처녀 데리갔십디까. 벵이 나도 이 집에서 났고 벵들었다 해서 쫓아내는 법이 있소오? 칠거지악에 벵들믄 내쫓는다는 말이 있십디까? 하물메 데리가겄다고 왔는데, 없이 사는 처지라고 이렇기 업수이여기도 된다 그 말씸이오?"

"아이구 참, 나오는 꼬라지를 본께 딸 안 살릴 작정이구먼."

"살릴 생각이믄 데리가라 하지도 않을 기고요, 우리도 데리가서 굶겨 직이는 한이 있어도 막설할라요(끝장내겠소)."

"아아니, 세상에 엎드려 빌어도 성이 풀어질까 말까 하는데, 세상에 구신까지 짊어지워서 보내놓고, 내 생때겉은 자석까지 잡아묵을라 캄서, 어디다 대고 떼거지를 쓰는고!"

"사돈, 참으소. 철없는 것이 지 동생 생각만 하고,"

"듣기 싫소! 당장 데리고 가소!"

"야! 데려가지 마라 캐도 데리고 갈라요! 마구간 겉은 방구석에 처박아놓고, 생사람도 벵나겠소! 어매, 나서소! 내 푸건이 업고 나갈 긴께."

"오빠!"

푸건이 방바닥에 엎드리며 통곡이다.

"이 무상한 가시나야, 내가 가자 칼 때 그만 따라나오지. 그랬이믄 이런 엄덕(허물)은 안 썼을 거 아니가. 가자. 사우 얼굴이나 한분 보고 갈라 캤더마는 보믄 너거들 이벨하기 어럽울 기고."

손바닥으로 터져 나오려는 울음을 막으며 먼저 방에서 나오고 딱쇠는 통곡하는 푸건이를 안고 나와서 업으려 하는데,

"어매! 어, 어매요!"

버둥거린다.

"아가아, 강서방 벵이 나아야 안 하겠나? 아무 말 말고 가자."

아들 등에 딸을 떠밀어 올린다.

서산에 해는 한 뼘쯤 남아 있었다. 사립문을 나서려 하는데 큰아들과 큰며느리가 달려나온다.

"사부인, 우떻게 처사를 이리하십니까. 오매 성미가 좀 그렇기로 동네 사람 눈도 있는데 이럴 수가 있십니까. 가더라캐도 새는 날 채비 차리고 가시야지요."

애원하다시피 하지만 큰아들의 말은 자신들의 체면을 보아 달라는 것에 불과하다. 굿을 구경하던 동네 사람들은 일제히 업혀 나가는 작은며느리의 처참한 꼴을 바라보고 있었으니까.

"나도 이렇게는 가고 접지도 않고 이렇게 가게 되리라 생각도 하지 않았십니다. 그러나 어차피 언제 가도 갈 사램이고 하루 더 있어봐야 그만큼 뱅든 자식 심장만 안 상하겠소. 또 지 남편이 저 지경이니 발이 떨어지기 어려울 거 아니겠소. 강서방도 알게 되믄 일이 난감할 기요. 이렇기 얼레설레하는 판에 떠나는 것이 도리어 좋을 기요."

처음으로 야무네가 말을 했다.

"그렇지마는, 새는 날, 달구지라도 내고 옷가지도 챙기고."

"아니오. 한편에 또 아픈 사람이 있으니 번퍽스럽게* 할 것도 없고 빈 몸으로 시집와서 무슨 체모로 옷 챙기겠소."

"흥, 얼어 죽은 구신 홑이불이 웬 말이며 굶어 죽은 구신 배맞이밥이 웬 말인고. 갑시다! 어매!"

딱쇠는 앞서간다. 푸건이는 지친 듯 오라비 등에 엎드렸고

137

야무네도 돌아선다.

"폐양감사도 제 싫다믄 그만인데, 보소! 더 머라 카지 마소."

큰며느리의 쌀쌀한 음성이 뒤통수를 친다.

"큰일 벌리놓고 세상에 무신 꼴이고."

큰며느리의 두 번째 음성이다.

"딱쇠야, 어서 가자."

고갯길에는 솔바람 소리가 싸아아, 하고 지나간다.

11장 이향(離鄕)

바람 빠진 타이어에 공기를 채우고, 잡화상의 점원 달수(達守)가 자전거를 끌고 나가는 것을 바라보던 홍이 걸상으로 돌아와 앉는다. 주인집 아들 재식(在植)이 신문을 읽다가 힐끗 쳐다본다.

"그깟 신문 보지 말고 들어가 공부나 해. 낙제라도 하면 중학생 체면 말 아닐 거고."

홍이는 비대한 편인 재식이를 한 팔로 떠민다.

"형도 아부지겉이 꼭 같은 말을 하네?"

"하기는 그렇다. 나도 열등생이었으면서, 사람이란 제 한 일은 다 잊는 모양이지?"

피식 웃는다. 재식이는 다시 신문 읽는 것에 열중한다. 일곱 시쯤 됐는지, 밖은 어둑어둑했다. 그러나 부두에 가까운 상가거리엔 불빛이 새어 나와 부두 노동자들이 떼를 지어 지나가는 것을 볼 수 있다.

"참 세월 빠르고나. 어느새 여름이 됐지?"

"유수 겉지요."

신문에서 눈을 떼지 않고 재식이 말했다.

"화살 같지."

"숫제 총알 같다 하이소."

"한창 건방질 나이다."

"얼씨구, 형은 몇 살인데 그러요."

"볼일 다 보았지."

하는데 부두 쪽에서 뱃고동 소리가 들려온다. 생각도 없이 뇌까린 말인데 뱃고동 소리가 그것은 사실이야, 하는 것처럼 들린다. 홍이 얼굴이 우울하게 가라앉는다.

"시시하구마."

재식이 신문을 구겨 쥐고 안으로 들어간다.

지금 홍이는 부산에 와 있는 것이다. 부둣가에 가까운 곳, 꽤 규모가 큰 자전거포에 점원도 아니요 서기도 아닌, 묘한 처지에서 기식하고 있는 것이다. 온 지 반년쯤 지나고 보니 이제는 주인아저씨가 없어도 웬만한 자전거 수리쯤 혼자 할 수 있게 되었고 물건을 파는 데도 제법 익숙했다. 오늘은 일찍부터 주인 내외와 재식이 동생은 제사를 모시기 위해 큰집에 가고 없었다. 홍이 이곳으로 오게 된 경위를 말할 것 같으면, 아비를 평사리에 데려다주고 진주로 돌아온 홍이는 자신의 거취를 작정하지 못한 채 방황하고 있었는데 뜻밖에 여관집의 망나니 아들 삼석이가 함께 일본 안 가겠느냐 하며 제의를 해온 것이다.

"정말로 니도 가겠다 그 말가?"

"그래? 못 갈 건 없지. 가봐서 재미 적으면 돌아오는 거고."

하면서 부산 가면 친척뻘 되는 사람이 부두 가까운 곳에서 자전거포를 하고 있다는 말을 하는 것이었다.

"니만 가겠다면 내일이라도 나는 떠날 수 있다. 돈만 좀 집어가면."

둘은 부산으로 왔다. 부산에서 여러 날을 보낸 뒤 일본으로 떠나기 바로 전에 홍이는 그만 주질러 앉아버린 것이다.

"니가 미쳤나?"

삼석은 깎은 밤같이 동글동글하게 생긴 얼굴을 붉히며 펄쩍 뛰었다.

"니 혼자 가아. 가서 편지나 해라. 그라믄 내 뒤쫓아갈 긴께."

"잔소리 말아! 말도 안 된다!"

"니가 뭐라 해도 할 수 없다."

"대관절 뭣 땜에 그러노? 대관절!"

"모르겠다."

"기가 맥히서, 별안간 생각이 바꿔부린 이유가 머꼬?"

"나도 모르겠다."

"뭣 겉은 소리 집어치워라. 여기까지 온 이상은 니 맘대로는 못한다! 사내자석이 작심을 한분 했이믄 그만이지 무신 딴소리고!"

"안 가면 안 가는 거지 왜 맘대로 못해!"

홍이도 화를 버럭 내었다. 제 마음을 자신도 어쩔 수 없는데서 화가 났던 것이다.

"이 자석이 죽고 싶어서 이러나? 집에서 돈 들고 나온 내가 오냐 그만두고 진주로 가자, 할 것 같나? 어림 반 푼어치도 없다. 죽어도 간다! 니놈을 끌고서라도 간단 말이다!"

삼석은 몰린 짐승같이 이빨을 드러내며 으르렁거렸다. 사실 일본으로 뛰겠다는 삼석의 결심은 떠날 때부터 상당히 확고한 것이었고 통대구나 푼돈 들어내는 일상의 애교스런 행동과는 달리 이번에는 상당한 금액의 돈을 훔쳐낸 만큼 진주로 되돌아갈 수 없는 것도 뻔한 일이었다. 자전거포 아저씨뻘 되는 사람에게도 아주 천연스럽게,

"조선서 빈들빈들 놀고 있으믄 머하겠습니까. 일본 가서 배울랍니다. 공부하고 돌아와서 올바른 직업을 가지볼랍니다. 어무이도 승낙을 했고요."

"그거는 잘 생각했다. 형편만 되면 배울수록 좋지. 뭣을 해 묵더라 캐도,"

그런데 집에서는 일본은 고사하고 내왕이 전혀 없는 부산

의 친척도 염두에 없었고 홍이 꼬임에 빠졌다고만 생각하는 삼석의 모친은 연일 임이네와 시비를 벌이고 있는 판이었다. 임이네는 임이네대로 꾀낸 것은 삼석이라 역공(逆攻)을 하여 방바닥을 치면서 제 가슴을 치면서,

"내 자석 내놔! 불한당 겉은 그놈이 내 자석을 달고 갔인께."

하며 여관방에 떼를 쓰고 드러눕고, 지금은 오히려 삼석의 모친이 몰리는 형편이다.

"너 내 손에 죽어볼래? 질기 이라믄 다리몽댕이 뿌질러놓을 기다!"

"맘대로, 그래도 나는 안 간다!"

바닷가에서 온종일 삼석이 달래기도 하고 위협도 하고 했으나 홍의 고집은 뻗장나무같이 꺾이지 않았다.

"참말로 알다가도 모르겠다. 안 갈라 하는 데는 이유가 있을 것 앙이가. 나도 몰라, 하 참, 세상에 그런 말이 어디 있노."

떠나기 직전에 망설임이 없이 나는 안 갈란다, 했던 홍이, 왜 그렇게 됐는지, 무작정 안 갈란다, 삼석이 애걸복걸하고 위협하고 달래고 하지만 손톱만큼의 움직임이 없는 마음, 홍이는 왜 그럴까 하며 그 이유를 생각해볼 만한 여유도 없었던 것이다. 그만큼 안 가겠다는 감정은 강렬하고 충동적이었던 것이다.

"빌어묵을 놈, 그라믄 좋다! 나도 사내새낀데 그까짓 혼자

못 갈 건 없지."

결국 삼석은 홍이와 동행할 것을 포기하고 말았다. 홍이는
바다 끝만 바라보고 있었다. 순간 죽고 싶다는 생각이 든다.
풀려난 뒤의 공허가 견딜 수 없었다.

"미안하다."

"앞으로 네놈을 상종한다믄 나는 사람 새끼가 아이다."

"······."

"그래, 진주로 도로 갈 기가?"

"상종 안 할 기라 하면서 뭐할려고 묻노."

그 말 대답은 않고,

"가믄은 니 다리몽댕이 붙어나질 못할 거로?"

"그거는 차차, 차차 생각해보지."

"홍아."

"······."

"니 아부지 땜에 못 떠나는 거 앙이가?"

"그럴지도 모르지."

"가시나 땜에 못 떠나나?"

"그것도······ 그런 것 같다."

"미친놈."

"상종 안 한다면서 왜 자꾸 말을 거노!"

"좀 고분고분했이믄 좋겠다. 죄진 놈이 무신 큰소리고."

삼석은 깨끗이 단념을 했고 그리고 혼자 가는 데 불안을 느

끼는 것 같지도 않았다. 어쩌면 처음 낭패했을 때와는 달리 혼자 뛰어드는 미지에 대하여 한층 더 호기심을 갖는 것인지도 모른다.

"삼석아,"

"와, 할 말 있이믄 해봐."

"니 아저씨보고 말 좀 안 해주겠나?"

"무신 말을?"

"접때 가게 맡기고 댕길 만한, 신실한 사람이 하나 있었으면 좋겠다 하시던데,"

"니가 있겄다 그 말가?"

홍이는 고개를 끄덕인다.

"니가 신실한 사람가?"

홍이는 쓴웃음을 띤다.

"진주도 가기 싫고 일본도 가기 싫고 여기 있고 싶다."

"진주 안 가는 것은 나도 대찬성이다. 내가 일본 간 것 알아도 곤란하니까. 그러나 니 부탁은 안 받을란다. 내가 뻑다구 없는 오징어가? 기가 차서."

"니가 말 안 하겠다면 내가 하지."

"가만히 놔둘 사람은 어디 있고? 팔난봉 겉은 그런 놈 점방에 두었다간 큰일 납니다 아재씨, 할 기니께 아예 단념해라."

"그래도 할 수 없지. 안 되면 삼판(부두)에 가서 짐이나 나르겠다."

"죽을 꾀 내는구나."

그러던 삼석이는 결국 자전거포 아저씨에게 홍이 일을 부탁하고 떠났다.

열 시가 지났을 때 상가에는 하나씩 둘씩 불이 꺼져갔다. 떼지어 가던 부두 노동자들의 발걸음도 끊기었다. 거리는 비질한 것처럼 호젓했다. 가게 문을 닫아야겠다 생각하며 홍이 일어서는데,

"홍아."

건너편 이발관의 이발사 상길(相吉)이가 들어온다.

"오늘 밤 너거 주인 안 돌아올 기제."

"응."

"그라믄 우리 술 좀 하자."

"글쎄,"

"글쎄고 뭐고, 이런 날도 있어야 숨을 쉰다."

상길이는 밖을 보고 손짓을 한다.

"들어온나."

낯선 청년이 어쩔까 망설이는 듯, 그러더니 들어온다. 홍이 미심쩍게 바라본다.

"이거어? 내 친구다."

상길이는 들고 온 술병과 안주인지 봉지를 하나 걸상 한구석에 놓고,

"어릴 때 한동네서 함께 큰 고향 친구다. 우연히 만났제. 그

냥 갈라질 수 있겠나? 그렇다고 해서 우리 겉은 월급쟁이 술집에는 갈 수 없고, 이 집 아저씨가 머리 깎으러 왔을 때 제사 모시러 큰집에 간다고 한 말이 생각나더란 말이다. 덕용아, 저기 걸상에 앉아라."

상길이는 싱글벙글하면서 마치 제집처럼 걸상 하나를 마저 끌어다가 붙인다.

"주인도 없는데 이거."

홍이 난색을 보이자,

"말 마라. 젊은 놈이 뭘 그리 벌벌 떨어쌓노."

이발사 상길의 머리는 전깃불 아래서 반짝거렸다. 그리고 반짝거리는 머리에서 지쿠 기름 냄새가 났다. 햇볕을 못 보아 하얀 얼굴, 깨끗한 손, 덕용(德龍)이라 부르는 청년은 건강해 보였고, 행동거지도 단정해 보였으며, 낯가림하는 어린이 같은 분위기가 있었다. 홍이는 가게 문을 닫았다.

"덕용아, 홍이 야는 말이다, 앞으로 알고 지내라. 우리하고는 달라서 말이다, 공부도 많이 했고 지금이라도 선생질할 수 있는데 잠시 이 집 일을 보아주고 있는 기라."

옛 친구에게 홍이를 내세워 상길이는 뽐낸다. 평소에는 좀 경솔했지만, 그러나 상길이는 마음씨가 좋았다.

"누가 그랬어?"

홍이 발끈한다.

"다 아는 수가 있다 말이다."

"쓸데없는 소리다."

"재식이가 그러더라, 와. 그리고 덕용이 야도 없이 볼 아이가 아닌 기라. 기술자니께 돈 자알 번다고."

"돈은 무신."

덕용은 엄지손가락으로 코끝을 튕기며 상체를 한번 흔들어 보인다.

"이리 온나. 술이나 마시믄서."

홍이는 덕용이라는 청년이 마음에 들었다.

"멀 하는데 돈을 잘 법니까?"

"허허어, 터라 터. 공대는 무신 놈의."

상길은 술병을 흔들며 술 마시기 전에 벌써 기분을 낸다. 덕용을 만난 것이 몹시 기뻤던 것 같다.

"말 놓이소."

선생질할 수 있는 사람이라는 말에 덕용은 깍듯하게 경의를 표하는 것이다.

"니는 또 와 그라노? 동갑쟁이들이 그라믄, 아 참 그보다, 홍아, 술잔 몇 개 가져왔이믄 좋겠다."

안으로 들어간 홍이는 술잔, 젓가락 그리고 김치까지 들고 나왔다. 재식이는 제 방에서 잠이 든 모양이다. 술이 몇 잔씩 들어가면서, 대하기에 좀 까끄러운 홍이가 뜻밖에 풀고 나온다.

"돈 잘 번다 했는데 나한테도 돈 버는 길을 가르쳐주었으면 좋겠네."

하고 덕용의 술잔에다 술을 채워주는 것이었다. 상길이가 입맛을 짝짝 다시며,

"질수가 달라. 기술인께."

"이발은 기술 아니건데?"

덕용은 웃기만 한다.

"야를 말할 것 겉으믄 한동네서 아랫도리 벗었을 때부터 함께 놀았는데 나보다 먼지 부산으로 나왔지. 왜놈 밑에서 고생고생하다가 배운 것이 벽돌 쌓는 기술이라. 그냥 흙벽이나 쳐주는 그런 미쟁이하고는 다르다 그 말인 기라. 이층, 삼층집도 이 아아가 다아 안 짓나? 서양사람들 집도 지었다 칸께."

"내가 짓기는, 허풍 고만 떨어라. 아직이사 오야카타* 따라 댕기는 처진데 머."

"넨장! 누가 니 논 팔아묵을라 카나?"

하다가 상길이는 홍이를 보고,

"고향에다 땅을 다섯 마지기나 사났단다. 동네서는 효자라고 소문이 자자하지. 우리 부모는 말말이 덕용이 뽄 좀 봐라, 귀가 따갑다. 누구는 그러고 싶지 않아서 안 그러나? 처음부터 나는 길을 잘못 든 것 같다. 남 보기는 깨끗하고 수울한 것 겉지만 실속이 있이야제."

"돈 좀 벌어서 니도 이발소 하나 채리믄 된다."

"어느 시절에?"

"기연이는 양복점에서 월급도 안 받고 입만 살믄서 일을 배

우는데, 집안 형편이 말이 아닌갑더라. 거기 비하믄 너야 다문 삼사 원이라도 집에 부치지 않나."

"그렇기 하자니께 돈이 안 모이는 기다."

"나도 지금 생각이 많다. 우짤꼬 싶어서,"

"와."

"오야카타가 일본으로 돌아갈 모앵인데 함께 가자고 하기도 하는데,"

"숙이 땜에 그러제?"

덕용의 귀뿌리가 빨개진다.

"지랄하네."

"그라믄 장개들어놓고 가믄 안 되나."

"그기 앙이라 카이. 기술은 배울 만큼 배웠는데 혼자 해도 되는데…… 일거리를 얻을 수가 없거든."

"그것도 그렇겠다."

"뼈 빠지게 하지만 어떤 때는 분통이 터진다. 조선사람이라고 말말이 욕질이고, 참말이지 그거를 꾹 참고 견디자니, 임금도 왜놈하고 다르거든."

"음."

"몇 분이나 집어치우고 고향 가서 농사지을 생각을 했는지 모른다."

"그거는 안 된다, 안 되고말고. 농사짓고 살 만하믄 멋 땜에 사람들이 도방으로 꾸역꾸역 기어나올 것고."

"그런께 참아왔제."

"부둣가에서도 고향 사람을 몇 만냈는데 일 년 내내 농사지어 일 년 내내 죽 묵는 생각을 하믄 쪽박을 찼으면 찼지 고향은 안 가겠다 하더마. 일 없는 날에는 굶는 판인데도 그러더라. 하기사 돌아가니 농사지을 땅도 없지마는. 그 와, 코보 그노인 알제?"

"응."

"부산 바닥에서 거지 노릇을 하고 댕긴다. 처음에는 지게벌이를 하더마는 딸이 죽고부터는."

"딸이 와 죽었노?"

"말 마라. 코보가 술이 과한 것은 우리 어릴 적부터 아는 일아니가?"

"노름도 하고 그래서 안 망했나."

"딸을 청루에 팔아묵었거든."

"……."

"몹쓸 병에 걸린 기라. 딸을 판 돈으로 술 마시고 노름하고, 순식간에 날리부렸지. 다시 지게 지고 나섰으니 병 고칠 돈이있단 말가. 딸은 물에 빠져서 죽었다."

덕용이는 한숨을 푹 쉰다.

"옛날에는 기생으로 팔아서 잘되믄 딸 덕도 보고, 대신에 사람 대접을 못 받았는데 요새는, 청루라 카이, 그런 사람이한둘이라야제. 기생이야 이름이 더럽아 그렇지 맘묵기에 따라 행실이 좋을라 카믄 그렇기 할 수도 있는 일이지마는 또 기생집에 오는 손님도 그렇고, 청루란 막가는 곳이라. 소 잡는 도살장하고 다른 기이 하나도 없다더구마. 뱃놈, 왜놈 할 것 없이 하룻밤에도 몇씩이나, 우리 조선사람이야 아무리 막돼묵었다 캐도 삼강오륜은 알제. 조선에 나온 왜놈들은 상놈 치고도 그런 상놈이 없다는 거라. 뭣한 놈도 훈도시* 하나 사타구니에 끼고서 여자 앞에 나타나는 기이 예사거든. 산골이나 도중 섬에서 온 놈들은 정말 짐승하고 똑같다 하더마. 청루를 찾는 것은 대개 그런 놈들인께 이삼 년 지나믄 병신이 되기 아니믄 죽기 십상 아니겠나?"

얼굴이 빨개지고 눈살을 찌푸린 덕용이,

"니는 우찌 그런 것을 다 아노."

"이발소에 있인께 별아별 사람이 다 안 오나. 별아별 소릴 다 하지. 하야간에 왜놈들은 더러운 놈이다."

"순사 앞에서 그런 말 했다 봐라. 당장 징역이다."

하며 덕용은 외면을 한다. 홍이는 장이 생각을 하고 있었다. 장이에게 혼담이 있다는 얘기를 생각한다. 신랑 될 사람은 일본에 있고 일본서 돈을 벌었다는 말이었다. 오라비가 홍이와의 관계를 눈치채고 소문이 더 커지기 전에 멀리 일본으로 시집보낼 마음이라는 것도 바람결에 들은 얘기다. 장이의 아비나 오라비가 홍이에게 장이를 주고 싶어하지 않는 것도 사실이지만, 임이네 역시 공부하고 인물 좋은 홍이를 미끼 삼아 돈 있는 집 딸을 데려오는 꿈을 꾸고 있는 것도 틀림없는 일이다. 그러나 홍이는 양쪽의 요량과는 아무 상관이 없다. 홍이는 자신만 원한다면 장이를 데리고 어디든 달아날 수 있다는 자신을 갖고 있는 것이다. 청루 얘기를 하는데 어째서 장이 생각을 했을까. 혼자 고개를 흔든다. 상길이와 덕용은 술을 마셨기 때문인지 홍이에게 신경을 안 쓴다. 그들의 얘기, 그들 사이에 밀린 얘기를 하고 있는 것이다.

"너 일찍 안 들어가도 되나?"

열한 시가 지났고 가게 문을 닫았기 때문에 공기가 후덥지근하다.

"실은 말이다."

"와?"

"부아통이 터져서 뛰쳐나왔다."

"뛰쳐나와?"

"아침에, 오야카타 동생 놈이 공연히 트집을 잡고 치고받고 막 때린단 말이다."

"저런 쳐 죽일 놈 봤나."

"조선놈의 새끼는 죽이도 가막소엔 안 간다 함써. 벽돌짝으로 골통 부숴부리고 나도 죽어부릴까 싶더라만,"

덕용은 주먹으로 눈물을 닦아낸다.

"말리는 놈 하나 없고, 참말 맞아 죽어도 그만이겠더마. 모두 왜놈들인께 맞아 죽어도 징언이나 하겠나? 여차하믄 함께 달겨들어 칠 판인데,"

"니 성질에 잘못할 일도 없었을 긴데 멋 땜에,"

"아무리 생각해도 모리겠다. 아침에 세수할 때 하녀가 날 보고 웃는 거를 그놈이 본 것밖엔 없는데,"

"그라믄 우짤 기고."

"온종일 싸돌아댕깄지마는 좋은 생각이 안 난다. 목심 걸어 놓고 끝내 해서 성공을 하는 기이 좋을까, 아니믄 고향 가는 기이 좋을까, 나 겉은 놈이라도 왜놈하고 싸울 수 있이까……. 별생각을 다 해봤다."

"강약이 부동이다 안 하더나? 꼼짝 못한다."

"젊은 놈이…… 젊은 놈이, 하고 그 말만 자꾸 시부리며 길을 걸었다. 내가 맞은 것뿐이라면, 오늘 하루에만 있었던 일이라믄 또 모리겠다."

"밤낮 그래서야 할 짓이 아니지."

상길이는 형과 같은 눈길로 덕용을 쳐다본다.

"술이나 마셔라. 잊어부리고 있다가 또 생각해보는 기다."

술을 부어준다.

"공사판을 니가 몰라 그렇지."

"부두 노동자들 얘긴 많이 들었다."

"막일하는 조선사람들 개만큼이나 생각하는 줄 아나? 버러지다! 버러지! 심장이 부굴부굴 끓지. 딸이나 마누라가 점심 가지고 오면 끌고 들어가 욕보이고 그런 일도 있었다. 나는 그래도 기술자라고 우대받는 편이지. 그러니까 우떤 때는 더 못 견디겠단 말이다. 나는 어느 편인가. 나는 조선사람 앙인가, 내가 만일에 편역들고 나선다면 일자리는 끝장이고, 다른 일자리 찾아가도 훼방 놓을 기니, 그놈들의 개가 안 되믄 비집고 나올 수가 없인께."

"고향에서는 돈 잘 번다고 니 칭찬이 자자한데 알고 보믄 다 그런 기라. 나라고 머 니 곁은 일이 없겠나. 아니꼽고 더럽고 남의 고공살이,"

홍이는 진주로 돌아갈까 생각한다. 밤에 가서 장이를 끌어내오자 하는 생각을 한다. 삼석이 때문에 버젓이 대낮에 갈 수는 없을 것이다.

'얼굴도 안 보고 사람도 모르면서 어떻게 시집을 가노.'

물동이를 이고 다리를 지나는 장이 모습이 보인다. 보고 싶어서 보이는 것이 아니다. 만나보고 싶은 생각은 별로 없다.

'나는 우떡허믄 좋소. 소문이 났는데, 얼굴 들고 밖에 나갈 수도 없소. 아배가 다리몽댕이 뿌질러놓는다고, 오래비도 그라고.'

장이의 뜨거운 입김을 느낄 수가 있었다. 육체를 가까이 하고 싶기도 하다. 풀밭의 냄새, 촉감이 생생하게 살아난다. 홍이는 술 탓이라 생각한다.

'진주도 갈 수 없고 일본도 가기 싫고, 만주에는 더 가기 싫고, 내가 나를 여기다 붙들어 매놨지.'

순간 홍이 머릿속에 희한한 생각이 떠오른다.

'삼석이는 모친의 돈을 훔쳐서 일본으로 달아났는데, 나는 최참판댁에 가서 돈을 훔치면 어떨까? 그래가지고 장이를 데리고 달아난다?'

홍이는 픽 웃는다. 별놈의 생각을 다 한다 싶은 것이다.

'아부지가 죽으면 상주 없는 관이 나갈 거야. 내가 가기는 어딜 가아? 장이는 일본으로 시집가고……. 덕용이 같은 청년일까? 머리빡이 벗겨진 중늙은인지도 모르지. 장이가 못 살고 돌아오면 어떻게 되나? 얼굴이 반반하니 일본서 미끄러지겠지. 청루에 갈까? 짐승 겉은 왜놈이 하룻밤에도 몇 놈씩 덤빌 게야. 그러고 나면 병이 들고 죽는다.'

홍이는 깜짝 놀라며 엉겁결에 술잔을 움켜쥔다.

'왜 내가 그런 생각을 할까? 도둑질하는 생각부터, 어째서 장이가 그리된다고 생각을 하느냐 말이다.'

"홍아."

"뭐할려고 또 불러."

홍이는 게슴츠레 실눈을 하고서 상길이를 쳐다본다.

"우리 오늘 밤 여기 자도 되겠지?"

"잘 데가 어디 있어?"

"걸상 하나씩 차지하고 자믄 안 되겠나. 밤도 저물고 했이니."

"아, 아니다. 나는 여관에 가믄 된다. 부둣가에 싼 여관방은 얼마든지 있인께."

덕용이 비틀거리며 일어섰다. 술에 약한 것 같다.

"오늘 이러고 나믄 좀체 못 만낼 긴데."

상길이 덕용을 잡아끌어 앉힌다. 실은 여관에 함께 가는 편이 홀가분할 터인데 홍이 눈치를 보면서 상길이 그러는 것은 자기 호주머니 속에 돈이 없기 때문이다. 탈탈 털어서 사온 것이 술이었고, 덕용에게 돈이 있을 것이지만 상길은 상길이대로 자존심은 있다.

"참 이상한 일은 말이다, 내가 니 생각을 할 때는 말이다, 와 우리 어릴 적에 만수네 밭에서 강냉이 훔쳐다가 꺼실어 묵은 일 안 있었나?"

"몰라."

"그런 일이 있었다. 그때 니만 안 묵고 달아났지. 훔치기는 함께 훔쳤는데, 그 일이 늘 먼저 떠오른단 말이다. 겁이 나서 허둥지둥 달아나던 니 말이다. 그때 우린 얼매나 웃었는지 모른다."

"계집애 같은 소릴 하는군. 수염 깎아주고 귀 후벼내는 이발사 아니랄까 봐? 이발사 되기 다행이다."

홍이는 하품을 깨물며 비웃는다.

"잘난 체 말라고, 니는 별수 있나? 중학까지 나와가지고 빵크 난 타이야에 바람이나 넣어주고."

"하긴 그렇다. 자전거뿐인가? 계집애들한테도 곧잘 그러지."

상길이는 무슨 뜻인지 알아차리고 낄낄 웃고 덕용이는 어리둥절하다.

"덕용이 니는 모릴 기다."

상길이는 또 낄낄대며 웃는다.

잔주름이 눈가에 모이는데 홍이는 공연히 미운 생각이 든다. 하얀 얼굴에 주먹질을 해주고 싶은 충동이 인다.

"순직하고 정직하고 효자 소문이 자자한 친구야, 그런 것도 알아야 왜놈한테 몽둥이뜸질하는 용기도 생긴다 그 말 아닌가."

이번에는 덕용에게 손가락질을 하며 홍이 비웃는다. 조롱을 받는다는 생각은 하면서도 덕용이는 말대꾸를 못한다.

"대관절 상길이 너 친구, 저 사람 나이 몇이고?"

하며 홍이 묻는다.

"동갑이라 안 카더나."

"덩신이구만. 계집애 손목 한 번 못 잡아본 상판 하구서, 세상을 뭐 어떻게 살자는 거야. 아이구 잠 온다. 계집애 치마 걷고 바람 넣는 것도 몰라? 술은 왜 마셔?"

덕용의 얼굴이 새빨개진다.

"공부도 많이 했다 캄서 상소리는,"

기가 차는지 입속말만 중얼거린다.

"덕용아, 흐흐흣…… 저놈의 상판 좀 보라모. 바람난 가시나들 줄줄 따라댕기게 안 생깄나? 흐흐흣…… 골샌님인 줄 알

앉더마는 흐흐훗…… 술 마신께 재미나는데?"

홍이는 또다시 잔주름이 모이는 상길의 하얀 얼굴에다 주먹질을 하고 싶은 충동을 느낀다.

"기분 나쁘게 무슨 웃음이 그래? 한 대 쳐주고 싶다마는 가게 안에는 살인할 만한 기구가 많아서 참아준다. 이젠 나도 자야겠고, 술집 구실은 했으니까 청루에 가든 여관에 가든 이젠 나가주어야겠다."

홍이는 덧문 하나를 열어놓는다. 덕용이 먼저 빠져나간다. 홍이는 목만 내밀며,

"상길이 놈 여관비 아까워 그러는 모양인데 덕용이가 알아서 하라구!"

"뭐라꼬?"

상길이 억울하다는 듯 팔짝팔짝 뛰는 것을 홍이는 덜미를 잡듯 밖으로 떠밀어내고 문을 닫아버린다. 전등도 끄고 안으로 들어간다.

재식이와 한방을 쓰는 홍이는 불을 켜놓은 채 입을 불면서 잠이 든 재식이를 벽 쪽으로 밀어붙이고 담배를 붙여 문다.

'여기도 길게는 못 있겠다.'

갈증이 난다.

어중간하게 마신 술이 기분 나쁘다. 행패를 부리고 싶고 뭔지 부숴버리고 싶은 심정이다.

'월급 찾으면 오륙십 원은 될까? 월급 찾아서 아버지한테

갈까?'

사방은 죽은 듯 고요한데, 재식이 입을 불며 내어뿜는 숨소리뿐인데 부우우웅, 부우우웅…… 항구로 들어오는 밤배 뱃고동 소리가 길게 꼬리를 끈다.

'이발하고 목욕하고 아재씨는 제사 모시러 갔다. 아지매도 목욕하고 머리 감고 소복단장하고 갔다. 아부지가 죽으면 나는 어디서 아부지 제사를 모셔야 하나. 장가를 가면 되겠지. 장가를 가면, 장가를 가면,'

장이의 얼굴이 눈앞에 크게 떠오른다.

'흥! 울 아부지가 무슨 복이 많아서 엄숙하고 성스럽고 엄숙한 제삿밥을 얻어잡수겠노. 장이를 데리고 간도에 간다면……. 그렇지만 아부지는 아직 살아 있고 모르겠다 모르겠어. 잠이나 자자.'

홍이는 팔베개를 하고 눕는다. 그러나 잠이 오지 않는다. 올 것 같지가 않다. 천장에 번져서 둥글게 퍼진 전등불을 눈이 아프도록 노려본다. 어느 것도 선택할 수가 없다. 장이는 일본으로 시집갈지 모른다. 아비는 쉬이 돌아갈지도 모른다. 몸이 불편한 아비 곁에 있을 수도 없고, 장이를 데리고 달아날 수도 없고, 그러면서도 일본엔 가지 않았다. 중간지점에서 아무 해결도 있을 수 없는 상태의 시간이 별안간 구역질나게 지루해지는 것을 느낀다.

또 밤배의 뱃고동 소리가 들려온다. 선창에 배가 닿은 모양이다. 닻을 내리겠지.

재식이는 입을 불며 잔다. 선량한 아버지와 싹싹하고 다정
스런 어머니는 제사 모시러 가고 없지만 재식이는 아주 달게
잠을 자고 있다.

12장 강물에 띄워 보내고

교회지기 큰오라비는 교회에서 잘 것이다. 두만이 경영하
는 술 도매상을 그만둔다 하더니 도로 눌러앉게 된 둘째 오라
비 역시 가게에서 잘 것인즉, 집에는 늙은 아비와 장이만 있
을 것이다. 지금은 아궁이며 방구들을 손볼 적기여서, 메뚜
기 한철 만난 듯 바빠진 장이아비 염서방도 하마 코가 비틀
어지게 잠들었을 것이고. 홍이는 다리 위를 왔다 갔다 하면서
그런 생각을 한다. 부채를 들고 다리 거리를 서성대는 사람
은 이제 없다. 행인도 별로 없다. 제법 밤바람은 썰렁했고 밤
도 어지간히 깊었으니까. 부산서 떠나 진주에는 날이 저물어
도착했다. 홍이는 사람들의 눈을 피해 강가를 헤매 다니다가
이 다리까지 왔다. 한낮에 진주 거리를 버젓이 나다닐 수 없
는 것은 삼석이 때문이지만, 홍이는 그래서 참 다행이라 생각
하고 있다. 이제는 진주에 발목이 잡히지 않아도 되는 구실이
생겨 안도하고 있는 것이다.

'그런데 진주에는 뭣하러 왔나?'

'장이를 만나러 왔지.'

그러나 홍이는 그 밖에도 볼일이 있을 것만 같았다. 앞으로 열흘 남짓 지나면 추석이다. 추석은 평사리에 있는 아비 곁에서 보내야 한다는 생각만은 확실하다. 부산을 떠나온 목적도 그것 때문이다. 그러나 평사리로 직행하지 않고 진주로 돌아온 이유는 막연하다. 아마 장이를 만나고 싶어 그랬겠지. 그렇다면 저만큼 보이는 장이 집으로 왜 달려가지 않고 민적거리는 걸까. 정확하게 말하자면 홍이는 죄의식 때문에 진주로왔다. 장이에 대한 죄의식이 없는 것은 아니지만 그것은 순수하게 느낄 수 있는 죄의식이지만 다른 또 하나의 죄의식, 밟아 뭉개고 싶지만 훨씬 더 쓰라리고 괴로운 감정, 때문에 진주로 왔다 하는 편이 옳을 것이다. 그것은 어미에 대한 것이다. 설령 어미가 바위 같은 강자요 자신은 모래알 같은 약자일지라도 자신이 거부하는 쪽이 가해자가 될 수밖에 없다. 상대로부터 어떤 고통을 받든 피해를 받든 가해자는 거부하는 쪽이다. 깊은 관계일수록 특히 혈육관계일수록 거부에는 죄의식이 따르게 마련이다. 그러한 가해의식은 어미와 멀리 떠나 있을 때 홍이를 더욱더 괴롭히는 것이었다. 멀리 떨어져 있을 적에는 임이네의 사람됨을 생각하기보다 그의 이력, 그의 주변사정을 더 많이 생각했고 비참하다는 느낌, 연민의 정도 느끼게 되는 것이었다.

개천을 끼고 한켠에는 임이네가 잠들었을 집이 있다. 다른 한켠에는 장이네 집이 있는 것이다. 다리 위를 왔다 갔다 하면서 홍이는 임이네와 장이가 동일한 여자라는 착각을 한다. 동일한 여자……. 하늘에는 초승달이 걸려 있었다. 날카롭고 기분 나쁜 초승달이다. 희미한 하늘에 웅크리고 있는 것만 같은 비봉산(飛鳳山)의 과히 높지 않은 봉우리가, 하마 일어서서 밤을 헤치며 다가올 것만 같다. 뭔지 모르지만 웅크리며 지켜보는, 하마 일어서서 밤을 헤치고 다가올 것만 같은 괴물에게 사로잡힌 듯한 자기 자신의 운명을 문득 예감한 홍이 등골에 차가운 것이 타고 내려간다.

'저놈의 초승달!'

비수를 휘두르며 최참판댁 안방으로 뛰어드는 광경이 떠오른다. 비수를 들고— 전율을 느낀다. 땀이 배나는 것을 깨닫는다. 부산서도 피뜩 그런 생각을 했었는데 맥락도 없이 그 생각이 왜 또 떠오르는지 알 수 없다. 자신에게는 원수도 상전도 아닌 아름다운 최서희의 모습이 눈앞을 지나간다. 임이네와 장이와 최서희와, 그것도 동일한 여자 같은 생각이 든다.

'왜 나는 여자를 이렇게 미워할까?'

숨을 돌리듯 천천히 발길을 옮겨놓는다. 장이네 집으로 발길을 옮겨놓는 것이다. 개천가의 좁은 길을 지나서 장이네 판자 문 앞에 잠시 머물렀다가 내왕하기도 어려운 좁은 골목으로 꺾어 들어간다. 골목 쪽으로 난 들창에는 불빛이 없고 문

살만 꺼뭇하게 떠 있다. 홍이는 고개를 들어 하늘의 초승달을 올려다본다. 장이 방에 불이 꺼져 있는 것이 괘씸하다. 묘하게 배신당한 느낌이다.

'식충이같이 처자빠져서 잠만 자는구나.'

모든 것은 자신의 잘못으로 빚어진 일이며 그것을 수습할 능력도 없는 터에, 자신이 안겨준 고민을 고민하지 않고 잠을 자는 장이가 미운 것이다.

'밥 먹고 잠 자고, 여자들은 돼지같이 그것밖에 모를까?'

어릴 적에 곧잘 보아온 광경이었다. 아비와 싸운 어미는 방바닥을 치고 제 가슴에 주먹질을 하며 대성통곡을 하다가도 이내 코를 골며 잠이 들었다. 그 코 고는 소리가 얼마나 징그러웠는지 모른다. 숟가락으로 이리저리 다져가면서 산더미만큼 밥을 떠가지고 입 속 깊숙이 밀어 넣던 모습.

"내사 아파도 밥이 묵고 접어서 못 누워 있겠더라."

김치 가닥을 손가락으로 찢어서 먹으며 황홀하게 웃던 얼굴, 잠잘 때와 밥 먹을 때만은 아무 숨김이 없었던 얼굴이었다. 홍이 들창을 툭툭 친다. 불은 꺼져 있었지만 자지는 않았던가. 들창문이 이내 열렸다.

"누구요?"

반짝반짝 빛나는 눈이 두 개 홍이를 쏘아본다.

"나다."

"……"

"좀 나오너라."

"……."

"비봉산 그 나무 밑에 있을게."

홍이는 들창 밑에서 물러섰다. 싸구려 무명 양복의 양쪽 호주머니에 손을 찌르고 골목을 빠져나온다.

'오든지 말든지 맘대로 할 일이다.'

넓은 길을 곧장 걸어간다. 어둠이 수증기처럼 얼굴을 스쳐지나간다. 별안간 목청을 돋우어 노래를 부르고 싶은 충동을 느낀다. 걸음을 빨리한다. 비봉산의 산자락, 장이와 밀회하던 나무 밑에까지 온 홍이는 엉덩방아를 찧듯 앉는다. 얼마간 앉아 있노라니 한기가 스민다. 양복 깃을 세우고 팔짱을 끼고,

'자식이란 뭘까?'

수수께끼만 같다.

'부모란 뭣일까? 왜 못 떠나는 걸까.'

알 수가 없다.

'조상은 무엇이며 백정 상놈 양반 임금……. 족보도 부모 형제 아무도 없었던 길상아재는 얼마나 홀가분했을까. 길상이아재…….'

길모퉁이를 돌다가 갑자기 마주친 그리운 사람처럼 길상의 얼굴이 크게 떠오른다.

'아재씨!'

언제였던지, 어렸을 때 용정촌에 살았을 무렵, 아비의 심부

름을 간 일이 생각난다. 들창문에 구멍을 뚫어놓고 길상이 구부정한 자세로 밖을 내다보고 있던 일이. 그러니까 서희하고 혼인하기 전 총각시절이다.

"아재."

홍이 의아하여 부르니까 길상은 손을 흔들며 가만히 있으라는 시늉을 했다. 그러고는 홍이를 번쩍 안아 올렸다.

"아재."

"가만히 있어. 가만히 내다보는 거다."

뚫어진 문구멍에다 눈을 갖다 대주는 것이었다. 들창문 밖 뜨락에는 참새 떼들이 모여 있었다. 엄청나게 많은 참새들이었다. 뜨락에는 수수알이 뿌려져 있었다.

"신기하지?"

길상은 귓가에 속삭이듯 말했다. 참새들은 미친 듯이 모이를 쪼아먹고 있었다. 그러나 자세히 보니 그것이 아니었다. 어미 새들이 제가끔 대여섯 마리의 새끼들을 거느리고서 새끼들 주둥이에 모이를 넣어주는 경쟁이 벌어지고 있었던 것이다. 서로 제 새끼한테 먹이려고 어미끼리 싸우기도 했다. 새끼들은 이리 날고 저리 뛰고 하며 주둥이를 있는 대로 벌리며 아우성이었다. 길상은 홍이를 방바닥에 내려놓고 뒷짐을 진 채,

"홍아."

"야?"

"어째 참새란 놈은 사람을 안 믿을까? 문을 열고 내다보면 다 달아나버리거든. 지금도 종긋종긋 사방에다 정신 파노라고 어미는 제대로 먹지 못한다 말이야. 벌써 여러 날째 수수알을 뿌려주는데 도무지 나하고는 친하려 안 하는 거야."

길상의 얼굴은 슬퍼 보였다.

"아재, 어미 새가 불쌍하요."

"음, 날짐승이지만 거룩하다. 사람도 저만 못한 것이 있지. 자식을 낳아 버리는 부모도 있으니 말이야."

길상의 얼굴은 더욱더 슬퍼 보였다.

'아재씨!'

울음이, 소리도 낼 수 없는 울음이 밀려 나온다. 언제나 다정한 아저씨였다. 조선사람으로서 왜놈 학교에 다닌다 하여 그 애 책보를 뺏아 강물에 던진 사건 때도 길상과 송선생이 나서서 무마했었고 죽은 월선을 누님같이 생각하던 길상을 홍이는 마치 외삼촌같이 자랑스럽게, 멀리 떨어져서 생각을 하니 더욱더 그리운 것이다. 주갑이는 좋은 아저씨, 길상이는 그리운 혈육, 자랑스럽고 동경하며 사모하는 사람이다. 방금 비수를 들고 최참판댁에 뛰어드는 광경을 상상했었는데 홍이는 길상이 최서희의 남편이라는 사실을 잊고 있는 것이다. 실감할 수 없는 것이다.

"아재씨! 으흐흐흐……."

잡목이 많은 비봉산 숲을 바람이 지나간다. 습기 없는 바람이 물기를 잃어가고 있을 잡목 잎새를 흔들며 지나간다.

"나, 왔거마는,"

양 무릎에 묻었던 얼굴을 치켜든다. 장이가 장승같이 서 있었다.

"앉아라."

잠긴 목소리를 음미하듯 그냥 서 있다가 장이 옆에 앉는다. 장이에게선 쌉쓰름한 녹두가루 냄새가 났다. 세수를 하고 나온 것 같다.

"와 그라요."

"뭘?"

"우니께······."

"······."

"나도······ 그만,"

하다가 이번에는 장이가 운다. 부엉이도 운다. 왜 부엉이는 울며 장이는 왜 우는가. 나는 또 왜 울었는가. 사람은 왜 울어야 하고 금수는 무엇 때문에 우는가. 초승달은 하늘에서 심장을 꿰는 갈고리처럼 날카롭게 빛나고 있다.

"혼사는 결정됐나?"

"알면서 와 묻소! 인지 와서 우짤 기라고, 으흐흣흣······."

"그렇게 됐고나. 마, 잘됐다."

"머라꼬요?"

"잘됐다고 했다."

"끝끝내, 아이구 엄마!"

장이는 소리를 내며 운다.

"시집은 갈 작정을 한 모양인데 그럼 잘못됐다 할까?"

홍이는 다시 깊은 배신감을 느낀다.

"그라믄 내가 작정을 해서 가게 됐다 그 말이오?"

울음을 그치고 홍이를 똑바로 쳐다본다.

"나하고 함께 죽겠다는 생각은 해보았나?"

"......."

"내가 니를 데리고 달아나지 못하면 할 수 없다, 시집갈밖에 없다, 그렇게 생각한 것은 틀림이 없지?"

"우짜믄, 우짜믄, 모, 모두 이녁 맘대로, 그라믄 내가 우짤 거요! 흔적도 없이 떠날 때 떠난다는 말 한마디 했소? 기다리라는 말 한마디 했던가요? 날 버리고 달아난 줄, 다, 달아난 줄, 얼매나 우, 울었다고 이자 와서, 그때는 분하고 원통해서 보란 듯 살라고 했소!"

홍이는,

"그러면 혼삿날은 며칠이고?"

"혼사고 뭐고…… 사람이 오믄 그냥 데리간다고,"

"왜 그러는고?"

"우리 형편이 그러이까,"

"봉채는 받은 모양이군."

장이는 대꾸를 안 한다.

"사람은 언제 오는데?"

"며칠 안 남았다 하더마요."

"하기는…… 뻔하지. 나 같은 놈하고 살아봐야 평생 고생일 거다. 나는 아무 데도 발붙이고 살고 싶은 생각은 없으니까."

홍이는 담배를 꺼내어 붙여 문다.

"지금이라도 가자 카믄 가겠는데,"

"가겠는데?"

"오래비 장개 비용으로, 거기서 온 돈은,"

"작살을 냈다 그 말이구만."

"……."

"동생 팔아서 장가드는 놈 불알이나 있으까?"

"내가 가고 나믄 조석 끓이줄 사람도 없는데 우짤 기요! 속 편한 소리 마소!"

"핑계다, 핑계. 돈푼 있다니까 가서 편하게 살 궁리를 한 거지. 나는 여자 말은 안 믿어. 입술에서 나오는 말과 복장 속에 있는 말이 다르다는 것을 뼈가 아리도록 보아왔단 말이다."

"그라믄 내가 잘못이다 그 말이오?"

홍이는 벌떡 일어섰다. 그리고 장이 앞가슴을 잡고 일으켜 세운다.

"니 시집가믄 어쩔래? 니 서방보고 첫날밤에 나는 처녀 아니요 하고 말하겠나? 아마 안 할 거로?"

홍이는 한 손으로 장이 앞가슴을 움켜쥔 채 웃는다.

"그래 거짓말로 너는 평생 살아갈 거다."

"그기이 뉘 때문인데, 아무렇게 살믄 무신 상관이오! 핑계는, 핑계는 그쪽에, 아이고 옴마! 으흐흐흣."

장이는 몸을 흔든다. 홍이는 와락 떠밀어버린다.

"데리고 도망갈 생각도 없임서!"

"그래 그렇다! 너 잘 아는고나."

"장난 삼아서, 천하 바람쟁이!"

"그래 갖고 놀았다, 이 가시나!"

"옴마 옴마아! 나는 우쩌믄 좋소!"

"시집가서 잘 살아라. 못 살거든 날 찾아와."

홍이는 뛰어서 산길을 내려온다. 한길가로 나서자,

"아아리랑 아아리랑 아아라리요오! 아리랑 고개를 넘어간다아!"

별안간 소리를 지르며 노래를 부른다. 다리 거리까지 오는 동안 홍이는 계속하여 소리소리 지르며 아리랑을 불러대는 것이었다.

"문 열어주소!"

집 앞에까지 온 홍이는 만취한 것처럼 발길로 문을 걷어찬다. 그러나 사립문을 열어준 사람은 뜻밖에도 야무네다.

"아니."

"니 어매 잠이 깊이 들었다."

"야. 웬일입니까?"

"볼일이 좀 있어서 왔더마는 니 어매가 하도 자고 가라 캐서……."

"야아."

홍이는 야무네와 함께 방으로 들어간다. 그때야 비로소 임이네가 일어나 앉는다.

"아주 간 줄 알았더마는 그거는 아니던가 배?"

빈정거린다.

"그간 별일 없었어요?"

사립문에 발길질할 때와는 달리 평정한 음성이다.

"별일이 없었느냐고? 멀쩡한 정신이가?"

홍이는 어미를 빤히 쳐다본다.

"진주 바닥을 시끄럽게 해놓고, 이놈아!"

임이네는 비녀를 뽑아 쪽을 단단하게 돌려서 다시 찌르며, 그 행동으로 단단히 따질 심산을 나타낸다.

"오래간만에 돌아온 아이를 보고 머를 그러노. 할 말이 있이믄 새는 날에 하라모. 밤이 깊었다."

야무네는 말했다.

"모리거든 아무 말 말아라. 내 간장에 피가 진다. 자식 놈하나 있는 기이,"

"나 시끄럽게 해놓고 간 일은 없소. 추석이나 쇨라고 왔는데 무슨 말이오."

홍이는 시치미를 딱 뗀다.

"허허 참, 니 에미가 당한 수모, 한분 들어볼라나?"

"……."

"자식 덕에 호강은 못할망정 자식 놈 때문에 더럽운 연놈들한테 퍼붓기고 죄인 다루듯이, 지금 생각해도 이가 뽀독뽀독 갈린다. 와 남우 자식은 달고 갔노?"

"달고 가다니요?"

"삼석인가 오석인가 그놈아아를 니가 꼬아서 돈까지 들고 갔다는 말이 그라믄 헛말이다 그거가?"

"삼석이, 나는 모르는 일이오. 만난 일도 없고,"

"그 말 믿을 사램이 있일 성싶나? 한 날에 없어진 두 놈이 함께 안 갔다고 누가 믿을 것고!"

"믿고 안 믿고 그게 나하고 무슨 상관이오? 나는 부산서 취직해 있다가 왔는데,"

"취직을 해?"

갑자기 어세가 누그러진다. 그 말 대꾸는 없이,

"내일은 평사리로 가볼려구요."

임이네 얼굴이 순간 험악해진다. 홍이는 못 본 척 호주머니 속에서 돈을 꺼내어 삼십 원은 호주머니 속에 도로 넣고 이십 원을 내놓는다.

"추석이나 쇠도록 하소."

"그동안 번 돈이 그것가?"

"기술이나 배울까 싶어 있었기 땜에,"

172

"객리에 가서 묵고 입고 무신 돈이 모였겠나. 그거라도 가지왔인께 얼매나 고맙노."

야무네 말에,

"니는 모리거든 가만있거라. 낫 놓고 기역 자도 모리는 촌구석 무지랭이하고 같을 순 없인께."

네 아들하고 비교하니 아니꼽다는 투다.

"중학까지 나온 놈이, 보통학교만 나와도 면서기다 군서기다 하고 집에는 귀한 것 없이 싸가지고들 찾아가는 판국인데 피땀 흘리서 부모가 가르키놓으이께 머? 기술을 배운다고? 품에 넣은 거는 머꼬?"

"어머니는 이십 원 있으면 추석에 옷벌이나 장만할 거고 쌀 가마나 들여놓을 겁니다. 나머지 삼십 원은 아부지 갖다 드릴라고요. 제사도 지내고 성묘도 해야 안 하겠소?"

"하모 그래야지."

야무네는 그냥 기특하다는 생각만 한다. 임이네 얼굴이 새파래진다.

"그 돈, 좋기 있일 때 내놔! 남우 집에서 제사 모실 것가?"

"……."

"니 애비가 공부 시킸더나?"

"죽은 엄마가 시킸지요."

홍이는 흥분하지 않고 말했다.

"이 목이 뿌러질 놈이, 그 화냥년 얘기는 와 하노!"

침을 삼키며 아랫배에 힘주며 홍이는 참는다. 임이네도 월선의 얘기가 길어지는 것은 원치 않는 눈치다.

"진주서 취직을 해도 한 달에 이십 원 벌이는 할 긴데 객리까지 가서 거반 일 년 만에 돈 이십 원이라? 내가 묵고 입고 쓸라고 그러나? 장개는 언제 들래? 좋기 있일 때 돈 인 내놔. 에미한테 있는 돈 어디 안 가네라. 딴 자식이 있어 줄 기가 어느 못 사는 친정이 있어 줄 기가. 뼈 빠지게 허리끈 조아가믄서 사는 것도 다 니 때문이다. 니 아배는 언제 죽을지 모리는데 니 아배 죽고 난 뒤를 생각해봐라. 최참판댁에서 땡전 한 푼 나오겠나?"

달랜다.

"내 걱정은 하지 마소."

"그러니 니는 에미 걱정도 안 하겠다 그 말가?"

"……."

"전생에 무신 원수가 져서 니 겉은 것이 생깄노."

시작하는 것을,

"내일 아침에 얘기합시다. 자야겠소."

홍이는 불기 없는 작은방으로 들어와 불 켤 생각도 없이 웅크리고 앉는다. 큰방에서는 여전히 떠들어대는 임이네 목소리가 들려온다. 홍이는 야무어매가 와서 다행이라 생각한다. 아마 평사리의 사정을 알아보려고 야무어매를 붙들었으리라는 짐작도 할 수 있었다. 그러나 여느 때같이 어미의 그 속 빤

히 들여다보이는 말이나 욕심에 화가 난 것은 아니었다. 홍이
는 우는 장이를 내버리고 온 것이 맘에 걸렸다. 마음에도 없
는 말을 해서 상대를 괴롭힌 일이, 그러나 그보다 진드기가
늘어붙듯 배신당한 것 같은 기분이 그를 외롭게 한다. 왜 장
이는 좀 더 자기에게 매달리지 않았는가, 정말 그렇게 했을는
지 확신할 수는 없으나 장이 한사코 매달렸다면 오십 원을 앞
세워 어디든 달아났을지도 모를 일이다.

'아니, 잘됐다. 장이를 위해서도 그렇고 내 자신을 위해서
도, 정 떨어지게 한 짓은 잘한 일이다. 나는 갈 거니까, 언제
든 다 떨쳐버리고 어디를 가든 가버릴 테니까.'

"방이 추울 긴데, 이불 가지고 왔다."

야무네가 방문을 열었다.

"불도 안 키고,"

야무네는 더듬더듬한다. 홍이가 호주머니 속에서 성냥을
꺼내어 불을 켠다. 야무네는 마루에 놔둔 이불을 끌어들인다.

"니 내일 평사리 갈라나?"

"야."

"그라믄 나랑 함께 가믄 되겠네."

"그렇게 할까요?"

"홍아."

"야."

"머한다고 죽은 옴마 얘기는 들먹이노. 임이네 아니라도 누

가 좋아라 하겠나? 앞으로는 어매 앞에서는 월선이 얘기는 하지 마라."

"진주는 무슨 일로 오셨습니까?"

"딱쇠 때문에 왔더마는,"

"일은 잘됐습니까?"

"석이를 만내서…… 일이 될 성싶은데 핵교 소사로,"

"석이형님이 그랬다면 될 겝니다."

"그것도 니 아부지가 가보라 캐서 왔다. 처음에는 땅이 될 성싶었는데 부치던 사람이 안 내놓은께, 나도 넘한테 적악함서까지 땅 얻느니보다……. 이자는 살길이 좀 트이는가 싶기는 하다마는, 그라믄 자거라."

아침에 일어났을 때 웬일인지 임이네는 성이 잔뜩 난 얼굴이기는 했지만, 분명 할 말이 남았을 텐데 말을 꺼내지 않았다. 대신 옛 친구 야무네한테는 몹시 올곧잖게 대하는 것이었다. 야무네는 임이네 눈치를 살피면서 아침도 뜨는 둥 마는 둥 했다.

"만일에 여기 일자리가 생기믄 야무네 니도 따라올 기가?"

임이네는 무슨 생각을 했던지 부르튼 얼굴을 펴고 물었다.

"오기는, 비사리 겉은 그거 버는 것 치다보고 살겠나. 밭때기는 하나 있인께, 사우가 좀 돌봐준께,"

"언제꺼지 그러까?"

"사우가 착하고 그것들 금슬이 좋아서,"

"사내 맴이사 변할라 카믄 하루아침이더라."

야무네는 입술을 물다가,

"그거는 나도 생각하고 있다. 젊은 사람이 언제꺼지 병든 가숙만 돌보겄나. 그것도 친정에 와 있는,"

"정이란 떨어져 있을수록 멀어지게 매련이거든."

아픈 곳을 찌르며 약을 올린다.

"내사 사우가 그때 죽지 않고 살아난 것만도 고맙게 생각한다. 푸건이도 그렇고, 발걸음 끊어도 원망은 안 할 기다. 지 말로는 섬에서 나와가지고 일자리 구해서 지 가숙 데리간다 해쌓지마는, 무슨 대복으로 그걸 바래겄노."

"잘 생각한다. 나을 가망 없는 계집 믿고 사나아 앞길을 막으믄 안 되제. 남이 욕할 일이고오, 시가 식구들도 가만있을라 안 칼 기구마."

야무네는 입을 다물었고 홍이는 숟가락을 놨다.

"해도 짧은데 일찍 떠날까요?"

어미를 가로막듯 야무네에게 말했다.

"얼씨구, 거기 못 가서 미치고 기드는고나*. 그 알량한 애비, 하기는 일찍 떠나는 기이 좋을 기구마. 삼석인가 오석인가 그 늠아아 에미가 알믄 그냥 안둘 긴께, 경찰에 처넣겄다고 잔뜩 벼루고 있는 판인데,"

위협하듯 말했다. 야무네가 움찔하며 쳐다본다. 홍이 눈에 칼날이 서다가 만다.

"흥, 우짜믄 애비 자식이 그리 천상 요절로 닮았이꼬? 하는 짓짓이 꼭 같거든. 이날 이적지 어디 한 분 가숙 대우를 하까, 자식 놈은 자식 놈대로 에미를 발싸개만큼도 안 여기니, 내가 이가 놈 집구석에 무신 빚을 많이 졌길래 괄시받고 악문을 당하는고. 이분에 갔다만 봐라, 다시는 이 문전에 못 올 긴께. 나는 서방도 자식도 없는 년인께 죽어도 니 손에 송장 맽기지는 않을 기다! 길 가다 만내도 에미라 부르지도 말아라!"

하다가 넋이 오른 무당같이 두 다리를 뻗고 슬픈 울음을 운다.

"시끄럽다. 머를 그래쌓노. 오리 새끼는 물로 가더라고 남이 낳은 자식가. 함께 낳은 자식, 아배 찾아가는 기이 머가 우때서."

임이네는 발을 동동 구르면서,

"모리거든 말 말라 안 카더나! 저 목이 뿌러질 놈이 에미를 에미로 생각는 줄 아나? 애비 자식 똑같이 나를 못 먹해서 환장인 거를, 무신 철천지원수가 졌는고, 원통하고, 아이고오— 내 가슴에 맺힌 한을 어디 가서 풀어볼꼬. 아이구 내 팔자야! 이런 팔자가 어느 세상에 또 있겄노. 아이고오! 아이고오! 내 팔자야!"

홍이는 우두커니 쳐다보고만 있다. 울면서도 곁눈질로 홍이 표정을 살핀 임이네, 다른 때처럼 빨끈하지 않는 홍이가 이상하고 조금은 불안해지는 눈치다.

"허허어, 참 공연스리 이러네. 나 겉은 사람도 산다. 일본 간 지 두 해가 넘도록 펜지 한 장 없는 자식도 있다. 추석이라고 돈 매련하여 어매 보러 오는 기이 얼매나 대견하노. 내사마 똑 부럽아서 죽겄거마는,"

자식 칭찬만큼 부모에게 듣기 좋은 말은 없다. 야무네의 넋두리는 무당같이 슬프게 우는 임이네를 위로하기 위해 한 말이다. 그러나 임이네가 바라는 것은 위로도 아니요 자식 칭찬은 더욱더 아니다. 집게손가락을 하고서 코를 행! 푼 임이네, 코맹맹이 소리로,

"뱁새가 황새 따라갈라믄 가랭이가 찢어지는 법이다. 예사쇠 짧은 놈이 침은 길게 뱉을라 카거든. 자식한테 무신 공이 들었다고 내가 부러운고?"

언제 슬프게 울었던가, 임이네는 울음을 거두고 평소의 어투로 빈정거렸다. 그리고 옷매무새를 고치면서,

"남들겉이 공부를 시킸단 말가, 개 새끼 키우듯, 낳은 공도 가지가지라. 면판 바르게 낳아놓은 것도 지 에미 덕 아니던가?"

젊을 때부터 남의 비윗장 긁는 데 이골이 난 임이네 성미를 잘 알고 있는 야무네는 화가 나기보다 어이구 저 성미, 저 방정맞은 주둥이, 하며 마음속으로 혀를 찬다.

"별소릴 다 듣겄다. 인력으로 함사 선관선녀인들 못 낳았을라구? 하는 말도 참,"

픽 웃어버린다. 언제 나갔던지 마당에서,

"안 가실랍니까?"

홍이 음성이 들려왔다.

반백 머리에 초라한 몰골, 작은 보따리를 든 야무네를 앞세우고 거리에 나온 홍이는 문득 야무네에게 뭔가 추석 선물 같은 것을 사주고 싶은 생각이 떠올랐다. 그 생각이 떠오르는 순간 홍이는 장이를 위해서 수건 한 장을 사준 적이 없었던 일을 상기한다.

'왜 그랬을까. 왜 그리 몹시 굴었을까.'

그러나 홍이는 수건 한 장 분 한 통 따위로는 마른 논에 물한 방울같이 아무것도 아니라는, 그만큼 장이의 존재가 자신에게 큰 것이었다는 것을 절감하는 것이다. 홍이는 호주머니속에 손을 찔러본다. 돈이 없다! 없어져버렸다. 통곡으로 한판벌이기는 했으나 여느 때처럼 집요하게 달라붙지 않았던 어미의 행동이 비로소 이해된다. 홍이는 쓰디쓰게 혼자서 웃는다.

"아지매."

"와?"

야무네가 돌아본다. 얼굴이 파리하다. 아침 바람이 좀 썰렁하기는 했지만 철 먼저 떨어진 가랑잎 같다. 나이는 한 또래건만 어미는 유월의 신록 같은데, 그러나 가랑잎이 어디 추한가, 슬플 뿐이지.

"저기, 갑자기 볼일이 생각나서요."

"볼일이?"

"지는 볼일 보고 내일 갈까 싶은데 먼저 가실랍니까?"

"같이 갔이믄 좋았일 긴데 할 수 없제. 그라믄 니는 나중에 오니라."

몹시 아쉬워하는 얼굴이다. 야무네와 헤어진 홍이는 곧장 영팔이 집으로 갔다.

"아이고, 홍이 앙이가? 보소, 보소! 홍이가 왔소."

판술네가 소리를 질렀고 까대기에 들앉아 연장을 고치고 있던 영팔이 얼굴을 내밀었다.

"니 어디 가 있었더노."

묻는다.

"부산에 좀,"

"여관집 아아하고 함께 갔다고 시끄럽더마는 정말로 그 아 아하고 갔더나?"

"아니요."

홍이는 또 잡아뗀다.

"일찍은데 벌써 일 갔는가 부지요?"

삼형제는 다 나가고 없었다.

"홍아, 아침은 묵었나? 안 묵었거든 차리주께."

판술네가 홍이 등을 두드리며 말했다.

"아닙니다. 먹고 왔소."

"방에 들어가자."

영팔이 일손을 놓고 일어섰다. 홍이는 뒤따라가며 몸은 여전하게 건장하지만 이제 머리는 아버지보다 더 희다는 생각을 한다. 방에 따라 들어온 판술네는,

"그래, 객리 바람 쐬니께 우떻더노?"

웃으며 묻는다. 홍이는 웃기만 한다.

"실은 평사리에 갈라고 야무네 아지매하고 함께 나섰다가 돈을 잃어버려서……."

"야무네가 너거 집에서 잤던가 배? 디다보러(들여다보러) 간다더니, 나는 석이네 집에서 자는가 싶었다."

판술네 말은 제쳐놓고,

"돈이 얼맨데?"

하고 영팔이 묻는다.

"삼십 원쯤, 부산서 월급 받았는데,"

영팔이는 눈치를 챈다.

"얼매나 주꼬?"

"이십 원만 있으면,"

"그래라. 지금 갈래?"

"내일 아침 일찍 떠날랍니다."

"그라믄 석이 한분 찾아보고 가거라. 우리는 추석에 평사리서 만낼 기다마는,"

"그러까요? 보나 마나 야단치겠지요."

"그것도 니를 믿기 때문이다. 나는 우찌 생각는지 모르겠다

마는 석이는 니를 친동기간겉이 생각는갑더라."

"하모. 늘 니를 맘에 끼고 있는갑더라."

판술네도 맞장구를 친다.

"아재."

"와."

"길상이아재는 영 안 오까요?"

"뜬금없이 와 그런 말은 하노."

영팔이는 눈을 꿈벅꿈벅한다.

"어쩌다 생각이 날 때가 있지요."

"어디 쉽기 오겠나."

"오기만 하믄 세상에 부러울 거 없이 편할 긴데, 게울이믄 고추겉이 매운 그곳에서 와 고생을 하는지 모리겄구마."

판술네 말에 영팔이,

"임자는 가만있는 기이 좋겄네. 머를 안다고."

"그러니께 모리겄다 안 합디까?"

"답댑이, 여자란 소견머리가 좁아서 탈이라."

"아따, 이녁은 소견머리가 넓어서 자꾸 알라가 돼가요? 자석들 덕분에 편한께로,"

"임자는 나가아, 나가라고."

영팔이는 마누라를 쫓아낸다. 그리고 신중한 표정이 되며,

"니는 앞으로 우짤 기고?"

"글쎄요."

"니 나이 이제 스물이다. 니 또래에 아아 애비 된 사람도 많을 기고 장개는 니 아부지 생각이 있어서 늦잡는갑더라마는, 그라고 니가 간도로 갔이믄 하고 생각하는갑더라."

"······."

"내 생각 역시 그 편이 낫일 성싶다. 거기 간다고 저저이 독립운동만 하는 것도 아니겠고, 공노인이 기신께 니를 옳게 안 끌어주겠나."

"······."

"이곳에 살기로는 차라리 우리 판술이 제술이겉이 식자가 시원찮은 아아들이 나은 기라. 뭐든지 벗어제치놓고 해묵으이께. 왜놈들 등쌀에 식자나 좀 들었다 하는 젊은 놈들 부지하기 심들어. 그놈들 앞잡이가 되거나 하다못해 면서 서기질이나 한다믄 모리까, 자작으로는 아무 할 일이 없지. 자게 재산이나 있다믄 장시나 하지마는, 결국은 어정개비가 되고 세상일에 뜻이 없어지고 사람 베린다."

"그런 생각을 안 하는 거는 아니지마는, 아직은 용정에는 가고 싶지가 않소. 아버지도 그렇고 어디 오래 사시겠습니까."

"니 맘이야 그렇겠지, 그럴 기다. 그러나 니 아부지 맘은 생전에 니를 떠나보내고 싶어한다. 그 심정은 니도 잘 알 기구마, 니 아부지가 와 그리 생각는지."

"실은 지난번에 일본으로 떠나려 했지만,"

"하필이믄 와 일본고."

영팔이는 펄쩍 뛰듯 말했다. 홍이는 잠자코 있다.

"잔말 말고 공노인 살아 기실 적에 가는 기이 좋다. 그 노인들도 자식 없이 외롭을 기고 반드시 니 앞길을 열어줄 어른인께, 혈육이라 해도 과언은 아니제. 넓은 천지에 가서 머를 하든, 좋은 세상이 오믄은 아배 무덤이라도 찾는 기라."

"......"

"요새는 나도 우짠지 그곳 생각이 자꾸 난다. 고생도 할 만큼 했는데, 아마도, 이곳 인심이 옛과 같지 않아서 그런지도 모르지마는,"

해거름에 장으로 나간 홍이는 예쁜 당혜 한 켤레를 골라서 샀다. 신발을 살 때 홍이는 용정의 갖바치 박서방을 생각했다. 그리고 박서방이 짓던 신발보다 진주의 신발이 훨씬 세련되고 아름답다고 홍이는 생각했다.

홍이는 애틋하고 절절한 마음으로 땅거미 지는 거리를 거닐었다. 장이를 만나 신발을 주리니, 홍이는 거리를 헤매고 강변을 헤매고 밤이 깊어지는 것을 기다렸다. 절절하고 애틋한 마음으로, 아무런 욕망도 목적도 없이, 그러나 홍이는 강물에 신발을 던져버리고, 옛날 용정서 일본인 학교에 다니는 아이의 책보를 뺏어 강물에 던져버렸듯 던져버리고 밤길을 돌아가는 것이었다.

13장 혼담

"푸건이가 나았았고나."

서서방의 자부 복동네가 들어서면서 말했다. 고추를 펴놓은 멍석 한 귀퉁이에 팔짱을 끼고 쭈그려 앉았던 푸건이 비시시 웃는다.

"좀 우떻노? 기동할 만하나?"

보리방아를 찧고 있던 야무네가,

"기동은 무신, 오솔오솔 칩다 캐서 볕 바른 데 나앉으라 캤지."

"그래도 업히 올 때 생각을 하믄 대금산이오. 뼈만 남아서 참혹해 못 보겠더마는 지금이사 볼때기가 제법 볼고데데 안 하요."

"얻어묵는 것도 시원찮거마는,"

"죽이라도 어매가 조신부리 먹인께. 자식한테는 어매밖에 없소."

"앙이다, 품 안에 있일 때지. 저 아아 얼굴에 생기가 도는 것은 지 임자가 왔다 갔기 때문이다."

"어매도 참,"

푸건이 얼굴을 붉힌다. 다시,

"내가 머 빈말했나?"

빈정거리듯 말했으나 야무네는 한시름 놓은 듯, 그도 그럴 것이 푸건의 병이 하루 이틀에 나을 병이 아니며 완쾌될 것을 바라기도 어려운 일이었지만 그럭저럭 여름을 넘긴 데다가, 위험한 고비를 겪고 병이 나았다는 사위 소식에 우선 가슴을 쓸어내렸고 이따금 찾아와 딸을 보고 가는 사위 마음이 고마워서 야무네는 한결 마음의 여유를 가진 요즘의 상태였다. 복동네는 머리에 쓴 수건을 벗어 치마를 털면서,

"이불솜을 좀 갈았더마는 온 전신에,"

"복동네는 올해 미영(목화) 많이 땄제?"

"예년하고 같지요 머."

"올게울에도 눈이 짓무르게 베를 짜겠구나."

"놀고묵을 팔자라야제요."

"하기는 그렇다. 일을 해도 끼니가 어럽운 사람도 많은께."

"성님."

"와."

"동네서 뜰 기라 카더마는 우서방이 도로 주질러 앉았다든 서요?"

"그랬다더마."

"성님만 허탕쳤소."

"그렇기 그 땅을 바래고, 이자는 그렁저렁 살란가 했더니, 내 복에?"

"최참판댁에서도 무르게 나왔지마는 우서방 그 사람들 좀 독종이오?"

"그래서 나도 어기야버기야 그 땅 얻을라고는 안 했다. 좋기 내놓으믄 모리까."

"참말이제 우서방하고 마당쇠만 쫓아내믄 동네가 얼매나 잠잠하겠소. 건디리믄 시끄럽은께 모두 쉬쉬하는 바람에 더욱더 기고만장 못된 짓은 독으로 안 하요? 떼쟁이 봉기노인도 못 당하더마요."

"그래도 이자는 전겉이 그리는 못할 기다."

"성님, 이자 고만 찧으소. 좀 까끄럽아도 너무 때기믄(찧으면) 반실이오."

"그러까?"

방아를 절구통에 걸쳐놓다 말고 딸을 힐끗 쳐다본다.

"푸건이 땜에 그러는가 배요? 웃쌀*만 걷어서 주믄 안 됩니까."

"웃쌀을 얹어야 말이제."

"보리 곱삶이를 아픈 사람이 묵다니, 애닯기도 하지. 내가 한 줄금 찧어주께요."

복동네는 절굿공이를 든다.

"복동네, 오늘이 니 생일가?"

"와요?"

"오늘은 편한 모앵이니."

복동네는 꽁닥꽁닥 방아질을 하고 야무네는 딸 옆에 주저 앉아 손바닥으로 땀을 닦는다.

"무서리나는 살림, 이자 딱 집어치웠이믄 싶소."

"복동이 장개딜이고 나았으라모. 너거사 장개딜일 차비는 다 해놨일 긴께."

"말이 쉽제요. 맘에 있는 집에서는 딸을 줄라 캐야지요."

복동이는 얻어온 아들이며 복동네는 청상과부, 딸 주는 것을 꺼리는 것은 사실이다.

"복동이가 올해 몇고오?"

"열여섯 아닙니까."

"벌써 그리 됐나? 그 아아를 안고 오던 것이 엊그제만 겉은데."

"성님 머리가 반백 된 거는 모리고요?"

"하기사, 니도 오십이 낼모레니께."

"세월이 한도 없이 길고 밤도 길더마는 지나고 본께 잠시요."

"니 팔자도 기박하다. 주모가 있어서 이날 이적지 살았제."

"친정을 의지하고 안 살았소."

"생각이 나구마. 이십 년은 됐는갑다. 와 그해 숭년 들었던 해가."

"꼭 십구 년이오."

"니가 곡식 자리를 이고 허불며떠불며(허둥지둥) 오는데 그 곡식 자리가 어찌나 부럽던지, 와락 달기들어서 뺏고 싶더마. 숭년 들어 사람 잡아묵는다는 말도 빈말은 아닐 기라."

189

"어매도 참, 그런 숭축스런 말 머할라꼬 하요."

푸건이 눈살을 찌푸린다.

"그해 숭년에 시어무니가 돌아가시고 시아부니도 실성하시고, 말도 마이소. 친정서 곡식 말이나 얻어가지고 미친 듯이 온께, 세상에 어무니는 송장이 되어 기시고 아부니는 이문가문*, 엉겁결에 삼베 치마에다 보릿가루를 싸가지고 개울가로 쫓아가지 않았겄소? 보릿가루를 물에 적시서 아부니 입에 짜넣었던 일이 지금도 잊혀지지가 않소."

"그때 윤보 목수 아니더믄 온 동네에 송장 많이 났일 기다."

복동네는 방아질을 멈추고 보리쌀 한 주먹을 집어서 문질러보더니 옆에 있는 사기에 퍼 담는다.

"그랬일 기요. 우리 집에 쌀 한 말을 가지고 왔는데 악이 받쳐서 막 퍼붓지 않았겄소? 사람을 굶기 직이는 인심이 어디 있느냐고,"

"금년 추석에는 최참판댁에서 전곡이 많이 나올 거란 말이 있더마."

복동네는 마루 끝에 걸터앉는다.

"나도 그 말은 들었소. 애기씨도 오시고,"

"애기씨가 뭣고? 마님이지."

"육손이가 쫓기날 기라고 울어쌓더랍니다."

"우는 거사 제 맘이 아닌께."

"멀쩡할 때도 있입디다."

"실성한 사람을 쫓가내기야 하겠나."

야무네는 보리쌀이 든 사기를 인다.

"아가, 내 보리쌀 씻거 오꺼마."

우물가로 가는데 복동네가 따라온다.

"성님요."

"응."

"이서방 아들 참 좋데요."

"좋구말구."

"학식도 많이 들었다 카데요."

"보통핵교만 나와도 뭣한데 그 우엣핵교까지 나왔다 카이, 그 아아는 어릴 적부터 인물이 좋았네라. 아바니를 닮아서,"

"인물이야 임이네도 좋았지요."

"에미 얘기는 안 하는 기이 좋을 기다."

복동네는 우물가까지 따라왔다.

"복동네, 니 나한테 무신 할 말이라도 있나?"

비로소 야무네는 이상하게 생각하며 묻는다. 복동네는 두레박을 내려 물을 길어주면서,

"장개 보낼 나이가 넘었는데 와 이서방은 서둘지 않는지,"

그 말이 대답이다.

"누가 니보고 말 건네달라 카더나?"

"그렇다고 할 수도 없고……."

"머가 그리 미적지근하노."

"실은 말하기가 좀 어렵소. 혼사란 가이방해야 하는데,"

"대관절 말하는 사램이 누고?"

사기 앞에 쭈그리고 앉아서 묻는다. 복동네는 두레박을 든 채,

"성님이 들으믄 놀랠 깁니다. 누군고 하니 김훈장 외손녀를 두고,"

"머라 카노?"

야무네는 깜짝 놀란다.

"설마, 그쪽에서 그랬일 리는 없일 기고 이서방이 그러더란 말가?"

"아아니요."

복동네는 고개를 흔든다.

"그라믄,"

"그쪽에서 비치는 말이오."

"김훈장의 외손녀라믄 점아기, 산청으로 시집간 그 사람 딸 말가?"

"야. 지금 친정에 다니러 와 있소."

"그거는 나도 안다마는 그럴 리 없다."

"그러니 내가 머라 캅디까? 혼사란 가이방해야 한다고,"

"만일에 그기이 참말이라믄 땅 밑의 김훈장이 벌떡 일어날 기다."

"최참판댁 아기씨는 하인하고 혼인하지 않았소? 그리고 보

면 안 될 얘기도 아닌 성싶은데,"

"그건 그렇다마는 어째서 얘기가 나왔이까?"

"홍이 가아가 요새 김훈장댁을 자주 드나든다 하더마요. 만주서 김훈장이랑 함께 지낸 정리, 그리고 보통핵교를 나온 그 댁 아들이 말친구가 되는갑더마요. 그래서 점아기 그 사람이 홍이를 유심히 본 모양이라요. 딸 가진 사람이사 다 안 그렇겄소?"

"그러믄 니보고 중매를 서라 그러더나?"

"체면에 그렇기까지 말하지는 않지마는, 청혼을 하든 하겄다 그런 말이더마요. 맏딸이 열여섯이라 카던지,"

이런 얘기가 오가는 것을 알 턱이 없는 홍이는 오늘도 범석이네 집을 향해 걷고 있었다. 처음에는 관례적으로 인사차 찾아갔었다. 평사리에 올 때마다 용이는 아들에게 인사 갈 것을 명령했고 홍이 역시 김훈장에 대한 정리를 생각하여 순순히 아비 의사에 따랐다. 그러니까 범석이네 집과는 상당히 구면인 셈이다. 이번에는 추석까지 꽤 오랫동안 평사리에 체류하게 되어 무료하기도 했지만 범석이는 좋은 친구였기에 종종 놀러 가곤 하는 것이다. 김훈장의 장손 그러니까 양자로 데려온 한경이의 큰아들 범석이는 올해 열여덟, 홍이보다 두 살 아래였지만 외모로는 홍이보다 숙성했다. 다소 모자라기는 해도 마음씨 착한 아비를 닮아 유순한 성품이지만 아비보다는 월등하게 총명했고 읍내 보통학교를 마친 뒤 집에서 농사일을 돕고 있었다.

"범석이 있어?"

사랑으로 돌아간 홍이는 낮은 소리로 말했다.

"들어와, 형."

범석이는 싱긋이 웃으며 방문을 열고 손짓을 했다. 범석이 네 식구들은 김훈장 신변에서 함께 지낸 용이 부자를 늘 존중하였고 특히 범석이는 그곳 얘기 듣기를 즐겨 했으므로 언제든지 홍이가 나타나면 반가워하는 것이다. 처음에는 상대가 양반이어서 반말 쓰기에 저항을 느꼈던 홍이도 이제는 스스럼없이 동생 대하듯 했다. 범석이도 인습상 홍이에게 공대는 하지 못했으나 꼭 형이라는 칭호만은 붙여서 말하는 것이었다.

"아부님은 어디 가셨나?"

"출타 중이야."

"오늘은 한가하군그래, 방구석에 있는 걸 보니."

"추석 쇠고 나면 바빠지겠지."

"무슨 책을 읽고 있나."

"응, 읍내 선생님이 빌려주신 건데, 후쿠자와 유키치[福澤諭吉]라는 사람이 쓴 『가쿠몬노 스스메(학문을 위한 권장)』. 좀 어려운 것 같애."

"열심이구나. 나는 책하고는 담쌓았다."

"그래도 중학교는 나왔으니 나 같기야 할라구."

"용정서는 중학이었지만 진주의 협성학교 그게 어디 중학인가? 똥통 학교지."

홍이는 경멸하듯 웃는다.

"학교야 어떻든 공부만 하면 되는 거지."

"넌 서당 공부 했나?"

"학교 가기 전에,"

"한문에는 능통하겠구나."

"그렇지도 않지만,"

범석이는 겸손했으나 한문공부는 꽤 했고 그것이 밑천이
되었던지 읍내 소학교를 우수한 성적으로 졸업했다. 홍이는
범석이를 볼 때마다 용정의 정호 생각을 한다. 범석이 정호같
이 수재형으로 생기지는 않았지만, 오히려 외모는 둔재같이
보였지만 속이 깊고 아주 순박했다. 홍이는 정호를 숭배하듯
범석을 숭배하지 않았지만 그의 향학열을 존중하기는 했다.

"후쿠자와는 뭐하는 사람이야?"

"글쎄, 교육자라 할 수 있겠지. 많은 인재를 길러내어 일본
을 부강하게 하는 데 큰 공이 있다 하더군, 선생님이. 또 사회
개혁가라 할 수도 있고. 갑신정변도 후쿠자와 영향이 있었다
하기도 하고,"

"반가운 인물은 아니군그래."

"우리 조선으로선, 일본놈치고 반가운 인물이 어디 있겠어.
그렇지만 우리는 일본 책을 읽어야 하니까."

"네가 그리 공부하고 싶으면, 어떻게 방법이 없을까?"

"전 같으면 쉬웠겠는데…… 요즘엔 사람들이 깨서 공부하겠다는 축들이 많고 보니, 집의 보조 없인 어려운가 봐. 나로선 왜놈들 도움은 받고 싶지 않아."

"그건 그렇지만 너 할아버지처럼 그렇게 완강하면 안 돼."

"그래도 나는 할아버님을 자랑스럽게 생각한다."

홍이는 순간 범석으로부터 벽을 느낀다. 어릴 때 상현에게서 느낀 강한 거부의 벽을, 그것처럼 격렬하지는 않았지만. 문밖에서,

"범석아."

"네, 고모님."

"누구 왔느냐?"

"네."

점아기가 방문을 연다.

"아아, 홍이로구나. 고구마 삶았는데 먹어보아."

"안녕하십니까?"

홍이 일어서서 인사를 한다. 점아기는 여느 농가의 아낙과 다름이 없는 차림이다.

"응."

점아기는 찬찬히 홍이를 살펴본다.

"몸은 건강한가?"

"별로 병 같은 것은,"

하다가 홍이는 당황한다. 너무 자세하게 살펴보는 눈초리 때

문에 당황한 것이다.

"너이 아버지는 좋은 사람이었는데,"

점아기는 혼잣말처럼 중얼거렸다.

"그럼 놀다 가게."

점아기는 방문을 닫아주고 안으로 들어온다. 안방으로 들어온 점아기는,

"올케."

"예."

범석의 모친 산청댁은 추석에 입을 옷을 짓고 있었다. 그역시 양반댁 마님이기보다 농가 아낙과 조금도 다를 것이 없는 차림이요, 일에 이골이 난 몸집이다.

"아무래도 아이가 맘에 들어요."

"글쎄 당자는 나무랄 데가 없더군요. 행동거지도 수말스럽고,"

"이서방을 닮았으면 마음도 착하련만,"

아무래도 임이네 때문에 꺼려진다. 점아기에게는 딸이 삼형제, 막내가 아들이었다. 큰딸 보연(寶蓮)이는 괜찮게 생긴 얼굴이었지만, 이기적이고 성질이 과히 좋지 않았다. 사주를 보아도 팔자가 세다는 것이다. 점아기는 늘 큰딸 때문에 근심이었다. 나머지 두 딸은 얼굴이 보연보다는 못했지만 성정이 온순하고 마음이 넓어 어미 속을 썩이는 일이 없었다.

"우리끼리니 하는 말이지만 보연이는 걱정이오."

"뭐 커서 셈 나면 괜찮겠지요. 아이들은 열두 번 변성한다 안 합니까?"

"지체로 말한다면 혼인할 처지는 못 되나 학식이 있어서 처신이나 예의범절은 되어 있을 것이요, 남자가 잘났으면 자연 안사람의 성품도 쑥어들 성싶고."

"사랑에서 뭐라 하실지."

"그 양반은 그런 데는 퍽 대범하지요. 다만 마음에 걸리는 것은 그 아이 어민데 성품도 좋지 않지만 이력두 하도 험해서요. 전 남편이 최참판댁 사랑양반 살해에 연루되어 처형된 것이."

"그것은 그 아이하고 상관이 없는 일 아니겠소?"

시누 올케는 함께 바느질을 하며 얘기를 계속한다. 산청의 가난한 선비 집으로 시집간 김훈장 외딸 점아기는 시집간 몇 해는 무척 고생을 했었다. 조석조차 잇기 어려운 가난한 살림이었다. 그런데 마침 남편의 외가에서 도움의 손을 뻗쳤던 것이다. 고성(固城)의 토박이던 외가가 무슨 연유에선지 어항(漁港)인 통영(統營)으로 이사하여 그곳에서 살림을 이룩한 것이다. 그래서 현재 점아기네 식구들은 통영으로 옮겨가서 살고 있었으며 외가에서 지어준 위채 세 칸 아래채 두 칸의 초가집을 두고 마을 사람들은 새집 양반, 새집 처녀라는 호칭으로 대하였다. 넉넉하다 하기는 어려우나 찢어지게 가난했던 것은 면하게 된 것이다. 오래간만에 친정으로 온 점아기는 이번 추석 서희가 돌아온다는 소문을 듣고 귀가를 늦추고 있는 것이다.

"이번 추석에는 동네가 좀 시끄럽겠소."

"어째서요?"

"광대라든지, 사당패를 부른다 하더군요. 시누님은 오광대 구경하신 일이 있소?"

"구경한 일 없어요."

"이번엔 한분 구경 안 하시겠소?"

"글쎄."

"이젠 나이도 들었고 세상도 개명 많이 했으니까요."

"빤히 모두 아는 얼굴인데 상사람들 앞에 체면이 서겠소?"

"참 시누님도. 아 상사람하고 사돈할라 하시면서도?"

"그러니 작정하기가 어렵지요."

"작정 아니하셨소? 그렇다면 말썽 사납게 복동네보곤 왜 발설을 하셨소."

"……."

"사람의 인연이란 모를 일이긴 하지만,"

"혼담이 없는 것은 아니지만 진사댁이니 생원이니 하고 가져오는 혼담을 보면 당자가 형편없고, 그렇다고 뭐 우리 지첸들 별것 아니지 않소? 지체 있고 당자가 쓸 만하면 처갓집 살림 따지거든요."

하면서 점아기는 마음속으로 열심히 저울질을 해보는 것이다. 인물 잘생기고 중학과정을 밟았다는 것은 다른 혼처에 비하면 월등한 조건이었다. 미관말직의 쥐뿔도 아닌 문벌을 내세우며 건네는 혼담에는 서당 공부도 변변치 못한 무식꾼이 있었고 상민 출신의 친일하여 돈푼 모은, 그러니까 양반과의 혼인으로 자신들 지체를 높이려는 그런 사람도 있었다. 하나하나 꼽아보면 옛날과 달리 상민이 큰 장해는 되지 않았으니 모든 조건에서 홍이만 한 사윗감은 없다. 그러나 임이네가 치명적인 것이다. 처녀시절 한 마을에서 시종하여 임이네 행적을 보아왔고 들어온 점아기로서는 그것을 무시하기가 매우 어려운 것이다. 불미스러운 가지가지 풍문은 지금도 귀에 생생하다.

"아버님은 그 애를 어떻게 생각하셨는지 올케는 못 들으셨소?"

"글쎄요. 홍이 그 아이 말로는 돌아가신 어른 생각이 난다는 뭐 그런 얘기였소. 아버님께서 그 아이를 마땅찮게 생각하셨다면 찾아오기나 하겠어요?"

"그건 그래요."

"범석이가 더 잘 알지 모르겠군요. 그곳에서 지내신 할아버님 형편을 몹시 알고 싶어하니까요."

"그렇겠군요."

"하지만, 저도 들은 얘깁니다만 괴정에 두 청상이 함께 돌아가신 김진사댁 말입니다."

"아버님의 재종이었소. 이제는 집터마저 없어졌지만."

"누가 씨는 양반이니 한복이를 김진사댁 양자로 삼으면 어떻겠느냐 그렇게 말했다면서요?"

"음…… 그런 일이 있었지요. 이십 년도 훨씬 넘은 옛일이오. 죽은 윤보라는 목수가 그런 말을 했지요."

"아버님께선 노발대발하셨구요."

산청댁은 어디까지나 중립을 지킬 심사인 모양이다.

"우셨어요. 가세가 기우니 상놈들마저 우습게 본다고, 백정 놈의 씨를 양자 삼았음 삼았지 살인 죄인의 씨를 어찌 양자 삼을까 보냐 하시면서, 아버님은 이십 세에 등제한 진사어른을 당신 몸보다 더 위하셨고 문중의 영광으로 생각하셨지요. 아주 영명한 어른이던가 봐요. 제가 어릴 적에도 두 청상이 사시는 집은 우리 집보다 먼저 손질을 하셨어요. 여인네만 사시는 집이라 하여 늘 단속도 하셨고."

산청댁은 윤두질을 하고 나서 저고리를 뒤집는다.

"시누님."

"예."

"이번에는 어려운 걸음 하셨는데 오신 김에 절에 안 가시겠소?"

"절에?"

"예."

"불공드리러 가잔 말입니까?"

"실은 해마다 내는 무명 중에 두 필 몫만 따로 모았어요. 그리해서 모은 돈이 십오 원가량 되더구면요. 금년에는 어쩔까 생각던 참인데 시누님 오신 김에,"

"......?"

"철없이 시집와서 대소사가 분분한 중에 정성껏 아버님을 한번 모셔보지도 못하고, 그것만으로도 자식 된 도리가 아니거늘 무덤 한번 찾아보지 못하고 원통한 고혼이 얼마나 자식들을 원망하겠습니까. 지난 백중날에도 어짜까 생각하다가 명년으로 미루었지요. 자식들 정성이니 아무 날이면 상관있겠소? 망령의 천도나 빌어봅시다."

"올케, 고맙소. 딸자식은 자식도 아닌가 보오."

점아기는 눈물을 찍어낸다.

"자식 노릇 한번 못하고 아버님 은덕으로 사는 우리야말로 주제넘지요. 재(齋)를 하는 것도 아니겠고 불공이면 십오 원으로 족할 게요."

"족하고말구요. 선영봉사, 짐도 무거운데, 나는 참말 면목이 없소."

시누이와 올케가 도란도란 얘기를 나누며 바느질을 하고 있는 동안 사랑의 범석이와 홍이는 낚싯대를 들고 강가로 나갔고 읍내까지 볼일을 보러 갔던 한경이 나룻배에서 내려 집으로 돌아온다. 풀을 베어 오던 마을 젊은이들은 지게를 진 채,

"훈장댁 어른 읍내 갔다 오십니까?"

인사를 한다. 마누라보다 훨씬 나이 많은 한경이는 지난날 김훈장이 그러했듯이 나이보다 늙어 보였고.

"요즘엔 매일 풀 베는구나."

"그래야 마음 놓고 추석을 쇠지요."

"그렇기는 해."

집으로 들어간 한경이는,

"방에 없소?"

산청댁과 점아기가 나온다.

"오라버니, 이제 오시오."

"으음."

하다가,

"임자, 생선 좀 사 왔는데 누이한테 대접하구려."

어떻게든 성의를 표시하려고 애쓴 나머지 안 해도 좋은 말을 하고서는 쑥스러워 피시시 웃는다.

"오라버니도 참, 대접이라니요? 제가 뭐 손님인가요?"

"쉽게 못 오니까 그렇지. 참, 내 오늘 읍내서 이부사댁 이공을 만났구먼."

"추석이라서 내려오셨는가 부지요."

"내 범석이 놈 얘기를 했지."

"범석이 얘기는 무엇 땜에 하셨습니까?"

"공불 안 할라 캐도 부모가 억지로 시키는데, 하고 싶어서…… 그러는 놈을 집구석에 들어앉혔으니,"

"염치없이 무슨 그런 말씀까지 하시었소."

산청댁은 눈살을 찌푸린다. 남편이 못난 짓을 하여 웃음거리나 되지 않았을까 근심이 되었던 것이다.

"염치가 없기는, 인재를 촌구석에 썩히는 것은 나라를 위해서 옳잖은 일이오. 그 양반도 나라 일을 하는 마당에,"

"그래 뭐라 말씀하시던가요?"

점아기가 묻는다.

"친구한테 부탁해보겠노라 하시더군."

"그 양반한테도 우리는 빚을 지고 있는 처진데,"

"임자는 어찌 그렇게 말하시오? 아버님도 나라를 위해 가신 것은 마찬가진데 신세졌다 신세졌다, 허이구 참."

"올케, 그건 오라버니 말씀이 옳아요."

점아기는 웃으면서 말한다. 한경이도 아까처럼 피시시 웃는다. 누이라지만 실은 남남이었고 출가 전에 잠시 얼굴을 익혔을 뿐이어서 몇 년 만에 한 번씩 만날 때마다 스스러운 것이다.

"참 시누님, 제가 깜박 잊고 있었소."

"뭘 말입니까?"

한경이도 뭐 말이냐는 듯 입을 반쯤 벌리고 아내 입매를 쳐다본다.

"아버님 돌아가신 후 인편으로 보내온 기록 말입니다. 아버님이 기록하신 것,"

"예, 그건 알아요."

"읽어보시지는 않으셨지요?"

"한문이 짧아서."

한경이는 슬그머니 하늘을 본다. 그 자신도 학식이 부족하여 읽질 못했다.

"걸핏하면 범석이가 꺼내 읽곤 한답니다. 하니 범석이더러 읽어서 알기 쉽게 말해달라 하십시오."

"새삼스럽게 그거는 왜요?"

"아버님께서 그 애를 어찌 생각하셨는지 아까 궁금해하시지 않았습니까?"

"아아, 아."

"그곳에서의 여러 가지 일들을 기록하셨으니 그 애에 관한 구절이 있을지도 모르지요."

"임자, 그건 무슨 말이오?"

산청댁은 장난스럽게 웃는다.

"일이 시원찮을 것 같으면 모르시는 편이 낫고, 성사가 된달 것 같으면 자연 아시게 될 것이오."

"모를 말을 하는구면."

한경이는 중얼거리며 사랑으로 돌아나간다. 돌아가는데 나룻배에서 들은 이상한 얘기가 생각난다. 지리산 속에 수백 명의 의병이 모여들었다는 것이며 한번 치고 나올 것이라는 얘기다. 한경이 옆에 웅크리고 앉은 두 사내가 소곤거리듯 낮게 하는 말을 한경은 무심결에 들었던 것이다.

"관에 가서 고하기만 한다믄 큰돈 한분 손에 쥐어보는 것은 따놓은 당상인데 그러나 그럴 수는 없는 일이제."

"말이 의병이지 실상은 도둑 떼 아니까? 도둑 떼라믄 고한 것도 잘한 짓이고, 게다가 상금 타고."

"허허어, 의병이라던데? 그깟 놈의 수백 명, 수천 명이라도 별수 없는 기라. 왜놈이 알기만 하믄 하루아침에 박살이다. 공연한 짓 해서 삼이웃이 시끄럽기만 할 기고, 그렇다고 해서 차마 고해바칠 수는 없지."

두 사내는 한경의 눈치를 할끔할끔 살펴가며 소곤거렸다.

사랑으로 들어간 한경은 갓을 벗어 걸고 도포도 벗어놓고 자리에 눕는다.

'미친놈들 공연한 소리지. 의병이 어디 있을 거라구. 왜놈이 이 잡듯이 다 잡았는데 이제는 아무 희망도 없지. 우리 대(代)에는 선영 모시고 가만히 엎드려 있을밖에.'

도로 일어나 앉은 한경은 목침을 밀어버리고 담뱃대를 찾아든다.

14장 탈 속에는

거의 이십 년 만에, 평사리의 추석은 풍성하였다.

올벼를 베었을 뿐 논에는 황금 물결이 이랑을 이루고 있었다. 평작은 넘는 농사여서 떡쌀을 담그는 마을 아낙들의 손길은 떨리지 않았고, 옛 지주요 오늘날의 지주인 최서희가 모처럼의 행차 선물인 듯 적잖은 전곡을 풀었으며 밤에는 오광대까지 부른다는 얘기였다. 홍이는 추석놀이를 위해 이틀 동안 아비에게 장고 치는 법을 배우고 또 연습했다. 차례 성묘가 끝날 무렵, 반공중에서 서편으로 해가 약간 기울 무렵 타작마당에 징이 울리면서 놀이는 시작되었다. 놀이꾼들 속에서 용이는 장고를 짊어졌고, 봉기와 성묘차 온 영팔이도 고깔을 쓰고 나섰다. 1903년, 보리 흉년으로 거리마다 아사자(餓死者)가 굴러 있던 비참했던 그해, 마누라를 굶겨 죽이고 그 자신도 실성하여 걸식하던 서금돌 노인은 없지만, 가락에 겨워 굽이굽이 넘어가던 구성진 그 목청은 없지만 놀이는 옛적과 다름없이 가슴 설레고 흥에 겨운 것이었다. 느릿느릿 징을 치던 두만아비도 없고 북을 치던 칠성이, 팔팔거리던 윤보, 한조는 모두 세월에 쓸려서 가고 없지만 놀이는 변함없이 흥겹고 가슴 설레는 것이었다. 아이들의 무색옷이며, 풀발 선 아낙들의 치마 스치는 소리며, 그러나 하얀 베수건 어깨에 걸고 싱긋이 웃으며 맴을 돌며 장고채를 잡던 인물 잘난 사나이, 이제는 늙고 병든 몸이, 장고도 어깨에 무겁고 맴을 돌 때마다 눈앞은 캄캄하다. 용이는 아들에게 장고를 넘겨주며 눈물짓는다. 영팔이와 봉기도 고깔을 흔들어보다가 서글픈 표정을 지으며 물러났고, 젊은

청춘들만이 아득한 갈 길을 오늘 하루나마 잊고, 내일은 보리
죽이 기다리고 있을지라도 타악기에 말려들어 땅을 구르며 난
무한다. 꽹과리는 경풍 든 것처럼 빠르게, 드높게 울리고 징은
여음을 따라 이어지고 또 이어진다. 장고와 북이 어울린다. 홍
이는 자기 장단이 없다. 꽹과리를 따라가면 되는 것이다. 저절
로 따라가고 있는 것이다. 타악도 사람도 함성도 한 덩어리가
되어 울리고 움직인다. 구경꾼도 산천도 모두 한 덩어리가 되
어 울린다. 깨깽 깨애깽! 더으으음—깨깽 깨애깽! 다으으음—
날카롭고 둔중한 소리에 하늘과 산과 강물이 돌고 사람이 돌
고 땅이 돌고 단풍 든 나무들도 우쭐우쭐 춤을 춘다.

"아바이하고 영상이다(흡사하다). 젊었을 때 이서방이 꼭 저
랬네라, 우짜믄 인물이 저렇기도 좋겄노."

홍이는 상기되어 맴을 돌며 장고채가 휘청거린다.

"참말로 세월은 눈 깜짝하는 새."

"심 좋다던 영팔이도 나이는 못 속이는개 비여."

"전에는 두리아배도 헤죽헤죽 잘 웃어쌓더마는,"

야무네와 복동네와 파파할멈이 다 된 영산댁의 말이다.

"다 늙어감서 싱겁거로 춤은 무신 놈의 춤고."

봉기마누라는 혀를 찬다.

"복동네야, 니 시아부지 생각나제?"

"야."

"목청도 좋더마는 가고 나니 못 듣는다."

"역발산 진시황도 죽으면 소용 있간디?"

"진시황인가? 항우장사지."

구경꾼 속에는 범석이가 있었다. 한복이도 웃고 서 있었다. 산청댁과 점아기도 나란히 서 있다. 점아기의 눈은 홍이만 따라다닌다. 구경 나온 것도 홍이를 좀 더 자세히 관찰하기 위해선지 모른다. 처녀아이들의 화제는 강변 모래밭에서 밤에 벌어질 오광대에 관한 것이었고 며칠 동안이나마 홍이와 한 집에 있는 언년을 부러워하며 놀려대는 그런 것이었다. 아이들과 강아지가 먼저 뛰어간다. 놀이꾼들은 타작마당에서 마을 길로 움직여가고 있었다. 타악 소리는 어느덧 늘어졌고.

　　하늘에는 잔별도 많다,

　　쾌지나칭칭 나아네!

노래를 선창하는 사내는 사십 대에 들어선 바우, 놀음을 좋아해서 자작농으로부터 소작농으로 떨어진 바우다.

　　시내 강변 잔돌도 많다,

　　쾌지나칭칭 나아네!

타악이 늘어지면서 노랫소리가 높아지니 춤은 멎게 된다. 놀이꾼들은 숨을 돌리듯 보조를 맞추어 노래를 위주로 한다.

갑자기 희열의 절정에서 비애의 나락으로 떨어진 듯, 오열하고 하소연하며 멍울 같은 한이 가락마다 굽이굽이 넘어간다. 다시 타악기는 신들린 것처럼 빨라진다. 선창은 사라지고 쾌지나칭칭 나아네! 쾌지나칭칭 나아네! 되풀이 되풀이 보다 빠르게, 놀이꾼들의 몸은 팽이같이 돌아간다.

하루의 해가 저물었다. 놀이꾼도 구경꾼도 각기 제집으로 흩어져갔다. 그러나 밤에 있을 오광대에 대한 기대 때문에 마을은 여전히 술렁거렸다. 노인층은 옛만 못하다 했다. 젊은 층은 신풀이 자알했다고들 했다. 아이들은 배탈이 나고 혹은 저녁을 마다했다. 그리고 젊은 층과 늙은 층, 여자들과 남자들의 화제는 최참판댁 서희 모자와 오광대에 관한 것으로 갈리었다.

"비어 묵어도 비린내 하나 안 날 것 같더마."

"빌어묵을 소리 한다. 숭년 들었나, 사람 잡아묵게."

"이를테면 그렇다는 거지. 구신겉이 이뻐께 해보는 말 앙이가."

"아들 형제는 우떻고,"

"씨도 좋고 밭도 좋은께 자연고로 그리될밖에 더 있겄나."

"씨는 좋을 것도 없지이."

"와 씨가 안 좋노. 내가 어릴 적에 보았는데 관옥 겉더라."

"그래도 하인 아니가."

"제에기, 아 하인이믄 이마빡에 도장 딱 찍어서 태어난다 카더나! 내사 족보 얘기는 안 했다. 아들 형제 인물 보고 한 얘긴께."

젊은 층 사내들의 말이었고 젊은 아낙들은,

"그 많은 복, 머리털 하나만큼이라도 뽑아주믄 아마 보리죽 신세는 안 면하겄나?"

"보리죽 신세만 면하까? 비단옷은 입게 될 기다. 베도 안 짜고 끌밭도 안 매고,"

왕사(往事)를 아는 장년 노년층의 남정네들은 서희가 평사리에 나타난 것으로 보아 무슨 변동이 있을 것이란 말들을 하며 수군거렸다. 전곡을 푸짐하게 내놔서 유감없이 신풀이를 했고 밤하늘 장작불이 활활 타오르는 백사장에 벌어질 오광대굿에 대한 기대도 컸으나 일말의 불안을 지울 수가 없는 것이다.

점아기와 산청댁은 다른 농민들처럼 서희와의 사이에 이해 관계는 없었지만 김훈장과 서희와의 인연, 얽히고설켰던 인연을 생각하며 정성들여 지은 새 옷으로 갈아입고 정중하고 경애스런 마음으로 최참판댁을 방문하였다. 그러나 서희는 관례적인 것에서 한 치도 벗어남이 없이 두 여인네를 대하였다. 반가(班家)의 부인이라 예우는 했으나 살얼음같이 냉담하여 두 여인네는 자리에 오래 머물 수가 없었다. 묵묵히 돌아오는 길에 점아기가 입을 떼었다.

"올케."

"예."

"야들야들한 그 손을 생각하니 우리네 손은 소나무 껍질이
오."

얼마간의 울분을 머금은 음성이다. 그 말 대꾸는 아니하고
산청댁은,

"본시 성미가 찬가 부지요."

"최씨네 여인이니까."

"……."

"하기는 여자 몸으로 그것도 어린 나이에 좀 해서 잃은 만
석 재산을 찾았겠소? 우리는 손가락에 불을 켜서 하늘로 올라
갔음 갔지……."

"……."

"기상이야 어릴 때부터 대단했지만."

"우리가 뭐 잘못한 거는 아닐까요."

"잘못한 게 뭐 있겠소. 지체가 다르고 사는 풍도가 달라서
그렇겠지요."

달빛과 장작불과 백사장과 강바람, 오광대가 벌어진 강변
으로 마을 사람들은 다 몰려갔다. 마을은 텅텅 비어 불빛이
새나오는 집이라곤 언덕 위의 최참판댁뿐이었다. 갓을 이마
쪽으로 내려 쓴 사내가 동저고리 바람의 사내와 소리를 죽이
며 얘기를 하고 있었다. 최참판댁 뒤채, 옛날 김서방 내외가
거처하던 곳에서. 이윽고 사내는 마루 끝에 걸터앉고 동저고

리 바람의 사내가 급히 안으로 들어간다. 대청마루에까지 간
사내는,

"마님."

"장서방이냐?"

"예."

"밤에 웬일이냐."

"급히 아뢸 말씀이 있어서,"

"말하게."

"혜관시님께서 화급한 일로 사람을 보내왔습니다."

"무슨 일로?"

"만나뵙고 여쭙겠다 합니다."

"사랑에 들게 하라."

"예. 하오나 다른 사람이 알믄,"

"알았다."

갓을 내려 쓴 사나이는 사랑으로 들어갔고, 서희도 연학을
거느리고 사랑에 든다. 연학은 물러나 사랑과 안채 사이의 문
을 지키고 선다. 사나이는 서희가 방으로 들어섰는데도 얼굴
을 들지 않았다. 길상이를 예감했던 서희 얼굴에 실망의 빛이
역력하다.

"밤중에 무슨 일로 오시었소."

사내는 갓을 벗었다. 상투는 없고 자른 머리다.

"오래간만일세."

서희 얼굴이 새파랗게 질린다. 구천이, 아니 김환이었던 것이다.

"놀라게 하여 미안하네."

서희의 얼굴을 똑바로 쳐다본다.

"용정에서 대면하고 몇 해 만인가?"

서희는 입술을 피가 나게 문다. 이 세상, 두 자식 말고는 단하나뿐인 혈연이다. 어미를 뺏아갔고 부친의 이부(異父)동생이며 간부인 사내, 하늘같이 우러러보았던 할머니 윤씨의 부정의 씨.

"감히, 어디라고 오시었소."

"글쎄, 가라면 가겠네. 쫓기는 몸이라서 왔네만,"

"⋯⋯."

"허락한다면 잠시 이곳에서 피신하겠네만,"

얼굴은 쫓기는 사람 같지가 않다. 옛날같이 절망의 정열, 스스로 위기에다 몸을 내던지고자 하는 감정과 제어하려는 의지와의 싸움, 그 날카로움, 오뇌, 갈등을 찾아볼 수 없다. 자연이다. 김환은 이제 자신을 자연으로 환원시킨 것일까. 서희는 그것을 느낀다. 한 인간이 도달할 수 있는 지극히 높은 영혼의 경지를 느낀다.

"뉘에게 쫓긴단 말씀이오."

"왜헌병이네."

"이곳은 안전하겠습니까?"

"아마도, 이삼일이면 족할 걸세."

서희는 연학이를 부른다.

"사당으로 가자."

집안 식구들 모르게 숨길 곳은 사당밖에는 없다. 사당의 마룻장을 들어내고 환이 그곳으로 들어간 뒤 다시 마룻장을 끼운다. 사당 문에 쇠통 채우는 소리를 들으며 서희는 현기증을 느낀다. 김환이가 최참판댁 그 면면한 조상들의 위패를 뫼신 사당 안에 들다니, 서희는 대숲 사이에서 얼굴을 내미는 달을 올려다본다.

"열쇠를 이리 주게."

"예, 마님."

연학은 깊이 고개를 숙인다.

강변 사장에서는 오광대가 중반으로 접어들고 있었다. 그런데 돌연 사방에서 호각 소리가 울리었다. 여남은 명의 왜병정이 총대를 겨누며 구경꾼들을 포위한다. 구경꾼들은 모조리 일어섰다. 마당쇠가 맨 먼저 뛴다. 아우성 속에 총성이 울렸다. 마당쇠는 곤두박질을 몇 번 치다가 움직이지 않았다. 마당쇠 마누라의 비명이 울린다.

"꼼짝들 말라이! 움직이는 놈들은 쏘아 죽인다이!"

아이들이 울부짖는다.

"시끄럽게 구는 새끼들도 쏘아 죽인다이!"

어른들은 울부짖는 아이들의 입을 틀어막는다.

"장작불으 끄지 말고오!"

총대를 들고 포위한 채, 소리 지르다가 왜병정들은 구경꾼들을 한가운데로 몰아붙인다. 안으로 안으로 몰려들어간 구경꾼들, 장작불 타는 곳만 남겨둔 채, 그것은 마치 똬리 같은 형상이었다. 그래도 총대는 계속하여 몰아붙인다.

"어떤 놈이든지 움직이면 쏘아 죽인다이!"

왜병정들은 두 명의 감시병만 남겨놓고 나머지는 모두 마을로 향한다. 마을 요소마다 길목마다 왜병정들은 배치된 채 밤을 지새운다.

새벽 안개가 걷혔을 때 왜병정들은 마을의 빈집의 수색을 개시하였다. 기동이 어려운 노인이 몇 사람 남아 있었을 뿐 왜병정들은 아무것도 발견하지 못하였다. 마을의 수색이 끝나자 서너 명은 최참판댁 대문을 걷어찼다.

"무슨 일이시오."

연학이 고분고분 허리를 굽히며 묻는다.

"이상한 놈들이 안 왔소까!"

"예, 아무도,"

"살라거든 바린말이 해라이. 이쪽으로 여러 놈이 왔단 말이다이!"

"개미 한 마리도 못 보았소."

"이놈으 자식이 잔말이 많다이!"

사정없이 뺨을 후려친다.

"어이구우, 나으리, 살려줍쇼."

연학은 두 손으로 얼굴을 움켜쥔다. 모두 오광대 구경에 나
갔고 유모와 안자가 서로의 몸을 의지한 채 서 있었다.

"네놈이 주인이소까?"

"아, 아닙니다요, 나으리."

이때 긴 치마를 끌며 서희가 대청으로 나타났다. 아이들이
따라나오는 것을 타이르며 방으로 들여보내고 나서,

"내가 주인인데 무슨 일로 오시었소."

유창한 일본말, 엄숙한 눈빛에 벳핀*이라 하려던 말을 꿀꺽
삼킨 왜병이 다소 정중하게 묻는다.

"당신이 주인이오?"

"그렇소."

"작전상 가택수색을 좀 해야겠소."

"여기는 적지가 아니지 않소? 선량한 국민이 평화롭게 사는
곳이오."

다소 멈칫하다가,

"우리는 경찰이 아니오. 우리는 군인이오. 필요할 때는 이
유 불문코 우리의 권한을 행사할 수 있소. 그러면 수색 전에
묻겠소. 이상한 사람들이 안 왔소?"

"이 집에는 이상한 놈들이 들어올 수 없는 곳이오."

"어째서 그렇소?"

"내가 설명하기는 거북하오. 하동관청에서 가서 물어보시

오. 더 정확히 알려거든 진주관청에 연락하여 알아보시오. 그러면 이 집에 이상한 사람이 들어오지 못할 이유를 알게 될 것이오."

왜병정은 완연히 기가 꺾인다.

"그러나 우리 군대는 관청의 지시 따윈 받지 않소. 우리의 임무는 누구의 방해도 받지 못하오. 부인, 죄송하지만 가택수색은 해야겠소."

정중하게 나왔으나 가택수색을 포기하지는 않는다. 서희는 빙그레 웃는다.

"직무에 충실한 군인이군요. 그렇다면 할 수 없소. 협조하는 뜻에서, 한데 무슨 일로 그러시오?"

"지리산의 폭도들이 이곳으로 빠졌소."

"지리산에 아직도 폭도들이 남아 있었소?"

"모조리 소탕했는데 잔당이 재규합한 모양이오."

아주 누그러져서 어투는 친절하기까지 했다. 그는 수색을 개시하라는 듯 집총한 채 서희 미모에 넋이 빠진 나머지 멍청이가 된 듯한 세 명에게 손짓을 한다.

"예의를 지켜주시오. 집 안에 오를 때는 신발을 벗어주시오. 아시었소?"

"그, 그렇게 하겠소."

범치 못할 위엄에 눌린 듯, 왜병정들은 갈라져서 수색을 시작한다.

"마님, 저놈들한테 술이나 퍼 안길까요?"

연학이 다가와 나직이 말했다.

"그럴 필요없네. 오히려 의심받는다."

비교적 조용하게 집 안을 뒤져나갔다. 서희가 말한 대로 방 안을 수색할 때는 벗기 귀찮은 군화를 벗었으며 집안 규모의 웅장함에 내심 놀라는 것 같았다.

"어머님, 군인들이 왜 저러지요?"

환국이와 윤국은 왜병정이 안방을 뒤질 때 어미 옆으로 쫓아 나오며 날카롭게 말했다.

"걱정 말어라. 우리 집뿐만 아니란다."

얼마 동안의 시간이 흘렀다. 아까 서희와 얘기하던 병정이 나타났다.

"부인, 대숲 속에 있는 집엔 열쇠가 채워져 있소. 부술 수도 있는 일이나 예의를 지키겠다는 약속을 했으니까요. 열쇠를 주시겠소?"

"열어드리지요."

"손수 안 그러셔도 좋소. 열쇠만 주시오."

"그곳이 어떤 곳인 줄 아시오? 이 집에서는 가장 신성한 곳이오. 나 말고는 열 수가 없소이다."

"하하아, 보물이 있는 곳이구면요."

서희는 잠자코 앞서간다. 자물쇠를 열고 사당 문을 활짝 열어젖힌 서희는,

"이렇게 나는 협조하였소. 이곳은 신성한 곳이오."

병정은 머리를 디밀고 안을 한 바퀴 둘러본다.

"뭘 하는 곳인가요?"

"조상의 사당이오."

"아 예. 실례했소이다."

대숲 길을 나오면서 왜병정도 임무가 끝난 안도감 때문인지,

"부인은 대단한 부자신데 어째서 이런 시골에서 사시오."

"이곳은 내 본가요. 살기론 진주며, 사당에 참배하러 왔소이다. 당신들 때문에 조상들이 여간 노하지 않았을 게요."

서희는 천연스럽게 농이 섞인 어조로 말했다.

"하핫핫…… 죄송합니다. 임무니까 할 수 없지 않습니까? 부인은 굉장한 부자시고 아름답고 또 일본말이 유창하구먼요. 언제 일본말을 배웠습니까?"

"일본인 친구가 많아서 그런가 보지요."

"네, 그렇습니까."

왜병정들은 서희에게 경의를 표하고 나갔다. 아침 해가 뿌옇게 솟아오르고 있었다. 백사장에 마당쇠 시체는 그냥 나둥그러져 있었고, 장작불은 꺼졌으나 똬리는 풀리지 않은 채, 사람들은 돌같이 굳어버린 상태로 몸서리쳐지는 밤을 지샌 것이다. 여남은 명의 왜병정은 백사장에 집합했다.

"틀림없이 이 중에 폭도들이 있을 것이다! 가차 없이 색출

하라!"

처음 여자들과 아이들을 갈라내어 한곳으로 몰아붙인다. 추위와 공포 때문에 먹빛이 된 입술을 실룩거리며 아이들과 여자들은 허둥지둥 몰려간다. 마당쇠댁네는 붕어처럼 헛 입을 놀리며 실신한 듯 기어간다. 왜병정이 발길질을 하며 총대로 엉덩이를 갈긴다. 다음은 늙은이들을 가려내어 한곳으로 몰아붙인다. 청년과 장년들만 모래밭에 한 줄로 세운다.

광대들은 탈을 쓴 채, 그도 그럴 것이 광대놀이 도중에서 꼼짝 말라 했으니, 탈을 쓴 채 본시 자리를 지키고 있다.

"우물쭈물하는 놈은 죽여도 좋다! 철저히 조사하라!"

서희와 얘기하던 왜병정은 입이 찢어지게 고함을 지른다. 그러나 막상 심문이 시작되자 근거가 없는 것을 깨닫고 왜병정은 면장 면서기를 끌고 왔다. 면소에 기재된 사람을 골라내는 것이다. 영팔이와 용이는 면소에 이름이 없었으나 늙은이들 층에 끼여 제외되었고 점아기는 여자들 쪽이어서 제외되었고, 걸려든 것이 홍이였다.

오가던 나그네 몇 사람, 성묘차 왔던 사람 모두 합하여 열여섯 명이 남았다.

"이놈들은 읍내 헌병대로 끌고 간다!"

완전히 무시된 것은 광대들이었다. 소대장격인 병정이 생각난 듯 광대들 곁으로 다가간다. 말없이 탈바가지를 걷어 올린다. 놀라운 일은 탈바가지 속의 얼굴은 사팔눈이 강쇠다.

왜병정은 탈바가지를 하나씩 하나씩 걷어나간다. 짝쇠의 얼굴도 있다. 조막손이 손가의 늙은 얼굴도 있다.

"하하핫…… 가하라고지키*카."

의심하는 빛이 조금도 없다. 굽실굽실하는 면장과 면서기에게 뽐내면서 왜병정들은 열여섯 명의 사내들을 앞세우고 평사리를 떠난다.

"이 일을 우짜믄 좋노."

새파랗게 된 영팔이 식은땀을 손바닥으로 닦아내며 말했다. 용이는 우두커니 강물만 바라본다. 망건 밑으로 비어져 나온 머리칼이 바람에 나부낀다. 검버섯이 피고 탄력을 잃어버린 두 볼, 볼의 살가죽이 이따금 격렬하게 흔들리곤 한다.

"날벼락을 맞아도 유분수지, 세상에 이런 법이 어디 있노."

"호랭이한테 물리가도…… 호랭이한테, 정신만 차리믄, 그놈이 보기보다는 어수룩하진 않은께."

혼잣말처럼 용이는 중얼거렸다. 해는 훌쩍 솟아올라서 싸늘하고 습기찬 대기에 볕살을 펴나가고 있었으며 빈 마을에서 익은 감을 쪼아먹던 까마귀가 강을 질러서 건너편 숲을 향해 날아간다. 강쪽으로 밀려나온 언덕 위 천수답(天水畓)에서는 저와 같이 허수아비에 불과한 인간들을 비웃기나 하듯 비뚜름하게 서 있는 허수아비가 웅성거리는 모래밭을 지켜보고 있는 것이다. 따로따로 무더기처럼 모여 있던 노년층과 부년층과 광대들과 그리고 한 줄로 기다랗게 세워졌던 장년층이 어느덧 한곳으로 어울려져서, 왜병정들의 모습이 시야에서 아주 사라지는 것과 동시 고함이 터져 나왔다. 울음소리가 이곳저곳에서 터져 나왔다. 저주와 분노와 공포와, 지쳐 자빠졌던 사람들이 몸을 일으킨다. 찬 이슬에 젖어서 무거워진 몸을 이끌고, 웅크린 채 움직일 수조차 없이 밤을 지새워서 군은 떡 덩어리같이 된 몸을 엉기정거리며 제 식구를 찾아 서로의 손을 어루만지며, 울며, 그러나 타다 남은 시커먼 장작과 마당쇠의 시체는 악몽 같은 밤이 또다시 달려들지 않을까 하는 공포를 일깨워주는 것이었고, 고함 소리에 왜병정들이 발길을 돌려 달려올 것만 같은 느낌 때문에 고함과 울음소리는 차츰 어느덧 잦아든다.

"어이구, 명천의 하느님네! 기시오! 안 기시오! 금수만도 못한, 천하에 극악무도한 놈들! 우찌 벼락도 없십네까?"

복동네가 앓는 소리를 냈다.

"벼락이 없기는 워찌 없다냐? 있어도 그놈의 벼락은 없는 놈의 지붕땅 모랭이만 친다는디, 흥."

영산댁의 말이었다. 두리네는,

"대적 놈들! 그놈들은 지 에미 지 애비도 없고 자식새끼도 없는 모엥이다. 늙은이, 어린것들도 의병질을 했단 말가. 무신 죄가 있다고 밤이슬 맞히고, 내사 마 몸이 짚동겉이 무거워서 운신을 못하겄다."

"몸이 무겁은 것은 고사허고 오금이 붙어서 떨어져야 일어서들 헐 것인디."

"나는 오줌이 누고 접어서 불두둑*이 터지는 것 겉소."

윗마을 오서방댁이 쫓아 나가며 말했다.

"빌어묵을, 추석은 꺼꾸로 쉤다. 내 온 전개(전에) 없이 오광대 온다고 난리 법석이더마는 우리 복에 구겡? 죽 묵던 창자에 개기 들어가믄 설사하기 매련이제."

"아따, 태펭한 소리들 하고 있네. 아, 그러씨, 사람이 죽어자빠지고 생때겉은 남정네들 줄웅박(조롱박) 엮듯이 엮어서 붙들어갔는데 오금이야 다리야 그런 소리 하게 됐나?"

누군가가 나무란다.

"될 대로 되라 카지. 나부댄다고 살며 머리빡 짓찧는다고 어디 죽던가? 마당쇠도 살라꼬 남 먼지 나부대다 죽었제. 살아 있으니 살았는갑다 싶은 기지 죽은 사람보다 우리가 나을 것 한 푼 없는 기라."

"하늘하고 땅하고 그만 딱 붙어부렀이믄 좋겠네. 무서리나는 세상, 뻬 빠지게 일해도 등 빠진 적삼에 보리죽인데 더 우짜라고, 그 몹쓸 놈들이 밤낮없이 저 지랄인고 모리겠다."

광대들이 맨 먼저 빠져나갔다. 노인과 아낙들은 절룩거리며 어린것의 팔을 잡아끌며 마을로 향해 간다. 장정들은 마당쇠의 시체를 떠메고 둑길로 올라서는데, 마당쇠의 아낙, 그의 자식들이 울며 발버둥을 치며 따라간다. 강가에는 끌려간 사람들의 친지들이 남아서 웅성거린다. 화개에 있는 사돈댁에 기별하러 간다고 뛰어가는 사람이 있고, 화심리 동생네 집에 알려야 한다며 때마침 온 나룻배에 허둥지둥 오르는 사람이 있다. 용이는 여전히 강만 바라보고 서 있었다. 실은 어젯밤 용이는 오광대 구경을 하려 하지 않았다. 방에서 영팔이와 함께 얘기를 하고 있었다. 얘기는 야무네가 영팔에게 귀띔해준 점아기의 의중(意中)에 관한 것이었다. 말하는 영팔이나 듣는 용이도 거짓말 같은 얘기라 했다.

"안 땐 굴뚝에 연기 날 리가 없고, 뜨물에도 아아 생긴다 카이. 만일에 그 말이 정말이라믄 용이 니는 우짤래? 니 생각은 우떻노 말이다."

"그러씨, 하도 생각지 않았던 말이 돼놔서……."

"그거는 나도 그렇다마는 홍이를 위해서 해롭은 이야기는 아닐 것 겉다."

"너무 과람하지……. 만일에 그렇기 된다믄 아아가 기는 좀 필 수 있을 것 겉네."

"그렇제? 나도 그런 생각이다."

영팔이는 고개를 끄덕끄덕했다.

"그렇지마는, 설령 말이 있었다 해도 그기 어디 쉬운 일이겄나."

"인연이란 모리는 기라. 인연이 있이믄, 생각해봐라. 뜬금없이 누가 들어도 깜짝 놀랄 그런 말이 와 귀에 들어오노 말이다. 그렇기만 된다믄 홍이를 위해서 아주 썩 잘되는 일이제.

첫째로 니 안사람이 관대로는 침노를 못할 기고, 점아기 그 아씨는 한동네서 커나는 것을 우리가 봤기 때문에 인품이사 속속들이 잘 아는 일이고, 그분의 딸이라믄 물어보나 마나."

용이 얼굴에는 어떤 희망 같은 것, 생기가 도는 것 같았다.

"양반이라 해서 그러는 기이 아니라."

용이는 묘하게 수줍은 표정을 짓다가 다시 딱딱하게 굳어진다.

"나를 닮아서 오기가 강한 놈이고…… 지 어미 일이,"
하다 만다. 평생 입 밖에 내지 않았던 말이다.

"말이 났으니 하는 말이지마는, 홍이가 너무 외롭다. 애비 눈 하나 없어지믄 붙일 곳이 있어야제. 명색이 어매라는 여자, 그기이 마목이라. 평생 지네곁이 들어붙어서, 아이 성미나 누긋하다 말가. 신세 조지지. 니가 장개보낼 생각을 안 하는 것도 내 다 알거마는. 처갓집이라도 든든해서 울타리가 돼준다믄, 그기이 젤 바라는 일 아니겠나? 온 세상에, 천하에 그런, 이번에도 홍이가 아배 줄라고 돈 삼십 원을,"
하다가 영팔이는 말끝을 맺지 않는다. 하나 마나의 얘기였기 때문이며 임이네 말만 나오면 흥분하기 때문이다. 용이도 들으나 마나 뻔한 얘기, 하는 투로 그냥 흘려버린다. 마침 연학이가 들어왔다.

"아재씨들은 구겡 안 가십니까?"

"다 늙기, 구겡은 무신,"

입맛을 다시며 용이는 담뱃대를 찾는다.

"다 늙기라니요? 모리시는 말씸입니다. 더 늙기 전에 구겡은 해두시야제요."

연학은 자리에 앉지도 않고 선 채 서둘듯이 말했다.

"글안해도 내가 구겡 가자 했더마는 아이들겉이 싱겁은 말 마라 감서 태박만 주네."

영팔이 일러바치듯, 웃는다.

"구겡하는 데 아아 어른이 어디 있십니까. 그러지 말고 일어나시이오."

"한분 가보기나 하자. 시들하믄 들어오더라 캐도."

"맞십니다. 들어오더라 캐도 가보기나 하시이소."

연학이는 전에 없이 집요하게 권한다. 용이는 담배를 붙여 물며,

"몸이 좀 고단해서 일찍 잘라 캤는데,"

"영팔이아재씨는 심심 안 하겠십니까? 동무 따라 강남도 간다 카는데 아니 먼 강가까지, 늙을수록 운신을 해야 몸에도 좋고,"

"그라믄 그래 보까?"

마지못해 일어섰던 것이다. 오광대라면, 그것은 쓰라린 기억이다. 시집갔다가 못 살고 돌아온 월선이와 처음으로 함께 지낸 밤, 그 밤은 오광대로 인한 것이었으며 끈질긴 인연의 시작이었다. 이십 년이 훨씬 지난 지금, 그리움도 미움도 다

떠나고 없는 빈터 같다고 믿어온 지금에도 용이는 그 일을 생각하는 것이 고통스러웠던 것이다. 장작불이 활활 타는 강가에는 나가고 싶지 않았던 것이다.

'그때는 겨울이었지. 초정월이었인께.'

옥색 저고리를 입고, 명주 수건으로 얼굴을 싼 월선의 모습이 강가로 향해 걷는 용이 눈앞에 뚜렷이 나타났었다.

'지금쯤 임자 무덤에는 찬 서리가 내렸일 기요.'

둥근 달이 능선을 떠나, 그 얼굴이 맑고 창백해져가고 있었다.

'임자를 그곳에 두고 온 것을 원망 마소. 요새는, 맴이 착하고 절개가 굳은 사람이 그곳에 묻히는 기요. 나는 이제 임자 보러 가기가 어렵겠지마는 홍이가 갈 기요. 임자나마 그곳에 있어야 홍이가 안 가겠소? 샐인자 계집의 아들이요, 또 무당 딸의 아들인 홍이가 이 바닥에서 무신 사람의 행세를 하고 살겠소. 가는 곳마다…… 흐우…… 임자도 그렇지. 안 그런가? 섧게 나서 섧게 크고 섧게 산 이 고장에 묻힐 이유가 없거든.'

그런 말을 속으로 중얼거리며 용이는 강가까지 왔었다. 오광대가 아니었어도 추석이면, 성묘 가는 길에서도 문득문득 생각나는 월선이었고 그의 무덤에 찬 서리가 내렸을 거라 속으로 중얼거리는 용이였다. 내키지 않았던 오광대 구경, 그러나 용이 구경하러 나오고 안 나오고, 그건 홍이가 잡혀간 것하고는 아무 상관이 없다. 홍이도 마찬가지다. 마을에 남았어도 잡혀가기는 마찬가지다.

"머를 우떡허든 손을 써봐야지 이래 있어 되겠나."

옆에서 영팔이 조바심을 낸다.

'판술이, 제술이 따라왔이믄 큰일 날 뻔 안 했나. 그 아아들은 만세운동 때 잽히가고 했이니 영락없이,'

마음속으로 안도의 숨을 쉰 자기 자신이 영팔은 부끄러웠던 것이다. 이 차중에 제 자식 걱정만 했다 싶어 양심에 가책을 느꼈기에 다시,

"이대로 있이믄 우짤 기고,"

발까지 구르며 또 조바심을 낸다.

"설마…… 한 일이 없는데 제 놈들이 우떻게 하기야 하겠나."

영팔이를 쳐다보고 이번에는 먼 산을 바라본다. 천수답에 삐뚜름하게 서 있는 허수아비는,

'살찐 돼지보다 죽지 뿌러진 한 마리의 송학(松鶴)이 초라한 것은 당연한 일이거니 용이가 초라하게 뵈는 것도 당연하고, 조선의 백성이 다 같이 초라해 뵈는 것도 당연한 일이로다. 살찐 돼지는 옹졸하고 볼품 없는 발톱에 편자를 끼우고 먹새 좋고 더러운 주둥이에 포문(砲門)을 물리면은 현인신(現人神)인들 아니 될까. 하여 유구한 문화에다 기원 이천육백 년의 대일본제국은 욱일승천(旭日昇天)이라, 우러러보게 훌륭한 것은 당연하고 당연한 일이로다. 송학의 뿌러진 죽지에서 썩는 냄새가 나고 한 발짝도 날지 못하는데 반만 년은 또 무엇인고? 야만

한 나라이며 미개한 백성이라, 허허어, 강물도 흘러가고 나뭇잎도 흔들리고, 물건도 제자리를 찾지 못하면은 구르는 법이거늘 똬리를 틀고서 총대 앞에서 산송장이, 아아— 그렇게 되지를 않으려거든 친일파가 되어야 하느니라. 대일본제국에 충성을 맹서해야 하느니라. 허기야 그것인들 뜻대론 아니 되지. 농부들 주제에 어디 빈 구멍이 있다고 고개를 쳐드누, 쯔쯔쯔…… 글 잘하고 문벌 좋고 돈 많은 놈들이나 들어갈 수 있는 구멍인 것을, 허허어. 변절(變節)의 기회마저 박탈당한 농부들아! 허나 그것은 하늘이 내린 그대들의 복이니라.'

사람을 보고 타이르는 것처럼 허수아비는 벼 두 섬 나기 어려운 천수답에 삐뚜름히 서서 백사장을 내려다보고 있다.

체면 불고하고 오광대 구경 나온 것부터 창피스러운 일인데 한밤의 고초를 겪고 풀렸으면 남 먼저 마을로 가야 했을 것을 점아기는 올케 산청댁만 보내고 남았다. 홍이 붙들려 간 것을 보고 그냥 발길을 돌릴 수 없었던 것이다. 남기는 남았으되 용이에게 위로의 말을 하는 것도 민망스러웠고,

'내 사람이 될라꼬 그런가, 왜 이리 가슴이 찡한지 모르겠구면.'

점아기는 마음속으로 중얼거리며 어정쩡한 자세로 서 있었던 것이다. 그 모습을 영팔이 보았다.

"어이구, 생원댁 아씨께서,"

그 말을 빌미 삼아 점아기는,

"걱정이야 되겠지만 설마 무슨 일이야 있겠소?"

하며 서둘러 말을 한다.

"예. 고, 고맙십니다, 무신 일이야,"

용이는 순간 얼굴에 생기를 떠올리며 허겁지겁 고개를 숙인다. 구세주라도 만난 것처럼. 허망하기 짝이 없는 착각인 것이다. 홍이의 혼인과 홍이 잡혀간 일과는 아무 상관이 없다. 점아기는 무슨 도술 쓰는 사람인가. 영팔이 눈을 꿈벅꿈벅한다.

"그래도 그놈들이 법대로 해야 말이지. 어젯밤 마당쇠가 그 꼴 당하는 걸 본께 머리끄뎅이를 하늘로 당그라매는 것겉이 아찔하더마."

봉기가 말참견을 하고 나선다. 새삼스럽게 사람들 낯빛이 달라진다.

"하기사 그 개새끼들! 사람들을 예배당에 가두어놓고 불을 질러 직이는 놈들인데,"

"흥, 왜놈우 새끼들만 개새끼 소 새끼던가? 제 백성을 닭우 새끼 모가지 비틀듯이 마구잡이로 직이도 왜놈들 밑에서 군수 자리 하나 얻으믄 옛적의 재상 자리 얻은 것맨치로, 이눔우 백성들 망해야 한다구. 의병질을 해도 고해바칠 일이 못 되는 거를 방 안에 앉아 멀쩡하게 밥 먹는 사람을 의병질했다고 고해바치는 이런 세상이믄은 망해도 홈싹 망해야 하는 기라. 내 이 소리 했다고 어느 놈이 또 고해바치서 붙잡아갈지 모리지마는 그까짓 독한 맘 한분 묵으믄 고만이다. 사람마다 한 분 죽지 두 분 죽지는 않은께, 하지마는 혼자 죽을 시레비 자석도 없일 기고, 물구신맨치로 함께 끌고 가지 그냥 가아?"

가래침을 돋우어 내뱉으며 말하는 사내는 윗마을의 오서방이었다. 의병질했다고 누군가의 밀고 때문에 읍내 경찰서로 붙들려간 일이 있는 오서방은 마을에서 독종으로 이름난 우가(禹家)를 밀고자로 지목했으나 주변에서 화 입을 것을 두려워하여 건드리지 말라 하는 바람에 분풀이를 못하다가 이게 기회다 싶었던지 으름장을 놓은 것인데, 당자인 우가는 입가에 냉소만 머금고 있었던 것이다.

"허허어, 그게 언제 일인데 나배*쌓는고, 주먹 쥐고 바우 치니께 내 손만 아프더란다. 그만하게."

그때 읍내서는 말발이 선다는 허주사에게 부탁하여 오서방을 경찰서에서 꺼내어 온 처남 끝봉이 제발 탈 없기를 바라듯 말했다. 그러나 오서방은 수염을 부들부들 떨면서,

"형니임! 그라믄 물어봅시다."

"물어보기는 멀 물어보노."

"우떤 놈이 주묵이고 우떤 놈이 바우란 말이오!"

"잔소리 말고 집에 가서 뜨거운 국물이나 끓이돌라 캐서 속이나 풀자."

"치믄 내 주묵만 아파야 하는 바우는 대체 우떤 놈이오! 그것부터 알고 넘어갑시다!"

"아아니, 자네 정히 이럴 기가?"

"그놈 직이고 내 죽으믄 고만 아니오! 더럽운 놈의 세상 살
믄 머할 기요?"

"아따아 어젯밤에 좀 그러지. 이불 밑서 활개치는 건가? 아
니믄 사또 간 뒤 나발 부는 긴가?"

저만큼 얼쩡거리던 우가가 들으란 듯 목청을 돋우어 말했
다.

"멋이?"

오서방은 끝봉이를 밀어젖히고 나서며 눈을 부릅뜬다. 이
때 연학이 모래밭으로 내려왔다.

"영에서 매 맞고 집에 와서 계집 친다 카더마는 와들 이러
요?"

연학의 말에는 권위가 있다. 최참판댁 일을 전적으로 맡아
보는 처지였으니까. 또 사람이 똑똑하고 일처리가 분명하다
는 말을 듣는 처지였으니까. 끝봉이는 슬며시 웃고 우가는 외
면을 했으며 오서방은 주먹을 쥐었을 뿐 입을 다물어버렸다.

"밤 새우며 고생을 하고도 심이 남아도는 것을 보이, 확실
히 금년은 흉년이 아닌갑소."

연학이는 매우 태연해 보였다.

"흉년이고 풍년이고 간에 십년감수했다."

봉기가 아첨스런 목소리로 말했다. 그 말 대꾸는 없이 용이
곁으로 간 연학이는,

"여기 이러고 기시믄 머합니까. 들어가입시다."

"홍이가 붙들리 안 갔나."

연학이 탓이기나 한 듯 영팔이 볼멘소리다.

"듣고 왔십니다. 별일 없을 긴께 들어가입시다."

영팔이, 용이한테도 연학의 말은 권위가 있다. 용이 연학이를 쳐다본다.

"씰데없는 말 할 홍이도 아닐 기고 며칠 고생이야 하겠지마는 나올 깁니다."

"정말 그렇겠나?"

되묻는 영팔의 얼굴에도 안도의 빛이 돈다. 언제 갔는지 점 아기는 가고 없었고 남아 있던 사람들도 한둘씩 빠져나가기 시작했다.

15장 인간으로서

"쿠소*! 새끼들! 탕탕탕 갈겨버릴까 부다! 정체는 고사하고 꼬리라도 잡혀야 말이지."

하사관 출신 나카노[中野] 준위, 그러니까 서희하고 얘기를 나눈 왜병정이 책상에 주먹질을 하며 신경질을 낸다.

"대일본제국의 총알까지 쓸 것 있습니까? 일본도는 허리에 차라고 있는 건 아니잖습니까, 준위님?"

목덜미까지 여드름 딱지가 따닥따닥 붙은 매부리코의 상등병 곤도[近藤]가 불난 집에 부채질하듯 힐끗 쳐다보며 말했다.

"건방진 소리 말아!"

"몽둥이질하는 것도 하루 이틀이요. 시들해졌습니다. 한두 놈 시험 삼아 해치울까요? 일본도 쓸 것까지도 없고, 총검이면 훌륭하지요. 전쟁 없는 요즘 같아서는 팔이 울어서, 사람 못 죽이는 군인은 두었다 뭐하겠습니까."

"뭐?"

농담이 아니었다. 곤도의 눈알이 번들거린다. 사람 죽이는 데는 동지요, 손발이 잘 맞는 처지인데 나카노 준위 얼굴에는 혐오하는 빛이 나타났다.

'저 새끼 얼굴은 피에 굶주린 야수 같다. 전쟁 때는 저런 놈을 최전방에 내세워야, 미친놈.'

담배를 꺼내 붙여 문다.

"이제는 먹혀들어가지도 않는 몽둥이질 더 하면 뭐합니까."

"이 새끼야! 재미로 몽둥이질하는 줄 아냐! 하긴 너같이 우둔한 놈은 몽둥이질, 칼질밖엔 못하지."

"준위님의 방법으로도 자백한 놈은 한 마리도 없었으니까요."

자백할 것도 없다는 것을 모르고 한 말은 아니다. 서로 까놓고 얘기를 하지 않았다 뿐이지 잡아온 열여섯 명 중에 혐의자는 한 사람도 없다는 것을 이들은 깨닫고 있는 것이다. 총대로, 몽둥이로 무자비하게 고문을 했었다. 단검을 목줄기에 들이대고 죽인다는 위협도 수차례 했었다. 나카노는 달래고 어르고 하는 방법을 쓰기도 했었다. 그러는 한편 혐의자들의 진술내용에 따라 신원조회를 하고 행적을 조사하고, 그러나 결과는 의문점을 남길 만한 것이 없었으며 폭도들과는 아무 상관이 없는 양민이라는 것이 판명되었는데도 불구하고 석방 은커녕 고문의 손길마저 늦추지 않는 이유는 헛장단을 치지 않았나 하는 의심에서 온 분통과 아무튼 뭣이든 실마리를 찾 아야겠다는 초조와 자신들의 오기와 체면문제 그런 것 때문 이겠는데, 천인이 공노할 이같은 횡포는 식민지의 백성의 숙 명이며 사회의 하층을 구성하는 농민이기 탓으로 더욱 자심 하게 당하지 않을 수 없었던 것이다.

헌병과 경찰의 앞잡이들을 통해서 들어온 정보에 의할 것 같으면 각기 내용에서 수효는 구구했으나 지리산에 의병이 있다는 것이며, 정보의 출처는 모두 지나가는 나그네라는 점 에서 공통성을 띠고 있었다. 처음에는 군에서 유언비어로 간 주하고 비웃었다.

"도둑놈이 몇 마리 있었겠지. 바보 천치 겁쟁이들이 강 건 너 달아난 게 언제라구. 의병? 배꼽 빠질 얘기, 조선놈의 새끼 들, 그만한 근기가 있다면 나라 빼앗기지도 않았다구."

그러나 비웃었다 하여, 유언비어로 간주했다 하여 불문에 부쳐버릴 그들은 아니었다. 은밀히 산속의 동정을 살피고 나무꾼 사냥꾼으로 변장한 밀정들을 산속에 투입했던 것이다. 만일의 경우를 생각한 처사였는데, 그러나 보고는 확실히 의병들이 있다는 것이었으며 근거지도 포착하기에 이르렀다. 군은 급거 나카노 준위를 파견했고, 나카노는 일 개 소대를 이끌고 근거지를 급습했던 것이다.

"달아났다!"

근거지로 지목한 동굴은 텅 비어 있었다. 그러나 당황하여 도망간 흔적이 역력했다.

"멀리 가진 못했다!"

모닥불 피운 자리에는 아직 불기가 남아 있었다. 한쪽에 굴러 있는 큰 사기에서 반쯤 쏟아진 보리밥도 따뜻했다.

"방금 도망쳤다! 굴 밖에 나가 수색해라!"

왜병들은 일제히 굴 밖으로 뛰어나갔다. 나카노는 동굴 주변을 수색하다가 그들의 도피로를 발견했던 것이다. 숨 가쁘게 추적, 도피하는 일군의 폭도를 육안으로 잡은 것은 화개 근방이었다. 화개에서 악양 쪽을 향해 달아나는 것을 본 나카노는 이제 그들은 독 안에 든 쥐라 생각했다. 그리고 평사리 마을을 포위한 것이었는데……. 나카노 준위는 사실 구경꾼들 속에서 열여섯 명의 장정을 색출하여 하동읍으로 나오는 순간 헛짚고 엮어가는 것이 아닌가 피뜩 그런 생각을 하긴 했었다. 하면서도 어째 그랬던지 오광대의 광대들을 염두에 떠올리지는 않았다.

"아무래도 뭔가 잘못된 것 같지 않습니까, 준위님?"

"……."

"상판을 보아도 그렇고 하는 짓거리, 눈깔을 보아도 돈뱌쿠쇼*, 똥이나 싸는 놈들 같습니다."

"무슨 소릴 하는 게야? 돈뱌쿠쇼, 똥이나 싸는 놈들이 바로 폭도들이란 말이야!"

버럭 소리를 지른다.

"니깟 놈의 신참이 뭘 안다구. 일본같이 칼 찬 무사들이 모반하는 줄 알았어? 여기선 모두가 돈뱌쿠쇼란 말이야! 상놈들이란 말이야! 동학란을 몰라?"

"모르겠는데요."

"소위 농민전쟁이라는 게고 재작년 삼월 폭동 때도 젤 많이 만세 부른 놈들이 바로 그 돈뱌쿠쇼란 말이다!"

"핫, 그, 그렇습니까."

그네들이 말하는 폭도, 혹은 난도들 토벌전에서 곤도 상등병이 신출내기인 것은 사실이다. 그는 3·1만세 후 투입된 병정 중 한 사람이며 나카노는 그 이전부터 의병들 소탕전에 참가해왔으므로 경험도 많고 노련한 축이다. 그리고 얼마간 조선말을 할 줄 알며 듣기로는 거의 다 가능했다.

'그럼 그놈들은 어디로 빠져나갔을까? 애초부터 우리가 포착한 것은 폭도들이 아니었단 말일까? 만일 그놈들이 귀신같이 빠져나갔다면 예삿일은 아니다.'

나카노는 담배를 비벼 끄고 군복 상의의 위쪽 단추를 하나를 끄른 뒤 펜을 집어 든다.

　　"뭐라 보고를 하나. 사건은 좌초다. 좌초란 말이야."

하며 실토를 한다.

　　"준위님."

　　흘끗 쳐다본다.

　　"준위님 말씀대로라면 제가 지목하고 있는 한 놈에 대해서는 손을 떼야겠습니다."

　　"뭐?"

　　"열여섯 명 중에 돈뱌쿠쇼 아닌 놈이 한 놈 있어서 말입니다."

　　"상판 밴드르르한 와카조* 말이냐?"

　　"넷! 계집 같으면 그냥 두겠습니까?"

　　"조회결과를 보면 진술과 다른 것이 없어. 빌어먹을……."

　　"눈깔이 이글이글 타는 것을 보면 그놈은 대일본제국을 증오하는 반역자에 틀림없을 것입니다."

　　"식자가 들었으니까 자존심 때문이겠지."

　　"조선놈의 새끼들한테도 자존심 같은 게 있습니까?"

　　나카노는 픽 웃는다. 웃다가,

　　"내 너한테 일러두겠는데 그놈 때리더라도 병신은 만들지 말어."

　　"그까짓 조선놈의 새끼 하나 죽인다고 누가 뭐래나요?"

"까불지 마. 종전하곤 달라."

"뭐가 다릅니까?"

"총독부 정책이 표면상으론 전과 달리 유화책이야."

"그런 것 우리 알 바 있습니까? 우린 군인입니다. 우리에겐 천황폐하의 명령이 있을 뿐입니다."

"너 상당히 건방지구나."

"핫! 죄송합니다. 하지만 제가 한 말은 평소 준위님 지론으로 알고 있습니다. 네!"

"이 새끼가! 누구 약 올리는 게야? 부글부글 끓는 판에, 혓바닥을 잘라버리기 전에 나가!"

"네! 곤도 상등병 물러나가겠습니다!"

경례를 붙이며 곤도가 나가버린 뒤 나카노 준위는 입맛을 다신다.

평지풍파를 일으키듯 지리산의 의병설이 어째 나돌았는가. 지리산에 의병 대부대가 있다는 것은 사실무근이며 대부대는 커녕 의병은 거의 없다는 것이 실정이다. 왕시(往時) 의병을 사칭했던 화적 떼들마저 그 그림자는 지금 희미해졌다. 화적 떼를 말할 것 같으면 일군과 내통하여 출병(出兵)의 구실을 만들어주기도 하고 조선독립군 토벌에 초롱도 들어주던 만주의 비적단만큼 이용가치가 큰 것은 아니었지만, 동학 이후 양민들을 괴롭힌 화적 떼도 일군에겐 그런 대로 이용가치는 있었던 것이다. 의병을 화적 떼로 몰아붙이는 점에서 그러했고 관

대하게 봐주는 척하면서 의병 치는 데 앞잡이로도 쓸 수 있었
던 것이다. 그러나 의병의 활동이 폐쇄되면서 화적 떼도 무대
를 잃게 되는 것은 자연스런 일, 그러니 산에는 화적 떼조차
그림자를 감추었다 보는 것이 정확하다. 김환의 조직은 의병
의 성격을 띤 것도 아니요 화적 떼는 물론 아니다. 그리고 무
기를 소지하고 있는 것도 아니며 어디까지나 화전민이요 숯
굽는 사람이요 사냥꾼일 뿐이다. 그렇다면 어찌하여 사실무
근의 의병설이 나돌았는가. 그 경위를 쫓아본다면 임실 지삼
만이가 장본인이다. 그는 왜헌병 왜경의 앞잡이들을 겨냥하
여 수하를 풀어 소위 유언비어를 퍼뜨린 것이다. 저의는 지리
산을 주목하라는 것이며 환이의 조직 한 모서리라도 부수어
버리자는 데 있었다. 실제 의병이 있었다면 지삼만은 그런 짓
을 하지는 않았을 것이다. 진주의 관수를 건드려보고 혜관을
건드려보고 하면서 신경전을 펴다가 김환에게 비수를 푹 찔
러보는, 그로서는 그런 심정의 계략이었다. 그러나 환이가 체
포될 것을 확신한 것은 아니었다. 대강의 경위가 그러한데 그
렇다면 밀정을 잠입시켰을 때 의병의 본거지와 그들이 떠난
흔적 같은 것은 무엇을 의미하는가. 말할 것도 없이 그것은
환이 쪽에서 미리 마련해놓은 계략의 일부분이었던 것이다.
말하자면 지삼만의 계략을 역이용한 셈이다. 그렇게 할 필요
가 있었던 것이다. 첫째는 본거지를 전혀 새로운 곳에다 가장
해놓고 왜병들의 손길이 산에 사는 사람들에게, 정확히는 환

이 조직에 미치지 못하게 함이요, 평사리로 빠져나간 것은 미리부터 연학과 연락이 되어 오광대를 대기시켜놨기 때문이다. 조막손이 손가가 탈꾼 속에 섞여 있었던 것은 조막손이 손가가 오광대와 깊은 유대를 가진 탓이다. 아무튼 오광대라는 비상구를 마련해놓고서, 오광대 놀이의 날짜는 추석을 전후하여 연학의 뜻대로 조정하게 돼 있었으니까 왜병정 습격에 때맞추면 될 일이었다. 그렇게 하여 평사리 쪽으로 유인한 뒤, 산청, 임실, 그 밖의 몇 곳에서 한두 사람, 많아야 세 사람씩, 관공서나 경찰서 그중 하나를 목표하여 방화를 하거나 아니면 순사, 그들의 앞잡이, 또는 친일파를 살해하는 계획을 짰던 것이다. 행동은 거의 일 대 일이지만 여러 곳에서 동시에 감행하는 데 주력을 두었다. 그러면 도주했다고 믿은 평사리의 사건은 환상으로 증발해버릴 것이며 각처에 일어난 사건도 동시성 때문에 효과가 큰 대신 하수인들은 재빨리 장사꾼, 객줏집 노름꾼, 대장장이 등 갖가지 생업을 가진 양민으로서 일상을 계속하면 되는 것이다. 이같이 완벽한 계획과 준비가 되었다 하더라도 예외가 있다는 것을 배제하지는 않았으나 한두 군데서 불상사가 있었다 하더라도 엮은 그물코가 보이지 않게 돼 있으므로 일이 확대될 염려는 없는 것이다. 특히 임실의 경우 그곳을 계획에 넣은 것은 지삼만에 대한 위협이었고 한 가지 작전으로 방어와 공세와 위협과 교란을 동시에 꾀하는 것인데 환이는 전과 달리 윤도집과 합의하에 면밀히 계획했고 실천에 옮긴 일이었다.

허술한 창고 같은 곳에 처넣어진 열여섯 명의 장정들은 연일 당하는 고문 때문에 초주검이 됐는데 그 위에다 극심한 굶주림이 이들을 괴롭혔다. 육신의 통증도 배고픔을 잊게 하지는 않았다. 의식이 몽롱하여 헛소리를 하고 깜짝깜짝 까무러치곤 하면서도 배고픔이 잊혀지지는 않았다. 인간이 인간에 의해 이렇게 무력해지는가, 홍이는 뼈에 사무치도록 그것을 깨달았다. 고문을 당할 때는 무엇이든 했노라 외치고 울부짖었다. 그러나 무엇을 어떻게 하였는가 모르는 데야 살이 찍혀나간들 별수 없는 일이었다. 한 덩이의 밥을 위해서라면 내일 죽고 말 얘기도 할 수 있었다. 그러나 죽고 말 그 얘기가 없는 데야 어쩔 것인가. 사흘이 지나고 나흘로 접어드는 날 열여섯 명의 장정들 거의 모두는 고문의 고통, 배고픔의 고통도 한 고비를 넘겼다. 이따금 죽는구나 하는 생각이 떠오르다간 그것도 자맥질하듯 흘러가버리고 짐짝같이 옴짝달싹을 못한다. 고문을 제일 많이 당하기론 홍이다. 처음엔 고분고분하지 않고 쓰는 말에 유식한 냄새가 난다 하여 남보다 많이 맞았고 다음은 얼굴 잘생긴 것이 매 하나 더 맞는 원인이 되었다. 육체적 고문뿐인가. 섬세한 감정에 결벽증인 홍이는 다른 누구보다 심하게 정신적 고문을 받았다. 여드름이 뚝뚝 불거지고 개기름이 흐르는 매부리코 곤도 상등병은 독사 같은 눈을 하고서 홍이의 변화하는 표정을 쳐다보며 상상할 수 없는 상소리, 더러운 얘기를 늘어놓으며 킥킥거리기도 했었다. 홍이의 여자관계를 캐묻는 등, 아비를 모욕하고 어미를 모욕했다. 침묵으로 대항하면 단검을 뽑아 덤벼들면서 남자의 그것을 자르겠다 했고 눈을 부릅뜨면 막대기로 눈을 후려쳤다. 처음엔 이빨이 부러질 만큼 부드득부드득 갈아젖혔지만 홍이는 육체뿐만 아니라 의식 자체가 무저항 상태로 떨어지는 것을 느꼈다. 곤도 상등병의 얼굴은 원수로 뵈지 않게 되었다. 친구도 원수도 아닌 그냥 얼굴이었을 뿐이며, 사람도 짐승도 아닌 그냥 얼굴이었을 뿐이며, 일본인 조선인도 아닌 그냥 얼굴이었을 뿐이며, 그 얼굴이 반공중에 떠 있는가 하면 홍이는 자신의 몸뚱이가 꺾어져서 공중에 떠 있는 것 같은 착각에 빠지곤했다. 착각은 번갈아서 얼굴이 되고 몸뚱어리가 되고, 얼굴이 되고 몸뚱어리가 되고 되풀이되면서 의식은 새벽녘의 별같이 사라져가는 것이었다. 밤인지 낮인지 홍이는 실눈을 떴다. 전등불이 빨간 명주실같이, 핏줄같이 시야에 들어온다.

"일어나랏! 이 새끼들아!"

굼벵이같이 조금씩들 꿈틀거렸다.

"밥 안 처먹을 테야!"

여기저기서 꾸물꾸물 쓰러질 듯하며 일어나 앉다가 다시 쓰러지곤 한다. 하루 주먹밥 한 덩어리였는데, 어제 하루 그리고 오늘 하루 이틀 동안은 그것마저 없었다.

"이 개새끼야!"

쓰러지는 사람에게 곤도가 발길질을 한다. 일등병 하나가 주먹밥이 든 바케쓰를 방 안으로 옮겨놓는다. 일등병은 묵묵히 주먹밥을 하나씩 집어 송장 꼴이 되어 밥을 보고 눈만 기이하게 희번덕거리는 혐의자들에게 건네준다. 소년티가 남아 있는 일등병은 기계적인 빠른 손놀림으로 주먹밥을 집어준다. 간바야시[神林]라 불린 일등병이 마침 홍이에게 주먹밥을 건네주려는 순간이었다.

"좀 기다려!"

"네?"

간바야시는 주먹밥을 손에 든 채 얼굴을 들고 곤도를 바라본다. 무표정한 얼굴이다. 소년티가 남아 있는 얼굴이 무표정하다면 그것은 힐난인 것이다. 출입문 쪽에 뒷짐을 지고 서 있는 곤도 얼굴에 야릇한 웃음이 지나간다.

"이 새끼야, 넌 이리 와!"

"누구 말입니까?"

간바야시는 분명히 아는 것 같은데 묻는다.

"누구긴? 계집 섞은 것 같은 그놈의 상판 말이다."

간바야시는 홍이에게,

"무조건 빌어요."

나직이 속삭인다. 홍이는 주먹밥을 받지 못하고 비틀거리며 일어서서 말뚝처럼 걷는다. 빨간 명주실 같고 핏줄 같았던 전등불이 차츰 안개같이 번져난다. 곤도의 얼굴이 보이지 않

았다. 자신도 안개 속을 헤쳐나가듯 안개 속에 묻혀버린 듯,
안개는 허리께까지 덮여오는 것 같다. 허리께에서 가슴까지
그리고 얼굴까지 숨통을 막아버릴 것만 같다. 구둣발 소리는
들렸다.

"잠가!"

곤도의 목소리도 들렸다. 쇠통 잠그는 소리, 그러니까 홍이
는 소위 임시감방 밖의 복도에 서 있는 셈이다.

"상등병님, 이자의 주먹밥은 어떻게 할까요."

"돼지에게나 주어라."

"넷! 알겠습니다."

다시 구둣발 소리, 그리고 멀어지는 소리.

"자, 그러면 아귀처럼 처먹는 저놈들 꼴이나 구경해라!"

홍이 뒤통수에 곤도 주먹이 날아왔다. 철창으로 막은 창문
에 홍이 이마빡이 부딪는다. 역시 눈앞에는 아무것도 보이질
않는다. 누르끼하고 불그리한 안개가 있었을 뿐이다. 다음은
캄캄한 어둠이다. 홍이는 복도에 나자빠졌고 까무러졌던 것
이다.

"이 새끼! 엄살이야?"

곤도는 구둣발로 짓밟는다.

"간바야시! 간바야시!"

"넷! 상등병님!"

간바야시는 날듯 달려왔다.

"찬물 한 바케쓰쯤 가져와 끼얹어!"

"넷!"

간바야시는 찬물을 가져와 홍이 얼굴에 끼얹는다.

"으음……."

신음과 함께 홍이는 두 손으로 얼굴을 가린다. 이런 극한 상황 속에서도 행불행은 있는 것일까. 다 먹는 밥 한 덩이를 혼자만 못 먹는 것은 불행이다. 남이 한 대 얻어맞을 때 두 대 세 대 얻어맞는 것도 불행은 불행이다. 조물주가 부여한 은혜, 남보다 뛰어난 용모로 말미암아 이렇게 철저히 보상을 해야 한다는 것은 참 이상하다.

"끌어들엿!"

"넷!"

간바야시는 홍이를 끌고 감방 안으로 들어간다. 곤도에게 등을 보이는 자세로 간바야시는 몸을 기울인다. 그러고는, 홍이 몸뚱이를 빙그르르 돌려서 엎어뜨린다. 문이 잠기고 발소리도 멀어지고 그리고 조용해졌다.

"보래, 보래."

함께 잡혀온 화개의 동태(東泰)라는 청년이 홍이를 흔든다. 그리고 홍이 배 밑에 깔려 납작해진 주먹밥을 꿍꿍거리며 꺼내어 홍이 손에 쥐여준다.

"일본 병정이 몰래 주고 간 거다."

"……."

"왜놈들 중에도 사람이 있기는 있는갑다."

찬물 가지러 갔을 때 간바야시는 품속에 주먹밥을 넣어 온 것이다. 간바야시 일등병은 결코 홍이에게 동정하여 그 밥덩 이를 가져왔던 것은 아니다. 그는 곤도를 증오했고 군대를 증 오했고 인간의 추악한 면을 혐오하며 분노했던 것이다. 그 는 애국심이 그런 추악한 것인 줄 몰랐다, 군대에 오기 전까 지는. 추악한 것을 감내해야 하는 것이 애국심이라면 그는 그 애국심에 침을 뱉어야 한다고 생각한 것이다. 남을 동정할 겨 를이 없었다. 그는 자기 자신에게 동정했다. 옳지 않은 것을 옳지 않다고 외쳐볼 수 없는 군대규율의 제물인 자기 자신을 동정한 것이다.

다음 날이었다. 갑자기 열두 명이 석방되었다. 나머지 네 명은 진주경찰서로 인계되었다. 경찰서로 인계된 네 명 중에 홍이도 끼어 있었다. 갑작스레 석방되고 경찰서로 옮기게 된 것은 엉뚱한 곳에서 사건이 확대된 때문이다. 임실에선 순사 가 한 명 살해되었고 산청에서는 경찰서에 방화사건이 발생 하였고 합천에서는 또 순사가 한 명 중상을 입었고, 엇비슷 한 사건이 동시에 여러 곳에서 발생했는데 모두 하동과는 먼 거리에서 일어난 사건들이다. 결국 잡혀온 사람들은 지리산 의 의병들과 관계가 없다는 것이 판명된 셈이다. 그럼에도 헌 병대에서는 체면상 그랬던지, 아직 의혹이 남아 있어서 그랬 던지, 네 명을 진주경찰서로 넘긴 것이다. 홍이 말고 사십 안

꽝으로 뵈는 장돌뱅이풍의, 과히 천해 뵈지 않는 전서방과 소목꾼이며 먹고 살 만하다는 삼십 대의 김가, 역시 그 나이 또래의 윤가, 윤가는 도시풍이 들어 뵈는 좀 날카로운 얼굴이었다. 자신의 직업에 대해선 애매하게 말끝을 흐렸으나 요릿집에서 일을 보아준다 하는 것으로 미루어 건달인 것 같다. 홍이와 마찬가지로 추석이라 하여 성묘차 왔다가 일을 당한 사람들이다. 진주경찰서에서는 그간의 사정을 다소 알았음인지 엄중히 취조하는 척했으나, 어딘지 형식적인 면이 있었다. 고문도 하지 않았고 물론 굶기는 일도 없었으며 사식도 허용했다. 석방되니만 못했으나 하동서의 생각을 한다면 살아난 기분이었고, 군의 체면을 세워주는 선에서 적당한 시기에 석방될 것을 취조하는 조선인 형사가 암암리에 비쳤다. 그 형사에겐 연학의 입김이 들어가 있었다. 물론 돈이었지만. 그리고 가족들이 진주로 나와 있다는 소식이며 썰렁한 일기에 알맞은 의복도 들어왔고.

"허 참, 팔자에 없는 호강하는구마. 집안이 결딴났일 긴데 진주까지 오기는 머하러 와."

꺼실꺼실 수염이 돋아난 전서방은 은근히 기쁘고 울먹여질 것도 같으면서 겉으론 화난 체했다. 그러구러 며칠이 지난 뒤 족제비같이 생긴 홍이 또래의 절도범이 유치장에 들어왔다.

"니는 여기 와 왔노."

전서방이 물어본다. 좋지 않은 눈길로 흘끗 쳐다본 족제비

상은,

"도둑질했다고."

"젊은 놈이 그래서 쓰나."

"했다는 것하고는 다른 기라요."

"머가."

"나는 도둑질 안 했인께."

"이놈 아아야, 그래도 이곳은 극락이다."

"뭐라 카요? 극락이라꼬요? 유치장을 극락이라 카는 사람은 처음 보겄소."

눈길이 좋지 않고 입술이 쫑긋 나온 족제비 상은 별난 소릴 다 듣는다는 듯 나온 입술을 더욱 쫑긋거린다.

"겪어보지 않았이믄 알 턱이 없제."

"흥, 유치장보다 더한 곳이 어디 있겄소. 말도 안 되는 소리요."

"어디 있겄소? 있지러. 가봐야 알겄나?"

"악담 마소. 여기도 죽겄는데 무신 그런 말을 하요."

"안 믿으니께 그렇지. 거긴 바로 생지옥이라. 옥사장이는 모두 뿔 달린 도깨비고, 하하핫……."

"어딘데 그려요?"

궁금해졌는지 묻는다.

"헌병대."

"아아."

족제비 상은 고개를 끄덕끄덕한다. 경찰서보다 그곳이 더 무섭다는 것쯤은 그도 아는 모양이다.

"무신 일을 했길래 거긴 붙들리 갔십니까?"

"무신 일로 갔는지 알기나 함사? 모른께 기가 차지."

김가의 말이었다.

"그런 일도 있십니까?"

"얼매든지 있는갑더마."

이번에는 윤가가 코웃음치며 말했다. 홍이만은 얘기 속에 끼어들지 않고 벙어리처럼 앉아 있었다.

"쳇! 머가 먼지 모리겄소."

"이눔 아아야, 니겉이 남우 것 훔치서 잡혀온 줄 아나? 억울한 사람 많다는 걸 니는 모리는갑다."

"난들 억울 안 하겄소? 남우 것 훔친 일이 없단 말이오!"

갑자기 생각이 난 듯 족제비 상은 화를 낸다.

"허허어, 그러믄 니도 와 붙잡히왔는지 모르겠고나."

세 사람은 낄낄 웃는데, 역시 홍이만은 웃지 않았다. 족제비 상은 당황하다 말고,

"그라믄 만세 부르다 들어왔소?"

"만세 얘기라믄 벌써 삼 년 전이다."

"그렇다믄,"

"팔자에 없는 의병이라네."

전서방은 벽에 기대며 이제는 말도 그만 하고 싶다는 표정

을 짓는다.

"하하아, 그런께로 의병질을 했구마요."

"의병질을 한 게 아니라 붙들어 간 헌병 놈이 나도 모리는 일을 가르쳐주데."

김가의 말이었고 전서방은 이제 족제비 상을 의식 밖으로 몰아낸 듯,

"사람이란 허약함서도 잊임이 헐한 물건인갑다."

김가보고 중얼거리듯 말한다.

"그런갑소."

"하동서 겪은 일도 꿈겉고 그런 일이 있었는가 싶은데, 그라고 며칠 전까지만 해도 여기라믄 얼매든지 견디겠다 싶더마는 며칠을 지내고 본께 답답하구마. 맴이 조급해지고."

"와 아니라요. 그래서 사람우 맘이란 조석 변동이라 안 합니까."

"또 그라고 처음에는 아무것도 생각이 안 나더마는 어제 오늘은 그 곤도란 놈의 얼굴이 떠올라서, 털어부릴라꼬 돌아눕기도 하는데, 사람이란 사세 여하에 따라 나빠지기도 하고 좋아지기도 한다 하더라만 악족이란 따로 맨들어놓은 거나 아닌가 싶은 생각이 든다."

"그놈은 구신도 잡아묵겄십디다."

"그놈들, 돈뱌쿠쇼! 돈뱌쿠쇼! 해쌓더마는,"

"돈뱌쿠쇼가 머요?"

252

족제비 상이 묻는다.

"나도 왜말은 모린께, 머 농사꾼이란 말인갑더마."

대답해놓고 전서방은,

"진주로 온 사람은 모두 뜨내기, 돈뱌쿠쇼 아닌 뜨내기들이란 말이다."

"이자부터는 사람 모이는 곳에는 가지 말아야겠소."

"자네 겉은 소목꾼이사 그렇기 할 수도 있겄지마는 나 겉은 장돌뱅이야 사람 모인 곳에 안 갈 수 없제."

"죽자니 청춘이 아깝고 살자니,"

윤가가 아까처럼 코웃음치며,

"그 말하는 거 본께 이자는 살 만한가 배."

"우선 배는 안 고픈께. 그는 그렇고, 아재씨."

"와."

"정말로 수천 수백의 의병이 산에 숨어 있었을까요?"

목소리를 낮추었다.

"수천 수백은 거짓말일 기다. 그러나 있긴 있었인께 그런께 우리를 잡아 안 왔겄나?"

"그건 그렇소."

"그 사람들 때문에 우리가 죽을 고생을 하기는 했다마는, 안 죽었인께 다행이고, 아무래도 그 사람들 축지법을 쓰는 모앵이라,"

"우째서요?"

"아 그러씨 생각해보라모. 우리가 당했인께. 개미 한 마리 기어나가겄더나? 그리하고도 잡아온 사람 중에 의병은 한 사람도 없었인께 하는 말 앙이가."

"듣고 보이,"

"그놈들도 깨달은 기라. 그 사람들 놓친 것이 분해가지고 우리한테 분풀이하니라고 그리 혹독하게 했일 기라."

"예. 그기이 틀림없겄소. 그렇다믄 앞으로도 자꾸자꾸 그런 일이 일어나겄지요?"

"그런 일 하는 사램이믄 목심 붙어 있는 날꺼지, 다 잡지 못하는 한 그런 일이야 있을 거로 봐야 할 기다."

"그런다고 우리가 독립을 하겄소?"

"이 사람아, 우리 당해봤인께 알겄제? 왜놈 밑에서는 못 산다. 다 항복하고 들어간다고 잘해줄 것 겉나? 아니지이,"

전서방의 목소리는 훨씬 더 낮았다.

"하여간에 머가 있기는 있는갑더라. 왜놈들도 너무 풀 세기 날뛰믄은 질잖아. 뿌러질라 카믄 막대기가 회초리보다 쉽게 뿌러진께로. 어이구 담배나 한 대 피워봤이믄 똑 좋겄는데,"

"말 타니께 마부 부리고 싶다 캅디다."

윤가의 핀잔이다.

"하하핫핫…… 배짱 편하게 웃기나 하지 머."

절도범으로 들어온 족제비 상은 풀이 죽어서 두 무릎에 머리를 처박듯 앉아 있었고 홍이는 여전히 벙어리같이 침묵만 지키고 있었다. 그러나 세 사람이 홍이에게 신경을 안 쓰는 것은 아니었다. 마음속으로 저러다가 사람 버리는 게 아닐까 걱정들을 하고 있었다.

"목을 쳐 죽일 놈,"

전서방은 벽에 등을 기댄다.

"오늘이 며칠이나 됐을까요?"

홍이 전서방을 갑자기 쳐다보며 입을 떼었다. 전서방은 얼른 몸을 일으키며,

"낼모레, 구월 아닐까?"

"아 우리가 잽히온 지 보름만 됐겠소? 구월에 들어섰을 기요."

김가의 말이다.

"하긴 보름은 넘었을 기구마. 구월 초여드레가 제삿날인데 그때꺼지 나가겠나?"

"참, 아재씨,"

김가는 무슨 생각이 났던지,

"최참판댁의 곱새 도령,"

"도령이 멋고? 삼십이 넘었을 긴데."

"아무튼 그 사람을 만냈소."

"자다가 봉창 뚜디리네. 별안간 곱새 도령은 또 뭣고? 곱새 도령이 의병질이라도 했나?"

윤가가 핀잔이다.

"생각이란 갑재기 떠오르는 일도 있인께. 평사리에 갔일 때는 그 일을 까매기겉이 잊어부리고 말을 못했거든."

"이제 생각하니 억울하구나. 참 그 성미 하나 좋다. 평생 살은 안 빠지겄네."

"반쪽이 된 사람보고 머라 카노."

갑자기 윤가는 킬킬대며 웃는다.

"어이구! 몽둥이 맞고 나자빠지면서 손등에 묻은 밥 뜯어묵던 일이 생각나네."

"누가!"

"누구라는 그 사람."

"지랄하네. 오줌을 질질 싸던 놈은 누군데 그래도 밖에 나가믄 의병으로 잡혀갔노라 기생 년들보고 자랑할 기라."

"아암, 하고말고. 공술이 그리 쉬운가?"

김가는 화제를 돌린다.

"아무튼 통영에서 딱 마주쳤는데, 곱새 도령을 말입니다."

"도령은 무슨 도령, 아이애비라 카는데 젊은 사람이 잊음이헐해 큰일이구마."

"하여튼 딱 마주쳤는데."

"만낸 기이 머가 그리 대단해서 뜸을 들이쌓소. 사람이 하늘 밑에 있는 이상 만내는 거는 당연하지."

"만낸 기이 대단하다 그 애기가 아니고,"

"자네가 그 사람을 우찌 알아서?"

"내가 열넷에 외지로 나갔는데 그거를 모리겠소?"

"그랬나?"

"한데 그 사람이 소목꾼이 됐습디다."

"머라꼬? 소목꾼이 됐다고?"

"야, 내 눈으로 봤인께요. 통영서…… 내가 이초시라는 사람한테 일을 배웠거든요. 지나가는 길에 들렀더마는 아 그러씨 그 댁에서 일을 하고 안 있십니까?"

"사람 팔자 참말로 기구하다."

음력으로 구월 초여드레는 지나갔고 십이일에 네 사람은 석방되었다. 경찰서 문 앞에는 연학이가 기다리고 서 있었다.

"고생했제?"

"뻔한 얘기 아닙니까?"

의외로 홍이는 침착하게 말하는 것이었다. 연학이는 그들의 가족이 묵고 있는 여관으로 세 사람을 데려다주고 홍이와 함께 영팔이 집을 향했다.

"그 사람들 뒷바라지를 연학이형님이 했군요."

"우짜겠노. 최참판댁에서 부른 오광대 구겡하다가 그리된 거를."

연학이 웃는다.

"그래, 골병은 안 들었나?"

"모르지요. 골병도 들긴 들었을 겁니다. 아버지는 어디 기시오?"

"영팔이아재 집에 기신다. 너거 어무니는 아무것도 모린께, 알믄 시끄럽거든. 아무튼 잘했다."

"뭐 말입니까."

"간도 갔었다는 얘기는 안 했는갑데?"

"그 얘기 했다가는 일이 간단치 않았겠지요."

"니 아부지가 함부로 말할 아이는 아니라 하시기는 하더라만."

홍이의 보조는 정확했다.

"연학이형님."

"응."

"앞뒤 재가면서 기어라 하면 기고 서라 하면 서고 눈물 흘리라 하면 흘리고……. 눈 부릅뜨다가 뺨대기 하나 더 맞는 것이 얼마나 바보짓인가 그걸 깨달았소."

"그래 그걸 깨달았이믄 좀 덜 억울할 기다. 잘난 말 몇 마디 하는 것, 그건 아무짝에도 못 쓴다. 바보 시늉, 미친 시늉 뭣이든 빠져나오는 게 젤이제. 싸움이란 그래야 이기는 법이거든. 감정 때문에 힘 빼는 것, 그것같이 어리석은 일은 없다, 앞으로 살아가자믄."

"벌써 나뭇잎이 누우렇소."

"누우렇다 뿐인가, 많이 떨어졌지."

16장 혼례

　이듬해 음력 이월달, 물대 위의 물바가지 얼어 터진다는 바람 많고 변덕 심한 달에 홍이와 점아기의 맏딸 보연의 혼삿날이 결정되었다.

　초하루부터 열아흐레까지 어항인 통영(統營)은 어느 지방보다 풍신제(風神祭)가 성행하는 곳이다. 고사는 상청님이 내려온다는 초하루, 상청님이 올라가고 중청님이 내려온다는 아흐레, 중청님이 올라가고 하청님이 내려온다는 열나흘, 그 어느 날이든 한 번 택하여 지내는 것이지만, 또 각기 고사 날이 일정하지 않기 때문에 약 이십 일간은 이 집에서 저 집으로, 저 집에서 이 집으로 계속하여 시루떡, 쑥떡, 좁쌀떡, 반달떡, 고사떡이 오가는 분주하고 흥겨운 달이기도 하다. 그리고 물대 바가지에 갈아 부을 정화수를 길으려고 밤새도록 명정골은 각시와 처녀들이 길을 메운다. 특히 달이 밝은 열나흘, 하청님이 내려오는 그 밤은 통영 바닥의 각시 처녀들이 다 명정골로 모여든다 하여도 과언은 아니다. 어떤 가뭄에도 물이 마르지 않는 명정골의 우물, 통영사람들의 식수를 대면서도 마르지 않는 우물은 옛날 충무공이 왜적을 무찌르기 위해 이곳 갯마을에 진을 쳤을 때 팠다는 전설이 있거니와 가히 동네 이름과 같이 명정(明井)인 것이다. 달 밝은 이월 열나흘의 밤, 농 밑에서 젤 좋은 옷을 꺼내 입고 단장도 아름답게, 비단 끈을 물린 새 따리와 물동이를 들고 명정골 우물가 명정골 동백나무 밑에 모여들어 밤을 지새우며 끼리끼리 만나서 노니는 젊은 여자들, 간혹 비녀를 빼 가고 옷고름에 찬 가락지를 끊어 가고 그런 일이 없는 것은 아니지만, 그러나 바람할만네는 변덕쟁이요, 심술쟁이요, 비위를 거슬려놓으면 바다에서 재앙이 온다. 고삿날엔 기(忌)하는 것이 많고 정화수를 길러 올 때는 상제보고 말을 해도 안 되고 인사도 아니한다. 그럼에도 이월은 봄날인가 싶었는데 밤사이 물대 위의 바가지가 얼어 터지곤 하는 것이다.

"하필이면 이월에 혼삿날을 받았을꼬?"

동문 안의 시외숙모의 마땅찮아하는 말이었다.

"걸맞잖는 혼사라서요."

점아기는 시외숙모의 기색을 살피며 조심스럽게 말했다.

"걸맞잖다고 서둘러?"

"보연이 성미도 그렇고…… 시아버지 될 사람이 몸도 성치 않아서,"

변명치고는 구차스럽다. 곱상스럽게 생긴 시외숙모는 점아기보다 서너 살은 위일까? 죽은 시어머니가 맏딸이었고 시외삼촌이 막내였으므로 조카와 외삼촌의 연령 차이가 적은데, 자연 안사람들도 그럴밖에 없다.

"걸맞지 않은 혼사는 안 하는 편이 낫지."

"……."

"이미 작정이 됐으니…… 부모가 알아 하겠으나 상것하고 혼인하는 것도 반갑잖은 일이거늘 어미 된 여자한테 좋잖은 얘기가 많더구먼."

"보연이가 어른 공경할 줄 모르는 아이라서요. 칠칠한 시어머니 밑에 살기가 어려울 것입니다. 당자 하나 보고,"

"자네도 좀 실없는 데가 있네. 당자 하나 본다지만 얼굴 반반하다는 그 얘기 아니냐? 그래 남자가 인물 뜯어먹고 산다던가?"

"……."

"외가에서 이러고저러고 해서도 안 되겠기에 입을 다물고 있었다만 바람결에 들려오는 얘기가 아주 고약하더군. 혼사란 원래 말 많은 것이긴 하지만 그것도 어느 정도, 듣고 버릴 말이 따로 있지. 생각해보게. 사돈이랍시고 상면하면 우리가 절을 해야겠나? 너무 흉측스런 소문이라, 나도 이런 말을 하네. 한 이웃에 살았으면 속속들이 잘 알고 있었을 터인데, 설마 몰랐다는 말은 못하겠지?"

"……."

"어찌 알고서 딸자식 줄 생각을 하였나. 나는 아직 자넬 그렇게 보지는 않았네."

"해천에 용 나더라고 당자만은 나무랄 데가 없습니다. 시아버지 될 사람도 말이 상사람이지 예절 바르고 염치 차릴 줄 알고 착한 사람입니다."

"하기야 뭐 내가 이런다고 혼사 물리겠나."

"숙모님, 보연이 혼사만은 너그러이 보아주십시오."

시외숙모 하씨(河氏)는 더 이상 쏘아대지는 않았지만 불쾌한
빛을 감추지는 않았다.

"그럼 나는 가겠네. 지금 같아서는 혼삿날 오고 싶지도 않
다만, 여기 돈 이십 원이다. 옷벌이나 장만해줄까 생각도 했
으나."

하씨는 전에 없이 심히 꾸짖은 편이었으나 생각 밖으로 후
한 부조금을 내놓은 것이다. 마루에서 내려선 하씨는 흐릿한
하늘을 올려다보며,

"자네로서는 개혼인데 하느님이 날씨 부조나 해주셨음 좋
겠다만,"

하고 시외숙모는 돌아갔다. 점아기는 이번 혼사를 성사하는
데 사면초가의 입장이었다. 딸자식에게는 도통 관심이 없는
남편 허윤균(許潤均)만이 보내고 나면 남의 자식인데 부인이
알아서 하라 했을 뿐이다. 그러나 다행한 것은 시가에서는 말
할 어른들이 없었고 시외가는 의사 표시는 할 수 있지만 결정
적으로 이래라저래라 할 처지는 아니었다. 그렇다 하더라도
점아기로선 시외가의 은덕을 입는 형편이고 보니 여간 괴로
운 것이 아니었다. 시집갈 당자 보연의 불만도 이만저만이 아
니었다.

"어머닌 저를 버린 자식으로 아시는가 봐요. 시집갈 곳이

없으면 중이 되면 그만 아니겠습니까?"

어제도 이불 꾸미는 데 도와주러 온 외사촌 시누이, 그러니까 시어머니 바로 동생의 소생인 김실댁(金室宅)을 보고 보연이 한 말이었다.

"우리 보연이 어디가 어때서 시집갈 곳이 없을꼬? 하긴 걱정은 걱정이구나. 명색이 의관의 집 딸자식인데 상것들하고 어떻게 어울릴지."

"시누님도 참, 우리 사는 것은 뭐 별다른 절도가 있습니까? 세상이 많이 달라져서 신학문한 사람이 요즘엔 큰소리친답니다."

손아래여서 그렇기도 하려니와 자신의 처지를 헤아리지 않고 하는 말이 얄미웠다. 남편은 의관 따위 벗어 던진 지가 옛날이며 주정꾼에다 노름꾼이요, 살기가 어려워서 자식들에겐 글 한 줄 가르쳐주지 못했고 음식솜씨 있다 하여 부잣집을 전전하면서 혼사 때 장사 때 환갑잔치 때 음식장만이나 하며 생계를 겨우 이어나가는 형편인데 싶었던 것이다.

"글쎄요, 세상이 달라지기는 많이 달라졌지요. 옛날 같으면 언감생심 될 법이나 한 일입니까? 앙혼(仰婚)이든 강혼(降婚)이든 못할 것도 없는 세상이긴 하지만 지체가 없다면 재물이라도 있어야지, 안 그래요, 올케?"

"재물이나 지체는 당자 하나 잘나면 따라오는 것 아니겠어요?"

"따라오는 거라구요?"

김실댁은 가소롭다는 듯 바늘에 실을 꿰다 말고 점아기를 쳐다보았다.

"문서에다 도장 찍고서 기다리시구려. 바라는 생각만으로 될 일이라면 세상에 상것 빈자(貧者)가 어디 있겠세요?"

"왕빈들 될 수 없겠습니까?"

보연이 되바라진 말을 한다.

"보연이 너 그 성미 때문에, 바로 그 성미 때문에 이번 혼사를 내가 결정한 게야. 아무리 타이르고 가르쳐도 너 언동엔 조심스러움이 없구나. 시집갈 규수가 어른 앞에서 그런 말버릇, 그러고도 법도에 엄한 시모 밑에서 지어미의 자리가 보존될 성싶으냐?"

점아기는 한탄스럽게 말하고 한숨을 내쉰다.

"그러면 어머님은 제가 소박당할 거다 그 말씀이세요?"

"아직 시집도 안 간 아이가 부끄럽지도 않느냐? 작은방에 가거라! 혼수 만지는 데 나앉는 것부터가 당돌하구나."

김실댁도 그 말에는 동감이던지 역성을 들고 나오진 않았다.

시외숙모가 가고 난 뒤 점아기는 마루에 걸터앉아 하느님이 날씨 부조나 해주셨음 좋겠다던 시외숙모의 말을 생각하는 것이었다. 마구 떠밀듯 혼사 날짜를 정하는 데까지 왔었건만 어쩐지 불안하다. 자신이 일을 잘못했다는 후회는 결코 아

264

니다. 주변에서 들쑤시듯 말이 많으면 많을수록 혼사를 깨서
는 안 된다는 결심이 굳어질 뿐이다. 그런데 왜 불안한가. 원
인은 홍이 쪽에 있다기보다 딸 보연이 쪽에 있는 성싶다. 웬
만히 남자가 너그럽지 않다면 보연이를 보아낼 것 같지가 않
다. 점아기는 불안을 밀어버리고 방으로 들어왔는데 아랫방
에서 딸들이 얘기하는 소리가 들려온다. 보연의 목소리가 젤
울린다. 동생들에게 역정을 내고 있는 눈치다.

　'사주도 세다고 하던데, 숙모님은 왜 날씨 걱정을 하셨을까?'

　털어버린 생각이 또 떠오른다. 떠오른 생각을 다시 털어버
리려고 점아기는 부친 김훈장 생각을 한다. 신분에 대하여 고
루하기론 시외가 쪽보다 부친이 더했으면 더했지 못하지는
않았다. 그러나 다른 점은 상민이라 하여 하시하거나 횡포하
지 않았다. 재물을 보기를 길바닥에 굴러 있는 개똥같이 보았
고 땀 흘려 농사짓는 생활에 자족했었다. 선비가 돈을 알게
되면 시정잡배와 다를 것이 없다는 생각은 그야말로 고루하
게 굳어버린 것이었다. 오히려 남편과 시외가의 사람들은 그
런 것에서는 트였다 할 수 있었다. 체면만 차리면서 굶어 죽
을 순 없다는 생각들이었다. 한데도 신분문제에서만은 권위
를 지켜야겠다는 생각에서가 아닌 습관, 상것들을 하시하고
횡포하게 다루는 습관을 버리려 하지는 않는다. 지체가 없다
면 재물이라도 있어야지 않겠는가 했던 김실댁의 말은 단적
으로 그들의 생리를 요약한 것이다. 시외삼촌의 경우도 돈 많

은 친구와 표면상으로는 동업이라지만 내막으론 수족 같은 존재로서 어장에 관여하고 또 윤선회사를 차린다는 말이 있는데 그런 만큼 재리(財理)에는 밝다 할 수 있을 것이다. 수족 같은 존재, 양반의 자존심은 버리면서 습관만은 쉽게 버리지 못하는 사람들, 점아기는 남편까지 그렇다는 생각은 아니한다. 오히려 재리에는 무능력한 사람이다. 돈을 길가 개똥 보듯 하지는 않았지만 선천이 무능력한 사람인 것이다.

한편 평사리에서는 옛날 용이가 살던 묵은 집터에 삼간 초가를 새로 지었다. 신부를 진주로 데려가지 않게 하기 위해서다. 마을 사람들이 품을 들어주었으며 목재는 산에서 베어 왔고 울타리는 싸리나무를 엮어서 치고 마을에서 거둔 짚으로 이엉을 만들어 지붕을 덮었다. 시골집이란 대개 그러했지만 목돈이 들기론 목수 품삯이었다.

"며느리보다 상전을 뫼시 오는 꼴인데 편찮아서 우짤라꼬 그러나."

"양반입네 하고 시가를 업수이여긴다면 그것도 어려운 일이라."

"딸은 치넣고 며느리는 아래서 데리온다 카는데 없는 살림, 별난 시어미 보고 살겠나?"

말들이 많았지만 아버지가 원한다면 하고 순순히 장가갈 것을 홍이가 동의한 후 용이도 거의 점아기와 같은 심정의 경로를 겪었다. 누가 뭐라건 떠밀듯 혼사 날짜를 정하는 데까지 왔는데 그로부터 불안을 느끼기 시작한 것이다.

'내가 잘한 짓이까?'

홍이를 두고 느끼는 불안이었다. 남들은 처녀 쪽을 두고서 얘기했었지만 뭐니 해도 부모만큼 자식을 아는 사람은 없는 것이다.

'성미가 별나니께 조금이라도 눌리는 기색이 있이믄 때리 부실라 안 칼까? 잽혀갔다 와서는 많이 변하기야 했지만 남들 같이 가숙 섬기고 살란가.'

괴로운 의문이었다. 자기 자신의 전철을 밟아서는 안 된다는 소망도 간절하였다.

'멀리 떠나보낼라 캤는데 우찌 일이 이렇기 됐이꼬?'

용이는 새로 지은 집 뜨락을 거닐다가 문득 그 생각을 하면 뭔지 모를 함정에 스스로 뛰어든 것 같은 기분이 드는 것이다.

'그거야 뭐, 제 가숙 데리고는 못 가나 머.'

진주의 영팔이도 같은 생각을 했던지,

"손주나 낳아서 한분 안아보고 그런 다음에 용정으로 보내 부리라."

묘하게 떨떠름한 표정을 지으며 말했었다. 임이네는 펄쩍 펄쩍 뛰었다. 그러나 다음에는 나자빠졌다.

"에미 모리는 혼사, 내 참니할 것도 없고 자식이고 서방이고 이자는 남 됐으니께."

염불 외듯 돈 문제가 생기기만 하면 장가 말을 꺼내던 임이

네였다. 혼사하는 마당에서 나자빠지듯 물러나 앉는 심산은
혼인 비용을 한 푼도 내지 않으려는 이외 아무것도 아닌 것이
다.

"참말이제 이서방 그리 볼 사람 아니네요."

복동네가 혀를 내둘렀다. 두리네가 맞장구를 친다.

"그러기 말이다. 안부모도 그러기 어렵지. 골골 앓아쌓더마
는 아들 장개 비용은 꽉 쥐고 있었던갑제?"

"봉채를 보냈다 카는데 아주 짭짤하더랍니다."

"벌써 봉채를 보내?"

"혼삿날이 며칠 남았건데요? 열이튿날인께 봉채가 이르지
도 않거마는,"

"음, 그렇구나. 지난번 사주단자 보낼 때도 패물이랑 빠진
것 없이 보냈다고 소문이 자자하더마는,"

"기 안 꺾일라고 그러기는 했일 기요마는 봉채함에 든 옷이
여섯 벌, 그것도 값진 비단이라 하니,"

"농사꾼이 염이나 낼 일인가?"

"포은이 져서 그랬을 기다. 어느 부모치고 맘이사 다 안 그
러까마는, 이서방 심정 알 만하지 제집이 일부종사 못하는 것
도 한이지마는 남자라꼬 안 그렇겄나? 심성 좋고 인물 좋고
남자답고, 그런데 우찌 제집 복이 그리 없었겄나,"

"그것도 팔자 아니겄소."

"그러나 이서방이 바라는 것맨치로 순조롭기 살란가?"

"그런 소리는 와 하노."

"우리끼리니께 하는 말 아니오? 임이네 전력을 생각하믄 양반 사돈, 너무 칭아가 진단 말이오."

"시에미 보고 하는 혼산가? 옛날에도 임금님 딸이 거지한테 시집갔다는 말이 안 있더나. 바보온달이 말이다. 홍이 그 아아사 바보는커녕 일등 신랑감이제."

"김훈장댁에서 들었는데 신부 될 처니도 인물이 좋다 캅디다."

"지체는 달라도 인물은 거의방해야 살제."

"이자는 친영만 남았고나."

마을 아낙들의 입방아에서 짐작할 수 있지만 용이는 아닌 게 아니라 세심하게 혼사를 진행시켜왔던 것이다. 상대가 양반이라는 것을 염두에 두지 않을 수 없었을 것이다. 납채(納采)에서부터 봉채(封采)에 이르기까지 붓글씨며 격식이며 소홀함이 없도록, 허물 잡힐 일이 없도록, 장차 홀로 남을 아들을 위해 든든한 처가 울타리를 바라는 마음, 성의를 다하여 상대방의 마음을 흡족하게 하려는 의도이기도 했을 것이다.

이월 열하룻날, 늦은 아침을 먹을 시각쯤 드디어 홍이는 친영(親迎)길을 떠나려고 말에 오른다. 통영까지는 당일에 갈 수 없었으므로 남해로 돌아나가서 그곳에서 하룻밤 중방에 들었다가 내일 아침 뱃길로 통영에 갈 것이다.

"어이구, 신랑이 나이 들어서, 제법 의젓하구마."

봉기가 소리쳤다.

"신랑 조옹다! 월궁의 선녀라도 맨발 벗고 따라오겠고나."

바우의 격려하는 말이었다.

"대접이 미흡하믄 이미 내 사람은 됐겠다, 내던져놓고 오는 기다!"

제각기 한마디씩 던질 때마다 상객을 따라나선 영팔이 벌죽벌죽 웃는다. 역시 상객을 수행하게 된 진주의 석이도 빙그레 웃곤 한다. 석이네, 판술네, 야무네도 사람들 속에서 발돋움하며 떠나는 홍이를 보려고 애를 쓴다. 홍이는 의젓했던 게 아니다. 무표정했다. 용이도 긴장한 나머지 무표정했다.

"소동* 가는 저눔 아이는 누고오?"

마을 아낙이 묻는다.

"김서방 맏손자 앙이가. 소동 갈라꼬 옴서 데리고 왔단다."

야무네의 대답이었다.

"너무 어리다. 오줌 싸고 똥 싸믄 우짜노?"

"다섯 살인데 오줌을 와 싸노."

마을 사람들은 동구 밖까지 따라나왔다.

"신랑! 첫날밤에 신부 길 자알 딜이야 한다!"

들에서 봄갈이하던 사람들도 일손을 멈추고 격려하는 고함을 질렀다. 말등에서 흔들리며 홍이는 하늘과 산과 강물을 바라본다. 하늘과 산과 강물같이 홍이는 진정 무심하다. 별난 것도 없고 별나게 살아서도 안 될 것이며 두드러지게 보여도 안 될 것이다. 세상은 살아가기 힘든 곳이지만 쉽게 살 수 없는 곳도 아닐 것이다. 뜨겁게 살 수 없다 하여 차갑게 살아야 한다는 법도 없는 것이다. 사랑할 수 없다고 미움으로 살아도 아니 될 것이다. 그러면은 지아비도 될 수 있는 것이요 아이 아비도 될 수 있을 것이 아닌가. 얼굴들은 낡았고 살가죽은 헐거운데 진솔 옷에 새 신발, 영팔이는 남의 통영갓까지 빌려 쓰고 두 활개를 저으며 간다. 지아비가 되고 아이 아비가 되고 그리고 아이 할아배가 되고 버둥거리고 나부대어도 결국은 저 산천과 다를 것이 없을 것을. 헌병대서 고초를 겪고 경찰서 마룻바닥에서 홍이 얻은 결론은 각박하게 살아서는 안 되겠다는 것이었다. 혼인을 승낙한 것도 그 생각 때문인지 모른다.

남해서 하룻밤 중방에 들었다가 아침 일찍 일행은 배편으로 통영을 향해 떠났다.

배가 뭍에서 떠나자마자 바람이 거실거실 일기 시작했다. 영팔이 눈이 하늘을 힐끗 쳐다본다. 구름 흘러가는 곳이 심상치가 않다.

'제발 초례가 끝날 때꺼지…….'

배가 나울을 타기 시작한다. 석이 얼굴빛도 흐려진다. 용이는 배 바닥만 내려다보고 앉아 있었다. 바람은 점점 거세지고 물결은 드세어간다. 뱃멀미를 하는지 바다가 무서웠던지 아이가 운다. 영팔이는 타독타독 아이 등을 두드리며 달랠 뿐 날씨에 대하여 말하지 않는다. 아무도 날씨에 대하여 말하지 않았다. 통영에 당도했을 때 바람은 한층 기승을 부렸다. 빗방울이 떨어지진 않았지만 방금이라도 떨어질 듯 하늘은 짙은 잿빛, 찌푸리고 있었다. 하루 먼저 떠났던 연학이 말을 준비해놓고 갯가에서 기다리고 있었다. 근심과 뱃멀미로 노랗게 된 용이 얼굴에 연학을 보는 순간 다소 안도하는 빛이 떠오른다. 연학이 역시 날씨에 관한 이야기는 하지 않았다. 홍이 아래위를 훑어보며 싱긋이 웃는다. 사모관대에 목화(木靴)를 신은 홍이는 잠시 눈길을 떨어뜨린다. 그러고 나서 말에 올랐다. 연학이는,

"수고 많십니다. 욕봤지요."

하면서 석이 안고 있는 정식이를 받아 안는다. 용이는 우울하게 뒤따르고 영팔이는 숨어보듯 하늘을 올려다본다.

'빌어묵을 날씨는 와 이리 지랄이지? 용이 속이 얼매나 끓달겄노. 빌어묵을, 에미 년이 별난께로 아들 장개가는 날도 이 모앵이다.'

신랑 일행은 바람 소리에 쫓기듯 걸음을 빨리한다. 간창골을 지나 서문고개를 오르는 길은 가파롭다.

'바람은 불더라 캐도 제발 비는 오지 말아라.'

용이는 속으로 중얼거렸고 영팔이는 계속하여 마음속으로 임이네를 향해 욕지거리를 하며 걷는다. 혼인잔치에 참여하는 것을 꺼리면서도 신랑이 평사리를 떠나올 때까지 코빼기도 보이지 않는 임이네에 대한 미움이 부글부글 끓어오른

다. 잘못한 거는 조상 탓이라 카더마는 잘못된 일만 있이믄 와 나를 들먹이노! 내가 동네 북가아! 하는 임이네 음성이 들려오는 것도 같다. 내가 바람 부라고 빌었나! 비 오라고 빌었나! 생모를 박대하는 놈들! 하누님이 벌을 내리신 기지! 내가 안 가고 접어서 안 가건데? 생피겉이 싫어하고 안 왔이믄 좋겄다 생각는데 내가 미쳤다고 가아? 쓸개도 창지도 없는 년인 줄 알았던가? 하는 목소리도 귓가에 쟁쟁 울려온다. 딴은 그렇다. 속셈이야 어떻든 표면으론 임이네 말에 타당성이 있다. 그렇게 타당성 있게 자신을 은폐하는 데는 가히 천재적인 여자였으니까. 석이네, 판술네가 혼사를 치르려고 평사리에 왔고 두만네도 오겠다는 기별을 해왔다. 영팔이는 진작 왔기 때문에 뒤이어 온 판술네에게 물었다.

"임이네는 안 온다 카더나?"

"어디 오겄소?"

"가기는 가봤나."

"야."

"뭐라 카더노."

"머 밤낮 하는 그 얘기 아니오. 죽다 깨난다고 변할 사람이오?"

"와가지고 조신스리 있다믄 누가 머라 칼 기라고, 돈 아깝아 그렇지. 잘 묵고 잘 살라 캐라."

"이녁은 무신 전생에 임이네하고 척이 졌는갑소."

273

"아, 그라믄 합이 안 맞아 그렇지 그 제집이 나쁘잖다 그 말이가?"

"나쁘잖다는 기이 앙이고 남의 일에 펄펄 뛴께 하는 말 앙이요. 제 식구들보다 더하다 카이."

"시끄럽다! 용이는 내 친동기간이라 캐도 과언 아니고 홍이는 내 조카,"

하다 말고 영팔이는 울상을 지었다.

신부 집 앞에, 동네서 새집이라 이르는 허윤균의 집 앞에 신랑 일행은 당도했다. 잠시 동안 숨을 들이켜고 나서 홍이는 문간에 깔아놓은 노적(露積) 섬을 밟고 들어선다. 연학이 안고 온 아이를 들여보내고 용이와 영팔이 들어간다. 연학은 잔칫집에 구경 온 사람같이 문밖에서 얼씬거린다. 신랑을 맞이하는 주혼자(主婚者)는 수염과 눈썹이 새까만, 마치 관운장과 같아 보이는 중년이었다. 그는 홍이를 향해 세 번 읍하고 초례청으로 안내해 간다. 초례청은 마당에 쳐놓은 차일 안에 마련돼 있었다. 예탁(禮卓)을 중심하여 서편과 동편에 병풍을 둘러놨고, 차일이 바람에 펄럭인다. 단단하게 돌을 달아서 쳐놓은 차일인데 연신 펄럭인다. 바람은 한층 속력을 내는 모양이다. 바다 쪽에서 짐승울음 같은 바람 소리가 울려온다. 바람 탓이리라. 혼가에 사람들은 많아서 붐비는데 소리가 없다. 말소리가 도통 없다. 신랑이 들어서도 설레는 기색이 없다. 긴장이 팽팽하게 넘치는 것만 같다.

"신부 추울—."

바닥에는 화문석이 깔려 있었다. 예탁에는 솔과 대를 꽂은 호리병 두 개와 밤, 대추, 쌀, 술병과 술잔이 놓여 있었다. 그리고 머리와 꼬리만 내놓고 비단 보자기에 싼 장닭 한 마리가 있었다. 홍이는 장닭의 눈알을 쳐다보았다. 그리고 그 맞은편에 신부가 서 있었다. 다홍에 수가 현란한 활옷에 원삼을 끼고 족두리를 쓴 신부의 입술이 추위 때문에 파아랬다. 홍이는 비로소 자신이 떨고 있는 것을 깨닫는다. 그리고 홍이는 강물에 흘려보낸 꽃신 생각을 했다. 장이에게 주려고 산 꽃신, 그 꽃신은 어디로 흘러갔는가.

신부 곁에 얼굴이 두리넓적한 수모(手母)가 서 있었다. 홍이는 흘려보낸 꽃신 생각을 하며 전안(奠雁)의 절차를 따라 기러기 한 쌍 앞에서 진삼배(進三拜)를 하고 퇴삼배(退三拜)를 했다. 수모가 나무 기러기를 신부 앞에 가져다 놓는다. 후두둑 빗방울이 떨어진다. 마당에 모여 섰던 사람들이 일제히 얼굴을 쳐들고 하늘을 우러러본다. 혼인날의 비는 불길의 징조다. 후두둑! 빗방울 소리, 잦아지고 많아지는 빗방울 소리, 그러나 상견례(相見禮)는 시작된다. 비단에 싸놓은 닭이 푸드덕거렸다. 마치 쌀을 쪼아 먹으려는 듯 주둥이를 내민다. 수모의 도움을 받아가면서 신부는 신랑을 향해 큰절을 두 번 한다. 홍이는 다시 꽃신은 어디로 흘러갔을까 하고 생각한다. 홍이가 답례를 아니하는 것을 본 안부(雁夫)가 낮은 소리로,

"답례하시오."

홍이는 답례의 큰절을 한 번 한다. 그리고 신부 신랑은 자리에 앉는다. 빗방울은 빗줄기로 변했다. 청실홍실을 늘어뜨린 술잔에 술을 부어 수모가 신랑 앞으로 가져온다. 술잔을 신랑 입술에 잠시 대었다가 떼고 술은 땅에 버린다. 수모는 다시 신랑 편에서 술을 부어 신부에게 가져가서 꼭 같은 동작을 되풀이한다. 교배잔(交拜盞)을 세 번 나눈 다음 신부는 재배하고 신랑은 일배한다. 그리고 상견례는 끝이 났다. 비단 보자기에 싸인 닭이 또 푸드덕거린다. 빗줄기는 장대비로 변했고 뇌성벽력이다. 하느님은 이들을 위해 날씨 부조를 아니한 것이다.

남편과 함께 신랑 신부의 절을 받는 점아기의 입술은 먹빛이었다. 갑자기 내려간 일기와 찬비 때문이라고만 할 수 없다. 애써 충격을 감추려 했으나 먹빛이 된 입술은 때때로 경련을 일으키는 것이었다.

'명천의 하느님네, 어찌하여 이렇게 사나운 날씨를 주십니까. 못할 혼사를 내가 치른 것입니까.'

그러나 허윤균은 태연했다. 날씨 따위는 아예 마음에 끼지도 않는 눈치다. 그는 별로 기대하지도 않았던 사위가 뜻밖에 훤칠하고 귀골로 뵈며 행동거지가 매우 침착한 것이 마음에 들었다. 조용한 방 안과는 달리 밖에서는 비바람 못지않게 난리가 났다. 소리를 죽인 난리요 쉬쉬하면서.

"이 일을 우짜믄 좋을꼬? 초례청에서 멀쩡했던 닭이 죽다
니."

김실댁이 젖은 옷을 털며 말했다. 드난꾼들은 비설거지와
혼례식의 뒷수습을 하노라 빗속을 뛰어다니면서도,

"참말 별일이제?"

"그러기 말이다."

"닭이 죽다니, 창대 겉은 비만 와도 좋잖은 긴데 닭까지 죽
어부리니 무슨 변괼꼬?"

"징조가 안 좋아도 이만저만? 신랑 팔자가 센지 신부 팔자
가 센지, 그 좋은 신랑을 얻었는데 무신 날벼락일꼬?"

"이 댁 마님은 아직 모르제?"

"이 댁 외숙모님이 암 말 말라 하기는 하더라만 모리고 지
날 일이 따로 있지."

이 구석 저 구석에는 수군거리는 소리가 빗소리에 묻히고
바람 소리에 날리고.

하씨(河氏)는 김실댁이 내주는 우산을 쓰고 나간다.

"숙모님."

"왜."

"이 창대비를 맞고 어찌 가실라고 이럽니까."

"복통이 터져서 어디 더 있겠나."

"하누님이 하시는 일을 어찌겠습니까."

"계집이 요망하면 솥뚜껑을 깬다더니, 이럴 줄 알았으면 한

사코 내가 말리는 긴데,"

"노성벽력 하늘이 말렸건만 이제는 할 수 없는 일 아니겠습니까."

"들어가거라."

"지도 가슴이 벌렁벌렁 뛰어서 부엌에 있을 수가 없습니다."

"쯔쯧쯔…… 어째 초례청 닭까지 죽는단 말이냐. 딸자식 하나 신세 버리는 것도 것이려니와 집안에 흉사 생길까 무섭다."

"왜 아니겠습니까."

"맘이 씌어 그랬던지 하느님보고 날씨 부조나 해주시라 했는데 참, 지내고 보니 방정맞은 말이었던 것 같다."

"그거야 뭐 좋은 날씨 줍시사고 빈 것 아니겠습니까."

"어서 들어가 보아라. 상객 온 사람들 굶겨서 앉혀놓을 수는 없는 일 아니냐? 네가 두량해야지, 집안이 뒤죽박죽이다."
하고서 하씨는 우산으로 몸을 가리며 장대비 속으로 간다. 발아래선 물보라가 일어 뿌옇게 보였다.

비는 해가 질 시각쯤 해서 멎었다.

신방에 촛불이 켜지고 신랑이 들었는데 불길한 여러 가지 징조에 공포심을 느꼈음인지 문구멍을 뚫고 신방을 들여다보는 사람은 아무도 없었다. 집안사람들도 비가 걷히는 것을 보자 황황히 떠나버렸고 드난꾼 두세 사람이 남아서 집 안은 갑자기 빈집처럼 조용해졌다. 상객 방도 조용했고 허윤균 부부의 방도 조용했고 두 딸은 부엌에서 떡국이 끓고 있는, 아궁이의 불길만 바라보고 있었다. 혼가가 아니라 마치 상가 같았다. 밤은 그러나 깊어져서, 활옷에 원삼 족두리를 쓴 채 정좌하고 앉았던 신부가 발이 아팠던지 꼼지락거렸다. 보연이는 날씨 때문에 혼이 빠진 것 같았고 신랑이 너무 잘생기고 의젓하여 완전히 기가 눌리고 만 것 같았다. 그리고 돌부처처럼 말없이 앉아 촛불만 쳐다보고 있는 신랑 옆모습에 불안을 느끼기 시작한다. 소박을 당하지 않을까 하는 두려움이 치밀어 올랐다.

첫닭이 울었다. 그때 비로소 홍이는 제정신이 든 것처럼 신부 곁으로 다가앉으며 족두리를 벗긴다. 큰 비녀를 뽑아준다. 곱게 땋은 머리채가 뱀같이 어깨 위로 미끄러진다. 활옷을 벗기고 원삼도 벗겨준다.

"천둥소리에 놀랬겠구먼."

처음으로 홍이는 입을 열었다.

"아니옵니다."

역시 방자한 성품이다. 홍이 얼굴을 찌푸린다. 잠자코 고개를 숙일 줄 알았다.

"천둥소리에 놀라지 않았다 말이오?"

"예."

"하 참, 나는 놀랬는데 여자는 놀라지 않았다?"

실수를 깨달았는지,

279

"너무 긴장이 되어 그랬나 봅니다."

그러나 그 말은 실수를 만회하지는 못했다. 홍이는 다시 눈살을 찌푸린다. 그러나 참고 홍치마 연두 저고리를 벗겨준다. 하얀 소복이 나타났다. 홍이는 마음속으로 용모는 괜찮다는 생각을 한다. 소복의 보연이는 매우 아름다웠던 것이다.

"신부."

"예."

"어찌 나 겉은 상놈한테 시집올 생각을 했소?"

"부모님 뜻에 따랐습니다."

"하긴 그랬을 테지……. 그리고 나는 상놈일 뿐만 아니라 집안이 기찹은데(가난한데) 가서 살 수 있겠소?"

"기찹은데 어찌 예물은 그렇게 흡족하게 보내셨습니까?"

이번에는 눈살을 찌푸리지 않고 보연이를 빤히 쳐다본다. 그러고 나서 어이없다는 듯 픽 웃는다.

"집안 기찹은 것 말고 또 있소. 시모 될 사람의 얘기는 들었겠지요?"

보연이는 그 말 대꾸는 하지 않는다. 홍이는 뭐라 말을 하려다 생각을 고쳐먹는 눈치다.

"밤도 저물었고 자리에 드시오."

"아니옵니다. 어머님이 앉아 새우라 하셨습니다."

홍이는 또 픽 웃는다. 그 말은 귀여웠고 사랑스런 것 같았다.

"그럼 나 혼자 자야겠구면."

촛불을 불어 끄고 어둠 속에서 옷을 벗어 던진 홍이는 이불 속으로 기어든다. 반듯하게 누워서 캄캄해 보이지 않는 천장을 바라본다. 전신이 쑤실 만큼 피곤했으나 잠은 좀체 올 것 같지가 않았다. 아버지의 누리팅팅하게 부은 듯한 얼굴이 눈앞에 떠오른다. 아비가 무엇을 소망하였는가, 홍이는 갑자기 목이 메이는 것을 느낀다. 혼인날 첫날밤이 이렇게 쓸쓸하고 서러운 것은 비 탓이 아니다. 바람 탓이 아니다. 신부 탓도 아니다. 막연한 앞날 탓인지 모른다. 닭이 두 번째 운다. 빗소리, 바람 소리, 천둥소리, 거짓말같이 사방은 조용하다, 무덤같이 조용하다.

눈길을 천장에서 떼었다. 소복이 어둠 속에 떠오른 것같이 보인다. 순간 여자관계를 캐묻던 곤도의 여드름투성이 매부리코의 얼굴이 눈앞을 지나간다. 분노의 감정이 나울을 타고 온다. 피가 끓어오르는 것 같다.

홍이는 화다닥 몸을 일으켰다.

"오늘 밤은 내 맘대로다."

소복의 보연이를 낚아채며 이불 속으로 끌어들인다. 그러나 끓어오르는 감정과는 달리 홍이는 보연을 거칠게 다루지는 않았다.

영롱하게 아침은 밝아온다. 새벽 참으로 떡국이 들어왔다.

"저기, 떡국 잡수셔요."

"음, 음?"

홍이는 머리를 들다 말고 보연을 바라본다. 보연이 빙긋이 웃으며 얼굴을 숙인다. 홍이는 속적삼 섶을 모으며 상 앞에 보연과 마주 앉는다.

"일찍 떠나야 하는데,"

혼잣말처럼 중얼거린다.

"하루 만에 갈 수 있습니까?"

"일찍 떠나면 저녁에는 도착한다 하더구먼."

"그러면 오실 때는 어째 중방에 드셨습니까?"

"어두운 곳에서 초례를 할 수 있소?"

친절하게, 비교적 친절하게.

"어두워했었더라면 날씨는 갰었을 텐데……."

옴속옴속 떡국을 떠먹는다. 홍이는 좀 안됐다는 생각을 한다. 여자는 자신의 운명에 대하여 필사적인 것이 있는 것 같은데 초례청에서 강물에 흘려보낸 꽃신 생각을 했던 자기 자신.

"날이 궂으면 좋지 않다는 것 그건 다 미신이오."

해가 떠오르기가 바쁘게 집 안은 떠날 준비 때문에 떠들썩했다. 비로소 혼인 집같이 웅성거렸다. 불길한 여러 가지 징조 때문에 상가 같았던 집 안에, 신부의 확 트인 얼굴은 생기를 몰고왔다. 신부가 떠나는 것을 구경하러 온 마을 아낙들은 뒤늦은 감은 있으나 신랑 인물을 침이 마르도록 칭송하는 것이었다.

"새집 처녀는 빤 적삼만 갈아입어도 서문 고개가 훤하다 했
는데 신랑 인물에 비하면 역부족이다. 우짜든 저리도 인물이
좋을꼬?"

"옥골선풍이란 저런 사람을 두고 하는 말이제."

"너무 신랑이 좋아서 하늘이 샘을 냈는갑다. 우짜든 그렇기
노성벽력에다 창대 겉은 비가 내렸겠노."

"잘살고 못사는 것은 타고난 팔자고, 하룻밤이믄 어떤고?"

아낙들의 칭송을 들은 영팔이는 자기 아들이기나 하듯 두
어깨를 으쓱하니 쳐들었다. 초례청의 닭이 죽은 것은 상객 일
행이 알 턱이 없었고, 그러나 용이 안색은 여전히 좋지가 않
았다.

올 때는 업혀 오고 안겨 오고 더러는 걷기도 했던 영팔의
손자 정식이는 신부가 탄 가마에 함께 타게 되었다.

"하동까지 갈라 카믄 가마멀미 많이 하겄다."

"뭐 배편으로 갈 긴데 얼매나 걸을까 봐서?"

"신랑 집에서 보낸 봉채도 짭짤했지만 신부 집에서도 예단
을 실팍하게 했다 카데."

"개혼이니께."

"개혼이라도 못하믄 못하는 기지. 어마님이 야물고 조촐해
서 예단도 얌전할 기구마."

인심의 변화란 각일각인가. 어제와 오늘, 같은 입에서 나오
는 말이 다르다. 가마는 떠나고 신랑 태운 말도 떠나고 점아

기는 기둥에 기대어 서서 눈물을 닦는다.

예정보다 빠르게, 해가 서산에 깜박깜박 넘어갈락 말락 할 때 가마는 동구 쪽에 당도했다. 마을 사람들이 길가에 늘어서 있었다. 모두들 오늘은 기막히게 쾌청한 날씬데 어제는 왜 그랬겠느냐는 말들을 하고 있었다. 석이네, 판술네, 그네들의 아들딸들의 얼굴이 마을 사람들 속에 있었다. 혼인에는 참석하지 못하고 마을에서 기다리고 있던 산청댁이 먼저 쫓아왔다. 가마 문을 들고,

"아가, 가마멀미는 안 했나?"

"외숙모, 괜찮소."

보연은 지친 기색도 없이 활짝 웃었다. 가마 문 드는 것을 본 아낙들이 확 모여든다. 신부의 얼굴을 보자는 것이다.

"신랑만은 못해도 그만하면 인물 좋다."

중평이 그러했다. 이곳의 인심도 마찬가지였다. 비바람 불고 뇌성벽력 때와 선들선들 미치게 좋은 오늘의 날씨, 날씨 따라 입술에서 나오는 말은 달라져 있는 것이다.

"그나저나 시에미가 없으니 신부보고 뭐라 칼 긴고?"

"몹쓸 제집이다. 머 그래 봐야 지 손해지. 며누리 손에 따땃스런 물이나 한 모금 얻어묵겠나."

새로 지은 초가삼간은 새집이어서도 그랬겠으나 뭐 하나 흩어진 곳 없이 깨끗하게 신부를 맞이할 만반의 준비가 돼 있었다. 예탁에는 한 자 길이의 음식을 높이 고인 제기가 각각

놓일 자리에 놓여 있었고, 폐백 드릴 자리도 깨끗하게, 신부
는 가마에서 내려 작은방으로 안내되었고 그곳에서 잠시 쉬
는 동안 따라온 하님이 분단장을 다시 해주었으며 산청댁은
옷매무새를 고쳐준다. 판술이, 제술이는 홍이를 붙잡고 장가
든 기분이 어떠냐고들 집요하게 묻고 놀려대고 한다. 마당에
는 사람들이 가득 들어차서 폐백 드리는 광경을 구경하려고
대기하고 있는 것이다. 참새들도 덩달아 몹시 지저귀며 대숲
쪽으로 날아갔고 어둠이 묻어오는 마당을 비춰주기 위해 석
이네가 청사초롱을 내건다. 마당에 깔아놓은 멍석에는 남자
들이 모였고 술과 밥과 떡이 풍성하다.

"참 오래간만에 걸게 묵는다."

"하모, 그럴밖에 더 있겠나? 최참판댁에서 떡쌀 술쌀을 내
놨다 카이."

"거 연학인가 그 사람 사람 됐더라. 이분에도 밖에 나서지
는 않고 뒤에서 궂은 일은 혼자 도맡아서,"

"이서방이 인심을 안 잃어 그렇지. 일가친척은 없어도 심성
덕을 입어서 외롭지 않네. 우리 보기도 참 좋네."

"임이네 겉으믄 마당에 풀 날 기다."

"하여간 날씨가 궂어서 그렇지, 신부가 인물도 그만하면,
지체 높겠다, 이서방이 며누리는 잘 본 셈이제."

"신랑이 잘났으이 그렇지, 인물 덕이다. 글안했으믄 양반과
의 혼인 꿈이나 꾸어보겠나?"

폐백 드리는 것도 끝나고 배부르게 먹은 잔칫집 손님도 다
돌아가고 자정이 넘었을 때는 불도 꺼졌다.

어디서 밤새 우는 소리가 들려왔다.

제3편

태동기

1장 – 10장

1장 동행

"선생님."

신문으로 얼굴을 덮고 코를 골면서 자는 서의돈을 대학생 차림의 청년이 흔든다.

"용산입니다, 선생님."

"알고 있어."

퉁명스럽게 대꾸는 했으나 움직이지는 않는다. 맞은편 좌석의 중늙은 사내가 짐칸에서 보따리를 꺼내며 성급히 하차 준비를 한다. 대전(大田)에서 탄 중늙은이와 동행인 젊은 여자는 병자인 듯 줄곧 신음 소릴 내곤 했었다.

"개새끼들!"

내뱉으며 신문을 젖히고 몸을 일으킨 서의돈은 걸레를 짜
듯 신문을 비틀더니 바닥에 휙 던진다. 눈은 핏발이 서서 시
뻘겋고 험했다. 늙은이가 움찔하며 쳐다본다. 대학생 차림의
청년은 쓴웃음을 띤 채,

"헤이조오쿠리*—!"

기계로 찍어낸 것 같은, 꼭 같은 말을 되풀이 되풀이하며
다가오는 열차 판매원의 입모습으로 시선을 옮긴다. 눈꼬리
는 위로 치올랐고 광대뼈가 솟은 탓인지 양 볼이 다소 꺼진
것이, 일별할 적에는 여우 상이라고나 할까, 냉정하고 날카로
운 용모다. 그러나 청춘의 감미로운 분위기를 짙게 풍기는 청
년은 선우일(鮮于逸)의 동생 신(信)이다. 영문학이 전공인 선우
신은 동경 Y대학 문학부에 재적(在籍) 중이며, 여름방학 때는
동경에 머물러 있었기 때문에 거의 일 년 만의 귀국인 셈이다.
서의돈과 함께 오게 된 경위를 설명하자면, 그러니까 지난 팔
월, 중순도 지날 무렵의 일이었다. 선우일한테서 주소를 알았
노라 하며 뜻밖에 서의돈이 하숙을 찾아왔던 것이다. 보따리
하나 달랑하니 들고 옷은 땀에 함뿍 젖었으며 초라한 작은 체
구하며 조선서 모집해 온 노무자의 꼴과 흡사했다.

"나 이삼 개월 신셀 져야겠다. 밥값 내면 되겠지?"

그러나,

"무슨 일로 오셨습니까."

선우신이 묻는 말에는 대꾸가 없었다. 형의 선배요 서울 있

을 때는 자주 집에도 찾아와 익히 알고 있는 처지고 보면 다다미 석 장의 좁은 방에서 공부에 지장은 있겠으나 선우신으로서는 그러라 할밖에 없었다. 다행히 경위 바른 하숙집 여자가 두 사람분의 식비를 생각하여 다다미 넉 장 반의 좀 넉넉한 방을 내어주기는 했었지만. 한데 서의돈이 온 지 며칠이 안 되어 구월 초하루, 정확히는 열두 시경 별안간 집이 흔들리면서 시작된 것이, 동경을 쑥밭으로 만든 그 관동대지진(關東大地震)이었던 것이다. 동경, 요코하마[橫濱], 미우라 반도[三浦半島]를 휩쓴 지진, 화재는 지진의 속성인 데다 마침 점심때여서 집 안에 불기가 있었고, 또 대부분 목조건물인 탓으로 시가는 삽시간에 불바다로 변했던 것이다. 아비규환으로 몰아넣은 그 무시무시했던 재난이 일본인들에게 악몽이었다면 재일조선인들에게는 그야말로 생지옥이었다. 잊을 수 없고 잊어서도 아니되는 조선인 살육의 현장이었다. 조선인들과 사회주의자들이 혼란을 틈타 불을 지르고 우물에 독약을 풀었다는, 사실무근의 유언비어에 선동된 군중이 불탄 거리를 몰려다니며 죽창, 곤봉, 갈고리, 식칼까지 꺼내들고 닥치는 대로 조선인을 참살했던 것이다. 그것뿐만 아니었다. 경찰서에서, 연병장에서, 공장에서, 총으로, 일본도로, 혹은 총검으로 수백 명의 조선인이 학살당한 것이다. 서의돈과 선우신은 함께 그 참상을 목격했으며 신변의 위협을 느끼기도 했으나 다행히 죽지 않고 살아서 지금 서울로 향한 기차간에 앉아 있다. 어떤 일인 식자(識者)는 미친 군중이라 했다. 그러나 군중은 미쳤을는지 모르지만 일본의 위정자는 지극히 예리하고 정확한 판단을 한 것이다. 사회주의자들의 민중선동으로 일어날 폭동을 예상한 위정자들이 유언비어의 바로 근원인 까닭이다. 배고픈 이리들의 사나운 이빨을 피하기 위해 그들은 양을 내던진 것이다. 사회주의자들의 선동으로 미칠 군중을 앞질러서 조선인 학살로 미치게 하여 혼란의 물줄기를 돌려놓은 그들의 계산이야말로 민첩하고도 정확했다 할 수 있을 것이다. 오천이 넘는 조선인들의 목숨 따위, 그들에게는 양이기는커녕 빈대로 보였을지도 모를 일이다.

속력을 줄인 기차는 기적을 울리며 용산역 폼을 향해 들어가고 있었다. 전등빛과 냉기와 밤안개가 떠도는 공간에 역원과 아카보*들이 우왕좌왕하는 모습이 보인다.

"개새끼들!"

또다시 서의돈이 뱉어낸다. 목소리는 낮았다. 선우신은 무릎에 팔굽을 고이며 머리를 붙안고 바닥에 눈길을 떨어뜨린다. 서울에 가까워질수록 서글픈 생각이 들었던 것이다. 늙은이의 짚신과 무명옷에는 걸맞지도 않는 여자의 비단신을 내려다보며 선우신은 어제 부산서의 일을 떠올린다. 개새끼들! 뇌면서 바다를 향해 침을 뱉은 것은 서의돈과 선우신이 거의 동시에 취한 언동이었다. 연락선에서 내린 부산 부두, 두 사람은 어처구니없는 듯 서로의 얼굴을 바라보았다.

"꼬릴 감추고 도망온 주제에,"

서의돈이 중얼거렸다. 그리고 꾸르륵꾸르륵 주린 배창자에서 나는 소리처럼 서의돈은 끼룩끼룩 웃었다.

"내집 문전에 와서 짖어대는 우리야말로 개새끼치고도 똥개다. 안 그래, 선우야?"

"맞습니다."

하고 둘은 소리 내어 웃었다.

"어서 나가자. 술이나 들어부어야지, 못 견디겠어."

"그거 좋지요."

부두에서 빠져나온 두 사람은 술집을 찾아들면서 또다시 개새끼들! 하며 동시에 침을 뱉었다.

"이거 왜 이러지? 일심동체도 아니겠고."

"이심전심 아니겠습니까."

"자네 조선사람인가?"

"틀림없는 조선종자지요."

"거 이상하군. 피둥피둥하니 말이야."

두 사람은 들린 것처럼 주점 앞에서 또 웃었다.

"희극이 비극보다 어려우며 더 많은 것을 함축하고 있다, 그런 얘기를 들었는데 선생님, 비로소 실감할 것 같습니다."

전등빛이 휑뎅그레한 주점에서 술잔을 움켜쥐며 선우신은 말했다.

"미친 것처럼 희극적인 것이 어디 있을라구."

"네, 실성한 사람도 우는 것보다 웃는 편이 고치기 어렵다고도 하구요."

"덜 서러워야 눈물도 난다 하던가? 저기 보아, 눈 감고 젓가락 두드리는 친구 말이야. 실성 아니면 환장이다."

"실성은 아닌 듯하고 아마 환장인 모양입니다."

"청루에다 딸이나 팔아먹었나? 아니면 땅문서 놓고 노름하다 고향을 등진 걸까?"

"오십 보 아니면 백 보겠지요."

"가락도 없는 젓가락 장단, 희극도 가지가지다."

"가지가지…… 제아무리 영웅호걸이라도 달아나는 모습에는 비극보다 희극적 요소가 더 많은,"

미처 말이 끝나기도 전에, 서의돈은 마시던 술잔을 거칠게 내려놓으며,

"우리가 영웅호걸 아닌 것만은 확실하지마는, 그렇게라도 자위하는 것은 아주, 퍽 유익하다. 특히 문학도인 선우신에겐 말이야. 아암 암, 그래야지. 따지고 보면 위에서 아래까지 온통 어릿광대, 그런 주제에 조선사람들 너무 비극 좋아하는 것 탈이라구. 하하핫……."

무안을 당한 선우신의 얼굴이 벌게졌고, 서의돈의 웃음 속에는 강한 모멸의 울림이 있었다.

"흥, 몇 놈이나 될까?"

화가 난 선우신은,

"죽은 사람 숫자는 알아서 뭣하시게요? 위령제라도 지내시렵니까?"

"대안의 불구경이다, 불구경. 이를 갈며 맹세코 떠날 놈이 몇 놈이나 되겠는가 그 말이야."

"……."

"죽어 자빠진 놈들은 어떤 놈이며 살아남은 놈들은 또 어떤 놈들이냐, 흥! 그게 항상 문제거든."

"그야 대부분, 신사복 학생복 아닌 단쿠바지였지요. 대부분 일본말 못하는 족속들, 그들 처자였지요."

냅다 던졌다.

"신체발부수지부모(身體髮膚受之父母)라, 효행은 신사복 학생복이 한 셈인가? 하하하핫, 하하핫…… 하긴 옛적부터 효행은 의관(衣冠)이 해왔지만,"

"……."

"고등관을 목표하여 일로매진, 사람들 낯짝이 책으로만 보이는 놈들, 알량한 글줄 써서 그것으로 애국한답시고 자부하는 놈들, 아무튼 그 말랑말랑한 혓바닥 세 치로 나불거리는 놈치고,"

"죽여주지 않는 데야 별수 있습니까? 단쿠바지라고 죽고 싶어 죽은 것은 아니잖습니까?"

"누가 죽고 싶다 했어! 쥐새끼 같은 놈이 살아남았다 그 얘기야!"

"그렇담 선생님이나 저나 쥐새끼이긴 매일반이지요."

십 년이 더 넘는 연령의 차이지만 선우신은 공손하게만 대하려 하지 않았다.

"나라를 잃은 이스라엘인들은, 음…… 내 백성들아! 할 적에 신이 들린 것 같았다. 조선의 신령들은 도대체 어디로 갔기에 내 백성들아! 해봤자 어항 속의 붕어 물 먹는 꼴*이지, 제에기랄!"

서의돈은 딴전을 피우듯 했으나 결국 그 얘기가 그 얘기다.

"이스라엘인들이 외치는 것을 보셨습니까?"

"그야 어디서 읽었겠지."

"구약성서를 읽으신 모양이군요. 뜻밖인데요?"

비웃었다. 서의돈은 목에 핏줄을 세웠다.

"염통을 꺼내 먹을 놈들! 톨스토이, 셰익스피어가 어디 뼈다귄지 핏대 세우는 꼴이 가관이고, 한수 더 떠서 나쓰메 소세키[夏日漱石]가 뭐 어쨌다는 거야? 그 군국주의, 아아 참 자네가 존경해 마지않는 영문학자요 대소설가였던가?"

"좀 망발인데요? 선생님."

"깃발 치켜들 줄 알았다."

"군국주의자는 아니었습니다."

"그랬어? 만철(滿鐵)의 총재(總裁) 나카무라[中村]의 초청을 받고 그자가 조선 만주를 여행하고서,"

"여행했다고 반드시,"

"나카무라의 초청도 좋고, 느긋하게 서울서 묵고 간 것도 좋고, 돌아가서 쓴 글도 좋다 이거야. 군국주의건 뭐건 다 좋다 그 얘기야. 조선놈 학생이 심취하는 꼴이 우습거든. 그자가 쓴 소설이라는 것도 기껏해야 인간의 이기적인 면을 파헤쳐본 것밖에 더 있어? 늘상 구경꾼 같은 그자의 글인데, 그 자신이 이기적 인간이었다 그것 이외 뭐가 있어? 일본놈들 죄악에도 아불관(我不關)이요 내 옷에는 핏자국이 없다."

"그 사람은 정치가도 군인도 아닙니다. 소설가며 영문학자일 뿐입니다. 외곬로 나가는 예술가를 두고 군국주의 운운하시는 것은 지나치고, 아불관은 예술가들의 속성 아닐까요?"

"그러냐? 예술가는 양심에도 아불관이란 말이냐? 적어도 일본인들의 치부는 느껴야, 양심 이전의 감정문제다. 차라리 영국의 키플링같이 들내놓고 군국주의를 찬양하는 편이 낫지."

서의돈이 박식하다는 것은 조금도 놀랄 일은 아니었다. 유학자로 이름난 문중 어른이 망나니짓만 하고 다니는 서의돈을 닦달하려고 불러들였다가 도리어 학문에 대한 문답에서 노인이 낭패하고 코를 싸쥐었다는 얘기는 유명하였고, 여러 해 전에는 일본으로 유학이 아니라 유람왔다 하면서도 광범위하게, 누구보다 빠르게 학식을 흡수했다는 얘기도 형으로부터 들어 알고 있는 일이지만 동경서 같이 묵으면서 선우신은 서의돈이 문학에 관한 독서도 적잖게 한 것을 알았다. 하여 선생님이라는 칭호를 꼬박꼬박 붙여온 터였다.

"염통을 꺼내 먹을 놈들, 내 동포가 개같이 죽어 자빠진 땅에 내일 해가 또다시 떠오르듯 겨울방학이 끝나면 가방 치켜들고서 연락선을 탈 게야. 그러고는 또다시 나쓰메가 어떻고 톨스토이가 어떻고 셰익스피어가 어떻고 지껄여댈 거란 말이야."

기차는 폼 깊숙이 들어가고 있었다. 짚신과 비단 신발이 움직이는 것과 동시 선우신도 생각에서 깨어나 얼굴을 든다. 견딜 수 없는 불쾌감, 좌절감이 기차가 멎는 순간 현기같이 엄습한다. 십이월도 막바지, 헐벗은 들판을 부지런히 달려온 기차는 허덕이듯 증기를 내어 뿜는다.

"제가 들어드리지요."

선우신은 벌떡 일어서며 노인의 짐을 받아든다. 병든 여자를 부축하는 노인을 도와 기차 밖에까지 짐을 내다준 선우신은 잘 가라는 인사를 한다.

"학생 양반, 고맙소."

노인은 몇 번이나 고개를 숙였다.

서의돈은 두 다리를 쭉 뻗고 늙은이와 병든 여자가 나가버린 빈 좌석을 멍청히 바라보고 있었다. 텅 비어버린 좌석은 여행의 끝처럼 쓸쓸하고, 밤기차란 으레 그런 것이지만 희망도 없는 듯 암울한 분위기를 자아내고 있었다. 선우신이 자리에 돌아와 앉자 서의돈은 창 밖으로 시선을 돌렸다. 어둠과 불빛과 그림자가 교차하는, 움직임이 선명한 그곳을 방금 내린 승객들이 얼기설기 지나간다. 조선사람, 일본사람, 더러는 중국인도 볼 수 있었다.

"엽전들은 차림새부터 춥고, 추운 상판들이다."

서의돈이 창 쪽으로 얼굴을 돌린 채 중얼거렸다.

"따뜻한 낙타 외투야 이등칸에서 느긋하게 밤경치를 감상하고 있을 테지요."

선우신은 빈정거렸다.

"느긋하게 밤경치를 감상한다, 그럴까? 상해서는 외국인 식당에 중국인과 파리는 사절한다, 그런 팻말이 나붙어 있다 했고, 미국 같은 곳에선 백인이 탄 기차간에 흑인은 들어가지도 못한다는 얘기고 보면,"

"그렇다면 우리 모두 은혜로운 대일본제국에 감사 감사해야겠습니다."

"아암, 감지덕지할 일이지. 한데 자네 파상풍(破傷風)환자를 본 일이 있나?"

"못 보았는데요."

"이등칸 푹신한 자리에 앉은 엽전 신사 얼굴을 상상하면 될 게야."

"어떤 얼굴인데요?"

"왜놈들이 득실거리는 찻간에서 감사 감사하다 보니 미소를 지을 수가 없고 낯바닥이 웃음 때문에 뻣뻣해졌을 거란 말이야. 파상풍환자는 원래 웃는 얼굴이거든. 얼마나 고통스럽겠나."

"그거 재미있군요."

선우신은 못 견디겠는 비애, 자기 혐오를 느낀다.

'졸장부들!'

피가 모여서 응어리진 것이 아닌, 눅진눅진한 아교풀의 응어리 같은 것을 느낀다. 흐느껴지는 것을 꾹꾹 눌러 다져서 감정이 종잇장으로 변해버린 것 같은 것을 느낀다. 하찮고 지엽적인 것 때문에 왈가왈부하여 물어뜯고 쥐어틀고 그래서 뭐가 어떻게 된다는 것이 그 얘기며 무슨 위안을 얻는단 말인가, 개미 쳇바퀴 돌듯 그 얘기가 그 얘기요, 요설(饒舌) 이외 아무것도 아니지 않은가. 그러나 자학이라도 하지 않으면 시간에 갇혀버릴 것 같은 공포를 느끼게 되고 결국 절망적이라는 결론밖에 내릴 것이 없는데, 그러면서도 결론으로 끝낼 수 없는 분노는 꼬리를 물고 있었으니. 선우신은 서의돈이 미웠다. 물론 자기 자신도 미웠다. 자신까지 포함하여 지식인을 깡그리 매도하는 서의돈의 심정을 선우신은 누구보다 잘 알고 있다. 그것은 또 자기 자신의 심정이기 때문이다. 깡그리 매도하고 경멸하고 증오하며 편견과 옹졸과 억지까지 동원하여 지식인들을 공격하지 않고는 못 배기겠는 심정은 그것이 가장 중요한 것이기 때문에 그러는 것은 물론 아니다. 엄청난 힘, 저돌적인 돌진이 제아무리 격렬하다 하더라도 결과는 공중으로 붕 하니 떠버리고 마는 엄연한 역학은 느낌보다 훨씬 앞서 나타나는 현실이었으니. 자해할밖에 감정의 출구가 없

는 것이다. 『걸리버 여행기』의 거인국에서처럼 지식과 예술의
걸리버는 외포(畏怖)할밖에 없을 것이며, 양심의 걸리버는 잡
아먹힐 것이며, 정의의 걸리버는 밟혀 뭉개질밖에 없는 이제,
정복자는 여유만만하지 아니한가.

'그러나 일본은 거인국이 아니다.'

선우신은 일본의 쇠망을 믿고 싶었다.

'조선이 거인국의 걸리버도 아니다.'

결코 민족의 소멸을 믿고 싶지 않았다.

선우신이 생각에 잠겨 있는데, 서의돈은 철이 덜 난 사람같
이 차창 밖을 지나가는 사람들의 품평(品評)을 하고 있었다.

"어깻죽지가 축 처진, 보나 마나 낯빛은 누리팅팅할 게고,
서류 가방인지 뭔지, 초조하게 걷는 저 친구는 하급관리겠고,
반대로 필요 이상 두 어깨를 치켜들고서 잔뜩 찌푸린 저 학생
놈, 마음속엔 열등감 비애가 일렁이고 있을 터인데 그나마 뭣
좀 배웠다고 애국의 꿈이라도 꾸는 겐가. 모두 으시시 추위
탄 상판들인데 예외는 저 중고품 신사라. 기차간을 제집 드나
들듯, 이골이 난 뜨내기 장사꾼이구먼. 익숙하고 날렵하고 잘
누비고 나간다."

서의돈의 음성은 독(毒)이 빠진 듯 싱겁게 울렸다.

'왜 모두 이런 지경으로 되어가야 하는가. 처량하고 한심스
럽다.'

서의돈이 품평을 하는 유리창 밖의 사람들은 사실 그 대부

분이 장사꾼이 아니며, 하급관리가 아니며, 학생도 아닌, 낙타 외투의 신사는 더더구나 아닌, 차림새부터 춥고 추운 얼굴의 백성들인 것이다. 어느 곳에서나 마주치는 모습이요 얼굴이며, 뽐내는 것이 무엇인지 알지도 못하며, 뽐내볼 쥐뿔도 없는 백성들인 것이다. 나으리 살려주시오, 나으리 용서해주시오, 나으리 억울합니다, 옛날 옛적부터 몸에 밴 언어를 지닌 백성들인 것이다. 그들은 거대한 괴물, 귀청이 날아가게 기적을 울리며 당장에라도 허연 이빨을 드러내어 달려들 것만 같은 시꺼먼 기차에 쫓기듯 가고 있다. 어둠 속에 우뚝우뚝 선 건물이며 높은 쇠기둥이며 엿가락같이 휘어서 뻗어난 레일, 금테 모자를 쓰고 깃발을 든 사내, 환하게 불이 켜져 있는 역사(驛舍)며 어둠 속에 떠 있는 빨갛고 파아란 신호등이며, 생소하고 위협적인 모든 형체와 빛깔과 소리에 쫓겨가고 있는 것이다. 언제 어디서 쇳덩이가 정수리를 칠 것인지, 언제 어디서 굉음이 울리며 귀청을 찢을 것인지, 가난한 보따리를 마구 흔들며 쫓겨가고 있는 것이다. 바다에 떠밀면 물에 빠져 죽을 수밖에 없고 불 속에 던지면 타 죽을 수밖에 없는 무력한 백성들, 어느덧 그들 모습은 보이지 않았고 기차는 서울역을 향해 어둠 속을 달리고 있었다.

선우신은 손발이 꽁꽁 묶인 채 스미다가와[隅田川] 에이타이바시[永代橋] 밑으로 수없는 시체가 떠내려가던 광경을 생각한다. 연무장(鍊武場)에서는 기병들이 총성에 놀랄 이웃을 고려

하여 수용한 조선사람들을 칼로 베어 죽였다는 것이며, 임신부의 배를 가르고 울음 터뜨리는 태아까지 찔러 죽였다는 소문을 생각한다. 계엄령을 편 일본 정부는 조선인을 보호한다는 구실로 곳곳에 집결시켜놓고 도리어 미친 군중에게 내어주어 집단살해를 감행하였다. 미친 군중은, 뿐인가, 버젓한 군인 경관까지 합세하여 호송 중의 조선인들을 대로에서 살육했으며 집합소를 찾아다니며 조선인들을 살육했다. 스미다가와에서 건져낸 시체 중에는 등에 업은 아이 말고도 양팔에 아이 하나씩을 껴안은 여자의 시체가 있었다고 했다. 그 숱한 죽음, 숱한 송장들은 누구인가. 방금 종종걸음으로 역사를 향해 쫓기듯 가던 바로 그 백성들이다. 한민족의 구 할(九割)을 차지하고 있는, 차림새로부터 춥고 추운 얼굴의, 피와 땀밖에 팔아먹을 것이 없는 그들, 그들인 것이다.

'죽어 자빠진 놈들은 어떤 놈이며 살아남은 놈들은 또 어떤 놈들이냐, 흥! 그게 항상 문제거든.'

서의돈이 내뱉은 말을 선우신은 되새겨본다. 항상 문제라는 것은 역사의 문젯거리라는 뜻이다. 서의돈이 사회주의자라는 것을 알고 있다. 아직은 사회주의자가 아닌 선우신이지만 서의돈의 말은 타당하다고 생각한다. 역사는 운명인 동시 운명이 아니다. 분명 운명이 아닌 쪽인지 모른다. 하느님을 섬길 적에 역사는 운명인 동시 운명이 아닌 것이다. 그것은 신과 인간의 포용일 수도 있고 신과 인간의 싸움일 수도 있다. 그러나 하느님을 몰아낸다면 피라미드를 쌓아올리던 고대의 노예나 노예선을 타야 했던 아프리카의 검둥이는 역사의 운명 탓이 아니다. 강자의 이빨이 찢어발긴 희생물일 뿐이다. 선우신은 가느다란 한숨을 내쉰다.

밤이, 불빛이 휙휙 달아나고 있는 차창에서 눈길을 거둔 서의돈은 어지간히 낡아버린 자신의 양복을 내려다본다. 고물상에서 맞는 것이 없어 좀 큰 것을 샀는데 허릿말을 가슴 밑에까지 바싹 올려야만 즈봉 가랑이가 안 끌렸다. 선우신은 채플린 같다면서 놀려대곤 했었다. 차창 옆에 걸어둔 외투는 적당히 낡은 것이지만 서의돈과 같은 왜소한 체격에도 꽉 끼고 짧은 것이어서 값이 쌌다. 싼 맛에 사 입었는데 선우신은 아마 아이가 입었던 것인가 보다 하며 놀리는 것이었다.

"인마, 왜놈들 씨종자 작은 걸 몰라? 나보다 작은 놈이 있다는 것 그거 과히 기분 나쁘지 않다."

코트에 포개져서 걸려 있는 것은 신품, 진짜 신품의 캡이다. 약간 오렌지빛을 띤, 회색과 연갈색의 올이 도드라져 뵈는 멋진 캡이다. 신파극 배우가 씀직한 물건, 서의돈은 자신의 복장과 필요 이상 두 어깨를 치켜들고 잔뜩 찌푸리며 걷던 학생의 모습을 떠올린다. 자신이 속한 부류가 바로 그 학생 쪽이었다는, 문득 깨달아지는 생각에 도달한다.

'뭣 좀 배웠다고 애국의 꿈이라도 꾸는 겐가……. 그렇담 희망은 있어. 치졸한 거야말로 삶일 테니 말이야. 흐흐훗 으흐

흐홋! 사실은 그것도 더 간 게야. 주먹이면 돼. 우리 실력은
주먹뿐이다. 흐흐홋 으흐홋······.'

뱃속에서 웃던 웃음이 입 밖으로 나왔다. 낄낄낄 웃는다.

"또 개새끼들입니까, 선생님."

지겹다는 듯 선우신이 말했다.

"선생님이라구? 집어치워라. 난 학생도 되기 싫고 주먹이야
주먹."

하며 주먹을 들어 올린다. 선우신은 픽 웃는다.

"선우야."

"네."

"왜놈들 말이야, 왜놈들 말인데 어떻게 보이지?"

"사람의 상판이긴 마찬가지죠."

"모두 김이 모락모락 나는 군고구마같이 뵈지 않나?"

"군고구마라면 얼마나 좋겠습니까. 배창자가 터지는 한이
있어도 다 먹어치우겠습니다."

"그러면은, 따뜻하고 귀중품 숨기기에도 든든한 하라마키*
라면 어떨꼬?"

"모두가요? 그렇지만도 않지요. 헤코오비*에다가 신겐부쿠
로*를 걸머진 늙은것은 어떻고요? 눈에 눈곱이 끼어서 벌벌
떠는 꼴이야말로 거지 중 상거지, 아 저기 보십시오. 맨종아
리가 드러난 여자 말입니다. 쪽발이 여자 말입니다. 털이 다
빠진 목도리로 입만 막으면 추위가 도망가나요?"

"그거야 낙타 외투의 엽전 신사만큼 귀한 것이고,"

"조선이니까 그렇지요. 일본에선 저런 부류의 사람들이 따뜻한 배싸개보다 훨씬 많은 것이 사실이지요."

"그런 것들도 조선땅에 발을 들여놓고 보면 사정은 달라지거든. 게다짝을 쳐들면 아이들이 달아나고 길가에 오줌을 싸지르면 모두 슬금슬금 피해 가고, 술 처먹고서 조선놈 치고받아도 주재소 갈 염려는 없고, 하다못해 곡괭이를 들어도 값이 달라진다. 이거야. 잘하면 땅뙈기 얻어내어 머슴 새끼 부려가면서 지주도 되고 말이야. 하등에서 중등으로 올라온 놈의 호기야 상상할 만 아니한가?"

"총독이 지 할애비 같을 테지요."

"종놈이 종 부리는 신세가 됐으니 대일본제국에 좀 충성하겠나? 쓰기 좋은 하수인들이지. 지진 때 칼 들고 대창 든 놈들이 바로 그런 계층이요, 군중의 중심이 또한 그런 것들이거든."

"그렇다면 3·1운동 때 군중은 어떻게 생각하십니까. 군중에도 각기 성격이 다르다고 생각하십니까?"

"언어표현의 차이는 있겠으나 원칙적으론 선동되고 돌발적인 면에선 다 마찬가지야."

서의돈은 냉정하게 칼끝으로 찌르듯 말했다.

"그렇다면 군중에게 희망을 걸지 않는다는 얘기 아닙니까?"

"3·1운동은 실패였어. 보람이 없었지. 군중이란 모이기도 쉽지만 흩어지는 것은 더 쉽고 삽시간이야. 모이는 군중보다 물결처럼 끊임없이 오는 군중, 그때 비로소 군중은 뚜렷한 성격을 띠게 되지."

"그게 가능하겠습니까?"

서의돈은 대꾸를 하지 않는다. 한참 후 어세는 본시로 돌아가서

"헤코오비든 밑 빠진 조우리든 말할 거야. 어째 멍텅구리들이 이리 많으냐 하항, 이제부터는 안량미[安南米] 반 됫박에 낫파후쿠 한 벌이면 철공소 방직공장 할 것 없이, 우리네 땀 흘릴 필요가 뭐 있느냐, 살지고 양지바른 땅에 힘 좋고 먹새 적은 머슴 새끼나 몇 놈 붙여서, 총독 할아버지."

서의돈은 주절대는 것이었다.

"생광스럽고도 복되도다. 이것이 모두 오로지 우리 님[天皇]의 명덕 탓이오니 거룩한 은혜에 젖은 이 몸 바다로 가면은 물풀이 무성한 송장이 될 것이요 산으로 가면은 산풀이 무성한 송장이 될 것이요 오직 우리 님을 위하여 죽으리다. 그리하여 우리 님의 세상은 조약돌이 바위 되고 푸른 이끼가 끼일 때까지 존속하소서. 왜 안 그러겠나. 추한 것도 아름답게 아름다운 것도 추하게, 참으로, 무궁무진…… 허파에 바람 들게 웃기나 하지. 하하핫……"

주절대다가 웃다가, 웃음도 뚝 끊어진다. 그러고는 갑자기 서의돈은 선우신을 기피하듯 무거운 침묵 속으로 가라앉는다.

서울역에 도착하여 남들이 내릴 때 서의돈은 짧고 꼭 끼는 외투를 입는다. 캡을 눌러쓰고 언쟁이라도 벌였던 사이처럼 두 사람은 우울한 낯빛으로 폼에 내린다. 개찰구를 향한 층계에는 사람들이 덩어리가 되어 밀려 올라가고 있었다. 폼은 다소 엉성했다. 두 사람은 굳게 입을 다물고 수많은 사람들이 덩어리져 가는데, 무성영화처럼 소리가 없는 것을 느낀다. 그 침묵에 자신들이 말려들고 있는 것같이 착각되기도 한다.

"눈이 내릴 것 같습니다."

저항하듯 선우신이 입을 떼었다.

"함박눈이라도 펑펑 쏟아져라."

막 걸음을 옮기려 하는데,

"신상! 신상!"

회색 외투를 입은, 안경 쓴 사내가 여행 가방을 들고 급히 걸으며 불러댄다. 그의 뒤를, 난처한 표정을 지으며 주춤거리듯 여자가 따라온다. 성숙한 여잔데 얼핏 보기엔 열일고여덟밖에 안 되는 여학생같이 앳되다. 나이를 나타내는 것은 큰 눈, 고통스러워 보이는 눈이었다.

"신상!"

의아해하며 선우신이 돌아본다. 다가온 사내는 활짝 웃는다. 남자치고는 굉장히 매혹적인 웃음이다. 머리통은 작은 편이었다. 중키보다는 크고 비쩍 마른 몸집, 매혹적인 웃음을 빼면 학구형(學究型)의 인상이다.

"오가타상 아니오?"

선우신이 놀란다. 머플러로 얼굴을 싼 여자는 달팽이가 집 속으로 기어드는 자세를 취하며 우울하게 시선을 떨어뜨린다.

"왜 아닙니까. 내리자마자 신상을 만나다니, 기분 좋은데요?"

손을 쑥 내민다. 선우신도 손을 내어 악수를 한다.

"당신은 기분이 좋을지 모르지만, 나는 기분이 나빠요."

오가타는 껄껄껄 웃는다.

"한데 웬일로 왔소."

"견문을 넓히기 위한 여행입니다."

"견문을 넓혀요? 위문 왔다 하시오."

"천만에요. 나 위문 온 것 아니오. 그랬다간 당신한테 뺨 맞으려구요? 하하핫핫……."

선우신은 오가타 뒤에 서 있는 여자를 십분 의식하면서 모르는 척, 담배를 피워 물고 서 있는 서의돈을 돌아본다.

"선생님, 이 친구한텐 인사 좀 하셔야 할 것 같습니다. 이번에 우리 학생들 신세 많이 졌지요."

"그래?"

"오가타상, 소개하지요."

"네. 저는 오가타 지로입니다."

오가타가 꾸벅 절을 한다.

"서의돈이오. 이번엔 우리 동포에게 많은 도움을 주어서 고

마웠소."

노회한 미소를 머금고 손을 내민다.

"사람은 모두 동포입니다."

하는데 오가타 얼굴에 어둠이 스쳐 지나간다.

"이 친구, 세계주의자라니까요."

선우신이 옆에서 거드는데,

"네, 저는 인간입니다."

바보 같은 말이다. 그러나 그 말이 마음에 들었던지 서의돈의 표정이 좀 달라진다.

"그보다 인실 씨는 웬일이지요?"

처음으로 여자를 주목하는 선우신의 음성은 평이했다.

"저는 집에,"

방학이니 집에 오는 것은 당연하다. 난처해하는 인실을 도와주듯 오가타가 얼른 말을 이어받는다.

"어수선한 시국 아닙니까? 기사정신을 발휘하여 동행할 것을 자청했지요."

서의돈이 빙그레 웃는다.

"그럼 슬슬 나가보지."

네 사람은 개찰구를 빠져나왔다. 갑자기 역 구내에서의 괴이했던 침묵이 무너지고 고함이 일시에 터져 나온 듯 역 광장은 와글바글 시끄러웠다. 지게꾼들이 우왕좌왕 짐을 얻으려고 목청껏 소리를 지르고 있었다.

"오가타상, 우리 집에 가는 게 어때요?"

돌아보며 선우신이 묻는다.

"아니오. 여관에서 다리 쭉 뻗어야 여행 온 기분이 드니까요."

"그건 그렇겠군, 남의 집같이 안 편한 곳은 없으니까. 결국 눈이 오시는구먼."

불빛이 비춰주는 역 광장에 하얀 눈이 날아 내린다. 꽃이파리처럼 송이송이의 눈이 날아내린다.

"그럼 저는 먼저 가보겠습니다."

누구에겐지도 모르게 유인실(柳仁實)이 인사를 한다. 선우신이 고개를 끄덕였다.

"오가타상, 오빠가 여관에 가실 거예요."

한마디 남기고 인실은 눈 내리는 광장을 떠난다.

"여관은 정했소?"

서의돈이 묻는다.

"보게쓰[望月]여관입니다. 전에 한번 온 일이 있었지요."

"본정통의?"

"네."

"그렇다면 우리는 가는 편이 좋겠고 혼자 여행기분 내시오."

"슬슬 걸어가보겠어요."

"유인성 형이랑 함께, 한번 마십시다."

오가타는 전찻길까지 함께 와서 전차에 오른 두 사람을 향해 손을 흔들었다.

종로에서 내린 두 사람은 뭔가 작정이 안 된 마음으로 잠시 머문다.

"댁에서 걱정하실 테지만, 뭣하면 우리 집에 가시지요. 형도 선생님 뵙고 싶을 것입니다."

"걱정은 무슨 놈의, 내가 일본에 있었던 것을 알기나 했을라구."

"그럼 저의 집에 가시지요."

"맥이 쑥 빠진다. 술이나 한잔씩 하고."

"그렇게 합시다."

서의돈의 집은 효자동이었고 선우신의 집은 삼청동이다. 종로에서의 거리는 엇비슷한데 서의돈은 자기 집이 무척 먼 곳에, 외떨어진 곳에 있는 것만 같이 생각되었다. 거기까지 언제 가나, 피곤이 엄습해왔고 태산준령같이 느껴진다. 두 사나이는 청운동 술집을 향해 발길을 떼어놓는다. 사방은 어두웠고 착잡한 심정에는 술이 고혹적인 여자처럼 유혹해온다. 그들의 걸음은 빨라졌다.

"인실이 그 아이, 유인성의 누이동생 아니야?"

"누이동생이지요. 일본여대에 재학 중입니다."

"그 집안, 남자 여자 학벌 하나 대단하다."

유인성은 동경제대 문학부를 졸업했다. 전공은 사학이었다.

"전에 한번 본 일이 있는데, 그 애는 인사를 안 하더군."

"어리게 뵈지만 여간 깍쟁이가 아닙니다."

"인사하고 깍쟁이가 무슨 상관이야."

"오가타하고 함께 오는 것을 우리가 보았기 때문에 기분이 안 좋아서 그랬을 겁니다. 지레 겁을 먹고,"

"소문 나서 시집 못 갈까 봐서?"

"배일사상 때문이지요. 우리가 오해할까 봐."

"그렇담 왜놈하고 함께 오기는 왜 와."

"오가타는 경우가 좀 다릅니다."

"다르긴 뭐가 달라."

"첫째는 인성형과 오가타의 관계가 단순한 선후배라기보다 아주 밀접한 사이지요. 그리고 지난번 지진 때 인실이는 오가타랑 함께 뛰었습니다. 오가타를 일본인으로 보기보다 동료로 생각할 거구, 사실 제 자신도 오가타에 대해서만은 일본인이란 저항을 안 느끼니까요."

"젖비린내가 좀 나기는 나더라만,"

"착하지요. 오가타 도움을 받은 친구 말이 감격했다는 겁니다. 이 자식아, 그리 쉽게 친일파 되지 마라 하고 농 삼아 했더니 그런 말은 안 통한다 하더군요. 땀에 흠씬 젖어서 얼굴이 새파랗게 되어 긴상 나랑 빨리 가요! 하며 하숙에 뛰어들더랍니다. 오가타 그자에겐 정말 맘을 꼬부릴 수가 없더군요."

술집에서 술을 마시다가 서의돈이 물었다.

"인성 만나본 지도 오래됐다. 요즘엔 뭘 한대?"

"집에서 하는 제재소 일을 도운다 하던지,"

"대학 학부 나와서 제재소 일을 해?"

"생각이 따로 있겠지요."

"이삼 년 동안 세상 많이 변했다. 하긴 집안일 도우는 거야, 임명빈같이 우둔한 작자가 누이동생을 친일파한테 바치고서 교장 자리 얻어내는 세상이고 보면,"

"아시면서 억지 말씀만 하십니다. 작위를 받았다 해서 조병모 씨를 친일파라 할 순 없지요. 결혼도 본인 의사였다는 것은 선생님이 더 잘 아시면서 그러십니까."

"……."

"형하고도 얘길 했지만 임선생님이 그 집안에서 설립한 학교의 교장으로 취임한 것은 피차를 위해 잘 맞아떨어진 일 아닐까요?"

"자네 형이야 으레껏 그랬을 테지. 황태수와 단짝이 되어 돈 버는 것도 애국심이요 독립하는 방법의 하나다, 거창하게 민족자본의 육성 운운하지만 말이야. 방법은 뭐든 좋다, 결과만 얻는다면, 그따위 지론, 독사 독이 오른 빈사자에게 화경 들이대어 문 자리 살피는,"

"저는 그렇게 생각지 않습니다. 일단은 그 지론이 옳다는 생각입니다. 지금 일고 있는 물산장려운동은 미약하지만,"

"미친 소리 말어. 개미 한 마리 기어 올라가는 격이다. 그것으로만 그칠 줄 아나? 아주 복잡해져."

"그렇게 말씀하실 것을 예상하지 않았던 것은 아니지만 한 마리라도 기어 올라가는 편이 안 기어 올라가는 것보담이야 낫지요."

"나아? 어째서? 기어 올라간 끝이 어딘 줄 알고나 하는 소리야? 내가 이런다고 무슨 사상의 사주를 받았다는 오해를 해도 별수 없네만, 앞으로 그것이 안이한 구실, 자기변명으로 쓰이게 될 것임에는 틀림이 없다. 물산장려운동의 지금 실정으로 본다면 극언하여 감상주의, 하나 더 붙이자면 감상주의적 애국심이 중심이 되어 있어. 오늘날 실정을 명확히 알기 위하여 중국과 인도를 예로 들어보겠네. 중국의 경우 5·4운동과 올해 들어서 여대(여순과 대련) 회수문제와 더불어 일어난 일화 배척, 일상품 불매운동을 두고 생각할 때 사실 중국에서의 민족자본이란 무시할 수 없고, 세계대전 덕분에 중국의 공업이 장족의 발전을 했으며 시장도 확보한 셈인데, 하기야 구미 각국이 전쟁의 뒷수습을 끝내고 산업을 정비하여 또다시 그네들 상품을 중국땅에 쏟아부을 기미는 거의 확실한 것이지만, 어쨌거나 주권은 가지고 있고, 그런데도 일화 배척, 일상품 불매운동에서 학생, 지식인, 노동자, 자본가의 합세는 어디까지나 외형이요 내부에서는 엄연한 한계가 있는 게야. 자본가들 좋으라고 하는 운동인 줄 알어? 인도의 경우는 성격이 달라. 그곳에서의 소위 물산장려란 민족자본 육성에 목적이 있기보다, 그러니까 물량이 아닌 간디를 중심한 저항정신의 구심운동으로 봐야 할 게야."

"그렇다면 우리라고 다를 게 뭐 있습니까. 민족자본의 육성이라는 측면에서도 그렇고 저항정신의 구심운동이라는 측면에서도 그렇고, 선생님이 어째서 부정적으로 보시는지 이해할 수가 없습니다."

"주권이 없는 곳에 민족자본을 육성한다는 것은, 뿌리 없는 나무에 열매 맺기를 바라는 것과 다를 것이 없다. 그리고 되어가는 꼴을 보아, 저항정신의 구심운동과도 거리가 멀어. 선우일의 이론대로라면 더욱 그러하다. 사실 물산장려회란 빛 좋은 개살구야. 민족분열의 씨앗이지. 총독부 놈들 그 일에 대해선 아주 소극적이거든. 그럴 만한 이유가 있기 때문이지. 살찐 돼지 몇 마리 만들어두었다가 필요할 때 잡아먹자, 그놈들 내 땅을 먹었지만 국으로 먹은 줄 알어? 횡재한 것도 아니구. 식민지 통치에는 귀신이 다 된 놈들인데, 정책면에선 상당히 길게 내다보는 게야. 쓸개 빠진 놈들은 3·1운동 때문에 왜놈들이 혼비백산하여 유화정책을 쓰게 됐다면서 뭐 하나 따낸 듯 말하지만 어림없는 소리, 총칼보다 그놈의 유화정책이라는 게 더욱 효과적이라는 것을 그들은 알고 있어. 우리 합방시의 일을 생각해보자. 소위 매국노, 반역자, 그처럼 처참한 제물이 그리 흔할까? 그리고 또 작위 받은 자, 연금 받은 자, 그자들이 평범했던 백성이 아닌 것만은 확실하지 않어? 그들이 반역자 대신 애국자였다면 상당히 비중이 나갈 인물인 것도 사실

일 게야. 그게 소위 유화라는 올가미를 씌운 결과였지. 생각해보아, 총칼로 죽이느니보다 산송장을 만드는 것이 얼마만 한 이득을 가져오느냐를. 첫째, 백성들의 분노가 손실된다. 일본에 대한 분노보다 매국노, 반역자, 친일분자에 대한 분노가 더 강한 것은 자네도 알 만한 일이 아니겠나? 백성들의 분노는 힘이야. 힘을 분열시키는 것은 정복자들의 금과옥조야. 둘째, 매국노, 반역자, 친일파, 그런 자들도 있는데 내가 하는 일쯤, 하고 백성들 양심에도 타협의 소지를 마련하거나 또 힘이 약화됨을 느끼며 체념하는 것으로써 그나마 나는 깨끗하다는 자위에 빠져버린다. 만일에 그들이 매국노가 아니었더라면, 반역자가 아니었더라면, 친일파가 아니었더라면, 유화책의 올가미를 쓰지 않고 총칼에 쓰러졌다면 쓰러진 그 자체가 힘이었고 분노의 불덩어리는 똘똘 뭉쳐서 왜놈들 진지로 굴러갈 수 있는 가능성을 지니게 되는 거지. 내가 물산장려운동을 반대하는 것도 바로 지금까지 말한 이유 때문이야."

물산장려운동 얘기가 나오자 선우신은 여전히 동의할 수 없다는 눈빛을 띠었으나 다음 얘기를 들어보자는 태도로 침묵을 지키는 것이었다.

"내 살림 내 것으로. 참 좋지. 그보다 이상적인 것이 또 어디 있을꼬? 민족자본의 육성, 그 얼마나 번듯한 얘긴가. 그러나 어떻게 민족자본이 육성되겠나, 왜놈들이 문틈을 내어주지 않는 한. 어째 왜놈이 문틈을 만들어주겠나, 만들어주었다면 이유가 있을 것이다. 지주의 보호책과 비슷한 이유 말이야. 이미 국토는 그들 손아귀 속에 있고 이제 그들의 자본은 완벽하게 뿌리를 내렸다. 농민의 대가리 수에 비하여 지주가 몇 놈 되겠나. 또 노동자들 대가리 수에 비하여 기업가의 대가리 수가 몇이나 되겠나. 그래도 모르겠어? 특히 기업에 있어서는 불리한 조건 영세한 자본이 유리한 조건 풍부한 자본을 대항해 나가자면 누가 희생을 해야 하겠나. 노동자야. 피땀을 싸게 팔아야 하고, 피땀을 더 흘려야 하는 길밖에 없어. 몇 놈 살찌는 것으로 합방시의 양상이 그대로 되풀이되는 게야. 심각한 분열의 씨앗이 생기는 거지. 내 친구 황태수의 경우를 들어봐도 알 만한 일이다. 자본을 굴리자면, 경제적 독립을 외치자면, 영세한 이윤분배를 어떻게 해야 하는가. 결국 황태수는 부자요 호의호식하고 수만금을 가졌으면서 노동자를 착취한다는 결과밖에 얻은 것이 없다는 그 얘기야. 경제적 독립, 혹은 민족자본의 육성, 거룩한 대의명분에도 불구하고 노동자를 혹사하며 착취한다는 치명적 고질을 안고 있다는 것 그게 바로 총독부가 노리는 바요, 소극적인 방해는 인도와 같은 정신운동으로 번질 것을 고려하는 때문 아니겠나? 인도는 눈을 떠라! 눈을 떠라! 근대화를, 경제적 독립을 외치는 그런 시점에 서 있는 게 아니야. 물론 네가 나보다 더 잘 알겠지만 종교적 배경을 가지고 오히려 근대화의 물결을 막으려는 양상이지. 그렇기에 무저항의 투쟁방법이 성립될 수도 있는 거구. 사실 일본은 사회주의의 물결에는 상당한 공포심을 가지고 대비하는데, 이번 겪은 진재(震災)에 있어서 사회주의자와 조선인을, 폭발하려는 군중들 본능의 제물로 삼은 것을 예로 들어도 알 만한 일 아니겠나. 그들은 사회주의자들의 혼란을 틈탄 폭동을 예상하고서 선수를 친 것이고 조선인은 군중들의 폭력에의 충동을 만족시키기 위한 순전한 미끼였고, 자네도 알다시피 사회주의자 오스기 사카에(大杉榮)가 헌병에 의해 살해된 일만 하더라도, 하여간 머지않은 미래에 필연적으로 부딪칠 사태를 생각하여 불리한 조건, 영세한 자본인 조선기업가들에게 물산장려운동을 계기로 눈에 보이지 않는 젖줄을 물리면서 방패로 삼으려는……. 내 생각이 극단일까? 과연 극단일까?"

2장 오가타 지로[緒方次郎]

바람 소리가 스산스러웠다. 곡선의 바람 방향을 느낄 수 있는, 스산하지만 흐르는 소리. 인실은 열심히 뜨개질을 한다. 우울하게 가라앉는 마음, 마음을 바늘이 실을 감아올리는 반복의 동작으로 제자리에 놓아주는 것 같은, 그래서 조반이 끝나자마자 손에 든 뜨개질을 인실은 영 놓질 못한다.

"무슨 놈의 바람이 밤새껏 불더니만 여직도 자질 않는구."

할아범의 중얼거리는 소리가 들려온다. 인실은 실뭉치를

끌어당기며 들창문을 흘끗 올려다본다. 하늘은 흐려 있지 않았다.

'내가 뜨개질이나 하고 있을 처진가?'

공부도 해야 하고 찾아갈 곳도 많았다. 그러나 인실은 두문불출하고 있는 것이다. 집안사람들은 동경서 너무 끔찍한 일을 겪어서 그런가 보다고들 근심이었지만 인실은 서울역에서 선우신과 서의돈을 만난 일이 머릿속에 눌어붙어 좀처럼 털어버릴 수가 없었다. 생각해보면 사소한 일인데 왜 그 일에 집착을 하며 생각할 때마다 불쾌한지, 어쩌면 오가타와 함께 온 일이 후회스러웠는지 모른다. 오가타의 감정이 호의 이상의 것이라는 느낌 때문인지도 모른다. 그가 일본인 아닌 조선 청년이었다면? 때때로 그런 생각이 머릿속에 떠오르기 때문인지도 모른다. 심한 모멸감, 자기 자신에 대한 심한 모멸감 때문에 인실이 선우신과 서의돈을 만난 일이 잊혀지지 않았을 것이다.

대문간에서 술렁이는 소리가 들려왔다. 곧이어,

"아씨, 계동 큰아씨가 오십니다요."

할아범 말에,

"애그머니나, 큰아씨가 오신다구?"

오라범댁 양순(良順)의 음성이다.

'언니가 날 보러 오나 봐.'

그러나 인실은 뜨개질을 계속한다. 문간에선 여자들 웃음

소리, 인사를 주고받는 목소리가 얽힌다.

"인실이 보러 온다 온다 하면서도 말예요."

"그러잖아도 왜 한번 안 오실까 했어요."

"글쎄, 아이가 아프질 않나, 나들이 가신 시어머님은 전에 없이 더디 오시고, 속이 상했어요."

인경(仁景)의 푸념이다.

"그런데 이 반가운 손님은 어떻게 함께 오시게 됐어요?"

'누가 함께 왔나?'

"우연히, 오다가 만났지 뭐예요? 그냥 헤어질 순 없잖겠어요? 막 끌고 왔어요."

"네, 바로 끌려왔어요. 하하하……."

목이 쉰 듯 남자 목소리 비슷한데 귀에 선 음성이며 웃음소리다.

"잘 오셨소. 이렇게라도 해서 만나야지. 자아, 추운데 어서, 작은아씨 방에 계세요."

"그럼 인실이 방에 들어가서 잠시 기다려줄래? 안에 들어가서 어머니 뵙고 갈게."

인실이 방으로 오는 기척이 난다.

"요즘엔 어떻게 지내시지요?"

양순이 묻는 말이다.

"누구 데려가는 사람도 없고 삼십 넘은 생과부 뻔한 것 아니겠어요?"

"데려갈 사람이 없는 게 아니겠지요. 안 가시는 게지. 일전에 쓰신 글 저도 읽었어요. 「신여성」에 쓰신 글 말예요. 속이 시원합디다."

"아아, 그러나 오해는 마십시오. 그런 글 썼다 해서 난 독신주의자는 아니랍니다."

거침없이 얘기하며 인실의 방으로 쑥 들어선 여자는 뜻밖에 강선혜였다.

"젊은 아이가 무슨 청승이냐? 시간 아깝다, 뜨개질이라니."

인실이는 발딱 일어서며,

"안녕하셨어요."

인사를 한다.

"왜 아니랍니까. 한창 좋은 시절인데 두문불출이지 뭐예요."

호기심에 가득 부푼 양순이 따라 들어서며 말했다.

"코흘리개 인실이가 언제 이렇게 컸지? 길에서 만나도 잘 모르겠군. 그러고 보니 세월이 빠르고 나도 늙었는가 보다."

외투를 벗고, 실크 양말을 신은 날씬한 다리를 뻗으며 선혜는 새삼스럽게 한심하다는 표정이다.

"날 기억하겠니?"

"기억하실 거예요. 큰아씨 출가 전에 노상 오시지 않았어요?"

양순이가 대신 말했다.

"그게 십 년이 훨씬 넘는 옛날 얘기 아니에요?"

"그래도 선혜 씬 조금도 늙지 않았어요. 옛날 그대론 것 같아요. 여자가 혼자 살면 다 그런가 보지요?"

갈색 체크무늬 투피스에 노란색 스카프를 맨 강선혜 차림을 이모저모 살펴보면서 양순은 이야기에 굶주린 여자같이, 인실의 존재는 잊은 듯 도맡아 말을 한다. 강선혜는 인경하고 영성(英盛)여학교의 동기동창이다. 학교 다닐 때는 단짝이었고 졸업 후 엇비슷한 시기에 결혼을 했는데 선혜는 내소박을 하고 동경으로 건너갔던 것이다. 오라범댁 석양순(石良順)은 이들보다 이태 전에 다른 여학교에 입학하여 이 년을 다니다가 중퇴하고 유인성에게 시집을 왔으니까 시누이와 강선혜하고 선후배의 관계는 아니었다. 양순은 호기심이 많고 허영도 적잖은 여자다. 살결이 고운 것 이외 별 특징이 없는 용모였으나 인성은 아내를 매우 사랑했다. 강한 호기심과 허영심까지도 철부지로 간주하며 너그럽게 감싸주었고 최고학부까지 나온 자신에 비하여 학력이 모자라고 때론 무식꾼같이 아는 것이 없는 아내에게 불만을 품는 일이 없었다. 그러나 인실은 올케를 싫어했다.

'반풍수 집안 망친다더니 저런 여자를 두고 한 말일 거야.'

살림 살고 아이 기르며 바깥세상을 모르는 양순이지만 여학교를 이 년까지 다녔으니 나도 신여성이라는 자부를 항상 지니고 있었다. 모르면서 아는 척하기를 좋아했고 지식이 많은 여자를 존경하면서 자신도 애써 그 대열에 끼어들려는 경향이 짙었다.

"오면서 인경이한테 얘길 들었다만 이번엔 혼났었지?"

선혜는 양순이를 뿌리치듯 인실에게 말을 했다.

"좀…… 혼이 났어요."

인실이 웃었다.

"씹어먹을 놈들, 인실이 네가 무사히 돌아온 것은 다행이다만 지진이 그만 정도로 그친 것이 천추의 한이로구나. 몽땅 둘러 빠졌더라면 얼마나 좋았겠니."

"선혜 씨도, 끔찍스런 말씀 마세요."

양순의 눈이 휘둥그레졌다.

"왜요? 내가 못할 말 했나요? 죄 없는 조선사람들 개 잡듯이 잡아 죽인 놈들, 무슨 악담인들 못할라구요? 나도 일본서 한 삼 년 지냈지만 그놈들이 그렇게 악독할 줄은, 씨를 말려야 해요, 씨를!"

"그런 말 하면 잡혀가요."

"잡아가라지요. 나 무섭지 않아요."

"약소민족이니까 할 수 없어요."

"이 댁 유선생은 항일의 기수라 들었는데 언니는 형편없는 겁쟁이군요."

"그러니까 최고학부까지 나와가지고 남처럼 출세도 못하지 않아요."

인실이 바람 부는 들창 밖을 올려다본다.

"하기야 뭐 내가 아무리 지껄여본들 이불 밑의 활개치기지 만 말예요. 처음 동경서 돌아온 사람한테 얘기를 들었을 적에 는 나 만주로 가려고 했어요."

"만주는 왜요? 독립운동 하시려구요?"

하고는 양순이 깔깔 웃는다. 선혜도 싱긋이 웃는다.

"독립운동도 미적지근했죠. 중국하고 만주 같은 곳에선 여 자들도 큰소리 친다니까 비적단의 여두목이나 될까 하고 생 각했지요. 하하핫 하하하."

"잘 어울릴 것 같애요."

두 번째 인실이 입을 뗀다.

"그렇지? 첫째 내 목소리에서부터 덩치도 크겠다. 어째 잇 몸이 근질근질해지는군."

"하긴 선혜 씬 배짱이 있어서 남자 같으니까, 여자도 인간 이 되자 하며 용감하게 남자를 공박하고 쓴 그 글만 하더라 도,"

"글 얘기를 하면 나 같은 여자도 부끄러운 생각이 든답니 다."

"부끄럽기는요, 당당하지요."

"실은 쓰려고 해서 쓴 게 아니랍니다. 언니는 모르시겠지만 본정통에서 찻집을 하나 차렸지요. 지금은 때려치웠지만 오 아시스라구, 찾아오는 손님들은 대개 학생, 문인들인데, 나도 그런 사람들을 위해 시작한 일이었지만, 그래 우리 찻집을 드

나들던 「신여성」지의 김상태, 시도 쓰고 하는 사람인데 글 하
나 써보라고 권하지 않겠어요? 못 쓸 것도 없다, 그것도 배짱
이었어요. 문장은 김상태가 좀 고쳤지만 모두들 읽고 문재(文
才)가 있다 하더구먼."

선혜는 코를 벌름거렸다.

"인실아."

인경이 들어왔다.

"언니!"

"어디 얼굴 한번 보자."

인경이 인실을 끌어안으며 얼굴을 들여다본다.

"수척하구나. 너 때문에 얼마나 걱정을 했는지 몰라. 무사
하다는 편지가 왔다 하길래 겨우 맘은 놓았다만 진작 오지 않
고서."

"그럴 수가 없었어요. 방학 때까지 버텨본 거예요."

"고집은 여전하군."

"얼굴을 보아. 콧대 높게 안 생겼는가. 잘했어. 여자라도 오
기와 고집은 있어야 해. 겁을 집어먹고 도망쳐 온 사내자식들
보다 월등하다."

선혜는 인실을 치켜세운다.

"특히 인실이는 눈이 좋다. 이지적인 아름다움이 있어. 어
릴 적에도 눈이 좋다 생각했는데 눈 하나가 얼굴 전체를 지배
하고 있단 말이야."

"선혜 네가 아무리 그래도 인실인 좋아 안 할걸? 찬물 한 모금도 가는 게 없을 텐데?"

했으나 인경이는 동생을 칭찬하는 것이 좋은 모양이다. 인실이는 쑥스럽게 웃는다. 인실과 사이가 좋지 않은 양순은 새초롬한 얼굴이었고.

"아닌 게 아니라 찬물 한 모금도 나오는 게 없군. 언니."

"네."

"뭣 좀 주십시오. 십여 년 만에 찾아온 손님을 이렇게 푸대접하깁니까?"

"성미도 급해라. 어련할까 봐요?"

양순이 나간다. 찬모에게 점심을 지으라 일러놓고 급히 되돌아온다. 인경이는 마치 어머님처럼 인실의 손을 쓸어주면서,

"나도 대강 네 형부를 통해서 듣긴 했다만 굉장했다며? 조선사람들 많이 죽었다는 얘긴데, 그게 사실이냐?"

"사실이에요."

"너는 그때 숨었느냐?"

"아니오."

"그럼,"

"여자, 또 학생이니까 조선여잔 줄 몰랐던 게지요. 학생들은 대부분 무사했어요. 일본사람들이 숨겨주기도 했었고,"

"나도 그런 말 듣기는 했다만, 아이 밴 여잘 배를 갈라 죽였다 그런 얘기도 돌던데, 사실이니?"

"사실이에요."

"짐승만도 못한 놈들!"

인경의 얼굴이 벌게진다.

"끔찍스러워서 온,"

양순은 고개를 설레설레 저었고, 선혜는 미리 힘을 뺀 탓인지 잠자코 있었다.

"나야 뭐 집 안에서 아이나 기르고 살림하는 여자니까 뭘 알겠냐만, 네 형부 말이 앞으로 점점 더 나빠질 거라 하더구나. 이젠 왜놈들 마음 놓고 차근차근 다 해먹을 거다 그러지 않겠니?"

"형부 말씀대로예요. 조선 민족을 깡그리 없앨 수도 있겠지요. 그러고도 노예매매를 안 하는 저희들은 미국인보다 신사라 하더군요."

"망해도 말이야, 어쩌면 구렁이 담 넘어가듯 기척도 없이 이리 망했느냐 말이야."

선혜는 콤팩트를 꺼내어 콧등을 두드리면서,

"대궐 안에서 쓱싹해버렸으니 구렁이 담 넘어가듯 망할밖에. 상감이고 고관대작이고 정신차릴 겨를이나 있었겠어? 동학란 때 꽝! 청일전쟁으로 꽝! 노일전쟁이 또 꽝! 기부터 죽여놨으니 망해도 창피하게 망했지. 맨날 해봐야 그 얘기가 그 얘기, 이젠 흥미도 없어. 뜯어 먹든지 찢어 먹든지 식성 좋은 놈들 맘대로 하라지. 저라고 천년만년 그러겠나? 망할 날도 있겠지. 그렇게라도 맘먹어야 살지 화통 터져서 못살아."

"요즘엔 다 그런 것 같애. 될 대로 되라는 기분."

"그렇지만도 않아요. 전쟁 때 경기가 좋아서 재산 모은 사람도 많고 생활수준도 나아진 편 아닙니까?"

"그래요?"

놀려대듯 선혜가 반문한다. 인실과 인경이는 오라범댁의 성격을 익히 알고 있는 터여서 뚱딴지 같은 말엔 관심 없다는 듯 잠자코만 있다.

"새 양옥을 짓고 별장도 마련하고 우리 친구들 중에는 그런 사람도 더러 있어요. 우리 그 양반도 의사공부나 했더라면, 아무리 어쩌구저쩌구 해도 할 수 없어요. 조선사람은 그저 의사, 변호사, 업신여김 안 받고 돈 벌고. 검사 판사도 좋지만 친일파 소리 들을 거구요. 하기야 뭐 군수 한다고 욕하는 사람도 없더군요. 대우만 받데요. 우리끼리니까 하는 말이지만 중인계급은 옛날보다 훨씬 좋아진 것 아니에요?"

"인실인 무슨 과야?"

선혜는 양순의 말을 안 들었다는 투로 인실에게 물었다.

"가사과예요."

"너도 가사과야?"

"요즘 와서 후회하구 있어요."

"너의 올케언니 말씀대로 의학이나 할 것 그랬나? 소질이 있다면 미술이나 음악도 괜찮은데."

328

"그런 것엔 소질 없어요."

"전부, 너도 나도 유학했다 하면 가사과야. 여학교는 어딜 나왔어."

"어디긴요, 명화여학교예요. 우리 작은아씬 우등만 했답니다."

양순은 화제에 끼어들려고 애를 쓴다.

"그렇담 임명희한테 배웠겠구나."

"배우다마다요? 애제자였다나 봐요. 얘기가 났으니, 잘 아세요?"

"알다 뿐이겠어요? 동경서 한 기숙사에 있었어요."

"아아, 그러세요?"

양순이 감탄하듯 말했다.

"잘사니?"

인경의 말이다.

"잘살겠지 뭐."

"어째 말이 그러냐?"

"어련하겠어요? 소문이 자자하데요. 명희 선생의 오라버니하고 우리 집 그분하고는 친분이 두터워서, 새로 설립한 학교의 교감으로 와달라는 교섭도 있었어요. 손꼽는 명문에다가 어마어마한 재산에다가 재산상속자요 교육도 최고로 받고, 명희 선생같이 행운인 사람도 드물 거예요. 가지는 물건은 모두 박래품이요, 다이아반지도 젤 큰 걸 갖고 있다나요? 흠이라면 재취라는 것뿐이지. 명희 선생도 노처녀였으니까 그거야."

숨이 가쁘다. 질투 때문에 헐뜯지는 않는다. 그저 선망과 동경일 뿐, 그런 면에선 무해무익한 여자다.

"요즘도 명희 선생님을 만나세요?"

인실이 궁금한 듯 묻는다.

"요즘엔 별로 찾아가지 않지. 조용하가 날 싫어하거든."

"명희 선생님이 그런 사람하고 결혼할 줄은, 너무 기대 밖이었어요. 만나뵙고 싶지만 공연히 배반당한 기분이 들어서."

"작은아씨, 무슨 말씀을 그렇게 하세요? 여자치고,"

계속하려는데,

"그렇게 된 데는 약간의 책임이 내게도 있어."

"그게 무슨 말이냐?"

인경의 말이다.

"글쎄 그렇다니까."

"애두 참, 묘한 말을 하는군."

양순은 눈을 깜박깜박한다. 이해 못하는 얼굴이다. 이때 마침 안에서 찾는다는 전갈이 왔다. 양순은 아쉬운 듯 일어섰다. 그가 나가자,

"옛날과 달라진 곳이 없네. 조금도 닦여지지 않았어. 그 훌륭한 남편의 부인이 왜 저 지경이냐? 날것도 아니고 익은 것도 아니고, 오히려 일자무식인 편이 훨씬 낫겠다."

"입이 나쁘기론 여전이구나. 식구들 앞에서 흉보는 건 좋잖

아."

"인경이 넌 역시 이 집의 큰딸답구나. 아암 그래야지, 하하핫…… 나 사실은 그래서 이 집 식구들이 좋더라. 너의 오빠 아니더면 너 올케 영락없는 소박감이야."

"내소박한 주제에 무슨 소리야."

"참 그랬었지."

"그러니까 조용하라는 사람도 널 싫어하는 거야."

"그럴지도 모르지. 내소박할 것을 사주할까 봐. 그러나 그럴 형편은 아니야. 수대로 이어져 내려온 그놈의 양반기질 때문이지. 양반이다 뿐인가? 귀족 아니야?"

"너 책임이라 했는데 그게 무슨 소리냐?"

"얘길 하려면 길어."

"그러니까 더 궁금하네."

"너도 별수 없는 여자로군. 실은 나도 얘기하고 싶었지만 너 올케 뭉개고 앉는 꼴이 보기 싫어서,"

"너무 그러지 마. 한 가지 버릇 없는 사람이 어디 있겠니?"

"실은 지금 명희 처지가 말이야, 꽃구름 탄 것처럼 그리 행복하질 못해."

"좋잖은 일이라도,"

"애당초부터 그럴 요소가 충분히 있긴 있었지. 실은 말이야, 그들 인연은 나 때문이었어."

"네가 중매라도 들었어?"

"중매 든 거나 마찬가지의 결과였지. 넌 잘 모르겠지만 조용하에게 윤덕화라고 사촌누이가 있었거든. 그 애하곤 일본서 공부를 했으니까 신분은 달라도 친구인 셈인데 죽으려고 그랬던지 자궁암으로 죽었지만, 병 때문에 외갓집에 와 있었거든. 하도 오라 오라 하길래 명희하고 찾아간 것이, 조용하 형제를 만나게 된 계기였다 이거야. 그때는 덕화도 자기 병이 무엇인지 몰랐지. 외삼촌과 친한 미국인 의사가 귀국하여 없었기 때문에 외가에서 의사 돌아오기를 기다리는, 말하자면 심심했던 시기였단 말이야. 그것으로 그쳤다면 몰라. 명희도 저렇게는 안 됐을는지, 덕화가 입원하게 되고 죽음의 선고를 받았다는데 안 가볼 수 있겠어? 명희하고 또 갔었지. 그때 병실에서 두번째 마주치게 된 것이 또 그 형제라. 형은 금슬이 좋잖지만 부인이 있는 몸이었고 동생은 미혼이니까 설령 로맨스가 벌어지더라도 그 동생이거니, 지금 생각해보면 조용하가 맨 먼저 동생 찬하의 감정을 알아차렸던 것 같단 말이야."

인경과 인실의 얼굴이 순간 심각해진다.

"그야말로 전광석화였지. 이혼 말이야. 상당한 위자료를 내놨다는 거야. 그러고는 덕화가 만나고 싶어한다는 구실을 내걸고 학교에다 전화질이니 명희와 조용하는 병실에서 또 몇차렌가 만나게 됐었지. 명희의 결혼은 한마디로 비극이야. 이들 형제 두 사내가 명희를 만나는 순간 연정을 느꼈다는 것은 참말로 짓궂은 운명 아니겠니?"

"그럴 수가,"

"소설 같지?"

"뭔가 으시시해지는군. 형이 나쁘다, 이 애. 동생의 감정 알았으면 응당 미혼인 동생을 위해,"

"애정이란 어디 그런 건가? 또 우리 사회에선 장자의 권위의식, 독선적인 기질은 공통이 아니겠니? 조용하는 그런 면에서 더했으면 더했지."

"그럼 명희 선생이 큰아들하고 연앨 했단 말이니?"

"그랬다면 문제는 간단했지."

"그럼? 동생을!"

"그것도 아냐. 내가 보기엔 노처녀의 처지를 청산하는 기분, 그랬기 때문에 쉽사리 이루어진 혼인이었을 거야."

"약간의 까다로움이 있긴 있겠지만 그렇담 명희 선생한텐 잘못이 있는 건 아니지 않아?"

"그게 그렇지 않은 것이 인간사라. 그래서 예술도 있고 고통도 있고 기쁨도 있고,"

"그래, 그럼 동생은 어떻게 됐어."

"현해탄으로 막혀버렸지."

"……?"

"동경서 돌아오지 않는 거야. 돌아오지 않는 이유를 집안에서 조금씩은 알게 됐다. 그래 명희 앉은 자리가 편하겠어? 편하겠느냐 말이야. 바로 바늘방석이지,"

"명희 선생의 잘못인가?"

"그러나 여자 하나 때문에 아들 하나 잃는다는 기분이 안 들 부모가 어디 있겠어? 집안이 망한다는 생각도 들 거구 말이야."

"그건 그래."

"그러니 비극이다 그 얘기야."

인실은 남의 얘기를 듣고 있는 것 같지가 않았다. 애제자였다는 지난날을 생각한 때문도 아니다. 인실은 남의 일이 아니라는, 고통의 실감 속에 오가타의 모습이 자맥질하듯 떠오르는 것을 어쩔 수가 없다. 인실은 거의 무의식적으로 뜨개질감을 손에 들고 손가락에 실을 감는다.

"이 애가 얘길 듣다 말고 뜨개질은?"

인실은 깜짝 놀라며 뜨개바늘을 떨어뜨렸다.

"충격을 받았구나. 하지만 인실이도 이제 어린애는 아니니까."

"공부 때문에 인실이도 혼처 늦어질까 걱정이야."

"무슨 소리, 인실인 아주 줏대가 강해 보여. 저 턱 좀 보라구. 여자치고는 선이 여간 강하질 않아. 명희는, 그 애는 만사에 소극적이며 답답한 면이 있었지. 연애 한 번 못하고 그야말로 구렁이 담 넘어가듯 결혼을 하고 보니 가시면류관이라. 만남이라는 것은 항상 그렇게 운명적이란 말이야."

하는데,

"작은아씨! 작은아씨!"

양순이가 허둥지둥 쫓아온다.

"일본사람이 찾아왔어요!"

선혜와 인경이 어리둥절한다. 인실이 일어섰다.

"밖에 있어요?"

"오라버니도 안 계시고 어쩌겠어요? 할아범더러 오라버니 오시라 할까요?"

"아니에요. 제가 제재소까지 데리고 가지요."

인실이 외투를 걸치고 목도리를 두르는데,

"누구니? 할아범더러 데려가라면 될 거 아냐? 네가 갈 것까지는,"

"일본인이지만 그렇게 대접해서는 안 될 사람이에요. 그랬다간 오빠가 화내실 거구요."

"네, 큰아씨, 그렇답니다. 그 일본사람은 조선학생들의 은인 이래요. 오라버니가 동경 있을 때도 젤 친한 사이였다나 봐요."

양순은 고개까지 끄덕여가며 말했다.

인실이 밖에 나갔을 때 오가타는 두둑한 반코트에 털실로 짠 모자를 깊숙이 쓰고 호주머니 속에 두 손을 찌른 채 거리를 바라보고 서 있었다. 왠지 쓸쓸한 모습이다.

"오가타상."

"아, 히토미상."

인실의 한자식 일본어 발음은 닌지쓰였다. 그러나 일본식

이름으로 부르자면 인(仁) 자는 히토, 실(實) 자는 미가 된다.

"닌지쓰라는 그거 좋지 않습니다. 괴상하지요. 나는 앞으로 히토미상이라 부르겠어요. 조선말로 불러드리는 것이 젤 좋겠지만 발음이 정확하지 않아서 내가 바보로 보일 테니까요."

언젠가 오가타는 그런 말을 했다. 아닌 게 아니라 한자식 일본어 발음인 닌지쓰란 일본식 마술사의 뜻이기 때문이다. 그러나 오가타는 히토미라는 호칭을 남의 앞에서는 사용하지 않았다. 인실이는 일본여자가 된 것 같아서 싫다고 했지만 둘이 있을 때는 꼭 히토미라고 불렀다.

"오빠, 제재소에 계세요. 거긴 한 번도 안 가보셨지요?"

"안 가봤습니다."

"저랑 가세요."

"그럽시다."

두 사람은 나란히 걷는다.

"조선의 추위란 생! 하니 뭔지도 모르게 쇠[鐵] 같은 느낌이 듭니다. 정신이 번쩍 나는 듯 상쾌하지만요."

"상쾌하지만 어떻다는 거지요?"

"히토미상 같은 느낌이 들어서요."

"제가 쇠 같은 여자로 보이나요?"

"쇠같이 보이진 않지만 생! 하니 소리가 날 것같이 찹니다."

"사실 조선사람 기질에 그런 것이 없는 것도 아니지요."

인실은 얘기의 방향을 돌려버린다.

"여행이란 이래서 좋은 건지 모르지요."

"네?"

"고아 같은 생각이 들어서요. 내 친구들이 많고 모두 나에 겐 민족적 편견 없이 대하는데 말입니다. 하기는 고아 같다는 느낌은 전혀 개인적인 것이지만,"

"그건 그러실 거예요. 저도 동경 있을 때는 그랬으니까. 어 떠세요? 황량하지요? 우리나라가,"

오가타는 인실의 옆모습을 쳐다본다. 한참 있다가,

"겨울인 탓만은 아니겠지요. 황량합니다."

인실은 오가타의 눈길을 느끼며 시선을 떨어뜨린다. 명륜 동에서 창경원 돌담을 끼고 걷는다.

"여기 들어가보고 싶군요."

"아직, 안 가보셨어요?"

"아직, 옛날 임금님이 사시던 곳이지요?"

"임금님 사신 곳은 저 너머 경복궁이에요."

"그렇습니까."

오가타는 창경원의 정문을 미련스럽게 바라보곤 하면서도 들어가자는 말은 안 한다. 인실은 방금 고아 같다는 오가타의 말이 생각났고, 옆에서 걷고 있는 여윈 사내가 실제 고아같이 뵈기도 했다.

"그럼 창경원 구경하고서 오빠한테 가볼까요?"

"그래주시겠습니까? 오빠 만나는 것 조금도 바쁘지 않소."

갑자기 기운이 생겨난 듯 오가타의 눈이 반짝반짝 빛난다. 입장권 두 장을 사들고 두 사람은 창경원 안으로 들어갔다. 겨울철이어서 사람들이 있을 리 없다. 그새 바람은 가라앉고 푸른 하늘은 차갑고 맑았다. 창경원 안의 나무에는 더러 눈이 실려 있었다. 인실이는 이내 후회를 한다. 이런 분위기를 만들어서는 안 되는데 싶었던 것이다. 그러나 막상 두 사람만의 호젓한 장소는 두 사람 사이에 무거운 침묵을 안겨주었다. 오가타의 파아란 면도 자국이 남은 얼굴이 소름으로 하여 울둑불둑한 것처럼 느껴진다. 아이처럼 좋아하던 아까와는 달리 몹시 추위를 타는 듯 두 어깨를 움츠리고 걷는 모습은 을씨년스럽고도 쓸쓸해 뵌다.

"히토미상."

"네."

"춥지요? 춥지 않습니까?"

"별로 춥진 않아요."

"내 반코트 안 입으시겠어요."

"춥지 않다니까요."

"그러세요……."

다시 침묵에 빠진다. 길이 미끄럽지는 않았다. 며칠 전에 내린 눈은 길켠에다 쓸어붙여 언 채 있었지만.

"히토미상."

인실은 으시시 떤다. 오가타의 음성은 두려움에 질려 있는 것만 같이 전해 왔던 것이다.

"히토미상은 일본인을 싫어하지요?"

"네."

"나도 싫어합니까?"

"아니오."

"나도 일본인인데."

"……."

순간 오가타는 두려움에서 빠져나온 듯 엉뚱한 말을 했다.

"나는 오스기 사카에를 좋아했습니다. 이번 진재에 학살당한 오스기 말입니다. 히토미상도 아시지요."

"네, 알아요."

"물론 직접적인 면식은 없습니다마는 그의 생애에 있어서 고독했던 시기, 한 십 년 전의 얘긴가요? 삼각 연애사건 후 동지들과도 헤어져 고민하던 시기를 좋아합니다."

"왜요?"

"그 인간적인 아픔 때문이지요. 그 사람은 물론 아나키스트지만 조직적인 노동운동가이기보다는 사상가요, 보다는 문예평론가로서의 특색이 짙은데……. 인간적인 약점을 들낸 것이 가미치카 이치코[神近市子]한테 칼질을 당한 사건이었지요. 삼각관계란 어휘 자체가 지극히 불결한 느낌을 가지고 있긴 합니다만 노회(老獪)한 사람, 계산이 빠른 사람은 빠지지 않는 함정 아니겠습니까? 이치코라는 이미 있는 애인을 두고 이토 노에[伊藤野枝]를 사랑했다는 것은 도덕적인 면에서 볼 때 규탄받을 일이긴 했지요. 그러나 사람이란 진실이라 하고 잡았는데 진실이 아닐 경우는 왕왕 있는 일 아니겠어요? 그런 관점에서 본다면 오스기는 위선자가 아닙니다. 정직했던 거지요. 더군다나 자신이 처해 있는 위치에서 본다면 정직한 만용으로도 볼 수 있지 않을까요? 오히려 확실했던 것이지요. 노회했더라면……. 잘한 일이라 생각할 수는 없지만 적어도 사회운동하는 사람의 심장문제에서 볼 때, 사상으로 심장에다 시멘트벽을 쳐놓은 것보다는, 나는 오스기 편을 취하겠어요. 그 사람도 이제는 죽고 없는 사람이며 그의 처 이토 노에도 함께 참살당했지만,"

오가타는 걸음을 멈추고 나뭇가지에 쌓인 눈, 얼어서 반짝거리는 눈을 손바닥에 털어서 받는다. 인실이는 오가타가 왜 그 말을 하는가 알 수 있었다.

3장 산호주(珊瑚舟)

오래간만에, 원고료를 받은 상현은 기자, 시 쓰는 친구, 평론한다는 사람들과 어울려 기생집으로 갔다. 청진동에 새로 생긴 집이라는 말을 듣고 찾아갔는데 상현은 그곳에서 산호주(珊瑚舟)를 만났다. 전주에 갔을 때 상현을 기화 있는 집까지

340

데려다준 기생이다. 그때와 다름없이 안색은 검고 깡마른 몸
매였으며 여전히 성깔깨나 있어 뵈는 얼굴이었다. 놀란 것은
상현이보다 산호주였다.

"네가 여긴 웬일이냐?"

"기생한테 정한 곳이 따로 있겠습니까? 서방님께선 웬일이
시오."

산호주같이 뻣센 여자가 놀라는 것도 수상쩍거니와 어투에
도 뭔지 석연찮은 것이 있었다.

"나도 마찬가지네. 동가식서가숙, 정한 곳이 따로 없기론
마찬가지야."

"내, 이래서 상현이하곤 기생집 오기 싫단 말씀이야."

전작이 있어 얼굴이 벌건 사내가 말했다.

"계집들 눈엔 매끄럼한 상판, 두둑한 속주머니밖엔 보이는
게 없지."

얼굴이 삼각형인 사내의 말이었다.

"가나 오나 들러리 신세, 조선은행이나 한번 털어먹을까 부
다."

"한탄 마라. 박색보구 침 삼킬 것도 없다구."

초장부터 거칠다. 일류 기생집은 아니지만 그런데도 영 호
주머니에 자신이 없기 때문에 허세를 부려보는 것이다. 산호
주는 샐쭉하지도 않고 도리어 경멸하는 웃음을 띤다.

"그러면 이 박색은 물러가겠나이다. 대신 절색을 들여보내

겠어요."

"어어, 그럴 것 없다구."

일행은 갑자기 당황한다. 발이 저리기 때문이다.

"가난뱅이 문사, 자네면 족하네. 돈 많은 기름덩이같이 번드르르 못하기론 매일반 아닌가. 절색이 내 차지 되겠느냐?"

"아니옵니다."

그때까지 잠자코 있던 상현이,

"나가! 나아가!"

냅다 소리를 질렀다. 하마 성깔을 부리지 않나 싶었는데 의외로 공손하게 절을 하고 나서 산호주는 물러난다.

"저런 계집은 톡톡 쏘는 맛이 있어야 좋은 건데 맥 풀리는군."

예쁘장한 어린 기생이 하나 들어와서 술 시중을 들었다. 사내들은 마시고 떠들고, 마시고는 떠들었다. 박색이니 어쩌니 하고 투정하는 것과는 달리 사내들은 도통 기생에게는 관심이 없었다. 허겁지겁 술을 마셨고 허겁지겁 논쟁을 했고 마치 누가 쫓아오기라도 할 것처럼 좌불안석인데, 그렇다고 쉬이 자리를 뜰 것 같지도 않다. 아까 기화 생각이 문득 났을 때 상현은 산호주에게 나가라고 소리를 질렀다. 그러나 상현은 기화뿐만 아니라 방금 만난 산호주도 잊고 말았다. 뭉뭉한 공기와 열기, 담배 연기, 술 냄새, 나락과도 같은 자포자기가 팽배해 있는 분위기, 그것은 상현에겐 언제나 아편과도 같은 망실

의 쾌감이다. 작년 삼월달, 노령 연추에서 오십구 세를 일기
로 세상을 떠난 부친을 잊을 수 있었고, 명희가 조용하와 결
혼한 그 충격적 사건도 잊을 수 있었고, 잔인하게 버린 기화
도 잊을 수 있었고, 공방을 지키며 시모를 모시고 아이들을
기르는 아내도 잊을 수 있었고, 세상일 모두를 잊을 수 있었
다. 마시고 떠들고, 이야기는 이어지는가 하면 뛰어넘기도 하
고. 작가 이 모(李某)에 대한 성토와 공격은 특히 이들 햇빛 못
보는 문인들에겐 비애와 울분을 해소하는 데 효력이 있었다.

"지가 무슨 성자(聖者)라고 설교야. 예술은 예술일 뿐 누구를
지도하고 계몽하는 따위, 그건 구역질나게 불순한 거란 말이
야. 그럴 양이면 문학 따위 집어치우고 운동으로 나가는 게야."

"엄격히 말해서 문학이란 어느 편에 서서도 안 된다. 그게
내 지론이야. 오늘 이 시점에서는 비겁자로 몰아붙일 테지만,
비겁자라는 말에도 불사하고 자신의 문학관을 지키고 나가는
거야말로 진정한 예술가라 할 수 있지. 비겁자 소리 듣는 것
두려워하고 설교 따위, 왜놈에게 안 잡혀갈 정도의 저항문학
을 하면서 젊은 치들의 갈채를 기대하는 그따위야말로 비겁
자와 위선자 아니겠느냐, 나는 그렇게 생각하네."

"그건 나도 동감이네. 치졸한 것에 애국이다, 독립이다, 혹
은 사회주의자다, 하는 옷을 입혀서, 뭐 대단한 것처럼, 득을
보려는, 그것이야말로 사기행위지. 그것은 결국 옷일 뿐 몸뚱
이는 아니란 말이야. 그것들이 몸뚱이가 된다면 더할 나위 없

이 좋겠지만 말씀이야. 한마디로 치졸해. 박수갈채를 보내는 사람도 그렇지. 사실 계몽을 받아야 할 사람 같으면 엄격히 말해서 문학 독자의 자격이 없다 그렇게 봐야 해. 안 그런가?"

"흥! 그걸 우리 세대에서 바랄 수 있겠나?"

"때려치우는 거다. 아니면 길바닥에 내놓고 파는 염문소설이나 쓰지."

"그것도 아무나 하는 줄 아나?"

이야기는 또 뛰어서 작년 칠월에 공판이 열린 의열단(義烈團) 사건으로 넘어갔다. 상해의 의열단원이 국내 폭동을 모의하고 폭탄을 반입하다 발각이 되었는데, 경기도 경찰부 황옥(黃鈺) 경부(警部)가 관련된 데서 크게 파문을 일으켰고, 아직 공판은 마무리되지 않고 있는 사건이다. 의열단은 1919년 만주 길림(吉林)에서 김원봉(金元鳳), 이성우(李成宇)가 조직한 항일단체로서 이미 밀양(密陽)경찰서 습격사건, 총독부 습격사건의 전력을 가지고 있으며 폭력투쟁으로 독립을 쟁취하자는 노선이다. 폭탄 반입, 누구나가 그랬듯이 기생집에 앉은 이들도 사건에 관련된 열두 사람 중 황옥 경부에 대해서 왈가왈부, 옳다느니 그르다느니 양론으로 갈리어 한참 떠들썩하게 핏대를 세우는 것이었다.

"공판에서 자신은 가담하지 않았다고 변명한 황옥을 두고 옳다느니 그르다느니 극단적으로 말할 것이 아니라, 공판정에서 애국투사로서 면목을 나타내던, 종전까지의 태도를 검

토해볼 시기가 되지 않았는가. 이미 의병 시대는 갔어. 유교를 바탕으로 한 개인의 완성이 주되었던 시절은 가버렸다 그 얘기야. 의롭게 죽는 것도 나쁠 것이 없고 법정에서 재판장을 꾸짖으며 독립을 주장하는 것도 그 영향력을 생각할 때 물론 잘하는 짓이긴 하지만, 그러나 모두가 의인이 되는 동시 자폭한다는 것 말이야, 죽고 나면 그만큼 일꾼도 줄지 않겠느냐, 죽느니보다 살아서 일 좀 더하고, 음, 징역 십 년 살 거면 오 년 살아서 오 년을 덕 보고 기왕지사 우리네야 천하에 없는 졸장부니 술이 창자를 썩게 하고도 음, 그러고 나면 개죽음을 할 것이다마는 그네들이야 좀 더 살고 봐야."

"그럼, 그, 그럼, 투쟁에 나선 이상은 이미 버린 목숨이요 그것은 백성들의 목숨인 만큼 아껴야 하는 것이, 그, 그럼, 힘을 막 쓰는 것 아니라구."

"내 말이 그 말이야. 황옥이 고분고분했다고, 변절을 했는지 그야 모르지이. 그러나 고분고분할 것까지는 없어도, 팔팔 뛸 필요는 없고 능구렁이."

"듣자 듣자 하니 모두 제 맘대로 지껄이는군."

상현이 실실 웃는다.

"뭐라구?"

"봉사 코끼리 만지듯 제각기 한마디씩 하긴 하는데 어디 그 게 코끼리 모양인가?"

"흥! 잘난 친구야, 그러면 자네 코끼리는 어떠한고?"

"열두 사람 중에 황옥만 빼고 나머지 사람들이 팔팔 뛰었단 말이야? 능구렁이 짓을 했는지 안 했는지 모르지만 자알한 거라구. 비굴하지 않고 오만하지 않고 형량이 문제 될 것 없는 게야. 밖에서 조잘조잘해봐야 사또 지나간 뒤 나팔 부는 격이지. 혁명가들의 모습은 자네들 말보다 훨씬 앞서서 새롭게 틀이 잡혀가고 있는데, 뭐 자네들보다 등신인 줄 알어? 우물 안의 개구리들, 집어치워. 시시하다."

시시하다는 상현도 시시했다. 시시한 자신에 대하여 혐오하지 않는 것은 얼마나 마음 편한 일인가. 만주 길림에서 조직된 항일단체 의열단, 의열단의 얘기가 나와도 상현은 부친 이동진의 생각을 아니했고 십여 년 전의 그 쓰라린 만주 벌판, 시베리아 벌판의 기억도 되살리지 아니했다. 새까맣게, 새까맣게 잊은 것이었다.

"거룩한 얘기는 우리들 관내가 아니야. 술은 더 없어? 걱정들 말고 마셔! 얼마든지. 길 가다 옷깃이 스쳐도 전생의 인연이라 했는데, 그렇지, 뭐야 이건 뭐야? 아아 맞어. 낯짝 익은 기생 년 하나 있으니까 주머니 걱정 말구, 마시자구."

상현의 술 취한 꼴은 몇 해 전하고도 또 달랐다. 보가 터져서 흐르는 물같이 낭자하고 흙탕이었다. 또다시 얘기는 이 모(李某)로 돌아갔고 그의 개인적인 문제까지 들추어 욕질, 누가 누구의 돈을 떼먹었느니, 누가 누구 집에 무슨 목적으로 술병 들고 갔느니 시시풍덩한 화제들을 늘어놓는데 상현이 비틀거리며 일어섰다.

"내가 왜 소설을 쓰는지 알어?"

"알구말구."

"알어?"

"주색잡기, 잡놈, 술값 벌려고 쓰지."

"하하핫 핫핫핫……."

연방 웃으며 방문을 열고 나간다. 달이, 빈 대합실에 전등 하나 매단 것처럼 휑뎅그레하니 떠 있다. 처마 끝과 처마 끝이 입맞춤하듯 물려 있는 사각의 하늘, 사각의 마당이 눈도 쓸어버렸는데 달빛을 받고 하얗게, 상현의 취안(醉眼)에는 부시다.

"많이 마셨다. 이놈의 집구석 뒷간이 어디야."

상현은 신발을 걸고 마당으로 내려선다.

"이봐! 아무도 없느냐구!"

"네, 서방님."

기다리고나 있었던 것처럼 산호주가 나타났다.

"너 산호주 아니냐?"

"네."

"이름 한번 좋았다구. 내 그래서 기억을 했지."

"고맙습니다."

"이 집 네 집이냐?"

"그렇다고도 할 수 있겠지요."

"거 참 잘되었다. 한데 볼일 보는 곳이 어디냐?"

"저 모퉁이로 돌아가보십시오."

산호주는 뒤쪽을 향해 손가락질을 했다.

상현이 소피를 보고 나왔을 때 산호주는 팔짱을 끼고 툇마루에 앉아 있었다.

"춥지 않느냐?"

"춥습니다."

"날 기다리는 게야?"

"네."

"나를 기다려줄 계집이 아직 있다니 기분 나쁘지 않은데? 외상술은 문제없겠군."

상현은 술 냄새를 피우며 산호주 옆에 털썩 주저앉는다.

"서방님."

"왜 그래? 사랑 고백이냐? 기둥서방만은 관두자."

"보아하니 하도 차림이 허랑하여 제가 많이 참고 있습니다."

"호오? 참는 이유가 허랑한 차림에 있고…… 못 참는다면……."

상현은 정신이 오락가락하는지 고개를 흔든다.

"서방님, 왜 묻지 않으십니까?"

"뭘 물어."

"저를 보시면 기억나는 사람이 있을 것 아닙니까?"

"하항, 이제 보니까 기생 년들 의리로구나. 그래, 기화는 잘 있느냐?"

"잘 안 있다면 어쩌시겠습니까."

"허랑하게 떠도는 놈이 뭘 어쩌겠나. 그런 얘기는 만석꾼 집 아들놈 보고나 할 일이지. 아아 참 만석꾼 얘기가 났으니 생각이 나는데에, 하동, 아아 아니지, 진주 최부잣집에 가면 먹여 살려줄 게야. 거기 가라고 해."

"참아드리는 거예요."

"안 참으면 어떡허나? 그까짓! 처자식도 버린 놈이 기생 나부랭이, 흘러간 계집 생각하게 됐어? 아이구 취한다. 기화한테 의리 다하려면 지체없이 술이나 들여보내는 거다. 기화가 사랑하던 이상현 서방님, 하하핫……."

상현이 일어서는데 산호주는 옷깃을 찢어발기듯 강하게 잡아 젖혔다.

"할 말을 아직 못했기 때문에 또 한 번 참는 게요. 앉으시오!"

"이게 미쳤나? 감히."

"그래 장하오. 아직은 양반님네 기개가 남아 있는 모양이니 희망도 있겠소. 고함 질러서 망신당하기 전에 앉으시오!"

산호주는 흥분을 가라앉히느라 애를 쓴다.

"잘 들으시오. 기화언니가 애기를 낳았소."

"뭐라구?"

상현이 얼굴을 번쩍 쳐든다.

"기화언니가 애기를 낳았단 말입니다."

"애기를 낳아?"

바보같이 중얼거렸다. 그러나 다음 순간 펄쩍 뛰듯,

"그게 나하고 무슨 상관이야!"

악을 쓴다.

"이상현의 아이니까."

"미친 소리 말어. 기생 년도 애비 있는 자식을 낳아? 일없어!"

"이 개자식이!"

산호주의 손이 상현의 뺨따귀를 갈긴다. 반사적으로 상현의 손도 산호주의 뺨을 향해 날았다. 그리고 다시 덤비려는 산호주의 손목을 꽉 잡는다. 상현의 눈은 미치광이처럼 번쩍번쩍 빛났다.

"잘 들어. 차후 두 번 다시 내 앞에서 그런 말 했다간 주둥이를 찢어버릴 테다!"

"개자식!"

산호주는 으르렁거렸다.

"뭣이!"

상현은 손목을 놓고 산호주 목에 두 손을 감는다. 안에서는 떠들고 노래하고, 영하 십 도가 넘는 밖에는 두 사람 말고 얼씬거리는 그림자 하나 없다. 산호주는 상현의 손을 풀려고 버둥거린다.

"죽일 테야! 죽여주겠다!"

짐승같이 이빨 사이로 밀려나오는 상현의 신음 소리. 냅다 밀어붙인다. 그리고 상현은 쏜살같이 밖으로 뛰어나간다.

길모퉁이까지 돌아나온 상현은 담벽에 머리를 처박고,

'내가 무슨 짓을 했나. 살인을 했나? 살인을 했나?'

몸을 흔들어본다. 그림자가 따라서 흔들린다. 개 짖는 소리가 들려온다.

'좋다 이거야! 기화가 애를 낳아? 낳아? 낳았음 낳았지 내가 살인할 것 없잖아……. 애를 낳았다구, 애를 말이지……. 낳았다, 낳았다…….'

상현은 길바닥에 픽 쓰러졌다.

상현이 눈을 떴을 때 피부에 닿은 이부자리의 촉감이 부드러웠다. 그러나 목은 타는 것 같았다.

"물, 물,"

눈은 떠지지 않았다. 힘껏 손을 뻗쳐 물기를 찾는데 입술을 적셔주는 손길이 있다.

"물, 물,"

남자의 목소리, 여자의 목소리가 멀리서 들려온다.

눈을 떠보려고 애를 썼다. 그러나 정신이 몽롱해지면서 다시 고통스러운 잠에 빠져들어갔다.

상현이 누워 있는 곳은 산호주가 거처하는 방이다. 산호주의 목을 조르다 말고 외투를 벗은 채 뛰쳐나가다가 쓰러졌는데, 상현이 달아난 것으로 오해한 술친구들이 욕지거리를 하며 기생집을 나선 길에서 쓰러진 상현을 발견했던 것이다. 엉겁결에 떠메고 기생집으로 되돌아온 그들은 어쩌겠느냐 좀 봐달라, 하고 도망치듯 가버렸다. 산호주도 술친구들도 과음으로만 생각했다. 그래서 짜증스런 기분이기도 했다. 자고 나면 정신을 차리겠지. 그러나 상현은 밤새껏 신음했다. 몸은 불덩이같이 달아서 헛소리를 질렀다. 사흘을 그렇게 앓았다. 왕진가방을 든 의사가 몇 번 들락거렸는데 병은 급성폐렴이라는 것이었다.

"겨우 위험한 고비는 넘긴 것 같소. 그러나 며칠은 더 안정해야 할 게요."

의사는 왕진가방을 챙겨 들고 일어서며 말했다. 의사가 나간 뒤,

"딱한 양반."

얼음주머니를 갈아주며 산호주는 혀를 끌끌 찬다. 기화가 아이를 낳았다고 했을 때 그 사실을 떨쳐버리듯 길길이 뛰었고 목을 조를 때 몸서리치게 눈빛이 무서웠던 사내, 가다가 얼음판에라도 미끄러져 뒈져라! 하며 뛰쳐나가는 뒤통수를 향해 욕설을 퍼부었던 사내, 그러나 이제 산호주 마음에 증오는 없어지고 말았다.

'눈 감고 누워 있는 모습은 철 안 든 아이 같다. 이러다가 눈을 뜨면 날 원수 보듯 할 거야. 딱한 양반.'

산호주는 씁쓰름한 웃음을 머금는다. 아버님! 불효자식을 용서하옵소서, 상현은 계속하여 헛소리를 했다. 간간이 내가 잘못했어, 봉순이, 용서해주게, 그런 헛소리를 하기도 했다. 체면과 자존심을 버리고 자기변명도 없이 알몸을 드러낸 사나이의 고뇌를 산호주는 느낄 수 있었다.

작년 가을이었던가, 산호주가 기화를 만난 것은. 만났다기보다 찾아갔었다. 산호주에게는 수향(水鄉)이라는 친언니가 하나 있었다. 일찍이 장사꾼의 소실로 들어갔는데 이 삼사 년 동안 장사를 곧잘 하여 재산이 불어난 것을 기화로 남편을 졸랐다. 하나 있는 동생에게 요릿집을 차려주자고. 수향의 말인즉,

"천서방만 죽어봐, 내 신세가 어찌 될 것인가. 제밋대* 잃은 나룻배야. 눈이 화등잔 같은 아들 삼형제, 나한테 돌아올 숟가락몽댕이가 하나 있겠냐? 그러니 서울 올라와서 요릿집을 네가 맡아 해주어. 동기간에 니 것 내 것 따질 것 없이,"

"실패하면 어떡허우?"

"실패할 리도 없고 설령 그렇다 하더라도 집은 남겠지."

"그는 그렇수. 밑천이래야 먹고 마시고, 기생 있으면,"

해서 산호주는 군산(群山)에 있다는 기화를 찾아갔던 것이다. 들어선 집은 초라한 오막살이었다. 장독대에는 항아리 하나, 단지 세 개가 덩그마니 먼지를 쓰고 있었다. 산호주는 기화가 앓고 있지나 않을까 하고 생각했다.

"……?"

빨랫줄엔 또 웬 기저귀가 즐비하게 널려 있지 않은가.

"내가 집을 잘못 찾아왔나?"

중얼거리는데 눈이 불거진 계집아이가 어린것을 업고 쫄랑 쫄랑 삽짝을 들어왔다.

"애야, 이 집이 기화언니 집이냐?"

"몰라라우. 아짐씨 말이여라?"

하는데,

"누구 왔냐?"

방문을 열고 기화가 내다보았다.

"언니!"

"아니, 너 산호주 아니냐."

기화는 완연히 당황해하고 있었다.

"드, 들어와라."

산호주는 팔을 잡힌 채 천장이 낮은 안방으로 들어갔다.

"아짐씨, 아기는 어쩐다요?"

"데리고 들어와."

산호주를 흘낏 보며 아까처럼 기화는 당황한다. 산호주는 영문을 몰랐다. 계집아이로부터 어린것을 받아 안은 기화는,

"넌 말이야, 음, 가게에 가서 사과 좀 사다 주겠니?"

아이를 안고 자리걸음으로 다가가서 이불 사이로 손을 넣는다. 지갑을 꺼내어 오십 전짜리 동전을 계집아이에게 건네준다. 그 애가 나간 뒤,

"언니, 대체 어떻게 된 거유? 이 애는?"

오륙 개월쯤 됐을까, 아이는 분홍색 저고리에 누빈 양회색 두렁이를 둘렀는데 누추한 집에 비하여 차림새나 생김새가 지나치게 깔끔하다.

"언니 이 애가 누구예요? 설마,"

"내가 낳았단다."

"뭐이라구요?"

"……"

"어디서 하나 얻어 왔군요. 언니도 참 어쩌려구,"

"아니야, 내 딸이야."

기화는 조심스럽게 젖을 문지른다. 산호주를 빤히 쳐다보던 아이는 얼굴을 돌리고 강아지처럼 젖을 찾는다. 기화는 아이에게 젖을 물리며 웃었다. 산호주는 벌렸던 입을 다물 수 없었다. 젖 넘어가는 소리, 쉴 새 없이 아이의 머리를 쓸어주는 기화의 손길, 배불리 먹은 아이는 젖꼭지를 문 채 잠이 들었다. 기화는 조용 조용히 베개를 고르게 고쳐놓고 아이를 누인 뒤 포대기를 덮어주고 그리고 옷매무새를 고친다.

"놀랐겠지."

"기가 막혀서,"

"기생이라고 애 못 낳으란 법이 있니?"

"언니 나이 몇이우?"

"서른둘,"

산호주는 새삼스럽게 잠든 아이를 내려다보았다.

"깜찍하게 생겼수. 크면 천하절색이겠네."

"천하절색이면 뭘해. 잘못 생겨난걸."

"애아버지는 누구유?"

"……."

"이상현이 그 사람이군요."

"……."

"애 낳은 것 알기나 해요?"

기화는 고개를 저었다.

"그러면?"

"알면 뭘해. 술만 더 마실걸."

"그런 법이 어디 있어요?"

"원하던 아인가?"

"원하든 원치 않든 생겨난 건 거두어주어야지요."

"거두어주어? 일신도 감당 못하는 사람이,"

기화는 아주 낡아버린 사람같이 보였다. 다시 기생으로 나
서지 못할 것 같았다. 방에는 반닫이 위에 이불 한 채, 가방
두 개가 포개져 있을 뿐, 그리고 아이의 옷가지며 반듯하게
개켜놓은 기저귀가 눈에 띄었다.

"생활은 어떻게 하고 있수."

"가진 것 팔아가면서 그럭저럭 사는 거지 뭐."

"그것도 하루 이틀이지, 앞으로 어떡헐래요?"

"나도 몰라. 서울서 운삼 어른이 조금씩 도와주시지만."

"정성도 지극해라. 말 듣기론 평생을 여자 덕에 한량이라던데, 기생들도 많이 울렸다 하던데 언니한테만은 각별하구려. 허신한 사이도 아닌데 말이유."

"남녀의 정으로 어디 그러시냐? 운삼 어른께서는 내게 희망을 많이 거셨지. 끝내 말을 안 듣고 내 마음대로 이렇게 됐지만."

"그건 그렇수. 언닌 제 손으로 눈 찌른 거유. 언니보다 못한 기생이 지금 좀 날리우? 요즘엔 그 왜 소리판, 뭐 그런 게 있어서 한 번 부르면 기백 원, 누워서 떡 먹기랍디다. 기왕지사 기적(妓籍)에 들었으니, 가무도 못하고 얼굴도 별난 것 아닌 나 같은 나무 기생도 아니겠고, 언닌 잘못한 거유."

"이제 와서 그런 말하면 뭘 하누. 지나간 날이 돌아오는 것도 아니겠고."

마침 계집아이가 사과를 사왔다.

"그럼 넌 집에 가보아."

쟁반하고 칼을 가져온 기화는 잠자코 사과 껍질을 벗긴다.

"데리고 있는 애 아니유?"

"이웃집 아인데 틈틈이 와서 애기를 업어주곤 하지."

"생각할수록 거짓말 같은 얘기유."

껍질을 벗긴 사과쪽을 쟁반에 놓는다.

"사과나 먹으렴."

"목이 마르고 속이 답답해서 좀 먹긴 먹어야겠수."

장지문에 가을 햇빛이 함빡 들쳐들고 있었다. 어디선지 닭이 한가롭게 낮울음을 잡히고 있었다.

"언니?"

"왜."

"서울 안 가시려우?"

"서울? 안 가겠다."

기화는 잘라 말했다. 고집스러움이 그의 얼굴을 딱딱하게 한다.

"안 가겠다는 까닭이 뭐유?"

"하여간,"

"기생질은 안 하겠다는 뜻인 모양인데, 살아갈 방도도 없이 이곳에 묻혀 있자는 것은 살다가 막히면 죽는다 그 생각이유?"

"어떻게 되겠지."

"세상에, 이리 답답할 데가 있나."

"나 이부사댁 서방님, 그분이 알까 두려워서 그래."

"그렇담 어째서 이 지경까지 됐수."

"서로가 외로웠던 게지. 우린 애당초 그럴 사이가 아니었는데……."

기화는 쓸쓸하게 웃었다.

"내가 이리 된 건 내 탓이야. 그 양반이 그리된 건 또 그 양반 탓이고, 피차 빚진 것도 갚을 것도 없어. 그 양반은 여자 복이 없었고 나는 남자 복이 없었다. 그래야 할까? 다 지나간 얘기지만, 그나저나 다 늦게 생긴 아이가 걱정이야."

자는 아이에게 측은해하는 눈길을 보내며 칼을 놓고 쟁반을 산호주 앞으로 밀어준다.

"피차 빚진 것 갚을 것 없다 하지만 아이는 달라요. 핏줄을 찾아야지요. 아일 위해서도 할 수 없잖우? 본가에 갖다 맡겨요. 아일 달고서 언니 같은 사람이 어떻게 살우."

"무슨 소릴 하는 게야? 그렇게는 못해! 넌 본시부터 인정머리가 없었어. 어찌 그리 마구잡이로 함부로 말을 하니."

얼굴이 시뻘게졌다. 기화의 기세가 하도 험악하여 산호주는 멈칫하고 말았다.

"내 성미는 언니가 잘 알지 않우. 늘 말투가 그런 걸 어떻게 해."

"이런 오막살이, 네 눈에는 우습게 하고 사니까 내일부터라도 당장 굶어 죽을 것같이 보이겠지만 이삼 년은 넉넉히 살아갈 수 있어. 옛날같이 생각 없는 계집은 아니야."

기화는 별안간 흐느꼈다.

"네, 네, 알았수. 내숭스럽긴, 그러고도 운삼 어른 도움을 받았나요? 아닌 게 아니라 달라지긴 달라졌수."

산호주는 흐느껴 우는 기화에게 일부러 입살을 안겼다.

하룻밤을 함께 묵으면서 산호주는 집 안을 치워주고 아침엔 마당도 쓸어주고 올 겨울을 대비하여 장작을 몇 짐 들여주 곤 떠나왔던 것이다.

상현은 산호주 방에서 사흘을 더 보냈다. 병보다 마음 때문에 몸살이 나고 답답해 견딜 수 없는 사흘이었다. 겨우 회복기에 들어서긴 했으나 완쾌하진 못했는데 상현의 고집에 못 이겨 인력거를 불러온 산호주는,

"떠나면 다시 오시겠어요? 하니 아시고나 가세요. 아이는 딸이구요, 언닌 군산에 살아요. 삼합이란 기생집을 찾으면 언니 사는 곳을 가르쳐줄 거예요."

"나한테 든 비용 갚으러 오겠다."

상현의 대답이었다. 산호주 얼굴에 노기가 떠올랐으나 이내 사라졌다.

'딱한 양반.'

소용없는 짓인 걸 알면서 인력거에 오르는 상현에게 산호주는 또 말했다.

"저한테 비용 갚으러 오시지 말구 기화언니한테 한 번이라도 가보셔요."

"어서 가잔 말이야!"

상현은 차부에게 소리를 질렀다.

4장 노령(露領)의 빙판

"상현아! 자네 소리 소문 없이 죽을 뻔했다면서?"

부산하게 떠들며 선우일이 방으로 들어왔다. 방 앞에서 신발을 벗던 성삼대는,

"호강했지 뭐. 기생방에 일주일 넘게 누워 있었다면. 하여간 인복 있는 작자는 병이 나도 기생 품속이라, 부럽네 부러워."

말쑥한 양복의 선우일과는 반대로 무명 두루마기에 수염도 안 깎고, 목수건을 끄르며 성삼대는 선우일 옆에 앉는다.

"인복이 아니라 여복이네."

상현이 이불을 걷고 부시시 일어나 앉는다.

"얼굴이 축갔군. 앓기는 되게 앓은 모양이야."

선우일이 상현의 얼굴을 쳐다본다.

"본바탕으로 돌아온 게지. 술살이 쪼옥 빠졌던 게야. 방은 따뜻하군."

성삼대는 방바닥을 짚어본다. 농담부터 앞세우며 얼렁뚱땅 넘기고 있으나 상현은 이들이 자신에게 얼마나 큰 불만을 가지고 있는가를 잘 알고 있었다.

"요즘 재미가 어때?"

상현은 딴전을 피우듯 물었다.

"재미? 죽을 지경이지. 재미는 자네가 톡톡히 보지 않았나. 그래 지성으로 병간호했다는 기생은 쓸 만한 계집이던가?"

"박색이야. 성깔 고약하구."

담배를 붙여 물었던 상현은 심한 기침을 하다가,

"제에기랄!"

담배를 눌러 꺼버린다. 태연스럽게 말은 했지만 심중이 편할 수는 없는 것이다. 기화에 대한 죄책감보다 최참판댁의 침모 그 딸이며 기생인 기화 몸에서 자신의 핏줄이 태어났다는 사실을 치욕감 없이 되새길 수가 없는 것이다. 뭣이든 닥치는 대로 두들겨 부수고 싶었다. 자신의 몸뚱어리를 산산조각 나게 부숴버리고 싶었다.

"당분간은 담배 안 피우는 게 좋을 게야."

선우일은 험악해지는 상현의 얼굴에서 벽면 쪽으로 시선을 옮긴다. 늘 그러했다. 두려운 것도 아닌데 정면으로 대하기만 하면 벼르고 별렀던 충고를 못하고 마는 이상현의 분위기다. 잇몸이 근질근질하지만 결국 그의 행사에 대해서는 말을 못하고 마는 것이다. 오늘은 충고 아닌 병문안을 위해 온 터이기는 했다.

"태수형님이 걱정을 하시더군."

겨우 선우일은 얘기를 이었다.

"무슨 걱정?"

"자네가 앓는다는 소문을 들었지."

"이젠 괜찮어, 나가기 싫어서 누워 있을 뿐이지."

"몸도 다스리고 글도 쓸 겸 절에 가볼 생각 없나?"

"태수형이 그러라 하던가?"

"그러라기보다 그러는 편이, 말하자면 심기일전하는 뜻에서 말이야. 나쁠 것도 없잖겠나?"

상현은 쓴웃음을 띤다. 살빛이 검은 편인 상현은 앓고 난 뒤라서 그랬던지 얼굴빛이 노오랬다. 좋지 않은 안색이었다.

"난 틀렸어. 죽을 용기도 없는 놈이라구. 값싼 동정심보다 훨씬 더 값싼 인간이거든."

"자학하는 게 바로 자네 병일세."

들은 척 만 척 상현은 방문을 열고 밖을 내다보며,

"아주머니! 아주머니!"

신경질적으로 불러댄다.

"네―. 가요오."

하숙집 여자가 신발을 끌며 다가오자 뭔가 귓속말을 하더니 방문을 닫는다.

"요즘 선우일이 자넨 물산장려운동인가 뭔가 때문에 상당히 바쁜 모양 아니야?"

순간 선우일의 눈빛이 날카로워졌고 성삼대는 상현을 흘깃 쳐다본다.

"왜? 그 일 땜에 바쁘면 안 되겠나?"

시작부터 흥분한다.

"안 된다는 말 안 했다. 덕분에 황태수 같은 사람 돈 벌게 됐다는 얘기는 할 수 있겠지."

"자네도 공산당이야?"

"그런 말하면 공산당 되나?"

"민족 전체가 호응하는 운동을 공산당만이 반대하니까 하는 말일세."

"흥분하지 말게. 공산당이라고 다 반대한 것도 아니었고 나도 반대하진 않았다구. 고무공장 설립에 열 올리는 황태수 형이 부자 되겠다는 얘기, 그것뿐이야."

"그러면 태수형이 그 운동을 이용한다, 그 말인가? 왜들 이러지? 왜들 이러느냐 말이야. 모두 삐따닥하니, 사촌 땅 사면 배 아픈 상판들 하구서, 그러니 조선놈들 될 일도 안 되는 게야."

"절에 가라니 마라니, 불쾌해서 그런다 왜! 값싼 동정보다 훨씬 더 값싼 인간이지만 말이야, 나 비럭질은 안 해!"

"공과 사를 혼동하니까 자네 입에서 그런 말이 나오는 게야. 어째서 이 운동을 몇몇 기업가를 살찌우는 운동으로 보느냐 말이다."

"결과가 그렇다면 그런 말 들어도 별수 없지. 아무튼 팔방미인 황태수보다 찧고 볶고, 천하 망나니 서의돈 쪽이 내게는 매력이 있어."

"서의돈? 흥! 그 사람 공산당이야. 맹랑한 소릴 하고 다니더군."

눈살을 찌푸리며 선우일은 씹어뱉듯 말했다.

"공산당이면 어떻고 사회주의면 어때? 제 하고 싶은 대로 하는 거야 팔자 좋은 사람들의 일. 양반 놈들 백정하고도 야합하는 세상인걸. 하지만 말이야, 의돈형은 무정부주의자지 공산당은 아니다."

"백 보 오십 보 아닌가."

"이 친구 자본가 다 됐군."

"오햄 말게. 내 근본은 자네도 알다시피 응시자격이 없었던 조상의 후손이고 보면 양반 놈들 백정하고 야합했다 하여 혐오감을 느낄 까닭이 있겠나."

"흥, 백정하고 쌈질하는 놈들은 농청 놈이더군그래."

모멸의 웃음을 띤다.

"나는 남의 얘길 하는 게 아니야. 내 얘기란 말일세. 내가 공산당 아니라 하여 무산계급을 옹호하고 나서는 공산당을 송충이 보듯 할 하등의 이유도 없지. 다만 물산장려운동을 방해하고 나서는 일만은 용서할 수도 없거니와 반대하는 놈들은 다아 총독부하고 붙어먹은 놈이다! 그렇게 말하겠어."

"나는 자네 말에 전적으로 동의할 수 없네."

처음 농담 몇 마디 하고는 뭔지 모르게 우울한 얼굴로 듣기만 하던 성삼대가 말했다.

"어째서!"

선우일은 날카롭게 반문한다.

"특히 의돈형님이 반대하는 이유 중에는 타당한 것이 있어."

"타당한 것이 있다? 천만에! 민족분열 운운하는 서의돈이야말로 민족의 대동단결을 저해하는 해독분자다! 나는 감히 그렇게 말하겠다. 어떠한 이론으로도 반대의 이유는 못 되는 게야!"

핏대를 세운다.

"경제학을 전공한 사람이 왜 그리 감정적으로만 몰고 가누. 도무지 자네답지가 않단 말이야."

"물산장려운동이 단순한 경제적 자립에 한한 것이야? 자네 말마따나 경제를 한 나야. 나도 알 만큼은 다 알어. 뭐 인도식이다, 중국식이다, 남의 형편 가지고 왈가왈부하는 것도 우스운 얘기지만 우리에게 시급하고 절실한 문제는 일제에 대한 저항 아니겠느냐, 그 말이야. 중국과 다르다 하며 반대하는 놈들, 별무소득으로 결론을 내리는데, 설사 일본놈 자본에 눌리어 아무것도 되지 않는다 가정하더라도 3·1운동 이후, 이 시기에, 어떻게 일으킨 불꽃인데? 그걸 끄려고 덤비는 놈들은 다 반역자다! 몇 사람의 기업가가 돈 좀 벌게 된다는 건 아무것도 아니라구. 새 발의 피라구. 그걸 못 새겨서, 아 그래 초가삼간 타는 것보다 빈대 타 죽는 것이 시원하다는 심보 아니고 뭐겠냐 말이야. 일본놈이건 조선놈이건 착취당하기론 마찬가지라구. 길가에 쫓겨 나앉아서 집 찾을 생각은 않고 싸움질하는 꼴밖에 더 되겠느냐 말이다. 계급투쟁을 나쁘다 하는 게 아니야. 계급투쟁 그 자체도 투쟁대상은 일본이어야 한다, 적어도 지금 이 시기엔 말이야."

선우일은 자제심을 잃고 떠들어대는 것이었다.

"그건 정설이다. 대부분 그렇게 생각하는 것도 사실이고, 3·1운동하곤 성격이 다르지만 우리 민족을 동원할 수 있는 활력의 가능성이 있는 것도 부인할 순 없지. 허나 불길이 지나간 뒤에 솟아날 것을 일단 생각해보아야 할 것 같다. 의돈형님을 만나기 전에는 자네와 의견이 일치했다. 그러나 지금은 아니다. 왜냐하면 물산장려운동을 방해하고 비난을 퍼붓는 이곳 좌파 과격분자들의 이론과 의돈형님의 이론엔 상당한 차이가 있기 때문이다. 표면으론 일치하는 것 같지만 의돈형님은 심층을 찌르고 있고 이곳 좌파들은 일반론을 펴고 있단 말이야. 어느 곳에 가져가도 적용되는 이론 말이야. 의돈형님은 동경서 지진을 겪으면서 목격한 사실을 토대로 하여 이 운동의 성격과 결과에 판단을 내린 것 같다. 가장 중요한 것은 총독부의 속셈이야. 문화정책이라는 미명 아래 소극성을 띤 방해의 방향이란 말이야. 아까 자네는 중국식 인도식 왈가왈부하는 것이 우습다 했는데, 총독부가 두려워하는 것은 아마 인도식일 게야. 그러나 그럴 가능성은 희박해. 지금 조선에서 불고 있는 근대화 바람이란 상당히 오래전부터였으며 지식인들의 구십구 프로가 계몽주의거든. 그게 먹혀들어가고 있는 게야. 물산장려운동만 하더라도 근대화라는 용어는 아주 강렬하게 작용하고 있지 않나? 그런데 그것도 적당한 시기에 불을 꺼야 한다는 총독부의 심산이라면 뭘 의미하는 걸까? 미구에 올 사회주

의 혼란기를 대비하는 일환이라 본다면 비약일까? 형님 말씀
이 영세한 자본, 불리한 조건으로 풍부한 자본, 유리한 조건,
그리고 뿌리를 깊이 내린 그들과 경쟁하는 것은 아예 있을 수
도 없고 존립하는 것조차 그들 뜻대론데 자본이 최소한도 유
통을 유지하려면 노동자들 임금에서 재주 부릴밖에 달리 길이
있겠느냐는 거지. 사실이 그렇다구. 일본인 업체나 일본인에게
고용되면 일자리 잘 얻었다 하는 것이 일반의 인심 아니야? 왜
냐, 든든하고 조선인들보다 임금이 후한 때문이 아니겠어? 일
자리는 모자라고 노동력은 많고 결국 남아나는 노동력은 임금
이 싸도 흡수되게 마련인데, 불평 불만은 싼 곳에 있지. 비싼
곳은 적어도 싼 곳이 쓰러질 때까지는 시간을 벌 수 있을 거
아냐? 장차 노사문제로 혼란을 겪게 될 때 제일 먼저 칼끝에
올려지는 것이 조선인 기업가인 것은 뻔한 일이지. 그러니 몇
사람을 살찌우는 대신 그들은 일본자본가의 방패로 삼는 동
시 민족분열의 원천도 될 수 있다는, 나는 의돈형님이 말한 중
에서 이 한 가지만은 경청할 값어치가 충분하다고 생각했어.
그건 무산계급 쪽에 서서 한 말은 아니었어. 착취하는 데 일본
놈 조선놈 다를 것이 없다는 단순한 부정이 아니란 말이야. 일
본이 지금 사회주의의 물결을 두려워하고 골머릴 썩이는 것도
사실이지. 중국이 러시아를 업고 공산화되는 것을 누구니 누
구니 해도 젤 무서워하는 것은 아마 일본일걸?"

　마침 술상이 들어왔다. 선우일이 반론을 제기할 겨를이 없

어진 것이다. 병문안 온 처지에 술상을 받아서는 안 되겠기 때문이다.

"너 미쳤어?"

성삼대가 소리를 질렀다. 하숙집 여자는 쓴웃음을 띠며 술상을 놔두고 급히 나가버린다.

"다 나았다고 했잖아. 나가기 싫어서 누워 있는 거라구."

"그러면 이 술 자네도 마시겠다 그 얘긴가?"

선우일이 묻는다. 상현은 피시시 웃으며,

"조금은 마실 수 있겠지."

"구제받을 수 없는 사내로군."

"구제는 자네들 같은 애국자나 받아라. 지금 내게는 이 술만이 구세주야."

상현은 술상을 질질 끌어당겨 술잔에 술을 친다.

"별수 없다. 제 몸 제가 아껴야지 남이 어떻게 해. 괜찮다는 말 믿기로 하고, 아닌 게 아니라 맨입으로 지껄였더니 입이 마르던 참이었는데, 마시자."

성삼대가 술을 들이켠다. 두 사람도 따라 술잔을 든다.

"의돈형님 동경에 있었던가?"

상현이 혼잣말같이 중얼거렸다.

"응, 이십 일이 넘었나? 신이 놈하고 함께 왔다더군."

"지진을 겪었단 말이지?"

"음,"

"몸뚱이가 작아서 숨기엔 좋았겠다."

"상현인 어쩌고 있느냐고 묻더군."

"중국에 있는 줄 알았지. 태수형이 쓰디쓰겠다."

"숨바꼭질이지, 서로가."

성삼대 말이었다.

"안 만났단 말인가?"

"음, 욕을 해쌓더마는 임명빈 씨는 만난 모양이더군."

"임명빈 씨……."

"그야 앞뒷집인데 안 만날 수 있어?"

선우일의 말이다.

"어쩐지 불안한 생각이 들어."

"뭐가,"

마땅찮은 것을 삭이려고 애를 쓰며 선우일은 성삼대에게
반문했다.

"의돈형님 말이야."

"왜?"

"이곳저곳 분주히 나다니는데 그래도 될지 모르겠네."

"걱정 마라. 잡아가진 않아. 물산장려운동의 반대잔데 무슨
걱정인고?"

"지랄한다."

"날보고 황태수 사냥개라 하더군."

"들어 싸지. 너무 두둔하고 다니더라니,"

"길게 그런다면 늑대가 될까 부다. 어디 일자리 없어서 태수형님을 돕는 줄 아나?"

"일자리 없을 턱이 있나. 경제학 학사신데, 은행에 들어가면 장차의 두치[頭取]감이요 전문학교 교수자린들 어려울 것 없지. 뼈 빠지게 일하고서 장사꾼 시녀 노릇 한다는 소리 듣는 건 확실히 억울한 노릇이야."

성삼대는 약을 올린다.

"자네 생각을 해서 참아야지. 나보다 억울한 자네 말이야."

"가만있자, 내가 남한테 돈 빌려주고 못 받은 일이라도 있었던가?"

"나는 장사꾼 시녀지만 자넨 안사람 시녀란 말일세."

순간 성삼대의 얼굴이 구겨진다. 큰소리는 쳤지만 병후 처음 마신 술은 고통스러웠다. 비스듬히 벽에 등을 기대고 앉아 있던 상현이 선우일에게 눈짓을 한다. 어지간히 약이 올랐던 선우일이 해서는 안 될 말을 한 것이다.

"그리고 보니 과연 그렇군그래."

성삼대는 헛웃음을 웃었다. 너무했나 싶었던지 선우일이 당황한다. 성삼대의 결혼생활이 불행한 것은 친구들 간에 유명했다. 부모가 시킨 결혼이었지만 성삼대는 혼전에 여학교를 다니던 참한 소녀를 본 일이 있었다. 그러니까 성삼대로선 만족한 마음으로 신부를 맞이했던 것이다. 온순하고 소극적이며 여학교를 나왔어도 구식의 사고방식에서 헤어나질 못한 여자였는데 어찌 된 일인지 남편을 싫어하는 것이었다. 마음에 둔 사람이 따로 있었던 것도 아니며 안 살고 가겠다는 용단도 내리지 못하면서 거의 본능적으로 남편을 싫어하는 것이다. 계집아이를 하나 낳은 후에도 별다른 변화가 없었다. 그것은 남자에게는 거의 치명적인 고통이 아닐 수 없었다. 그 고통을 청산 못하는 것은 성삼대가 아내를 사랑하기 때문이며 그것은 또 피차를 위해 비극이었다. 그리고 무한한 인내이기도 했었다. 사랑할 수 없는 사람과 사는 여자의 경우도 그러했고 사랑이 없는 여자를 옆에 두어야 살 수 있는 남자의 경우도. 언젠가 선우일과 상현은 폭음을 하고 우는 성삼대를 본 일이 있다.

"역시 좀 무린 것 같군."

상현은 두 손으로 머리를 싸쥔다.

"당연하지. 이제 마시지 마. 내가 대신 처분하겠다."

성삼대는 아무렇지도 않게 말했으나 비애와 분노를 짓씹고 있을 것이 분명했다.

"그런데 의돈형님은 일본에 뭣하러 갔을까?"

머리를 싸쥔 채 상현은 혼잣말처럼 중얼거렸다. 화제를 돌려보려는 노력이었다.

"목적 없이 갔을 리가 없지."

선우일이 덤비듯 말꼬리를 잡았다. 성삼대에게 깊이 상처를 주었을 자신의 말이 무산되기를 바란 나머지 서둘렀던 것이다.

"무슨 목적이 있었을까."

"글쎄······ 뭔지 심상찮은 것은, 박열이 지난 시월에 체포되었거든,"

"그래서?"

"그게 마음에 걸린단 말이야. 아나키스트 박열,"

"이자가 무슨 소릴 하려는 게야? 의돈형님은 아직 한 번도 자신의 입으로 무정부주의자란 말을 한 일이 없어. 함부로 어디 가서 그따위 소리 지껄였다간,"

성삼대는 의혹 자체를 휘저어버리듯 강한 어세로 말했다. 무정부주의자 박열(朴烈), 박열을 두고 말할 것 같으면 독립운동에 관련되어 경성제이고보에서 퇴학을 당했고, 지식청년들에게 매혹적인 무정부주의자로 변신한 것은 일본으로 건너간 후의 일이다. 비밀결사 흑도회(黑濤會)에 가입, 일녀 애인 가네코 후미코(金子文子)와 함께 일본 천황 히로히토(裕仁)를 암살하려다 거사 전에 발각되어 체포된 것이 작년 시월이었다. 공산주의와 상충하면서 국제주의(國際主義)를 표방하는 무정부주의가 독립운동과는 계열이 다른 것은 물론, 상당한 조직과 위협을 내포하고 있는 일본의 무정부주의 사상을 토양으로 한 박열의 거사계획을 두고 만주, 중국을 떠돌던 서의돈을 연관시켜 보는 것은 사실 모호한 얘기였다. 또 서의돈을 아나키스트로 단정하는 것도 분명찮은 일이긴 했다. 성삼대가 강력히 부인하는 것은 그런 판단에 의한 것이기보다 천황 암살이라는 어마어마한 사건, 그 사건이 지닌 무게 때문에 서의돈 신변을 근심했던 것이다. 선우일도 평상시 같으면 그런 말을 입 밖에 내지도 않았을 테지만.

"앞으로 어떻게 될까?"

선우일 말에 성삼대는 입맛을 다시며 술잔을 든다.

"사상을 입에 올리지 않고는 앞으로 지식인 대접 못 받을 걸. 흥!"

상현이 한마디 툭 던졌다.

"그럴 게야. 노령에서 불어오는 공산주의 바람, 일본서 불어오는 무정부, 사회주의 바람, 맞불어젖히니 말씀이야. 불어오는 바람도 바람이거니와 바람맞이를 할 여건도 조성되어가고 있으니, 근간에 와서만 해도 소작쟁의가 전남을 비롯하여 각처에서 일어났고 백정들의 형평운동(衡平運動) 또한 전국적으로 번질 기세, 특히 일본 니가타[新潟]에서 조선인 노동자를 백 명 가까이 학살한 사건, 동경 진재 때도 그러하였고,"

"새로운 단체도 우후죽순처럼 많이 솟아오르고,"

상현은 관심 없다는 듯 말하고는 머리를 긁적긁적 긁는다.

"지금도 많이 흘러들어왔지. 이동휘를 통해서 말이야. 모스크바의 돈은 중국 공산당, 일본 좌익단체에까지 미쳤으니, 국내만 하더라도 흘러들어온 자금 때문에 말썽이 많긴 했지만, 이렇게 단시일 내에 공산주의 세력이 침투할 수 있었던 것도

돈의 위력이 컸었다는 얘길 게야. 조직이란 주둥이나 손발 가
지고 되는 건 아니거든."

선우일은 돈의 위력을 강조하는 것처럼 말했다. 상현이 이
어,

"그 이동휘도 이제는 숨통이 막혀버린 것 아닐까? 작년에
이르쿠츠크파가 조선공화국이라는 것을 조직했으니. 재주는
곰이 넘고 돈은 중국놈이 먹고."

"이동휘는 이미 흑하사변 때 간 사람이고 꽤 일은 많이 했
는데 결국 이르쿠츠크파가 승리한 것은 텃세가 주효한 거 아
니겠어?"

"텃세나 재주가 어디 있어? 승리는 또 어디 있고? 조선독립
군이 주축이 될 원동혁명군의 편성을 두려워한 일본의 입김이
흑하사변으로 몰고 간 게야. 이르쿠츠크파의 중상모략, 자금
약탈, 사할린 군대의 이탈 같은 것은 표면상의 이유일 뿐이야."

성삼대가 매듭짓듯 말했다.

이르쿠츠크파란 1921년 6월 비참했던 흑하사변(黑河事變)으
로 하여 사람들 귀에 익은 명칭이다. 귀화인이 중심되어 조직
된 러시아 내의 조선공산당인데, 성품이 강건하고 다분히 민
족주의적인 박엘리야가 이끄는 사할린 부대, 저 유명한 1920
년 겨울 니항사건(尼港事件) 때 적군계 빨치산과 합세하여 니항
을 습격하여 일인을 전멸시켜버린 사할린 부대하고는 다 같
이 귀화인으로 조직되었어도 앙숙이며, 이동휘가 장악한 상

해파하고도 심각하게 대립해온 터이다. 흑하사변을 말할 것 같으면 그 배경상황이 매우 복잡하고 요인에 대한 관점도 구구하지만, 러시아 혁명에 성공한 레닌이 장차 있을 중국과 일본의 적화를 염두에 두고 구상한 원동혁명군에 조선독립군을 모두 흡수하여 소위 '인터내셔널 오트랴드'를 편성하는 데 조선, 중국, 일본, 몽고 등의 혁명적 청년들을 참가시켜 전초병을 훈련하자는 것이었다. 당면목적은 대일전쟁이었으니 만주 일대에 흩어져서 일군 토벌대에 쫓겨야 하는 독립군이 노령으로 넘어간 것은 당연했고, 일찍부터 막대한 자금을 받아 상해에서 공산당을 조직하고 국내와 일본, 중국에까지 손을 뻗쳤던 이동휘가, 전적으로 독립군을 받아들일 것이며 보다 강력한 군대로 훈련시키겠다는 러시아 혁명정부의 약속을 믿고 독립군의 노령행을 독려한 것도 당연했다. 그러나 자유시에 군대를 집결해놓고 진작부터 꼬리를 물고 오던 상해파와 이르쿠츠크파 사이에 주도권 쟁탈의 불이 붙은 것이다. 살기등등한 속에서 우여곡절을 겪고 결국 고려공산당 대회를 열자는 결정을 보았는데, 대회 참가대표에 관한 심사에서 이르쿠츠크파의 일방적 심사, 이동휘 노백린(盧伯麟)의 대회 참가 거부 등, 결국 대회에서 상해파는 참패를 당하고 말았다. 몰고 온 각 군대들에 대한 실권마저 잃게 된 것이다. 반발한 사할린 부대가 이탈을 선동하고 집결한 독립군이 동요하고, 그러나 일본의 압력으로 정세가 변해버린 러시아 혁명정부는 이미 독립군의 무장해제를 결정하고 있었다. 무장해제에 앞장선 것이 이르쿠츠크파의 사할린 부대와는 앙숙인 자유대대(自由大隊)였으니 피비린내 나는 참극은 결정적인 것일 수밖에 없었다. 쌍방간의 총격전에서 사할린 부대는 대부분 살상되고 말았다. 무장해제를 하는 쪽이 승리한 것은 당연하다. 결국 박엘리야, 그 밖에 혼성부대의 인솔자는 체포되어 처형되고 말았던 것이다. 그리하여 대일전쟁과 독립의 꿈은 물거품이 되어 사라졌다. 또 그것은 조선독립사상의 일대 오욕이었으며 약소민족의 피눈물 나는 비극이기도 했다.

"이동휘가 왜 당했을까? 왜 실패했을까……."

"자네 부친 생각을 하나?"

선우일이 부드러운 목소리로 물었다. 상현은 그 말 대꾸는 아니한다. 다시 선우일은,

"글쎄 이동휘가 당한 원인……. 무골의 로맨티시스트, 한말의 그림자가 감도는 로맨티시스트의 당연한 결말 아닐까?"

"그럴지도 모르지. 존경할 만한 사람이었는데. 일리일교(一里一校)의 계몽주의자이기도 했었지. 아무튼 의병의 마지막 흐름이 이제 산송장이 된 게야."

순간 상현의 얼굴에 그간 찾아볼 수 없었던 분노의 빛이 떠오른다. 역시 부친 이동진의 죽음을 생각했던 것이다.

"독립투사들 중에서 이동휘만큼 변신을 거듭한 사람도 드물 게야. 아전의 아들로 태어나서 궁전 진위대장(宮殿鎭衛隊長),

참령(參領)에까지, 기독교의 전도사가 된 일도 있었고, 교육사업에 정열을 쏟았는가 하면 상해임정을 요리하였고, 또 공산당을 조직하였으니, 기구하다면 참 기구한 생애 아니겠나."

성삼대는 주전자를 들어보다가 빈 것을 알고 술상에서 물러나 앉는다.

"그러나 그 사람을 변절자라 할 수는 없어. 독립투쟁의 신념만은 투철했으니까. 그런 민족적인 의식 때문에 패배했다 할 수도 있을 게야. 민족자본주의자니, 기회주의자니 하고 욕을 먹은 것도 그 때문인데, 과연 이동휘 같은 인물이 아니었다면 러시아 혁명정부로부터 그 많은 자금을 받아냈을지 의문이야."

"이제 그만 일어나자. 패장에 대한 찬송가는 그만하고,"

성삼대는 얘기를 계속하려는 선우일을 툭 치며 일어섰다.

"몸조리 잘하게. 술 마실 수 있을 때 다시 만나자."

성삼대는 모자를 눌러쓰며 나갔고, 선우일은,

"절에 가는 것, 생각이 있거든 알려주게. 태수형님의 호의를 삐뚜름하게 생각하지만 말고. 그럼 가네."

그들이 돌아간 후 상현은 쭈그리고 한참 동안 앉아 있다가 무슨 생각이 났던지 벌떡 일어섰다. 목도리를 두르고 자리옷으로 입었던 한복 위에 외투를 걸치고 모자를 눌러쓴 뒤 횡하니 하숙을 나섰다. 뒤에서 하숙집 여자가 뭐라 하는 말이 들렸지만 돌아보지 않았다. 무턱대고 걷다가 상현은 얼굴을 들고 하늘을 한번 올려다본다. 해거름이었다.

'하여간 걸어보자. 아직 안 왔으면 기다리는 거구.'

그는 임명빈을 찾아가는 길인 것이다. 어쩌면 서의돈을 찾아가는 길인지도 모른다. 왜 가는지 가면서 생각하기로 하고 나선 길이다. 산호주의 마지막 말이 바늘 끝처럼 심장을 계속 찔러댔으며 목덜미에 스며드는 바람이 맵고 차가운데 어쩐지 몸이 날아갈 것 같은 해방감, 상쾌한 것을 느낀다. 무슨 까닭일까. 새로운 천지가 저만큼 서서 손짓을 하는 것 같은 느낌은 또 어디서 온 것인지, 그것도 아직은 확실하게 알 수가 없다. 왜 오늘 갑자기 부친의 죽음이 그처럼 뼈에 사무치게 슬펐던지, 머리를 짓누르고 손발을 꽁꽁 묶는 것만 같았던 북방(北方)의 압력에서 언제 풀려났기에 그토록 부친의 죽음을 슬퍼했더란 말인가. 춥고 뼈를 깎는 듯한 만주 벌판의 바람과 끝없이 번들거리는 노령의 빙판이 어찌 그리 가깝게 가슴에 와 닿았는가. 생전의 부친은 상현에게 천 근 같은 납덩어리의 무게였었다. 죽은 후 오늘까지의 부친은 상현에게 회한이요 죄의식의 고통이었었다. 그 무지무지하게 고통스러웠고 무거웠던 구각(舊殼)을 오늘 돌연히 벗어 던진 것은 홀연히 찾아온 기적 같은 것인지도 모른다.

"아이구, 이거 몇 해 만이지요?"

임명빈의 처 백씨가 놀란다.

"선생님 돌아오셨습니까?"

379

"곧 돌아오실 거요. 어서, 사랑에 드시오."

"어머님의 병환은 어떠신지."

"차도가 있을 리 없지요. 지금 잠드셨어요."

"네, 제가 여기 온 지 한 삼 년 되겠지요?"

상현은 쑥스럽게 웃는다.

"그렇게 됐을 거요. 이선생도 얼굴이 많이 달라졌군요."

"저야 뭐, 사모님께서는 오랫동안 병간호에 수고가 많겠습니다."

"어느 집이나 노인을 뫼시면 으레 그렇지요."

상현은 옛날과 조금도 달라진 것이 없는 사랑, 명빈의 서재로 들어갔다. 반신불수가 된 노인, 출가한 명희, 집 안은 조용하기만 했다. 지난 일들이 뿌듯하게 가슴에 치민다. 임명빈은 조병모가 설립한 영화(永和)중학의 교장으로 취임한 후 인편을 통해서 학교에 오지 않겠느냐는 전갈을 보낸 일이 있었다. 그때 상현은 일언지하에 거절했던 것이다. 심부름하는 아이가 차를 끓여 내왔다.

"명희아씨는 친정에 더러 오시느냐?"

"가끔 오세요."

아이가 나가고 뜨거운 차를 마시면서 산호주의 말을 생각한다. 고개를 젓는다. 명희의 행복하지 못한 결혼생활과 성삼대의 괴로워하던 얼굴을 생각한다. 성삼대의 아내와 명희의 경우, 그 성품도 비슷한 점이 깨달아진다.

'최서희는 다르지. 어느 여자 어느 사내보다 그의 삶은 강렬하다.'

"상현이가 왔다구?"

문밖에서 들려온 음성이다. 이내 방문이 열렸다.

"이 사람아, 안 죽고 살아 있었구먼."

사십이 다 된 임명빈은 옛날과는 퍽 달랐다. 교육자 특유의 안정감을 풍겨주었고 나이보다 늙은 것 같다.

"죄송합니다."

"하여간 잘 왔어, 잘 와. 앉으라구."

명빈은 고수머리의 큰 두상에서 모자를 벗어 걸고 외투도 벗어 걸고 자리에 앉는다.

"그새 많이 늙었습니다. 교장 선생님 다 됐군요."

"별수 있겠나? 나같이 능이 없는 사람은, 돌아가신 아버님 말씀대로야."

서글프고 좀 미안해하는 표정이다.

"글 쓰는 놈들이라고 별수 있습니까? 저같이 성격파탄자 아니면 허풍꾼들이 아니겠습니까?"

임명빈은 지난날을 생각하는가, 어쩌면 명희 생각을 했는지 모른다. 새삼스럽게 상현을 바라본다. 상현의 근황에 대하여 전혀 몰랐던 것은 아니지만 얼마 전에 폐렴을 앓아 죽을 뻔했던 소식은 모르고 있는 것이다. 매부 되기를 원했던 사내, 차림새와 얼굴이 다 피폐할 대로 피폐한 것 같은데 눈빛은 맑다.

"요즘도 술 하나?"

"얼마 동안 못했습니다."

아팠다는 얘기는 안 한다.

"그럼 나하고 술이나 하세. 놀다가 천천히 가아."

순간 명빈의 얼굴에 외로움이 스쳐간다.

"선생님, 술 늘었습니까?"

"별로, 조금씩 하지만."

"저도 오늘은 많이 못합니다."

"그래? 그건 환영할 일이다. 신문사에 나가나?"

"때려치웠습니다."

"그렇담 글 많이 써야겠지."

"글쎄요."

"내게 자네만큼 재질이 있었다면 결코 훈장은 안 됐을 게
야."

"무의미한 일입니다. 의의가 없어요. 그보다 의돈형님을 만
나셨다구요."

"음."

"댁에 계실까요?"

"아마 없을걸. 어쩌다 한번씩 오기는 오는 모양이지만, 자
네 아직 못 만나보았나?"

"네."

"꼭 만나봐야 할 일이라도 있는가?"

"의돈형님 따라가려고 생각했습니다."

"뭐?"

놀란다. 한동안 침묵이 흘렀다. 마른안주에 따뜻하게 데운 정종, 술상이 들어왔다. 상현은 명빈의 술잔에 술을 붓고 명빈은 주전자를 받아 상현의 술잔에다 술을 채운다.

"깊이 생각해보았나?"

"……."

"즉흥적으론 안 돼."

"이 문제는…… 제가 노령에서 돌아온 그때부터 마음에서 떠난 적이 없었습니다. 가겠다는 생각은 안 했습니다마는 가야 한다는 강박 속에 있었던 것은 사실입니다."

"그건 이해할 만하다구."

"솔직히 말해서 가겠다는 생각은 돌발적인 것입니다. 가서 뭘 하겠다는 작정도 아직 하지 않았고,"

"의돈이하고 자넨 맞지 않을 텐데……. 감정문제를 말하는 건 아니라구."

"압니다."

한숨을 푹 내쉬었다. 복잡한 심정으로 명빈은 술을 마신다. 상현이 문학을 위해 자신을 불태우지 않고 있다는 불만은 늘 있었던 것이지만 재질에 대한 기대와 안타까움은 떠나겠다는 마당에서도 여전히 남는다. 그리고 묘하게 질투 같은 감정, 자기 혼자만 동그마니 남는 것 같은 외로움, 사돈댁 그늘에 덮여서 사는 비굴감, 그의 입에서 다시 한숨이 새어 나온다. 그런 명빈을 바라보며 침묵을 지키는 상현의 마음속에는 악마와 같은 해방의 환희가 스쳐가곤 하는 것이다.

'이젠 도망간다. 도망치는 게야.'

"세월이 빨라."

"네?"

"진주 최여사 큰아들이 중학에 들게 됐으니."

상현의 낯빛이 순간 달라진다. 그 말을 듣는 순간 그는 길상을 생각한 것이다.

"선생님 학교로 옵니까?"

"명문도 아닌데 우리 학교에 오겠나? 다만 서울서 공부하는 동안 우리 집에 맡겼으면 하는 의사를 비쳤더구먼."

5장 종놈의 아들

선생님 댁에서 돌아오는 길에 환국이는 책방에 들렀다. 달마다 나오는 소년 잡지 한 권과 노구치 우조[野口雨情]의 동요집 한 권을 산다. 잡지에 간간이 실리는 노구치 우조의 동요가 참 좋았기 때문이다. 수염이 검실검실한 책방 아저씨가 책을 포장하면서 묻는다.

"환국이는 서울로 공부 간다믄서?"

"합격이 돼야지요."

다른 책을 들춰보며 하는 대답이다.

"합격이사 문제없일 기구마는. 늘 일등만 해왔는데 무신 걱정고. 우리 집 학성이가 니 반만 돼도 발 뻗고 자겠다마는."

"학성이가 어때서요?"

"마, 돌대가린 기라."

"중간 성적인데 돌대가릴까요? 씨름도 잘하고 마음씨가 좋습니다."

"씨름꾼이나 된다믄 모릴까, 하라는 공부는 안 하고 오늘도 남강에 얼음 타러 가서는 감감소식, 함흥차사 앙이가."

포장한 책을 내준다.

"아저씨, 안녕히 계세요."

"오냐, 잘 가거라."

바람이 몹시 차다. 땅이 꽁꽁 얼어서 발바닥이 톡톡 튀는 것 같다. 일주일만 지나면 서울에 시험 치러 가야 한다. 나이보다 환국의 키는 좀 큰 편이다. 며칠 전에 두만네, 석이네가 만났을 때 환국이 얘기가 났었다.

"길상이 어렸일 적하고 우짜든 그리 꼭 같겠노. 걸음새까지 닮았더구나. 깨끗하게 잘생깄더마."

"옛말에 안 그랍디까? 씨는 못 속인다고요."

"그리시. 저분 때도 두만이 가게 앞을 지나가는 것을 보았

는데 깜짝 놀랐다 카이. 하마 길상아 하고 부를 뻔 안 했겠
나? 이제는 내 머리가 백발인데 세월 간 거를 깜박 잊었구마."
하고 두 사람은 웃었다. 착각할 만도 했다.

"우리 석이가 그라는데요, 환국이도련님 별명이 작은 공자
라 카던지,"

"공자야, 공자지. 한 다리가 짧기는 해도 최참판댁 핏줄이
든 귀공자제."

"성님도, 그런 공자가 아닌 기라요. 공자 맹자 하는 그 공자
말입니다."

"아아,"

"그라고 또, 공부는 말할 것도 없지마는 아바니를 닮아서
그림 재주가 비상하다 하더마요."

"씨도 좋고 밭도 좋은데 와 안 그렇겠노. 이런 말 하믄 우리
며누리가 섭하게 생각할 기다만, 일 잘하고 맘씨 좋다고 인물
을 너무 안 보는 것도 아닌 기라. 너거 며누리는 참하게 생깄
이니 손자 인물 걱정은 안 해도 좋겠더라."

"그래도 복 많은 기이 제일이제요. 그 아아들 낳고 살림이
불티겉이 일었는데 그기이 다 그 며누리 복 아니겠소?"

촉석루 가까이까지 간 환국이는 집으로 가려다 말고 촉석
루 쪽으로 내려간다. 강바람은 더욱 차가웠다. 그러나 깊숙이
눌러쓴 털모자는 따뜻하였고 털실 장갑 속에 든 손도 시렵지
는 않았다. 하얗게 얼어붙은 강바닥에 새까만 아이들이 썰매

를 타고 있다. 연을 띄워놓고 얼레를 든 채 뛰어가는 아이도 있다. 강가에는 얼음을 깨고 빨래하는 여자들도 볼 수 있었다. 윤국이도 썰매를 타고 있을지 모른다는 생각이 피뜩 들었다. 책을 겨드랑에 낀 환국이는 외투주머니 속에 두 손을 찌르고 눈으로 윤국이를 찾아본다. 상당한 거리가 있어서 확실하지는 않았지만 윤국이는 없는 것 같았다. 맞은편 대숲에서 바람 지나가는 소리가 싸아— 하고 들려온다. 대숲이 마구 흔들린다. 햇빛은 서쪽에서 빛나고 남강 다리 위로 자동차가 지나간다. 달구지가 지나간다. 사람들이 지나간다.

"니 여기서 머하고 있노?"

동급생 이순철(李舜徹)이었다.

"음, 저어."

애매하게 말하며 환국이는 골치 아프게 됐다, 하고 생각한다. 두둑한 회색 재킷을 입은 순철이는 혈색이 좋고 몸도 좋았다. 얼굴을 일그러뜨리며,

"겁나서 구겡만 하고 있는 거제? 사내자석이."

"……."

"흥! 나 다 알고 있다. 알랑방구 뀌고 오는 길 앙이가."

"알긴 뭘 알어?"

"밤낮 갖다 바치는 것 말이다. 우리 집에도 너거만큼은 돈 있어. 없어서 안 갖다 바치는 줄 아나? 더럽어서 안 그런다."

"무슨 소리야?"

"어멍 떨지 마라!"

"떼거리 쓰는 것 아니야."

"흥! 니 가는 학교 와 내가 못 가노? 너거 돈으로 지은 학교가?"

"못 가라 안 했다."

"떨어지는 것보다 좀 낮추어서 원서를 내자고? 선생이 그러더라. 와! 와 그라제? 뻔한 기라. 니는 갖다 바치는데 나는 안 갖다 바친다. 그거 앙이가. 일등? 그것 다 그렇고 그런 기라. 누가 모릴 기라고. 그까짓 일등 부러워할 줄 아나? 우리 외삼촌이 선생 다리몽댕이를 뿌질러놓을라 카다가 눈이 불쌍해서 그만두었다 카더라. 어디 두고 보자. 니가 붙나 내가 붙나."

이빨을 드러내며 험악한 표정이 된다. 환국이는 으시시 떤다. 우리 집에도 너거만큼은 돈 있다, 한 것은 허풍이 아니다. 토지 가진 부자는 아니지만 양조장, 화물회사, 정미소 등 사업체를 많이 가진, 진주에서도 다섯 손가락 안에 드는 부잣집 아들인 것은 사실이다. 몸이 좋고 성미가 괄괄하고 돈 잘 쓰고 해서 순철을 따르는 똘마니들이 많다. 뭣이든 제일이라야 직성이 풀리는 그는 공부도 곧잘 한다. 늘 환국이를 육박해 가고 있었지만 육 년 동안 한 번도 환국이를 물리칠 수 없었다는 것은 이가 갈리게 분통 터지는 일이었던 것이다. 이번에 상급학교 진학 문제 때문에도 옥신각신이 있었다. 환국이 지원한 공립학교 K중학에는 좀 힘이 부칠 터인즉 그보다 B중학에 원서를 내는 것이 좋겠다는, 담임선생의 충고였는데 순철의 외삼촌이 노발대발했던 것이다. 결국 그들의 고집대로 K 중학에 원서를 내긴 냈으나.

"둘 다 붙으면 될 거 아니야?"

환국이는 되도록이면 싸우지 않으려고 노력하는 눈치다.

"뭐? 둘 다 붙어? 육 년을 낯바닥 치다보고 댕긴 것만도 속이 부글부글 끓는데 또 함께 댕기?"

"그럼 나는 떨어져라 그 말이야?"

"말해 머하노."

"심술꾸러기,"

"겨드랑에 낀 그건 멋고?"

"책이다."

"이리 내놔봐. 잡지지?"

"나 보고 난 뒤 빌려줄게."

"와 이라노? 누구 거렁뱅인 줄 알아? 잔말 말고 내놔. 지금 보고 싶어서 그런다. 이리 내놔."

"싫다!"

"와 싫노!"

팔을 뻗쳐 겨드랑에 낀 책을 낚아채려 한다. 그 손을 뿌리치며,

"내 마음대로지. 내 거니까."

"이 새끼 봐라? 내 마음대로?"

"지나쳐! 참는 것도 한도가 있어."

"제법 양반 같은 소리 하네? 하지만 니는 니 마음대로 못한다."

순철이는 씩 웃는다.

"왜 못해!"

"못하는 까닭을 가르쳐주까? 내 가르쳐주게. 니는 말이다, 니는 종놈의 자식이니까 그렇다는 거다. 알았나? 농청(農廳) 사람들이 백정한테 몽둥이질한 것도 모르나?"

환국의 얼굴이 새파랗게 질린다.

"니 어매는 양반인지 모르겠다마는 니 애비는 종놈이다 그 말이라구."

겨드랑에 끼었던 책이 땅바닥에 떨어졌다. 어느새 그랬는지 눈 깜짝할 사이였다. 돌을 주워 든 환국이는 순철이를 밀어뜨리고 깔고 앉은 채 얼굴을 내려찍고 있었다. 사색이다. 순철의 비명을 들은 사람들이 달려왔다.

"와 이라노, 이눔 아아들이?"

환국의 멱살을 잡고 끌어낸다.

"말로 하지 와 싸우노? 다 큰 놈들이,"

몸을 획 돌린 환국이 쏜살같이 뛴다. 순철의 얼굴에서 피가 흐른다. 책 꾸러미는 땅바닥에 나동그라져 있었다.

대문을 열어주는 안자가 사색이 된 환국이 얼굴을 보고 놀란다.

"도련님 어디 아프세요?"

아무 말 없이 쑥 들어온 환국이는 사랑으로 쫓아 들어가버린다.

"왜 저러지? 무슨 일이 있었을까?"

안자는 살금살금 사랑으로 들어간다. 방 안에선 아무 기척이 없다.

"도련님, 도련님!"

"……."

"도련님."

신돌 위에 신발은 있다.

'전엔 이런 일이 없었는데? 아프면 아프다 하실 건데 무슨 일일까?'

아무래도 그냥 돌아갈 수 없다. 안자는 신발을 벗고 마루로 올라간다.

"도련님."

살며시 방문을 연다. 책상 앞에 앉아서 그림을 그리고 있었다. 그러나 자세히 보니 그림을 그리는 게 아니었다. 동그라미, 네모꼴, 별, 그런 것만 되풀이 되풀이 그리고 있는 것이다.

"도련님."

돌아본다. 눈이 반짝반짝 빛나고 있었다. 사람을 잡아먹을 듯 그렇게 험악하고 날카로운 눈빛이다. 붉고 부드러운 입술은 새파랗게 떨고 있었다.

"어머님한테 말하지 말아요. 부탁이야. 나 어디 있느냐고 물으시거든 사랑에서 그림 그린다고 말해줘."

"그렇게 하겠지만 저한테는 말씀하십시오. 무슨 일이 있었습니까?"

"……."

안자는 계속해 물었으나 환국이는 한마디의 대꾸를 하지 않았다. 할 수 없이 안자는 물러난다.

"환국이는 웬일이냐?"

저녁상 앞에 앉으며 서희가 물었다.

"형님은 사랑에서 그림 그리나 봐요."

윤국이가 말했다.

"지금이 어느 땐데 그림을 그린다는 게냐? 그림을 그린대도 그렇지. 저녁은 먹어야지."

서희는 잔심부름꾼 세양이를 부른다.

"사랑에 가서 저녁 먹고 그림 그리란다고 일러라."

귀엽게 생긴 계집아이는 네, 하고 쫓아간다. 이윽고,

"마님, 배가 아파서 안 자시겠다 합니다."

"배가 아프다?"

"네."

이때 대문 밖에서 소란스런 소리가 들려왔다.

"무슨 일이냐?"

"모르겠습니다."

안자가 허둥지둥 쫓아온다.

"마님."

"무슨 일이냐."

안자는 서둘며 방 안으로 들어왔다.

"도갓집 아들, 그 애 어머니가 마님을 만나뵙자고 합니다만."

"무슨 일로?"

육 년 동안 환국에게 짓궂게 굴어온 도갓집 아들, 순철이를 서희도 알고 안자도 안다.

"저기, 도련님이 아무 말 말라 하시기에, 아까,"

안자는 환국이 집에 돌아왔을 때의 상태를 설명하고 나서,

"아마 도련님 때문에 그러나 봅니다. 그 아이 어머니의 기세가 이만저만 아닙니다."

대문간에서는 여전히 소란스런 소리가 들려오고 있었다. 서희는 잠시 생각하는듯,

"윤국아, 저녁은 좀 늦게 먹도록 하고 배고프면 사랑으로 날라달라고 해."

"형님한테 가 있으란 말씀이지요?"

"오냐. 안자도 같이 가 있게. 밖에 있는 부인네는 유모더러 안내하라 이르고, 알았느냐?"

"네, 마님."

서희는 심상찮은 것을 느꼈다. 찾아온 여자의 목적이 궁금하기보다 환국이가 걱정스러웠던 것이다. 말썽을 부린 일이

없는 아이였다. 참을성이 강하였고 천성이 부드러웠으며 매사에 분명했으므로 누구든 존중을 했었다. 그런 아이가 어째 새파랗게 질려서 돌아왔을까.

"마님, 손님 뫼시고 왔습니다."

"오냐."

서희는 자리에서 일어섰다. 유모가 방문을 열었다. 그의 뒤의 뚱뚱한 중년 여자는 얼굴이 붉으락푸르락, 노기등등해 있었다. 순철의 어머니다.

"유모는 가게."

"네."

순철이엄마가 방 안으로 들어섰다.

"앉으십시오. 무슨 일로 오셨습니까?"

그러나 선 채,

"몰라서 묻소!"

악부터 쓴다.

"아니, 말씀을 하십시오."

환국에 관한 일이기 때문에 서희는 참을성 있게 공손하다.

"아이구 기가 차서,"

순철엄마는 주먹으로 제 가슴을 친다.

"세상에 무신 억하심정에서 금옥 같은 내 자식 얼굴을 짓이 겨놨는가! 한분 물어봅시다!"

"네? 서, 설마,"

"당신 아들이! 당신 아들이 말이오!"

손가락질을 한다. 서희는 눈앞이 캄캄해지는 것을 느낀다.

"그, 그럴 리가 없습니다. 우리 환국인 나비 한 마리도 못 잡는,"

"병원에 가보믄 알 기요! 도, 돌로 얼굴을 쳐서, 긴말할 것 없고 내 자식 본시대로만 해놓으소! 당신도 자식 키우는 사람이믄 억장이 무너지는 부모 심정 모리겠소? 아이구, 이기이 세상에 무신 날벼락인고? 평생 남 때리고 들어오는 걸 봤이믄 봤지 맞고 들어오는 걸 본 일이 없는 그놈이 맞아도 유분수지. 어이구, 이 일을 우짜믄 좋을꼬? 보소! 장석같이 그리 서 있이믄 우짤 기요! 우릴 몰작하게 봤다가는 큰코다칠 기요. 내 아들 얼굴에 험만 갔다 봐라, 당신 자식 얼굴인들 말짱할 줄 아요! 우리도 짓이겨놓을 기요!"

서희의 굳어졌던 얼굴이 흔들린다.

"만일 그랬다면,"

"만일은 무슨 놈의 만일! 피를 철철 흘리는 아이를 병원에 업어다 놓고 치가 떨리서 쫓아왔는데 만일이라니!"

"그러면 우리 환국이가 왜 그런 짓을 했을까요."

순철엄마는 제 가슴을 또 한 번 친다.

"그건 내가 묻고 싶은 말인께, 그놈아아를 내놓으소! 와 그런 숭칙한 짓을 했는가! 내 아들이 지 할애비 햄미를 잡아묵었단 말가!"

"아이는 집에 없습니다. 아무튼 함께 병원에 가보기나 하지요."

모욕을 감내하며 두루마기를 입는다.

"상처가 어느 만큼 났는지, 빨리 손을 써야 흠집도 작을 거고, 어서 가시지요."

소리 안 나는 북을 계속 내리친 것처럼 순철엄마는 멍하니 쳐다본다. 한바탕 분탕을 치려고 달려왔는데 맥이 풀리는 것이다. 오만하고 도도하고 웬만해서는 사람을 사람으로도 보지 않는다는 그 파다한 소문과는 너무나 딴판이 아닌가. 이렇다 할 문벌도 없이 개화바람을 타고 번 돈을 조상에게서 물려받았고 당대에 와서 이것저것 손댄 사업이, 때가 맞아 그랬던지 운이 트여 그랬던지 이제는 이름난 부자로 자리는 굳어졌으나. 달려올 때는 단단히 별렀다. 열등감이 노여움에 채찍질을 했다. 여차하면 욕설도 불사할 것이요, 아이를 끌어내어 매질도 하리라. 그러나 최서희는 공손하게 순철엄마더러 앞장설 것을 몸짓으로 나타낸다. 우아하고 아름답고 침통해하는 얼굴은 자신도 모르게, 순철엄마로 하여금 발을 떼어놓게 했다. 밖은 어둑어둑했다. 따라나서려는 유모에게 손짓으로 저지한 서희는,

"환국이가 제정신 아닐 테니 유모가 잘 살피도록,"

나직이 속삭이고 나간다. 찾아간 곳은 서희네 식구들의 주치의이기도 한 박효영(朴孝永)의원이었다. 순철의 외삼촌이라

는 청년이 대합실에 앉아 있다가 들어서는 서희를 보자 불쾌한 듯 외면을 한다. 험악하게 노려보지 않는 것으로 보아 상처는 대단치 않다, 하고 서희는 판단한다.

"야아야! 우리 순철이, 순철이는 우찌 됐노?"

"들어가보소. 제에기랄!"

청년은 대합실 바닥에 침을 뱉는다. 급히 진료실 문을 열고 들어가는 순철엄마의 뒤를 따라 서희도 들어간다. 순철이는 오두머니 의자에 앉아 있었다. 간호원이 이마에 눌러놓은 가제에다 반창고를 붙이고 있었으며 박의사는 한가하게 회전의자에 앉아 있었다.

"놀라셨지요?"

박의사는 순철엄마를 보며 미소했다.

마른 체격에 테가 굵은 안경을 썼고 갸름한 얼굴이다.

"애들은 싸워가면서 크는 겁니다. 사내애들이니까요."

"사, 상처는 우떻습니까?"

"머리 쪽에 두어 바늘 꿰매었지요. 별로 흠집은 남지 않을 겝니다. 또 머리 속이니까 상관없어요. 피는 거기서 좀 흘렀지요."

그러고 보니 왼쪽 귀에 가까운 머리에 가제를 눌러놨다.

"저, 저기 이마빡은요."

"약만 발랐습니다. 찰상이지요."

턱밑과 왼편 뺨에 옥도정기를 바른 흔적이 있다.

"환국이어머님께서도 놀라셨겠어요."

"네. 그만되기 다행입니다."

여유가 생기니까 오히려 반감이 살아나는가 순철이엄마는 심한 적의를 나타낸다.

"다행은 무신 다행이오."

순철이는 힐끔힐끔 곁눈질만 한다.

"죄송합니다."

서희는 고개를 숙인다.

"그 공자 같은 아이가, 뜻밖인데요?"

박의사는 껄껄껄 웃는다.

"죄송하다는 말 한마디면 그만이오?"

"치료비는 물론,"

"그까짓 치료비가 뭐길래, 남의 자식을, 매 한 번 안 때리고 기른 남의 자식을,"

우두커니 얼굴을 숙이고 있던 서희는 박의사의 시선을 느끼며 얼굴을 든다. 박의사 눈빛 속에는 놀라움이 있었다. 그런 서희의 모습을 상상해본 일이 없었기 때문이다.

"순철아."

눈을 치뜨며 쳐다보다가 순철이는 그의 외삼촌처럼 외면을 한다.

"환국이가 너를 왜 때렸지?"

"……."

"말해보아."

"……."

"덮어놓고 때리더냐?"

"아니요."

"그럼?"

"선생한테 알랑방구 뀌고 댕기는 기이 밉었소."

"그래서 네가 먼저 때렸느냐?"

"아니요. 부애질을 했소."

서희는 한동안 말이 없었다.

"무슨 말로 부애질했지?"

"어디 두고 보자, 니가 붙나 내가 붙나, 함께 둘 다 붙으믄 될 거 아닌가, 그러더마요, 환국이가. 육 년 동안 함께 학교 댕긴 것만도 지긋지긋한데, 내가 말한께로 그라믄 나는 떨어져라 그 말이냐고 함서,"

"함서 때리더란 말이냐?"

순철이는 고개를 숙인다.

"그 말 때문에 때린 거는 아니고요, 니 아부지는 종이라 했더니,"

"그랬었구나. 말한 대로 들려주어 고마워."

서희의 음성은 잠긴 물처럼 조용했다.

"순철아."

"야."

"그랬다면 환국이 잘못한 것은 없구나. 네 잘못이야. 왜냐하면 환국이아버님은 종이 아니었거든. 그리고 나라 위해 몸 바친 분이었단다."

박의사는 눈길을 떨어뜨렸다. 강인한 억제, 마지막의 말은 모든 것을 건 모성(母性)의 승리였다.

"순철어머니, 순철이 상처가 빨리 아물었으면 좋겠군요."

통통하게 살찐 손을 잡아주고 미소 지으며 서희는 돌아섰다. 병원 문을 나서는 순간 서희 입에서 낮은 신음이 새나왔다. 거리는 어두웠다. 아주 어두웠다. 강가까지 온 서희는,

'여보, 당신이 그곳에 남은 뜻을 이제 확실히 알겠소. 하지만 장하지 않아요, 당신 아들 환국이가?'

찬 바람 속에 서서 서희는 오랫동안 흐느껴 울었다.

6장 초대

혜관이 찾아온 이유는 알 수 없었다. 그의 말로는 지나가는 길에 들렀다는 것이었다. 환국이 서울로 공부 간다는 말을 들었기에 가고 나면 당분간 보기 어려울 것 같아서 한번 보려고 왔다는 말도 했다. 그러나 서희는 혜관이 왔다는 말을 듣는 순간 가슴이 철렁 내려앉았다. 순철에게 한 말이 생각났던 것이다. 나라 위해 몸 바친 분이란다, 소용돌이처럼 되살아나

는 자신의 목소리, 무슨 수로 그 말을 감당하랴. 모든 것이 흔들려도 상관이 없고 아이의 영혼만은 지켜주자, 그것은 어미로서의 승리였는지 모르지만 길상을 위해서는 경거망동 이외아무것도 아니었다. 그간 계속하여 고통스럽기만 했던 문제가 혜관의 출현으로 표면에 그 모습을 드러낸 것만 같아서 서희는 무서운 망상에 시달리지 않을 수 없었다.

"어떤 고을에 둘째가라면 서러워할 구두쇠 첨지가 하나 살고 있었는데."

사랑이 춥다 하여 윤국이와 환국의 침실인 건넌방으로 들어간 혜관이 아이들을 상대하여 옛날얘기를 하고 있는 것이다. 우렁우렁 울려 퍼지는 혜관의 음성은 안방 서희 귀에까지들려왔다.

"어느 날 중이 동냥을 하러 왔지. 구두쇠 첨지가 중이라고시주를 하겠나? 어림도 없는 얘기라. 시주만 안 했던 게 아니야. 처음에는 목탁 소리가 귀에 거슬린다 하여 마구 욕설이었고. 그래도 중은 문간에서 목탁을 두드리며 염불을 하더란 말씀이야. 화가 난 첨지는 물바가지를 중한테 안기며 썩 물러나라! 허허어, 그러나 여전히 목탁 치는 소리는 그치지 않았지. 화가 머리끝까지 치민 첨지는 도끼를 쳐들고 나와서 이 중놈아! 목탁소리 안 나게 해주겠다! 목탁을 빼앗아 난도질을 한게야. 그리고 첨지는 안심하고 집 안으로 들어갔는데, 마음씨 착한 며늘아이가 딱하게 생각했음인지 시아버지 몰래 품

판 돈으로 시주를 하더라는 게야. 했더니 중이 말하기를 그냥 가려 했으나 며느리 심성이 고와서 알려주노라, 아무 달 아무 날 댁의 시부는 소 우(牛) 자 짐승에게 해를 입어 죽음을 당할 것인즉 그날은 각별하게 조심하라, 그러고는 온데간데없이 사라지고 말았다는 게야."

"소 우 자 짐승이 뭐지요, 스님?"

윤국이 묻는다.

"소 우 자 짐승이라면 소지 뭐겠어?"

그 말은 환국의 음성이었다.

"얘기를 다 듣고 보면 자연히 알게 될 것이야. 그리하여 중이 일러준 그날이 왔고 구두쇠 첨지라고 제 목숨이 아깝잖을 리가 없지. 그날은 출입을 아니하고 복더위의 찌는 날씬데도 불구하고 방문을 닫아건 채, 물론 외양간의 소도 밖으로 내몰았지. 한나절이 지나고 해 질 무렵, 아이고 내가 그놈의 땡땡이중한테 속았구나, 첨지는 한증막 같은 방에서 벌떡 일어났지. 방문을 여니 해거름의 시원한 바람이 들어와서 살 것 같더란 말씀이야. 문지방을 베개 삼아 누우니 눈까풀이 가물가물, 달콤한 잠이 오기 시작한 게야. 한데 또 귀가 간질간질해. 귀이개를 찾아서 다시 누웠지. 바람은 시원하고 귀이개로 귀를 후비니 기분 좋고, 한데 때마침 일진의 강풍이 불어와서 열어놓은 방문을 탁 닫아버리더란 그 얘기지."

"그런데요? 그건 아무것도 아니잖아요?"

"모르겠냐, 윤국아?"

"네."

"귀이개가 귓구멍을 찔러서 죽었다는 얘기야. 그 귀이개가 뭔고 하니 쇠뿔로 만든 것이었거든."

"하하아, 그렇구나아."

윤국의 감탄하는 목소리다.

"세상을 살아가는 이치는 참으로 기기묘묘하여어, 크고 힘찬 두 개의 뿔과 튼튼한 이빨, 몸뚱이를 말할 것 같으면 사람의 몇 배요 힘도 몇 곱절인 황소에게는 죽음을 아니 당하는 사람이 쇠뿔의 가느다란 한 가닥으로 죽음을 당하니 말씀이야."

서희는 혜관이 아이들에게 왜 그런 얘기를 들려주는지 알수 없었다. 어쩌면 아이들을 통해서 자신에게 들려주는 말인지 모른다는 생각을 한다. 길상에 대한 불안이 쌓인다.

환국은 K중학교에 합격이 되었다. 한사코 겨루던 순철이는 낙방했고. 사흘 후면 짐을 챙겨서 환국이는 서울로 가야한다. 시험 칠 때는 연학이가 따라갔으나 이번에는 서희가 함께 가기로 작정이 돼 있다. 임명빈에게 맡기기로 한 만큼 서희가 함께 가서 인사하고 부탁하는 것이 예의상 좋고 몇 달을 집 떠나 있을 환국이에게도 어머니의 손길이 필요한 것이다. 그간 환국이는 조금도 내색을 하지 않았지만 순철의 말이 독침같이 가슴에 박혀 있을 것이 틀림없다. 난생처음 남을 때려본, 그것도 유혈이 낭자하게 때린 기억은 악몽같이 남아 있을 것이 분명하다. 어떻게 수습이 되었는지 환국은 그것을 알려 하지 않았다. 서희도 알려주려 하지 않았다. 그러나 환국이는 어머니가 어떻게 했으리라는 짐작은 하고 있었으며 서희도 환국이 짐작하고 있을 것을 안다.

이윽고 혜관은 하직해야겠다면서 서희에게 들렀다.

"모레 떠나신다던가요?"

"네."

"가시면은 임씨댁에 묵으시렵니까?"

"저까지 폐를 끼쳐 되겠습니까? 여관에 들겠습니다."

"그러면 유모나 안자가 함께 가겠구먼요."

"유모랑 갈까 합니다."

"네에…… 임씨 댁이 효자동이니까 가까운 곳에 잡으셔야 겠습니다."

"네."

"효자동 어귀에 선일여관이란 게 있습지요."

서희는 혜관의 눈을 빤히 쳐다본다. 혜관도 서희의 눈을 응시했다. 서희는 그 여관에서 무슨 일이 있을 것을 직감한다.

"아닙니다. 나는 거기 들지 않겠소."

뒷걸음질치듯 서희는 말했다. 여자의 한계점이다. 불가능을 가능케 한 최서희가 어머니기 때문에 부딪쳐야 하는 한계점, 이제 다시 지어미이기 때문에 부딪치는 한계점을 보아야 한다. 서희는 거기 들지 않겠다는 이유를 설명하는 대신 환국

이와 순철이 싸운 경위를 간략하게 얘기한다. 만일 마지막에
한 자신의 말이 발설되었다면 그것은 자신만이 책임질 일인
것이다. 길상이 그곳에 나타날지 모른다는 상상은 지금 서희
에게는 고통 이전의 공포인 것이다. 혜관은 오랫동안 말이 없
었다. 그러나 심각한 얼굴은 아니었다.

"한 가지 이상한 일은 있습니다."

혜관이 눈을 내리깔았다. 눈 밑으로 처진, 마치 주머니처럼
처진 근육이 흔들린다. 그것은 마음의 동요 때문은 아니었다.
근육이 탄력을 잃었기 때문이다.

"못난 백성들인데 그런 말은 좀체로 입 밖에 내지 않는다는
것 말입니다. 경찰관 아니면은 그것은 걱정 안 하셔도 될 것
같소이다."

혜관은 효자동 어귀에 있다는 선일여관에 대해서 다시 말
을 잇지 않았다. 알아서 하라는 것이었는지, 그리고 그는 떠
났다.

삼월 말의 철도 연변은 봄이 완연했다. 바람이 차기 때문에
봄은 더 신선한 것 같았다. 차창에 기댄 서희 가슴에는 위험
을 동반한 환희가 아우성을 치고 있었다. 낯선 역을 맞이하고
낯선 거리를 기차가 지나칠 때마다 서희는 그 거리에서, 정거
장에서 길상을 만났다. 폼에 우뚝 서 있는가 하면 거리를 지
나가는 뒷모습이 있었고, 서울에 닿을 때까지 줄곧 차창 밖만
내다보는 조용한 자세였으나 서희는 봄에 눈뜬 유충같이 세

상이 경이에 가득 찬 것을 느낀다. 아무것도 실증(實證)은 없다. 그러나 실증 이상으로 길상이 서울에 있을 것이라는 확신을 서희는 떨쳐버릴 수가 없는 것이다.

역에는 임명빈이 마중 나와 있었다. 서로 첫 대면이었지만 두 집 사이의 연고관계로 처음부터 스스럼이 없었다. 환국이는 지난번 연학이와 함께 임명빈 집에서 묵었기 때문에 구면이었다.

"일부러 나와주셔서 고맙습니다."

"오시느라 수고가 많았겠습니다. 환국아,"

"네."

"합격을 축하하네."

"고맙습니다, 선생님."

"열심히 해야 돼."

"네."

역두에서 최서희는 차도 인력거도 마다했다. 전차를 타고 가겠노라고 단호히 말했다. 그리하여 전차를 타고 종로에서 내린 일행은 효자동 어귀에 다다랐다. 어귀에는 과연 이 층으로 된 선일여관이라는 것이 있었다. 서희는 몸으로 느끼면서 여관 옆을 지나갈 때 그곳을 쳐다보지 않았다.

명빈의 집 안은 손님맞이의 준비를 끝낸 것처럼 조용하고 아늑한 분위기가 감돌고 있었다. 그러나 식구들이 서희의 아름다움에 압도당하여 조용하기도 했던 것이다. 두루 인사를

끝내고 나서,

"노마님께서는,"

"아 네, 사람을 못 알아보셔서,"

명빈이 인사를 생략하라는 뜻으로 말했다.

"옛날에 제가 쓰던 사랑이 한적하고 해서 환국이 거처를 그곳으로 정했습니다. 방이 넓고 작은 방도 하나 있어서 며칠간은 묵으실 수 있을 것입니다."

명빈은 자신이 옥중에 있었을 때 서희가 베푼 호의에 대한 보답인 듯 성의를 다하여 말하는 것이었다.

"저까지 폐를 끼쳐 되겠습니까. 여관으로 가겠습니다."

"무슨 말씀을, 그래서는 안 됩니다."

명빈의 댁네 백씨가 펄쩍 뛰듯이 말했다. 서희는 몇 번 사양하다가 권에 못 이긴 듯,

"폐스러워서 어떻게 하지요?"

미소하며 슬그머니 동의를 표한다. 여관에는 가지 않으리라, 처음부터 굳힌 결심이었다. 그러나 서희는 위험이 따르는 환희를 버린 것은 아니었다. 물론 길상을 만나리라는 기대는 아니었다.

나흘을 서울서 묵는 동안 서희는 환국의 입학식에 따라갔다. 유모와 함께 서울거리에 나가 물건을 사기도 했으며 창경원에는 환국이와 함께 가서 구경을 했다. 그러면서 그 여관 앞을 오가는 동안 서희는 눈길을 돌리지 아니했다. 이층 창

가에 어느 사내가 서 있으리라는 상상만으로 서희는 하루하루의 양식을 마련하는 것 같았던 것이다. 그리고 길상에 대한 자신의 사랑이 얼마나 깊은 것인가를 깨달았을 때 서희는 가파로운 고갯길에서 땀을 닦으며 쉬고 있는 것 같은 자신을 느끼는 것이다. 엿새를 보내고 떠날 예정이었는데 닷새째 되는 아침에,

"국이어머님."

부르기가 거북했던지 되도록 호칭은 빼고서 말하던 명빈이 또 환 자(子)를 빼고서 국이어머님이라 불렀다.

"제 누이가 매부랑 함께 저녁 초대를 해왔습니다. 피곤하시겠지만 그 사람들 성의를 봐서 가시지 않으렵니까."

"고맙습니다. 일부러 그렇게 안 하셔도 되는데."

명희에게는 서희도 적잖은 관심이 있었다. 명희에 관한 얘기는 오래전부터 공노인을 통해 들은 바 있었으며 조선으로 나온 후에도 그 집에 관한 것과 더불어 그에 관한 얘기도, 상현과의 감정갈등만 모른다뿐이지 대개는 듣고 있었다. 뿐만 아니라 명희로부터 도움을 주어서 감사하다는 서신을 받은 적이 있었다. 명빈은 저녁 초대에 관한 얘기 끝에,

"참 잊었군요. 이상현 군과는 집안끼리 잘 아신다지요?"

"네."

서희는 별로 큰 동요가 없는 자신에 오히려 놀란다. 말을 해놓고 당황한 것은 임명빈이 편이었다. 동시에 서희를 초대

한 명희 심정은 어떠한 것인지 갑자기 당황해지기도 했다.

"요즘엔 어떻게 지내시는지요. 더러 소설을 쓰신다는 얘기는 들었습니다만,"

"부친께서 별세하셨는데 아시는지요?"

"네, 본가를 통해 들었습니다."

우울하게 서희 얼굴이 가라앉는다.

"고생만 하시다가, 상현이도 부친 생각을 하면 가슴이 아플 것입니다."

"용정에 있을 때 제가 그 어른께 잘못한 일이 많았습니다."

"혹, 만나보시지 않으시렵니까?"

"요다음 기회에,"

"네 알겠습니다. 술이 과해서, 재주가 아깝습니다."

명빈으로서는 서희에게 자세한 상현의 근황에 대한 얘기는 할 수 없었다.

"본가에서는 사시기가 어떤지 모르겠군요."

은근히 비친다. 좀 도와주라는 뜻으로. 서희는 말이 없었다.

약속한 시간, 해가 좀 남아 있었다. 조용하가 자동차를 보내주었다. 조병모 남작 내외가 연만했을 뿐만 아니라 남한테 말 못할 집안갈등을 피하여 주로 별장에 가 있었으며 따라서 본가를 비롯하여 재산에 관한 것, 사업에 관한 재량이 조용하 수중에 있었기 때문에 명희가 친정에 온 손님을 위해 자동차를 보내는 것쯤은 대단한 일이 아니다. 조병모 남작의 으리으

리한 집 앞에 자동차가 닿았을 때 대문이 활짝 열렸다. 차고
는 뒤꼍에 있었던지 손님을 내려놓은 뒤 담장을 따라 돌아가
버렸다. 명빈과 서희를 안내한 곳은 처음 명희가 왔을 때처럼
별채에 있는 서재 겸 응접실이었다. 명희가 다가서며 서희의
손을 잡았다.

"처음 뵙지만 우린 오래전부터 잘 알고 있었지요? 반갑습니
다."

"네, 안녕하셨어요."

조용하는 여간하여 감정을 잘 나타내지 않는 인물인데, 또
서희를 초대한 목적이 사무적인 것이었는데도 뜻밖이라는 놀
라움을 감추지 못한다.

"소개하지요. 인사하게. 우리가 신세를 많이 졌던 최참판댁
부인이네. 여기는 저의 매부 되는 조용하올시다."

"잘 오셨습니다. 앉으십시오."

네 사람은 각각 소파에 앉았다. 조용하는 회색 싱글에다,
늘 그는 회색을 애용해온 터인데, 청동색과 노란 줄무늬의 넥
타이를 매고 있었다. 소쇄(瀟灑)한 그 모습은 귀공자의 풍모
가 역력했고 냉담해 보이는 인상에는 변함이 없었다. 그에 비
하면 검정에 가까운 감색 양복을 입은 임명빈은 시골 촌장같
이 보였다. 명희는 기장이 길고 넉넉하게 만든 분홍과 보라의
중간색 비슷한 드레스를 입고 있었다. 한마디로 쌍벽이라고
나 할까, 아름다움의 차이를 말한다면 최서희는 기품이요 명

희는 지적인 세련이다. 그리고 명희는 놀랄 만큼 달라져 있었다. 행복하고 불행하다는 것과는 상관이 없는 변모였다. 레몬한 쪽을 띄운 홍차를 날라왔다. 홍차를 들면서 조용하는,

"처남한테 말씀을 많이 들었습니다. 이 사람한테서도 들었습니다만."

그러나 조용하는 다른 곳에서 최서희에 관한 얘기를 들었다. 그것은 퍽 오래된 일이었다. 조준구가 폐광(廢鑛)을 속아 샀을 때 그 폐광의 임자는 이 모(李某) 대감이었고 이 모 대감이 조병모 남작과 선이 그어지는 그런 처지였다. 그 폐광을 일인과 공동명의로 산 조준구가 욕심이 지나친 나머지 독점하려고 일인을 물러나게 주선된 자금의 출처, 그것으로 인하여 최서희라는 여자가 화제에 올랐던 것이다. 물론 그 얘기는 공노인이 물러가고 최서희라는 숨은 전주(錢主)가 표면화되면서 나온 얘기였다. 만석 토지는 최서희 손아귀에, 폐광을 판 막대한 돈은 이대감 손아귀에, 그리하여 비 오시는 날의 개신세 같았던 옛날의 조준구로 되돌아간 것은 상당히 재미있는 화젯거리였던 것이다.

"이번에는 아드님께서 K중학교에 합격했다는 말을 들었습니다. 얼마나 기쁘세요?"

명희가 말했다. 조용하는,

"우리 학교도 상당한 명문인데 거 섭섭하군요."

"왜 아니겠나."

네 사람은 함께 웃었다. 조용하는 다시,

"서울에는 며칠이나 계실 계획입니까."

"내일 내려가겠습니다."

"오신 김에, 뭐 별 볼 것은 없겠습니다만 천천히 계시다 가십시오. 효자동이 불편하시면 우리 집에 오셔도 좋고, 이 사람도 할 일 없이 심심한 처지라 시내 안내도 해드릴 것입니다. 차도 있고 하니,"

임명빈은 내심 초대한 것은 명희라기보다 매부가 아닌가 하고 생각한다.

"그럴 처지가 못 됩니다. 어린것이 있고 해서,"

조용하는 말보다 분위기에서 얼마나 도도한 여자인가를 실감한다. 명희는 의사표시가 명확한가 하면 때론 거세당한 사람같이 멍하니 눈빛이 흐려질 때가 있었다. 대충 그 정도에서 얘기는 명희와 서희가, 조용하와 임명빈이 나누게 되었다. 여자들의 얘기는 주로 신변에 관한 것이었고 남자들의 얘기는 사회문제, 국제 정세, 그리고 경제적 동향에 관한 것이었다. 서희는 말하기보다 듣는 편이었지만 대충 조용하의 사람됨을 간파했을 뿐만 아니라 저녁 초대를 한 것에 목적이 있다는 것을 느꼈다. 조용하는 귀공자의 풍모가 역력했지만 세지(世智)에 능하고 타산가이며 사무적이라는 서희의 판단이었다. 그것은 사실 그러했다. 귀족들 자제로서는 좀 드문 형, 미련한 욕심을 경멸하며 상큼하고 속 빠르게 목표물을 낚아채는, 말

하자면 속결주의요 사정거리를 잘 겨냥한다고나 할까. 능력
있는 사내, 명희를 손에 넣을 때도 그는 그러한 자기 식을 발
휘했던 것이다. 찬하처럼 얼굴 붉히며 인사하지는 않았다. 냉
담하고 무관심한 척, 한눈을 파는 척, 하다가 찬하를 앞질러
어느덧 명희에게 활시위를 당겨버렸던 것이다. 아내하고 이혼
을 성립시킨 것도, 많은 위자료를 군더더기 없이 사무적으로
내밀었기 때문에 가능했던 일이었다. 서희는 조용하라는 인
물을 간파했으나 명희에 대해선 그렇지가 못했다. 명희에 대
해선 무방비의 상태이긴 했으나 뭔가 막연하게 종잡을 수 없
다는 느낌이었던 것이다. 옛날의 명희를 보았더라면 소극적
이요 재래종의 여성이라는 것을 알았을 터인데, 서희가 종잡
을 수 없다고 느낀 것은 옛날과 달라진 것이 없는 성품에다가
귀족의 부인이라는 의상을 입었기 때문이다. 누구든 명희를
변했다고 한다. 귀족의 부인으로서 그렇게 확실하게 틀이 잡
히기는 어려운 일이라고 했다. 그러나 명희는 실상 변한 것이
아무것도 없었다. 손가락에 낀 두 캐럿의 다이아몬드 반지,
작은 다이아몬드를 박아서 만든 백금 팔찌, 그리고 더욱더 뽀
오얗게 빛나는 목덜미, 그것이 변화라면 변화일 뿐이다.

사나이 둘의 얘기는 예외 없이 물산장려운동으로 흘러가고
있었다. 임명빈은 주로 물산장려운동의 성격이나 영향에 대
하여 말했으며 조용하는 실제적인 동향, 누가 무슨 회사를 설
립했으며 그 자본금의 내력에 관하여, 또 누가 무슨 회사를

지금 설립하고자 준비 중이며, 누구의 자본이 어디로 투입되는가 그런 테두리에서 얘기를 진행시키고 있었다. 그러더니 조용하는 얘기를 일단 끝내었다.

"이거 남자끼리만 흥미도 없는 얘기를 해서 죄송합니다. 여보,"

"네."

"식사 준비는 어찌 되었소?"

"제가 가보고 오겠습니다. 그럼 잠깐만,"

명희는 조각처럼 보기 좋은 허리를 약간 구부리듯 방에서 나간다.

"진주는 어떻습니까. 살기 좋은 곳이지요?"

조용하는 번번이 서희한테 화제를 돌리고 신경을 쓰는데 자로 재듯 어딘지 딱딱했다. 서희의 미모에 대한 감탄, 그러나 조용하에게 명희에 대한 정열이 약화된 것은 아니다. 오히려 동생 찬하의 존재로 말미암아 명희에게 가는 집착이 강해지고 있었던 것이다. 찬하는 용하의 애정에 자극제였었다고나 할까. 그런 만큼 서희의 미모는 어디까지나 그에게는 풍경화적인 가치였지만 자신의 목적의식에 저해가 되는 것은 부인할 수가 없다.

"살 만한 곳이지요."

"부인께서도 그렇습니다만 대개 지주들이 많은 곳 아닙니까?"

"좀, 그런 셈이지요."

"어떻습니까. 부인께서는 모험 좀 해보실 생각이 없으신지."

서희는 그 말의 뜻을 어렵잖게 알아차린다. 임명빈만이 어리둥절한 얼굴이다. 그리고 평소 남자보다 여자에게 더욱 냉담한 용하 성품에 비추어 처음부터 예상 밖의 태도를 취하는데 석연찮은 느낌을 짙게 한다. 그리고 자신의 입장이 퍽으나 난처하게 된 것을 깨닫는다.

'멍청이 바보같이 내 꼴이 왜 자꾸 이리 되어가나. 오십만 되면 허리 꼬부라지겠다.'

임명빈이 바라서 한 혼인은 아니었다. 그러나 결과는 어떠한가. 풀고 나오기에는 너무 자신의 인생이 황혼 쪽으로 기울어버린 것 같다.

"모험이라면,"

"부인께서도 아시겠지만 물산장려운동이 일고 있는 이 시기는 우리들에게 매우 중요한 것이지요. 간단하게 말하자면 토지에 잠긴 자본을 공업 내지 상업 쪽으로 돌리는 일인데, 토지를 중심한 화폐유통이란 일 년에 한 번으로 볼 수 있고 상공업에 있어서의 화폐유통이란 시시각각인 것 아니겠습니까?"

"……."

임명빈의 좁혀져 있던 눈이 커다랗게 벌어진다. 석연찮았던 것이 일시에 확 풀어졌던 것이다.

"부인께서 용정 계실 적에 무역을 하셨다는 얘길 들었습니

다. 해서 제 말을 이해하시겠지요. 이해하시고 투자할 생각이
없으신지요."

"너무, 생각지 않았던 일이어서,"

"물론 만나뵙고 보니 즉흥적으로 떠오른 생각입니다만 우
리가 지금 설립준비를 하고 있는 회사는 자본금이 가장 크고
참가할 자본주 면면이 모두 거물급이지요."

서희는 여전히 웃고 있었다. 그 웃음이 용하에게 제동을 걸
었다.

"하참, 저도 모르게 약장수 노릇을 한 것 같습니다. 하하
핫…… 요즘엔 자나 깨나 그 일 생각을 하다 보니,"

"이 사람, 여기가 사무실인가?"

임명빈이 얼버무린다. 서희는 여자가 어떻게, 그런 말은 하
지 않았다.

"저는 농토에 대해서 집착이 강합니다."

그것이 대답이었다. 그리고 지루하다는 생각을 한다. 환국
이가 기다린다는 생각, 효자동의 그 여관 옆을 지나가는 생
각. 조용하 얼굴에 희미한 웃음이 떠오른다. 한 방 호되게 맞
은 것 같은 기분이 그런 웃음으로 나타났다.

음식 맛보다 빛깔이 화려한 저녁 대접을 받고 다시 내어주
는 자동차를 탔을 때 거리에는 불빛이 나돋아 있었다. 운전
석 옆에 앉은 임명빈과 뒷좌석에서 혼자 흔들거리고 있는 서
희도 서로의 생각에 잠겨 있기는 했으나 오늘 저녁 초대에 대

하여 불쾌감을 느낀 것은 공통점이다. 여관 옆을 차가 지나갈 때 차 속에서 서희는 처음으로 여관을 바라볼 수 있었다. 이 층 창문에는 불이 켜져 있었다. 그러나 한 사내가 서 있었던 것은 아니었다. 서희는 갑자기 자신이 깊은 나락으로 떨어지는 것을 느낀다. 그것은 상상이 무너지는 순간이기도 했다. 혜관은 효자동 어귀에 선일여관이 있다고 했지 그곳에 누가 있을 것이란 말은 하지 않았다. 그렇다면 왜 확실하게 물어보지는 못했을까? 어느 쪽이든 확실하게 알고 싶지 않았던 것이다. 희망도 절망도 깡그리 뭉개버리고 싶었는지 모른다. 상상속으로 모든 것을 가두어버리고 싶었는지 모른다. 아무도 없는 창문, 실제 아무도 없었을 것이란 절망, 차가 멎었을 때 서희는 잠시 눈을 감았다.

밤에 잠자리에서 서희는 물었다.

"환국아, 너 아버님 기억하느냐?"

"합니다."

"보고 싶으냐?"

"네."

울음이라도 터뜨릴 것처럼 잠긴 목소리였다.

"아버님은 훌륭한 분이시다."

비로소 순철이가 환국이에게 던진 말에 대하여 서희는 아들에게 해답을 준 것이다.

7장 죽음의 자리에서

외상환자의 치료를 끝내고, 환자가 치료실에서 나가는 것을 본 뒤 조수 허정윤(許貞潤)은,

"배고프다."

하며 가운 호주머니 속에 두 손을 푹 집어넣는다. 간호원 김숙희(金淑姬)는 기구를 닦다 말고 힐끗 쳐다본다.

"선생님, 아직 점심 안 드셨는데,"

"환자는?"

"이제 없어요."

호주머니 속에 찔렀던 두 손을 뽑아서 정윤은 얼굴을 문지르며 한숨을 토한다.

"고단해요, 정윤 씨?"

안쓰러워하는 표정이 되며 숙희는 나직이 묻는다.

"응."

시무룩하게 대답한다. 안색이 좋지 않았다. 피로한 기색이 역력하다.

"간밤에는, 또 늦게까지 공부했나 부지요?"

"공부하면 뭘해."

"......"

"희망도 없는걸."

"왜 희망이 없어요."

"무슨 희망!"

"학교 가는 것 말예요."

"차라리 숙희하고 결혼해서,"

순간 숙희 얼굴이 빛난다.

"다른 길로 나갈까 부다."

"아니에요. 정윤 씨는 꼭 붙을 거예요. 그러기 위해 준비해 오지 않았어요?"

"공부만 해서 되는 일 아니잖아."

두 사람의 눈이 부딪는다. 감싸주고 안타까워하고 사모하는 숙희 눈빛을 바라보는 정윤의 눈은 숙희를 지나서 더 먼 곳에 가 있는 것 같다. 숙희가 어떤 마음을 담고 자기를 바라보는가, 그런 인식보다 자신의 미래를 추구하는 정열과 비애만이 가득 찬 눈빛이었다. 정윤의 얼굴은 깨끗하고 수려한 편이었다. 숙희는 노인들의 말을 빌리자면 여식답게 생겼다 할 수 있고 도투름한 입술이 특히 귀여웠다.

"학비는…… 저도 도울 수 있어요."

정윤이 다가섰다, 일그러진 얼굴로. 포옹할 듯이 두 어깨를 꽉 잡다가 말고, 치료실을 나가버린다.

환자가 뜸해진 병원 안은 음산하리만큼 조용했다. 박효영 의사는 멍청히 진찰실에 앉아 있었다. 회전의자에 걸친 두 팔은 힘을 다 빼버린 듯 축 늘어져서, 편안한 자세이긴 했다. 가장 좋은 방향으로 자리잡은 진찰실은 밝고, 얼마 전에 난로

를 거뒀으나 실내는 알맞은 온기를 유지하고 있었다. 병원의
규모는 꽤 큰 편이다. 진찰실, 치료실, 대합실, 약제실, 그리
고 입원실이 세 개 있었다. 지방에서는 병원이나 의사는 매우
희귀한 존재일뿐더러 대개의 경우 전문의(專門醫) 아닌 의사가
과(科)에 구애됨이 없이 모든 환자를 받아들이고 있었다. 설령
전문의라 하더라도 모든 환자를 보아주는 실정이었다. 그런
데 박효영 의사는 외과 전문의였다. 진주에서 박의사의 명망
이 높은 것은 수술을 잘한다는, 바로 외과 전문의이기 때문이
다. 대개의 병은 한약으로 다스리려 했고 신령의 힘을 빌리고
자 굿을 한다거나 불공을 드리는 기습이 뿌리 깊게 남아 있는
만큼 서민층은 째고 자르고 하는 외과에 속한 병이거나 마지
막 단계에 이른 병이 아니면 병원을 찾지 않았다. 박의원이 번
창하는 이유는 외과를 필요로 하는 서민층, 일반환자인 상류
층을 동시에 가지고 있다는 점일 것이다. 해서 박의사는 늘 바
빴다. 조수 허정윤과 간호원 김숙희 그리고 약제실에서 처방
대로 약을 짓고 치료비, 약값을 수납하는 강남(康南), 도합 네
사람이 질서 있게 움직이는데 그래도 손이 달릴 때가 많았다.
점심시간이 가까운 이런 때만 환자가 뜸해지는 것이다. 치료
실에서 숙희가 기구를 챙기고 있는 모양인데 그것들이 부딪는
소리가 꽤 귀에 거슬린다고 박의사는 생각한다. 썰물같이 빠
져버린 환자들, 소음, 아이의 울음소리, 후덥지근한 사람들의
입김, 병원은 잠긴 듯 고요하고 다만 기구들이 부딪는 금속성

음향만이 살벌하게 들려온다. 박의사는 일어서서 창가로 걸어간다. 봄이 한가운데까지 와 있는 거리를 내다본다. 초봄은 흙바람 때문에 스산했었다. 이제는 완전하게 자리잡은 하늘과 대지 사이의 계절은 청초하고 무엇보다도 한가롭다. 박의사는 진주의 이 계절을 사랑했다. 여자보다, 아니 아내보다 사랑했는지 모른다. 아내 익란(益蘭)은 청초한 여자는 아니었다. 한가로운 마음을 가지게 하는 여자도 아니었다. 새빨간 달리아처럼, 송이가 너무 커서 가는 줄기가 휘듯, 우선은 그런 인상의 여자였다. 그러나 신학문을 했다 하여 꽤나 요란스런 자존심을 갖고 있었지만 그것은 철판 같은 이기심과 잡초같이 무성한 허영이었을 뿐이다. 평범한 결혼이었다. 여자는 남자가 의사라는 점에서, 남자는 여자가 고등교육을 받았다는 점에서 흔히 밟는 경로를 통해 이루어진 결혼이었다. 부정한 여자, 정부와 함께 달아난 여자, 그것도 집을 드나들던 박의사의 후배와 함께. 배신감은 터럭만큼도 일지 않았다. 어떤 형태로든 헤어질 것을 예감하며 지속한 결혼생활이었으니까.

'이번만은 아주 영리했지.'

마음속으로 중얼거리며 박의사는 쓰디쓴 웃음을 띤다. 말하자면 익란이 박의사를 한발 앞지른 것이다. 승부로 따지자면 판정패라고나 할까. 아무튼 박의사는 익란을 생각할 때 불쾌감을 떨쳐버릴 수가 없는 것이다. 혼수상태로 빠지게 하는 고열보다 지속되는 미열과 같은 불쾌감, 익란에 대한 이같은 불쾌감은 상당한 장시일을 두고 계속될 것이다. 한 남자의 권위에 먹칠을 하고 그는 떠났다. 높이 받드는 의사의 위신을 구겨놓고 익란은 떠났다. 왜 진작 이쪽에서 이혼을 제기하지 않았더란 말인가. 자신의 명예를 위해 민적거렸다. 그 결과는 그보다 더한 불명예를 안겨준 것이다. 그런 자신의 속셈을 알고 보복하기 위한 행위였다면 익란에게 타당성이 있고 또 그가 노렸던 것이 적중된 것도 사실이다. 익란의 애정행각이 사랑을 위한 용기로써 결행된 것이 아닌 것만은 확실하다. 왜냐하면 그들은 얼마 안 되어 헤어지고 말았다는 소문이었다. 요란스런 자존심, 적잖은 위자료를 받아낼 수 있는 이혼보다 배신이라는 시끌벅적한 화제들을 제공한 저의는 박의사에게 망신을 주고 박의사의 자존심을 짓밟아버리겠다는 그것이었겠는데, 그렇다고 해서 익란이 자기를 사랑한 때문에 반발했거나 보복했다고 박의사는 생각지 않는다. 상대가 누구이건 그 자신의 수준과 비등한 인물이면 남편이요 남자라는 데 뜻이 있을 뿐이다. 특별히 익란이 음란한 여자라는 얘기도 아니다. 이조 오백 년이 만들어놨던 재래식, 본질은 그 재래식의 여자였던 것이다. 카르멘도 노라도 아니면서 신학문을 했다는 이유 때문에, 머릿속에 먹물이 들었다는 이유 때문에 자존심이란 것이 요란스럽게 거론되는 것이며, 나는 이혼당하지 않았다, 내 쪽에서 발길질을 했다 할 수 있는 방법도 착상할 수가 있었을 것이다. 그런 일련의 과정을 생각한다면 박의사로서는 초연할 수도 있는 일이련만 그렇지가 못했다. 계집이 달아났다, 다른 사내와 눈이 맞아서 달아났다, 그런 뒷공론은 끔찍스럽고 소름 끼치게 싫은 것은 그 자신도 어쩔 수 없는 일이다. 옥도정기를 얼굴 한가운데 바르고 길을 다니는 것 같은 기분은 어쩔 수 없는 것이었다. 환자들이 득실거리고 바빠 돌아갈 때는 잊는 그 미열과도 같은 불쾌감이 이렇게 환자들이 빠져나가고 없는 시간에는 어김없이 찾아든다.

'나도 어지간히 자신 없는 인간이구먼.'

비웃어보지만 불쾌한 것은 불쾌할 뿐이다. 박의사는 담배를 붙여 문다. 뚱뚱한 여자가 창밖 거리를 지나간다. 금봉채, 말뚝잠, 나비잠, 국화잠, 금붙이를 쪽머리에 가득 찌르고 꽂고 가는 뚱뚱한 여자는 순철이엄마다. 수박색 치마에 미색 저고리를 입고, 하얀 버선발에는 자주색 당혜, 어디 나들이 가는 모양이다. 박의사는 싱긋이 웃는다. 언젠가 아들 하나만 더 낳게 해달라던 말이 생각나서.

'저 뚱뚱한 몸 해가지고선 임신하기 어렵지.'

활갯짓도 부산스럽다. 치맛자락이 펄러덕거린다. 그가 지나간 뒤 신행 가는 신부의 가마행렬이 지나간다. 하늘은 봄빛에 취한 듯 약간은 뿌옇고 멀리 지붕 너머 버드나무 주변에 아지랑이가 일렁이고 있다. 박의사 눈앞에 최서희가 떠올랐다. 수모 속에서 인내하던 그날의 모습이다.

'이상한 여자다.'

박의사가 서희를 생각할 때 연상되는 것이 있었다. 그것은 탱자나무의 울타리다. 서울태생인 박의사는 남쪽으로 내려와서 처음 탱자나무 울타리를 본 터이지만 강인하고 날카로운 가시가 밀생(密生)한 탱자나무 울타리를 바늘 하나의 출입도 거부하듯 그렇게 무시무시하게 느꼈던 것이다. 그것은 저승의 사자를 출입 못하게 막기 위한 것이라는 말을 들은 바 있지만 박의사는 서희를 처음 만났을 때 어째 그랬던지 그 탱자나무의 울타리를 생각했던 것이다.

"선생님, 점심 드셔야지요."

숙희가 조심스럽게 등 뒤에서 말했다.

"응? 음,"

돌아본다.

"나는 좀 있다 하기로 할까? 먼저들 하는 게 좋겠구면."

"네. 그러면,"

숙희는 나가고 박의사는 창가에서 떠나 의자에 파묻히듯 앉는다. 병원 뒤켠에 붙은 살림집에는 익란이 떠난 후 중늙은 식모가 혼자 살림을 꾸려나가고 있었다. 그곳으로 세 사람은 점심을 먹으러 들어갔고 한층 더 적막해진 병원에 박의사 홀로 생각에 잠긴다. 찌꺼기 같은 불쾌감이 다시 치민다. 이 불쾌감을 해소하기 위해선 재혼을 서두는 방법밖에 없다. 일년 넘게 지내본 독신생활도 불편한 것이었다. 올해 나이 삼십칠 세, 성공은 빨랐다. 그동안 의사로서 병원 일에 전념해온 그에게 사생활의 비중은 가벼운 것이었다. 결혼 초기에 잘못된 결합을 깨달은 것도 원인이 되겠지만 애당초 자신에게 주어진 의업(醫業)에 대하여 야망과 포부에 넘쳐 있었던 그는 결혼 그 자체를 소홀히 생각했던 것이 사실이다. 그러나 지금은 지방도시라는 한계는 있으나 자산과 명성을 얻었으며 자신의 능력과 기량을 발휘할 환자는 항시 그를 기다리고 있는 것이다. 번창 뒤의 외로움, 한편의 소리가 크면 클수록 한편의 침묵이 더욱더 두드러지듯이 박의사는 사생활의 공허를 실감하지 않을 수 없다. 그새 여자 쪽에서 보내온 혼담도 더러 있었다. 별 병도 아닌데 진찰받으러 온 젊은 여자들도 있었다. 그 중에는 용모에 자신 있는 과부도 있었으며 과년한 딸을 가진 어머니가 노골적으로 심중을 떠보려고도 했다. 나이 많고 재취라는 것 이외 침을 삼킬 만한 결혼상대였으니까. 그런데 우스운 것은 학력이 모자라거나 인물이 좀 못하거나 재산이 없는 경우, 또, 한 번 결혼한 일이 있는 쪽에선 박의사가 소위 내소박을 당한 일을 들추어 자신들의 약점을 상쇄하려 들었고, 모든 것을 갖춘 상대들은 우위에서 자선하는 듯 그런 태도로 나오는 일이었는데, 박의사는 일종의 조롱하는 심정으로 그런 것을 적당히 회피해온 것이다. 한번은 밤에 위급한 환자라 하여 왕진을 갔었는데 돈푼이나 있는 과부가 환자였다. 본인의 말로는 가슴앓이라 했지만 별 이상이 없었다. 언젠가 식중독으로 인한 두드러기 때문에 병원에 온 일이 있는

여자였다. 엷은 화장까지 하고 화려한 이불에 파묻혀서 여자
는 말했다.

"선생님, 왜 자꾸 가슴앓이를 할까요?"

박의사는 청진기를 말아 가방 속에 넣으며,

"글쎄요, 결혼하면 나을 병 같군요."

여자의 얼굴이 빨개졌다. 밤길을 돌아오면서 투덜대는 정
윤을 보고 박의사는,

"의사란 몸의 병을 고치는 동시 마음의 병도 고칠 수 있다
면 더할 나위 없는 게야. 자네 같은 의사 지망생은 특히 명심
해야 할 일이지."

필요 이상 엄숙하게 말하면서 마음속으론 자신을 비웃었
고 사람의 마음이 날이 갈수록 손바닥 위에 놓인 듯 환하게
볼 수 있는 일이 쓰디썼던 것이다. 마음이 눈에 띄는 순간마
다 말할 수 없는 혐오감은 자신의 감정을 고갈시키는 것이었
으며, 편협하게 하는 것이었으며, 수술대 앞에서 메스를 들
고 절개할 부위를 내려다볼 때처럼 그렇게 냉엄하게 하는 것
이었으며……. 박의사는 재산과 명성을 물론 원했었다. 그러
나 의사로서의 사명감이 마비되는 것을 결코 원치는 아니했
다. 사실 그는 환자를 취급하는 과정에서 순수하게 열중해왔
으며 그 과정은 그의 생활의 전부였다 하여도 과언은 아니다.
그러나 아무리 숙달된 의술, 적절한 치료를 한다 하여도 필경
은 사람이 하는 일이고 보면 실수나 착오나 오진을 보완하는

것은 의사로서, 인간으로서 성실해야 하는 것인데, 성실한 만큼 자라고 꽃피어주는 식물과도 같은 것이 환자다. 인간 멸시, 인간에 대한 기대를 저버린다는 것은 위험한 일이다. 그 위험을 가장 많이 안고 있는 것이 의사이고 보면 병과 죽음이 항상 동의(同義)를 내포하고 있으며 환자의 구십구 프로가 죽음의 공포로 하여 인간의 존엄성 따위를 내동댕이쳐버린, 가장 나약하고 비겁한 모습을 서슴없이 의사 앞에 드러낼 때 의사는 그들 앞에 군림하게 되는 것이다. 그것은 또 의사에게 함정이기도 한 것이다. 아무튼 인류를 위한 사도(使徒)로서 확고한 신념을 가지지 않는 이상 박의사는 자신의 고갈된 사생활이 이제는 의사로서의 의욕까지 위축시킬 것이란 결론을 내리고 있는 것이다. 그러나 전철을 밟을 수는 없다. 실패를 되풀이해서는 안 될 것이다. 박의사는 가끔 생각한다, 내색을 한 일도 없고 주의를 준 일도 없지만 정윤과 숙희의 관계에 대하여. 정윤의 모습에서 옛날의 자신을 발견하기 때문에 그런지 모른다. 가난한 선비집 자손으로 겨우 중학과정을 마친 정윤은 의전(醫專) 진학을 꿈꾸며 박의사 밑에서 일하고 있었으며 숙희는 상민 출신의 기독교 집안의 딸이었다. 목사의 천거로 채용하여 벌써 이 년이 지났다. 일찍이 부모를 여의고 고아가 되었던 박의사는 부모의 유산으로 중학까지는 마칠 수 있었으나 일본으로 건너가서 의학을 공부할 때 가시밭길을 걸었다. 고모가 한 분 있어서 얼마간 보조는 받았지만 전문의를 따기까지 기막힌 고학을 했던 것이다. 정윤이 의전으로 간다면, 그리고 의사가 된다면 그 경로는 자신과 매우 흡사하리라, 박의사는 생각하는 것이었고 의사가 된다면 정윤이는 과연 숙희와 혼인할 것인지 궁금한 숙제처럼 생각되기도 했던 것이다. 자신이라면 어떻게 했을까? 그럴 경우 숙희하고 결혼하지 않을 것이란 결론은 쉽게 내릴 수 있었다. 불우한 청년이 미래의 큰 꿈을 바라보면서 다만 현재가 쓸쓸하고 외롭기 때문에 모든 순정을 바치는 여자를 의지한다…….

'정윤이 그놈도 필경 무엇인지 모르지만, 누구인지도 모를 여자를 찾게 될 게야.'

그러면서도 박의사는 젊은 그들에게 묘한 선망을 느끼는 것이었다. 젊은 남녀의 애정의 비중이 어떤 것이든 애정이 갖는 윤기가 부러운 것이다. 그 윤기를 얻기 위해 향락적인 방법을 취할 수도 없는 결벽증, 적당히 타협하기엔 너무나 쉽사리 정체가 눈에 띈다.

"선생님, 점심 드십시오."

박의사는 몸을 일으켰다.

"먹어야겠지."

숙희를 쳐다본다. 숙희 윗입술에 고춧가루가 묻어 있었다. 박의사는 눈살을 찌푸린다. 게걸스럽게 음식을 먹는 늙은이를 보았을 때처럼 혐오감을 느낀다. 갑자기 싸늘해진 그 눈빛에 숙희는 어쩔 줄 몰라 한다. 약제실 옆에서 박의사는 정윤과 마주쳤다.

"3호실 환자 또 야단났습니다."

정윤이 짜증스럽게 말했다.

"왜 또 그래?"

"선생님 불러달라고 막 악을 쓰지 않겠어요?"

"그럼 가보지."

"가시지 마십시오. 뻔합니다."

"아직은 살아 있는 사람, 소원 좀 들어주어야지."

박의사는 점심 생각이 없었다. 늘 식욕이 없는 것이다. 되도록이면 미루고 싶은 마음 때문에 입원실로 발걸음을 돌린다. 하는 수 없이 정윤도 뒤따른다.

"어떠시오, 아주머니."

3호실의 환자는 임이네였다. 천년을 살 것 같았던 그 무성한 생명력은 어디로 간 것일까. 참혹한 몰골이다. 복막염 수술을 한 지 열흘이 지난 것이다.

"좀 괜찮은 것 같기도 합니다."

"그러면 됐어요."

"그런데 보혈주사는 와 끊었십니까?"

어제 물었던 말을 되풀이 묻는다.

"이제는 끊어도 괜찮소."

어제와 같은 대답이다.

"내 생각에는 그거를 좀 더 맞았으믄 싶은데요."

"그럴 필요 없어요. 곧 퇴원하게 될 겝니다."

"다 낫기 전에는 안 나갈 겁니다. 안 나가고말고요."

임이네 눈에 불기둥이 서는 것 같다.

"아주머니는 돈이 많은가 보지요."

"그만한 돈이사 없겠십니까? 그래도 배를 쨌이믄 의사가 책임지야제요. 안 그렇겠소?"

"입원비로 허비하느니보다 퇴원해서 몸을 보하는 편이 훨씬 낫지요."

"그렇기 사알살 꼬아도 내는 안 나갈 기구마는,"

"수술할 환자가 또 있는데 그러면 안 되지요. 수술 자리는 썩 잘 아물었소."

"그러믄 묻겠는데요, 나는 살 수 있십니까, 못 살 깁니까."

임이네 목소리에는 울음이 가득 차 있었다.

"수술은 잘 됐다고 말하지 않았소? 죽고 사는 일은 아무도 몰라요. 의사도 다 마찬가지로 죽으니까요. 물에 빠져 죽는 일도 있고 언덕에서 떨어져 죽는 일도 있고 사람이 어디 병으로만 죽는 건가요?"

박의사는 임이네 눈을 똑바로 쳐다보며 말했다. 그것은 습관이었다. 환자의 시선을 피하는 것은 환자에게 불안감을 준다고 생각했기 때문에 익혀진 버릇인 것이다. 임이네의 한 팔이 허공을 가르듯 내려왔다. 박의사의 손을 덥석 잡은 것이다. 박의사 등골에 서늘한 것이 타고 내린다. 환자를 대할 때

흔히 있는 일인데 회복의 가망조차 없는 중늙은 여자의 힘에
는 살기마저 느껴졌던 것이다. 죽음의 심연까지 끌어들이는
것 같은 아주 기분 나쁜 힘이었다.

"선상님요, 나 나이가 이자 겨우 쉰다섯입니다. 나는 못 죽
십니다. 참말로 못 죽십니다. 무신 남 못할 짓 했다고 멩대로
못 살겄십니까. 디건이(두견이) 목에 피 내묵고 살덧기 살았는
데 한이 첩첩 산이오, 선상님, 살리주시이소!"

울음을 터뜨린다. 눈물이 펑펑 솟아오른다. 철색을 띤 얼굴
이 흠뻑 젖는다. 박의사는 꽉 물려드는 손가락을 뜯어내며 간
신히,

"맘을 단단하게 먹어야 병도 항복을 하는 법이오."

"선생님,"

정윤이 혀를 찬다. 박의사는 시계를 본다.

"점심 드셔야지요. 환자가 곧 들이닥칠 텐데,"

"그럼 점심이나 먹어볼까?"

울음을 뚝 그친 임이네, 정윤을 무섭게 노려본다.

"야 이놈아! 머리빡이 허여질 때까지 이 집에서 종질하고
살아라! 예사, 나그네 보고 먼지 짖는 거는 개새끼라 카더라
마는, 흥!"

"보자 보자 하니,"

정윤의 얼굴이 시뻘게진다.

"나가자. 환자하고 그러면 쓰나,"

정윤의 등을 밀고 박의사는 복도로 나간다.

"영악한 아낙이야. 자기 죽음을 예감하는 것 같다."

"환자치고 저런 환잔 처음 봤습니다. 어떤 때는 반미치광이같이 날뜁니다. 사는 것이 저리 추악한 것이라면 살아서 뭘 합니까."

"젊은 사람들은 다 그렇게들 말하지. 죽음을 기다리는 사람들을 위해서 천당이든 지옥이든 내세가 있었으면 얼마나 좋겠나."

"정말 퇴원 안 하려고 떼를 쓰면 골칫거립니다."

임이네의 병은 결핵성 복막염치고는 급성이었다. 삼십구 도의 고열인 데다, 환자는 심한 복통을 호소했다. 복막염으로 진단했으나 결핵성이 아닌가 하는 의혹이 없었던 것은 아니다. 죽더라도 원이나 없게 수술을 해달라는 가족과 본인의 의향도 있고, 또 화농성 복막염(化膿性腹膜炎)일 경우 화급을 요하는 일이었으므로 착수한 수술이었다. 개복한 결과는 의심했던 바로 그 결핵성 복막염이었던 것이다. 장벽(腸壁)에는 이미 별만큼 무수한 결절이 형성돼 있었으며 군데군데 궤양을 일으키고 있었다. 환자가 복통을 호소하고 고열인 데다 병력에 대해서는 애매모호한 헛소리만 지껄였기 때문에 배를 도로 꿰맨 뒤 비로소 박의사는 환자가 늑막염을 앓았다는 사실을 알았다. 물론 환자는 그런 말은 하지 않았다. 삼 년 전에 시나브로 숨이 차고 가슴이 답답해서, 옆구리도 결리고 해서 자라를 삶아 먹었느니, 흰 비둘기를 털 있는 채 고아 먹었느니, 다릅나무의 잎을 달여 먹었느니. 굿을 했다는 얘기만은 하지 않았다.

"그러고는 말짱하게 나았소. 씻은 듯이 나았단 말입니다. 본시 무병한 편이라서 그러고는 아무 일 없었는데,"

임이네는 씻은 듯이 나았다는 말을 되풀이 되풀이하였다. 마치 그것을 빌미 삼아 병을 고쳐주지 않고 의사가 도망이라도 칠까 두려워하듯이.

"그렇지 않을 경우도 있지만 대체로 장결핵이란 폐결핵의 말기현상인데……."

정윤에게 하는 것도 아닌 그런 말을 하고 박의사는 안으로 들어간다. 차려놓은 점심상 앞에 앉은 박의사는 우두커니 밥상을 내려다본다. 먹는다는 일이 무슨 사무절차와 같이 귀찮고 짐스러운 생각이 든다. 산다는 것과 먹는다는 것과의 차이란 어느 만큼이나 될까, 마음속으로 중얼거리며 수저를 드는데 윗입술에 고춧가루가 묻었던 숙희 얼굴이 떠오른다. 그리고 이내 탱자나무 울타리와 더불어 서희의 모습이 떠오른다. 처음에는 어쩐지 서먹하고 경원하고 싶은 여자였던 서희가 요즘에 와서 번번이 머릿속을 어지럽힌다. 의사가 겪은 범위 안의 여자가 아니다. 손바닥에 올려놓고 환하게 들여다뵈는 여자가 아니다. 박의사는 자신의 취향이 입술에 고춧가루 묻힌 여자보다 탱자나무 울타리 속의 여자 쪽이 아닌가 하고 쓴

웃음을 띤다. 일본 있을 때 머리를 짧게 깎고 소년 같은 차림새를 한 젊은 여자를 더러 본 일이 있다. 대개 전찻간에서였고 그런 유의 여자는 거의가 학생들이었다. 차림새뿐만 아니라 말씨도 거칠었고 상말도 서슴지 않았다. 그러나 박의사는 불쾌감이 없었다. 매우 신선하고 발랄한 젊음의 아름다움을 느꼈던 것이다. 그러나 익란의 경우는 그렇지 않았다. 처음부터, 활발하고 화제는 이론적으로 거칠었지만 신선하기는커녕 부패한 냄새를 맡는 것 같았다. 청춘조차 없었던 젊은 날을 겪은 그에게 자존심이니 지성이니 여자의 인격이니 따위의 남발되는 용어를 메스껍게 느낀 것은 애정도 싹트기 전 결혼 시초부터였다.

저녁때 홍이가 박의사를 찾아왔다. 수술하던 날 잠시 만나고는 처음 대면이다. 홍이에게선 기름 냄새가 풍겨왔다. 처가곳 통영에서 화물차 운전수, 그것이 홍이의 직업이었다. 부산나가서 운전기술을 배운 그는 처외가의 주선으로, 차주는 일인이었지만 화물차를 굴리게 된 것도 일 년이 넘는다. 행선지는 진주, 마산, 부산 등지다. 그중에서도 해로(海路)가 없는 진주를 자주 온다. 생선을 싣고 오면은 야채, 과실, 곡식 등을 싣고 가게 된다.

홍이는 모자를 만지작거리며 물었다.

"퇴원은 언제쯤 하게 될까요."

"더 이상 병원에 있을 필요는 없겠는데, 환자를 만나보았소?"

안경 속의 눈이 똑바로 홍이를 쳐다보며 묻는다.

"아닙니다. 선생님 말씀 들은 후에 가보려구요."

"자세한 얘기는 수술 후 들었던가요?"

"그때 잠시, 가망이 없다는 말씀 들었습니다."

"뭐라 단언하기는 어려우나 의외로 끄는지도 모르겠고, 그러나 지금 의술론 별도리 없지요……. 그런데 퇴원을 하자면 환자가 좀 말썽을 부릴 것 같소."

"그건 저희들도 압니다."

시무룩하게 말하며 고개를 숙인다.

'귀공자같이 잘생겼군. 참 이상하다. 이 청년이 돼지 목 따는 소리를 질러대던 그 환자의 아들이라니.'

박의사는 유심히 홍이를 바라본다. 요즘 세태엔 새로운 직업 운전수가 상당히 인기 있고, 따라서 다분히 건달기도 있는 것이 운전순데 귀티가 나고 세련되고 어딘지 모르게 저력을 숨기고 있는 듯한 인상, 특히 청년의 눈빛에는 교육을 받은 흔적이 있다는 생각을 박의사는 한다. 그리고 매우 침착하며 감정을 나타내지 않는 것도 이상했다. 하기는 병간호를 위해 통영서 왔다는 며느리라는 여자만 해도 그러했다. 전혀 가족이라는 분위기가 없는 것이다. 시초부터 정윤이나 숙희는 3호실 환자에 대해서 불만이 많았다. 환자 쪽에서 불만이 많아 광태를 부리기 때문인데, 박의사 역시 이색적인 환자라는 것은 느끼고 있다. 대개의 환자는 의사에게 목숨을 위탁하는 복종심을 가지고 있는 법이다. 매달리는 눈빛, 심약한 미소, 혹은 겁 먹은 반항. 그러나 3호실의 환자만은 의사의 권위 같은 것은 서 푼짜리도 못 되었고 당당하게 자기 생명의 소중함을 주장했다. 수틀리면 행패 부리겠다는 늘 그런 자세인데 꼼짝 못하고 누워 있을 적에도 입에서는 계속 돌팔매질하듯 말이 튀어나왔고 눈물 흘릴 적에도 눈물은 슬픔이 아니었다. 시위요 저주요 협박이었다. 신에게조차 날 살려내지 않으면 물어뜯겠다는, 그렇게 철저하고 완벽한 아집을. 그러나 박의사는 그 앞에서 껄껄 웃고 만다. 죽음은 절대적인 승리자요, 거대한 암벽에 모래알을 던지는 환자는 눈물 나게 측은한 것이기 때문이다. 정윤과 숙희는 번번이 끔찍스럽다고들 했다.

"3호실 환자 말인데요, 어떻게 생각하면 좀 불쌍하기도 해요. 더러 문병 오는 사람이 있긴 있지만 한결같이 구경 온 사람 같지 뭐예요? 미치광이처럼 막 지껄여대는데 대꾸조차 하는 사람이 없어요. 어떤 할머니 한 사람만 불쌍하다 하며 울데요."

"그것 다 인생을 잘못 살아서 그런 게야. 죽음을 맞이할 때야말로 어떤 형태로든 숨김없는 한 인간의 결산이 나온다고들 하지."

숙희에게 무심히 그런 말을 하곤 했었다. 박의사는 회전의자를 빙그르르 돌리며,

"내일이라도 퇴원하는 것은 무방하니까 가족이 잘 설득해 보슈."

"그렇게 하겠습니다."

홍이는 일어섰다.

"환자를 위해서도 그렇지요. 아무 도움도 되지 않는 살풍경 한 병원에 있기보다는……. 아무튼 안됐소."

진찰실을 나온 홍이는 입원실 문을 열고 들어갔다. 죽을 쑤 어가지고 막 도착한 모양이다. 보연이 죽그릇을 챙기고 있었다.

"아니, 당신 짐 싣고 오셨어요?"

반가워서 어쩔 줄을 모른다.

"응, 내일 아침엔 가야 해."

홍이는 모자를 던지고 바닥에 털썩 주저앉는다. 반듯하게 누운 임이네는 벽 쪽으로 얼굴만 돌려놓고 꼼짝하지 않았다. 잠이 든 모양이다.

"아아, 고단하다."

"그럼 집에 가서 좀 주무세요."

"어때? 지치지 않았어?"

"그럼 어떡해요. 할 수 없지 않아요."

"……"

"상의는 잘 놀아요? 보고 싶어요."

"외할머니가 잘 거둬주시는 모양이오."

"내일은 아침 일찍 떠나야 해요?"

홍이는 입맛을 다신다.

혼인날 억수같이 쏟아지던 비 때문에, 또 대례청의 닭이 죽었다 하여 초상집처럼 근심에 싸였던 혼가, 이래저래 말도 많았는데 이들 부부는 햇수로 삼 년, 작년 가을에는 딸을 낳고 별 탈 없이 살아왔다. 방자하고 분별없는 말을 곧잘 하며 이기적인 보연의 성품이 달라진 것은 아니나 세상 물정을 모르는 단순함과 순진성이 그의 성격의 결함을 많이 덮어주었고 무엇보다 보연이는 홍이를 좋아했으므로 늘 명랑하여 집안에 잠음이 없었다. 홍이도 그런 집안 분위기에 안주하는 듯 보였다. 용이는 아직 생존해 있었다. 그 자신이 최참판댁 고옥으로 거처를 옮기면서 며느리를 아들 옆에 가 있기를 강력하게 주장하였고 다만 명절과 제삿날, 생신 때만 아들 며느리가 와서 그들의 집, 평사리의 그 집에서 가정행사를 치르곤 했었다.

"아침에, 떠나기 전에 퇴원을 서둘러야겠는데 한 소동 벌이겠다."

홍이 혼잣말같이 중얼거렸다. 그때 자는 줄만 알았던 임이네가 고개를 획 돌렸다.

"머라꼬? 이놈아, 니 여기 머하러 왔노? 머하러 왔노 말이다!"

벽력같은 소리를 내질렀다.

"다른 방에 있는 환자 생각도 해야지 여긴 병원이란 말입니다."

"우세스럽나? 그거는 아네? 잔소리할 것 없다. 팔자에 없는 며느리, 머 몰라 죽은 기이 며누리고. 아들 없는 며누리가 어디 있노? 데리고 썩 가거라! 씰데없인께 체면치레 할라고 연놈들이 애쓴다아. 내 돈 가지고 너거들 체면을 세워? 흥! 퇴원? 어림없다! 송장이 돼서 나갔임 나갔지 어느 연놈들 좋은 일 시킬라꼬 내가 나가노! 떨어진 중우(바지) 팔 때까지 병원에 있일 긴께,"

"어머니도 참, 퇴원하셔가지고 하시고 싶은 것 다 하면 될 거 아닙니까."

보연의 말이었다.

"눈감고 아웅하는 기가? 하고 싶은 것 다 하라꼬? 남의 눈이 있인께 죽물이라도 끓이오지. 너이 연놈들이 날 집구석에 콕 처박아놓고 굶기 직일 걸 내가 모릴 줄 아나! 언선스런 말(아첨) 해도 나는 꼭대 위에 서 있인께, 내가 우찌 살아왔다고 그거를 모리까. 자식이 아니라 불구대천의 원수 놈, 비단가리(하찮은 살림) 하나 냉기고 내가 죽을 줄 아나?"

이를 부드득 간다.

"어머니도 참, 그걸 바랄 사람입니까."

"니는 상관 마라! 넘찐 것이 말대꾸는. 야 이놈아! 네놈이 평양감사라도 내 속에서 나왔다! 하늘에서 떨어진 줄 아나? 땅에서 솟은 줄 아나? 진자리 마린자리 가리감서 손발 잦아지게 키웠더마는 악문을 해도 우짜믄 그렇기 하겠노. 네놈은 내가심에 맷돌을 얹었다!"

"어매는 나한테 공 안 들였소."

하다 말고 홍이는 입술을 지그시 깨문다. 그는 순간 임이네의
여명이 얼마 남아 있지 않다는 사실을 잊은 것이다.

"어머니, 너무 그러시지 마시오. 자식 낳아 호랭이 밥으로
던져버리는 부모는 없으니까요."

보연의 당돌한 말이었다.

"시끄러!"

홍이 소리를 질렀다.

"오오냐! 양반 년 행토 좋구나."

임이네는 일어나려고 몸부림쳤다. 그러더니 비바리의 휘파
람 같은 한숨을 내쉰다.

"오오냐! 쇠 한 분 물어 끓으믄 고만이다. 하동땅에 그놈의
인사 살아 있는 동안은 내 저승차사 애목을 물고라도 안 죽을
라 캤더마는, 쇠 한 분 물어 끓으믄 고만이다! 하늘 밑에 낮짝
치키들고 댕길 긴가 어디 두고 보아라!"

"어머니!"

보연의 얼굴에 겁이 더럭 실린다. 홍이는 잠자코 입원실을
나간다.

"상의아버지! 상의아버지!"

보연이 부르는 소리를 들으며 홍이는 급히 나간다. 이삼 년
동안, 만 이 년인데, 그동안 임이네는 병으로 굿을 쳤다. 며느

리를 두고 안 들어올 사람이 들어왔기 때문에 병이 난 것이라 하여 굿을 하고 보연이는 나타나지도 못하게 했다. 씻은 듯이 나았다는 것은 빈말이었다. 좋다는 약은 다 먹었고 좋다는 한 의는 다 찾아다니며 법석을 피웠다. 심지어는 새끼 낳은 고양이의 안태까지 뺏어다가 날것으로 먹었을 지경이었으니까. 병원에 입원하던 그날도 지나놓고 보면 홍이가 왔었기 때문인지도 모른다. 급성 복막염도 아닌데 방금 죽어가듯 소동을 피웠던 것이다. 홍이는 걸으면서, 입원하던 그날 어미를 업고 병원으로 가던 길에서 어깨를 물어뜯던 이빨의 섬찟함이 아직 마음속에 남아 있는 것을 생각한다. 어깻죽지의 남아 있는 아픔과 함께.

8장 형평사(衡平社)

"벌 받을 얘긴지 모리겄다마는, 그놈의 할멍구가 어서 죽어야, 세상에 겪다 겪다 별일을 다 겪는다."

관수는 손바닥을 털면서 쓴웃음을 띠었다. 연학이와 합세하여 병원에서 임이네를 집까지 데려다 놓은 뒤 홍이는 화물차를 몰고 떠났고. 연학이도 웃는다.

"학 뗐지요. 그러나 입심만 있지 힘 다 빠졌습디다."

"병에 이기는 장사가 어디 있더나."

441

"술이나 한잔씩 하고 갈까요?"

"그러자. 쪼깐이집에 가는 기이 좋겠다. 가서 찍자 좀 부려야겠다."

두 사람은 함께 걸음을 옮긴다.

"두만이가 그 사람 영 나잇값을 못하더만요."

"죽일 놈이다. 농청 놈들하고 한 당이 돼가지고 술 말이나 퍼내는 모양인데 그 새끼를 그만."

"동생 영만이 그 사람은 안 그런데, 꼭 갈밭 쥐새끼겉이."

"그놈 아배 어매도 안 그렇는데 누구를 닮아 그런지 모리겄다. 하기사 두만아배가 약기는 약은 사람이었제. 그러나 남한테 해코지하고 경위 없는 사람은 아니었는데. 내사 마 서울넨가 쪼깐인가 그 계집만 보믄 노린내가 나는 것 겉어서. 사나이도 계집 한분 잘못 만내믄 신세 망치는 기고."

"신세를 망치기는커냥 쌓이는 기이 재물이고 장터 안에 땅 사가지고 집 지을 기라 하더마요."

"머? 누가 그러더노?"

"우리 형수가요."

"참 그렇제? 두만이하고 자넨 사돈 간이라는 거를 내가 잊어부리고 있었고나."

"아무튼 두만인가 두만강인가 하는 사람 실업쟁이요. 그 입에서 최참판댁, 환국이아부지를 두고 이러니저러니 씰데없는 말을 하고 댕기는 모냥인데,"

"길상이 말가?"

"야."

"머라꼬?"

관수는 긴장한다.

"뭐라긴, 종이니 어쩌니 하고 나발을 불어서 지난번에도,"

연학은 환국이 순철이를 때린 사건을 간단하게 설명한다.

"그까짓 일이사 만판 해봐야 별수도 없는 일이지마는, 하참, 그놈아아가 바로 박쥐고나. 백정이 밉어서 농청 놈 역성 들고 나오더마는, 백정이 밉으믄 양반은 안 밉을 긴데 와 그라제?"

"쪼깐이를 계집 삼더니 그래 마음보가 노래미 창자로 줄어 드는 모앵이오. 하야간에 하동서 온 사람이라 카믄 덮어놓고 송충이같이 고개를 흔들어대는* 기지요."

"그건 맞다. 그놈아아가 백정을 밉어하는 것도 아마 나 때문 인 것 겉고, 석이를 두고도 핵교서 이러쿵저러쿵했는갑더라."

"아들내미가 그 핵교에 댕기지요. 핵교서 유지로 행세할라 칸께 왜 안 그러겠소."

"그렇다고 하동사람을 진주서 몰아낼 수 있는 것도 아니잖 아."

"그러니 용렬하다는 거 아니오. 누가 할 일 없어서 최참판 댁 노비였었다고 말을 하고 댕기겠소? 도둑이 제 발 저리다고 누가 내 말 안 하나, 내 근본을 들추지 않나, 하하핫핫 참,"

"하기사 말 타믄 마부 부리고 싶은 기이 인심인께, 돈 벌었으니 양반 되고 접은데 답댑이 그놈의 하동사람이 눈에 거슬린다 그 말이구마. 허허 참, 하여간 오늘 가서 기름을 좀 짜놓자구."

"그럽시다. 그는 그렇고 형님."

"와!"

"정선생 그 사람 말인데요."

"석이가 와."

"형평사운동에 끌어넣지 마시오."

"그건 나도 알어."

"핵교서 말썽이 많은 것 겉소. 학부형들이 좀 극성이라야지요."

"형평사 때문에 백정의 세도도 늘었지마는 그놈의 학부형이라는 것들도 세도 되게 늘었지."

현재 관수의 아들은 아무도 몰래 부산서 공부를 하고 있는 형편이었다. 갖은 짓을 다 해보았으나 진주서는 아들을 취학시킬 수 없었기 때문이다. 작년 오월 진주서 조직된 형평사(衡平社)는 자제에게 교육을 시키겠다는 치열한 희망을 표시하는 백정과 그것을 철저하게 거부하는 시민들 간의 투쟁의 산물로 보아야 하는데, 백정의 사위 관수는 물론 선봉에 선 투쟁파였다. 형평사가 진주서 조직된 것은 물론 인간의 대접을 받고자 한 백정들의 자각 때문이지만 조선노동공제회(朝鮮勞動共

濟會), 현재는 조선노동연맹(朝鮮勞動聯盟)과 합동했지만, 그 회원들의 열성적인 후원 없이는 조직과 운동의 전개는 어려웠을 것이다. 하여간 작년부터 금년에 이르기까지 어수선한 사태가 지속되고 있는데, 그런 만큼 백정 쪽의 세력이 커가고 있는 것만은 확실하다. 농청원을 선두로 한 시민들은 백정에게뿐만 아니라 백정들의 강력한 후원자며 지도자로 볼 수 있는 청년, 진보 사상가 강상호(姜相鎬), 「조선일보」 지국장 신현수(申鉉壽) 등에게도 새 백정이라는 칭호와, 발기대회가 열렸던 청년회관을 도살장으로 규정하고서 치열한 증오의 대상으로 삼은 것이다. 그러나 형평사운동은 바야흐로 전국에 확산되는 과정이었고 역사가 빚은 공통된 피해의식이 구심점을 찾은 만큼 날로 증대하고 공고해질 것을 부인할 수는 없을 것이다. 한편 우육파매(牛肉罷買) 운동이나 노동공제회원과의 절교, 신백정, 도살장 따위의 명칭으로 응징하려 드는 농청 쪽의 방법은 실질적 효력을 거두게 돼 있지 않았다. 그러나 이들 간의 도랑이 깊이 파 내려져가고 있는 것을 간과할 순 없다. 법률적인 보장이나 제재보다 훨씬 끈질기고 직접적인 것은 습관이기 때문이다. 그리고 석이를 형평사운동에서 제외하자는 두 사람의 공통된 의견은 석이라는 인물 자체를 아끼기 때문이 아니다. 형평사와는 선이 닿지 않는 다른 조직을 위해서 그러는 것이다.

관수와 연학이는 쪼깐이 비빔밥집을 찾아들었다. 잔주름이

생기고 좀 늙은 서울네는 완연하게 싫은 표정을 지었다. 가게
는 텅 비어 있었다. 아침나절이어서 손님이 없었던 것이다. 관
수가 먼저 자리에 앉으며,

"여기 머 좀 안 술라요, 아지마씨?"

"아직 준비를 못했어요. 아침 아니에요?"

"설마, 김치도 없다 하겠소? 술도 엎어지믄 코 닿을 곳에
얼매든지 있일 기고, 아 참, 술 가지러 보내거든 두만이 좀 보
자 카소."

서울네는 입을 다물어버린다.

"서울 장안도 아니겠고, 아니 먼 곳에서 옛 친구 낯짝도 잊
어부리믄 쓰겠소?"

서울네는 이죽거리는 관수 말을 들은 척 만 척,

"여문아! 여문아!"

하고 심부름아이를 신경질적으로 불러댄다.

"야."

하고 턱이 짤막하고 다붙은, 눈썹이 짙은 계집아이가 쫓아온
다.

"김치하고 술하고, 여기 손님한테 갖다 드려."

하고는 돌아앉아서 북어를 찢는다.

"아지마씨요."

여전히 개운찮은 표정인 채 돌아본다.

"솥에서 북적북적 끓고 있는 기이 선짓국인 모양인데 맞돈

드릴 기니 국부터 두 그릇 떠놓으소. 허 참, 그리고 본께 백정이 없어도 안 되겠네. 백정이 없이믄 이 집 장사 못할 거 앙이가."

"남의 걱정까지 할 거 없어요."

서울네가 응수한다.

"무신 그런 섭섭한 말씸을, 아지마씨는 내력을 몰라서 그러지마는 두만이하고 나하고 말하잘 것 겉으믄 그럴 새가 아닌 기라요. 또 여기 연학이를 푸대접한다믄 그거 김두만이 안사람으로선 이만저만 배포가 아닐 기요."

비로소 서울네는 찔끔한다. 통 오가고 하는 일이 없어서, 관수에 대한 미운 생각 때문에, 저도 모르게 서울네는 연학이 사돈간이란 것을 등한했다. 뭐 연학이라고 반가운 존재는 아니었지만. 서울네는 생각을 고쳐먹는다. 큰댁 역성만 드는 시누이 선이가 밉기도 했으나 그렇기 때문에 앞이 막히는 짓은 아니하리라. 국 두 그릇을 뜬 서울네는 술판에 그것을 놓으며,

"진주에 살면서도 인사가 없었습니다."

하며 변명 비슷한 말을 한다.

"아, 예. 저도 마찬가지지요. 바깥사돈은 안녕하십니까?"

"네."

"아이들도 잘 크지요?"

"네."

마침 날라온 술을 관수와 연학이 나누어 마신다.

"아지마씨."

시비 걸듯 관수가 또 불렀다.

"말씀하시오."

"아침나절이라 손님도 없고 옛친구에다가 사돈 아니겠소? 아아들 보내서 두만이더러 좀 오라 카소. 술값이야 내가 낼 것이니. 요즘 백정들 살 만한께요."

"거 백정 백정, 말말이 그러지 말아요. 국 맛 떨어지겠수."

주걱으로 뺨을 치듯이 당돌하게 응수한다. 그러나 관수는 넉살 좋게,

"여문이라던가? 야아! 여문아! 여문아!"

아이 이름을 질러댄다.

"와 그라요?"

심부름아이가 놀라서 달려왔다.

"와 그라나 마나, 니 가게에 가서 아재씨 좀 불러 온나. 사돈이 좀 보잔다고."

"야."

"안 오믄 찾아간다고 해라!"

"야."

서울네는 가라 마라 참견은 안 했지만 눈살을 찌푸린다.

"아지마씨."

숫제 대꾸를 안 한다.

"요새 말입니다, 새 백정이라는 말이 유행하고 있는데 심심치 않게 새 부자라는 말도 나돌고 있십디다."

관수는 술을 들이켜고 나서,

"아지마씨도 이자는 이 장사 그만하이소. 두만이가 양반 되자믄 안사람한테 술장사 시키서 되겠소? 안 그렇십니까?"

"온 세상에, 낙지, 문어를 장복했나?"

서울네의 눈이 곤두선다.

"낙지, 문어를요?"

"말말이 감고 드는데 유감이 있으면 까놓고 얘기하슈."

"없는 것도 아니제요."

"형님, 그만두소."

뭘 여자를 가지고 그러느냐는 듯 연학이 옆구리를 찔렀다.

"이 사람아, 그런 말 말게. 이 장사를 몇 해 했다고, 치마를 두르긴 해도 아짐씨 보짱이 두만이보다 월등하단 말이다. 농청 놈한테 두만이가 술 한 말 내면 아짐씨는 열 말 낼 보짱이거든. 여자 남자 할 것 없이 사람이란 작을수록 간뎅이가 큰 법이니까."

정수리에 매질하듯 내리치는 말에 서울네는 간담이 서늘해지는 것을 느끼는 것 같다.

"하하핫…… 내 말이 틀렸소, 아지마씨?"

"우리도 장산데 돈 주는 사람이면 열 말 아니라 백 말인들 못 내겠소?"

슬쩍 비켜선다.

"내 참 이렇다 카이. 참말이지 두만이가 마누라 잘못 얻었다 소리는 못할 기구마는 하하핫…….”

웃는데 두만이가 들어섰다. 배가 나오고 몸이 불어서 돈 있는 태가 절로 난다.

“아침부터 무신 술고?”

시무룩한 표정이었다.

“그럴 만한 까닭이 있지.”

관수를 힐끗 쳐다보다가 마지못한 듯 연학에게 눈길을 옮긴다.

“오래간만입니다.”

“예. 자주 만내보지 못해서, 바쁘지 않십니까?”

“일 년 열두 달 바쁘다 보이 노는 그 시간이 안 바쁜 기지요.”

연학과 두만이는 사돈간의 예의를 차리며 얘기를 주고받는다. 속으론 아주 마땅치 않으면서.

“하야간에 바람 한분 잘 불었다.”

관수가 시죽시죽 웃는다. 두만이는,

“그보다도, 사돈에 대한 예절도 있고오, 이보래?”

나가려는 마누라를 불러세운다.

“안방에 술상 채리는 기이 좋겄다.”

“알았어요.”

서울네는 획 나가버린다.

“뭐라꼬? 안방에다 술상 채리?”

관수는 두만이의 속셈을 안다. 연학이 혼자였다면 없다든

가 해서 오지 않았을 것이다. 그러나 끈덕진 자신의 성미를 알고 무슨 말이 나올지 가게가 시끄러워질 것이 싫었을 것이다. 술상을 안방에 차리라 한 것도 표면으론 연학을 대접하는 척, 그러나 역시 손님이 모여들 가겟방에서 관수가 떠들어 젖히는 것은 달갑잖은 것이다.

"사또 덕에 나발 불더라고 연학이 덕분에 새 부자 안방 구겡을 하니 이거 영광이구마."

관수 말에 두만이는 경멸하듯 픽 웃었다. 가게와는 딴판이었다. 안방은 굉장했다. 하기는 몇 년을 비빔밥 장사를 하면서 번 돈도 많았지만 그만큼 노력도 컸으니 안방 세간의 호사쯤이야 별것도 아닐 테지만 의걸이며 경대며 모두가 최상급이요 이불장에는 양단 요 이불이 가득 들어차 있었다. 연학이는 좀 놀라는 듯, 그리고 거북해하는 표정을 지었으나 관수는 방 안 세간 따위는 개의치 않고 털썩 주저앉았다. 이윽고 술상이 들어왔다. 그러나 으리으리한 방 안과는 전혀 어울리지 않게 술상은 초라하였고 술도 텁텁한 막걸리다. 사돈에 대한 예절 운운했던 두만이는 초라한 술상, 막걸리에 대하여 아무런 변명도 하지 않았다. 당연한 것같이 술잔에 술을 쳤다. 연학과 관수는 잠자코 술잔을 비우는 것이었다.

"어떻십니까? 여수 소식은 듣습니까?"

연학에게 묻는다.

"큰집 말입니까?"

"그러니께 사장어른께서는,"

"큰아부집니다."

"그렇다믄 멀지도 않구마요."

"그런 셈이지요."

"좀 이해할 수가 없십니다."

"머가 말입니까?"

"구태여 최부잣집의 일을 봐주지 않아도,"

"큰아부지가 아니고 우리 아부지라믄 최참판댁 일을 봐주
지는 않았겠지요."

"아아 예. 그래 여수의 일은 잘돼가는지요."

"개기를 건진다기보다 돈을 건진다 해야 하까요?"

두 사람이 얘기를 주고받는 동안 술만 마시고 있던 관수가,

"두만이 너 기부 좀 안 할래?"

불쑥 밑도 끝도 없는 말을 한다.

"머?"

"정확하기 지금으로부터 십팔 년 전에 서울서 윤보 목수가
평사리로 돌아왔지."

"무신 소리를 하노? 자다가 봉창 뚜디리나?"

두만이는 완연하게 싫어하는 기색을 나타낸다. 목수 일은
오래전에 집어치운 직업이었고, 목수라는 말 자체도 상기하
고 싶지 않은 때문이다.

"지금이사 진주 바닥에서 내로라하고 댕기는 처지고 보면

지난날의 은인을 생각하는 것이 씁쓰름할 기다마는 일이란 선후좌우가 있는 만큼 잊어부리고 사는 것이 반드시 좋은 것도 아니제. 은앙새 겉은 마누라를 만낸 것도, 오늘 이렇기 두만이가 훌륭해진 것도 뿌리를 캔다 치믄 윤보 목수를 밀어젖힐 수는 없는 일 아니겠나?"

"그래서 그기이 우쨌다는 것고? 윤보 목수가 우리한테 유산이라도 남기고 갔다 그 말가?"

"그 얘기는 그만두자. 흙 속에 묻혀서 다 썩었일 사람이 은혜 갚으라 하지도 않을 긴께,"

"삼대 구 년 묵은 얘기 새삼스럽게, 술맛 떨어진다."

"술이야 머 얼마든지 내가 마시줄 긴께,"

관수는 술을 쭉 들이켜고 김치 조각을 콱 찍어서 입에 넣는다. 연학은 사돈간이라는 처지를 깍듯이 유지하고 있었으나 입가에는 냉소가 감돌았다.

"그러니까 십팔 년 전에 윤보 목수가 평사리로 돌아왔을 때 너거 아부지는 영만이를 데리고 장배 부리는 장서방, 그러니까 자네한테는 사돈댁이요 연학이한테는 큰아부지인 그 집으로 갔더라 그 말인데, 그러니까 평생 집을 비운 일이 없는 너거 아부지가 작은아들까지 데리고 우째서 며칠씩이나 사돈댁에서 묵었느냐, 그 이유를 평사리 사람치고 모릴 자 하나 없지."

두만이 얼굴이 벌게진다. 전혀 예상치 못했던 말이었기에 마음에 대비가 없었다.

"자네는 그때 서울 있었인게 사돈댁 신세를 면하기야 했지. 너거 아부지가 영만이를 데리고 마을로 돌아온 것은 그러니까 마을 장정들이 산으로 들어간 뒤였다. 내가 왜 이런 말을 하는고 하니, 두만이는 지 아부지를 따라갈라믄 아직 멀었다, 아암 멀었고말고. 돈은 좀 모았을지 모르지마는 세상을 살아가는 지혜는 어림없다! 이봐라 두만이, 너거 아부지가 사돈댁에 갔기 때문에 산에 간 윤보 목수 꼴이 안 됐고 마을에서 죽은 한조아재씨, 삼수 꼴도 면하게 된 거 아니겠나? 정작 나는 그렇게 살지는 못했다마는 자네는 세상을 살살 달래감서 살아야 한다, 그 말이구마. 농청 놈들한테 술을 퍼멕있이믄 형평사에도 기부 좀 해야 안 하겠나. 안 그렇나?"

"술을 퍼멕이기는 누가 퍼멕이!"

화를 낸다.

"안 멕있다믄 우리로서는 반가운 얘기고 형평사에 기부 좀 하게."

"새 백정 소리 들을라고 기부를 해?"

"아따 이 사람, 백정이나 노비나 엇비슷한데 억울해할 것도 없거마는, 하하핫……."

"멋이 어째?"

술잔 든 손이 파들파들 떤다.

"와? 내 말이 글러서 그러나?"

두만이는 술잔을 관수 얼굴에 던진다.

"이거 이래도 되는 것가?"

관수는 손바닥으로 얼굴을 닦아내며 두만이를 노려본다. 그러고는 피식 웃는다.

"백정 놈한테는 칼 가는 재주 하나 비상하지. 하하핫핫 핫……."

두만의 얼굴이 하얗게 질린다. 시비를 걸고 이죽거릴 것을 예상은 했으나 두만이는 자신이 이렇게 당할 줄은 몰랐다.

"내하고 무신 원수가 졌다고, 응? 듣자 듣자 하니! 그래 칼 갈아서 내 목을 베겠다, 그 말가? 응?"

일어서는 것을 연학이가 끌어앉힌다.

"허허허, 사돈 참으시오. 친구 간에 못할 말이 머 있겠소. 그것도 흉허물 없이 어릴 적부터 한 마을에서 자란 처지고 보믄. 말이 났으니 하는 얘긴데 최참판댁 환국이도련님을 보고 종놈의 자식이라 희롱한 아이가 있었지요. 환국이아버님이 어디 종놈이었소? 내가 알기론 그 댁 마나님한테 우관선사가 맡겼다는 것인데, 세상을 살다 보믄 별의별 놈의 말을 다 듣지요. 어째서 환국이아버님이 종입니까?"

연학이는 등신같이, 무척이나 어리석은 사람같이, 일부러 길상이 종이 아닌 것을 강조한다.

"어떤 못된 놈이 그런 말을 퍼뜨렸는지 지 똥이 꾸린께 한 말 아니겠소?"

이것은 또 난데없는 매질이다. 두만이는 비로소 두 사람이 짜고, 단단히 벼르고 찾아온 것을 똑똑히 깨닫는다.

"필경 하동서 온 사람 중에 누군가가 헐뜯기 위해서 한 말인 모앵인데 그런 죽일 놈이 어디 있겠소? 짐승도 구하믄 은혜를 안다는데 최참판댁 덕을 본 놈이 그따우로 했을 기니, 우째 사람이 짐승만 못한지 한심스럽소."

술을 많이 했는데 연학이는 천연스럽고 말간 표정으로 억양도 없이 말하는 것이었다. 관수는,

"아따 마, 한 솥에 밥 묵는다고 어지간히 역성이다. 집우치라라. 농청 놈도 이 갈리는데 참판은 또 멋고? 길상이 종놈은 아니지마는 길상은 길상인 기라. 제에기랄!"

자포자기한 것처럼 술을 연거푸 마시던 두만이는 거칠게 숨을 몰아쉬면서 마음을 가라앉히려고 애를 쓴다.

"사촌이 논 사믄 배 아프다, 그 말이 하낫도 안 틀린다. 내가 못살았이믄 관수 네놈이 와서 이러겄나? 나도 고집 있고 밸이 있는 놈이다."

"그거 좋지. 사내자석이 안 그렇다믄 어디다 써묵게? 다만 내 좋은 말할 직에 들어두는 것이 신상에 해롭잖을 기다. 제발 하동서 온 사람들 쑤시고 댕기지 마라. 누가 옷 도라 카나, 밥 도라 카나. 도움은 못 줄망정 그래 쓰겠나? 그런다고 자네가 정승되는 것도 아니겄고 노비든 참판이든 똑같은 사람, 내 비록 백정의 사위지마는 하늘에 낮짝 쳐들고 안 부끄러우믄

되는 기라."

그런 말이 두만이 귀에는 들어오지 않았다. 피땀으로 구축했다고 늘 주장하는 자신의 자리를 지키는 일념과 두 사내가 가해자라는 것 이외 달리 생각할 여유가 없는 것이다. 생각 같아서는 노비, 노비 할 적마다 쳐 죽이고 싶지만 그러나 자제하는 것이 보신책이라는 것을 알기 때문에. 아무튼 그들은 자신의 약점을 알고 있는 것이다. 재산이 불어나면 불어날수록, 장래의 야망이 크면 클수록 그것 따라서 자신의 근본이 혐오스러워지는 것을, 두만이는 체념할 수가 없었다. 분수대로 살라던 평소의 어미 말도 상기되어 피가 끓어오르는 것만 같았다. 피땀의 은덕은 누가 보았기에! 손바닥만 한 남의 땅, 간난할매 제위답까지 조준구한테 빼앗기고 사발 바닥의 죽이나 핥아먹을 기막힌 가난을 구제한 아들의 피땀 나는 싸움을 부모조차 외면을 하는가! 내가 혼자 일어섰을 때 무엇을 했다고 이 날강도 같은 놈들은 나를 핍박하고 위협하는가! 이놈들은 나를 떡 주무르듯 하는데 나는 어째서 할 말을 못하며 면상에 주먹질을 못하는가?

"이자는 우리 나이도 사십이라, 길상이 두만이도 내 동갑이니, 참말로 덧없이 세월이 흘러간다. 천년만년 살 것겉이 나부대던 임이어매도 사잣밥 지을 날이 얼매 안 남았고, 이자는 우리들 자식 대가 오는 기라. 우리 당대에 좋은 세상 바라기는 다 글렀다. 다만 자식들 뽄배기라도 됐이믄 싶지마는 그러

씨…… 새 것에 눈떴다는 사람들 역시 벼슬길 탐내기는 매일
반이다. 더 음흉하게 돈 버는 재주도 가지가지, 지주나 소작
인은 접방 가라는 세상 아니가? 눈이 짓무르게 싸래기를 골라
봐도 하루 품삯이 오 전 십 전, 아니믄 싸래기 됫박이나 얻어
서 시래기죽이니 두만이가 뽐낼 만도 하지. 흥하기도 쉽고 망
하기는 더욱 쉽고."

"그만하고 안 가실랍니까?"

연학이 말에,

"응, 가야제."

관수가 벌떡 일어섰다.

"사돈, 잘 묵었십니다. 다음은 제가 술 한번 사지요."

연학이는 두만에게 정중히 인사한다. 두만이는 대답이 없
었다. 그는 두 번 다시 이들과는 대면하지 않으리라 맹서하는
것이었다.

"잘 있게. 아들 공부 자아알 시키고오,"

아들 공부 잘 시키라는 말을 할 때 관수 얼굴은 일그러졌
다. 백정 자식의 취학을 맹렬히 반대한 사람 중의 한 사람인
김두만에게 던진 원한에 찬 말이었던 것이다. 밖으로 나온 연
학이는 엉거주춤 거리를 바라보다가 걷는다.

"형님 바쁩니까?"

"와."

"그러씨……."

"할 얘기라도 있나?"

"특별히 할 얘기는 없십니다마는,"

"술 좀 더 하까?"

"술은 그만둡시다. 대낮에, 마시도 취하기나 하겠십니까."

"우째 뒷맛이 안 좋다."

"지도 그렇십니다. 자자부레한 일 가지고 너무 심했이까요?"

"심했기보다 말해야 소용없는 일이었제. 외골수의 성미는 아배 닮아서, 제 앞만 가리믄 그만이라는 생각이고. 옛날에 윤보 목수가 두만아배를 뭐라 캤는지 아나? 번갯불에 콩 꾸어 묵을 놈이라 했지. 갈밭 쥐새끼라고도 하고. 그러나 두만아배는 푼수를 알고 산 사람이다. 한여름에 똥장군을 지고 밭에 가다가 언덕 밑의 봉기노인 집에서 허연 쌀밥 해묵는 거를 보고, 그놈의 늙은이도 보통 너구리가 아니었지, 조준구가 들어서는 바람에 삼수 놈하고 짜고서 풍청(홍청)거릴 때였거든. 그래 쌀밥 묵는 거를 본 두만아배가, 기야! 니 하늘 안 무섭나? 했다 하데. 두만이가 지 아배만큼 세상을 산다믄 덕은 없어도 세상에 해는 끼치지 않지."

"그렇지요. 일 년 묵을 곡식을 땅에서 얻어내믄 그것으로 만족하는 사람이지요. 지금도 그 나이에 머슴 안 데리고 농사를 지으니,"

"대체로 우리나라 농민들이란 그런 사람들 아니까?"

"그런 처지가 되기를 바라는 농민들이 모두라 해도 과언 아

니겄지요. 묵고살 만한 땅, 부지런히 일하고, 그기이 꿈이겄
지요. 부지런히 일해도 묵고살 만한 땅을 가질 수 없는 것이
예나 지금이나……."

두 사람은 천천히 걷는다. 화사한 옷차림의 여자들이 지나
간다.

"완연한 봄이고나. 하늘땅을 보믄 살아볼 만한 세상인데 우
째 사람들 맴이 눈비걸이 질척거리는지 모리겄다. 우리들 할
일이 이자는 없는 것 겉고."

"관수아저씨! 아저씨!"

부르는 소리와 함께 길모퉁이에서 청년 한 사람이 뛰어온
다.

"마침 잘 만났어요."

관수는 청년에게 악수를 청했다.

"언제 왔소?"

"어젯밤에 왔습니다."

하면서 청년은 옆에 서 있는 연학에게 신경을 쓰는 것 같았다.

"잠시,"

관수의 소매를 끌었다. 관수는 따라간다. 그들이 얘기하는
동안 연학은 일본 오복점 유리창 안에 내걸린 일본 옷감을 아
무 뜻 없이 바라보고 있었다. 한참 만에 관수는 돌아왔다.

"가자."

그 음성은 묘하게 한숨같이 들렸다.

"강가에 바람이나 쐬러 가까?"

"그렇게 하까요?"

옥봉 쪽 둑길로 해서 두 사람은 강가로 내려간다. 사람의 그림자라곤 없었다. 모래밭은 가지런했다. 강물은 봄볕에 희번득거리고 강 맞은켠 사천으로 빠지는 벼랑길 밑의 대숲이 기막힌 빛깔을 자아내고 있었다. 모래밭에 주질러 앉은 두 사내는 강변풍경을 바라본다. 관수가 담배를 꺼내어 붙여 문다.

"낚시질이나 해봤이믄……."

"하시지요."

"맴이 한가롭아야제."

"……."

"길상이 그놈 아아 참말로 옹골차게 산다."

"무신 뜻입니까."

"아들 둘 놓아났겄다 가숙한테 미안한 마음이야 있겄지마는 우리겉이 절절할까? 넓은 곳에서……."

관수는 전에 없이 의기소침해 있는 것 같았다.

"요즘 우리 형편을 우떻기 보십니까."

"싼싼조각이 날 기다."

"그냥 우리는 생업으로 돌아가는 건가요?"

"……."

"아니믄 달리 갈 길이 있다고 생각합니까."

"당분간은 아무것도 못하게 돼 있지. 그 당분간이 얼매나 될 긴지 그거는 모리겠다."

"결국 만주로 빠져나갈 길밖에 없겠소."

"만주로 빠져나갈 사램이 몇이나 되겠노. 다 늙었고 죽었
고……. 차라리 도시로 빠져나가는 것이 낫지. 그러나 산속에
서 발이 익은 놈들이 도시에 나가 머 제대로 하겠나? 죽 묵기
도 코가 빠질 긴데,"

"윤도집만 살아 기시도,"

"다 마찬가지다. 윤도집이건 조막손이 손가건, 사람이 우짜
기에는 너무 세월이 빠르다. 모두 늙어갔는데 젊은 놈들 끌어
들이기에는 동학도 형편없이 낡았거든."

"그나저나 어째 소식은 없는지……."

"환이형님 말이가?"

"예."

"……."

"강쇠가 조바심을 내고 있던데,"

"만주 벌판에서 이리 밥 되기 십상이제."

역시, 관수가 의기소침한 직접의 원인은 환이의 소식이 끊
어진 때문인 것 같다.

"만일에 그렇다믄 환국이아부지하고 줄을 맬밖에 없겠지
요."

"니 만주에 가고 접나?"

"가고 접은 것도 아니고 이렇게 엉거주춤 있는 것이, 맘에

씌여서. 매 잃은 사냥꾼맨치로 그냥 허둥지둥 걷고 있는 것 겉고, 이럴 양이믄 차라리 싹 때리치우고 여편네나 불러와서, 환국이어머님이 집 한 칸을 매련해주실 모앵이니까……. 그런 생각이 없지도 않소."

"이삼 년 사이에 바싹 시들었다. 환이형님이 계신대도 마찬 가질 기다. 이자는 산속 촌구석에선 별무소득이라. 내가 아까 도 도시로 나가야 한다 했지마는, 이곳저곳 뚝뚝 떨어져서 봉 화 올리는 식의, 그래서는 안 될 것 겉다. 차라리 한곳에 밀집 해야 일이 되든 안 되든, 소리라도 지를 수 있는 기지. 이곳저 곳 이제는 허세비란 말이다."

그것은 연학이도 느낀 일이다. 철통 같은 비밀, 비밀의 조 직, 그것이 아무리 철통 같은 비밀이라 하여도 움직여야 하고 움직이려면 그만한 결과를 계산해야 한다. 그만한 결과를 기 대할 수 없다는 것은 한 번의 폭발마다 조직은 늙어가고 줄어 드는데 보충이 없다는 것이다. 줄어들고 늙어가는 만큼 폭발 력도 줄어들고 늙어갈밖에 없다. 그것은 어쩔 수 없는 추세요 환이 머리 하나 정열로 이끌기엔 지리산은 이미 무대가 아닌 것이다. 그것을 다 막연히 느끼고 있다. 환이를 기다리는 마 음도 마무리 짓거나 아니면 큰 변동을 갈망하기 때문이다.

"빠르게 옆으로 퍼져 나가야지, 느리게 앞뒤 재는 것이 이 제는 안 묵힌다. 그거를 형평사운동을 함서 깨달은 긴데 서울 에서 온 젊은 사람들 얘기를 들을 것 겉으믄 지주와 소작인들이 변동된 때문에, 자작농이 줄고 지주도 줄고 대신 수가 적어진 지주는 땅이 자꾸 넓어지는데, 그 적어진 지주에 왜놈들이 또 끼어든다는 게야. 그뿐인가. 왜놈의 농민들이 합류하게 된께 간신히 소작자리를 거머잡은 축이 움직이겠나? 쥐꼬리만 한 소작지나마 빼앗기고 농촌에서 떨려나간 사람들의 갈 곳이 어딘가. 만주, 일본, 그리고 도시 꾸역꾸역 몰려가는 곳이 공장인데, 움직일 수 있고 힘을 끌어낼 수 있는 것이 그들이라 하더마. 일리가 있는 것 겉기도 하고 모릴 것 겉기도 하고, 독립운동하고는 우떻게 되는 긴지. 우리 생각을 우떻게 고치야 하는 건지. 다만 이제 동학으론 안 된다. 자리도 없고 사람도 없다. 동학은 낡고 무너졌다. 그래서 우리도 무너져가고 있는 기라."

9장 죄인들

일본으로 시집간 장이가 친정에 다니러 왔다는 얘기를 들은 것은 임이네를 병원으로 업고 간 그 전날이었다.

용이가 하동으로 옮겨갔고 홍이 역시 장가든 후 평사리에서 부산, 통영을 전전하였으므로 임이네는 작은방을 세놓고 살고 있었는데 세든 아낙과 이웃 아낙이 주고받는 얘기를 듣고 홍이는 장이가 친정에 와 있는 것을 알았던 것이다. 처음 그 얘기를 들었을 때 홍이는 가슴에 칼질을 당한 것 같은 아픔을 느꼈다. 아낙들의 얘기는 장이로부터 들은 일본에 관한 것이었다.

"촌으로 가믄 인심이 후하고 벌어 묵고 살 만하단다."

"내가 듣기로는 모집 간 노동자들을 많이 직있다 카던데,"

"그거는 지진이 나서, 촌에서는 그런 일 없었단다. 그 사람들은 과실도 땅에 떨어진 거는 안 묵고,"

"아이고 얄궂어라. 와 그라꼬?"

"가을이 되믄 떨어진 감을 한 가마씩이나 줏어서 광산에 가지가 팔고 또 추수 때는 이삭을 몇 말씩이나 줍는단다. 우리 조선에서야 어림이나 있나? 밀주를 해서 광산 노동자들한테 팔아 돈 번 사람도 많다 카던가,"

"그렇기 살기 좋은 곳이라믄 우리도 가봅시다."

"질을 끄어주는 사램이 있어야 가제."

"하기는 남정네 없는 여자들이 사고무친한 곳에 말이나 할 줄 안단 말가."

"죽으나 사나 때 묻은 고장서 살밖에 없지."

"조선사람도 그렇다믄 일본사람은 다 부자겄네요."

"장이 말로는 못사는 사람들은 조선사람들보다 더하다 카데. 더럽고, 지 피 빨아묵었다고 벼룩을 묵는단다."

"아이구 더럽아라, 세상에."

그런 등등의 얘기였다.

이튿날 수술이 끝나기가 무섭게 홍이는 화물차를 몰고 통영으로 돌아왔다. 가슴이 찢어질 듯 아팠지만 장이를 만나는 것이 두려웠던 것이다. 병간호를 위해 보연을 진주에 보내고 어린것은 처가 장모에게 맡기고 홍이는 차고 안에 있는 석 장짜리 다다미방에서 잤다. 보연을 보내지 않더라도 석이네나 판술네가 대신할 수도 있는 일이었지만 홍이는 보연을 보냄으로써 방패를 삼는 그런 기분이 있었다. 통영으로 돌아온 후 낮에는 줄곧 바빴기 때문에 얼마 살지 못한다던 의사의 말이며 수술실로 들어가던 어미의 모습이며 친정에 왔다는 장이 일도 잊었으나, 기름 냄새가 밴 차고 안의 더러운 방에서 밤이면 잠을 청하기가 어려웠다. 어미에 대한 의사의 선고는 충격이었다. 까맣게 잊었던 장이의 귀향도 충격적인 것이었다. 어미 때문에 받은 충격은 어떤 종류의 것인지, 정확히 말해서 그것은 놀라움이었을 뿐이다. 그러나 장이에 대해서는 몹쓸 짓을 했다는 회한이 홍이로 하여 잠들지 못하게 하였다. 장이에게도 물론 메울 수 없는 상처였겠으나 홍이는 자신에게도 얼마나 깊은 상처였는가를 새삼스럽게 깨달은 것이다. 젊음의 실수, 시기가 청춘이며 전적으로 자신의 잘못이기 때문에 결코 지워지지 않을 것을 홍이는 깨달은 것이다. 보고 싶고 그립고, 그렇지는 않았다. 내가 몹쓸 짓을 하였구나, 다만 아픔이었다. 두 번째 진주로 갔을 때, 그러니까 퇴원문제를 의사와 상의했던 그날, 보연이를 병원에 남겨놓고 집으로 돌아온 홍이는 뜻밖에 마루 끝에 걸터앉은 장이를 보았다. 세든 아낙과 잡담을 하고 있었던 모양이다. 장이도 놀랐다. 그는 홍이가 일별하는 순간 허둥지둥 달아났던 것이다.

"어이구 참, 와 저럴꼬? 처녀도 아니겠고 일본물까지 묵은 여자가 내외하나?"

세든 아낙은 어이없다는 듯 웃었다.

"그는 그렇고 어매는 좀 우떤고 모리겠네? 말 들은께 별로 좋지 않다 카더마는."

건성으로 홍이에게 물었다.

"내일 퇴원해야지요."

짤막하게 대답한 홍이도 허둥지둥 방으로 들어갔다. 방문을 등지고 서서 크게 숨을 내쉬었다. 알 수 없는 일이었다. 집에 온 장이 심정을 어떻게 생각해야 할지. 장이는 옛날보다 아름다웠다.

내 보란 듯이 왔을지도 모른다. 그러나,

'뭣하러 왔을까? 뭣하러!'

홍이는 팔베개를 하고 드러누웠다. 뭣하러 왔을까, 왔을까? 하다가 그는 잠이 들었다. 꿈도 없는 잠이었다. 퀭하니 뚫린 감감한 곳으로 빨려 들어가는 듯한 잠이었다.

"자는가 배."

"저녁도 안 잡숫고……."

"저물었는데 언제 저녁 하겠노?"

"그래도 해야지요. 내일 차 몰고 갈 건데,"

"우리 아아 밥 한 그릇 있는데, 그거라도 좋다믄 주까?"

"아들 오면 어떡하구요?"

"지금꺼지 안 오는데 저녁 묵고 들어올 기구마는, 밤일할 때는 거기서 밥을 준께,"

"미안해서,"

"한집에서 미안하다니, 그기이 무신 말인고?"

한참 있다가 다시,

"새댁,"

"예?"

"신랑 성미가 무섭은가 보제?"

"왜요?"

"그러씨……."

"무섭기는요. 얼마나 자상하다고요. 왜요? 아지매 보기는 성미가 무서운 것 같소?"

"좀 꽤 까다롭게 보이누마. 말도 없고, 웃는 일도 없고,"

"어머님 때문에 근심이 되어 그렇지요."

"어매가 입원하기 전에도 그렇더마는. 아까도, 새댁 신랑을 보고 기겁을 함시로 달아난 사람이 있었인께."

"누가요?"

"전에 우리 앞집에 살던 장이라 하는 아이가, 이자는 일본 으로 시집가서 각시지마는 나한테 놀러 왔다가 새댁 신랑 오는 거를 보자 그냥 달아나부렀거든."

"글쎄요, 남 보기는 좀 그럴는지 모르겠소."

방문 밖에서 어슴푸레 들려오는 보연과 아낙의 주고받는 음성이다.

"어매 성미도 그렇긴 하지마는 아들에 대한 노움이 이만저만 아니더마는, 평생 낯 피고 말 한 분 하는 일이 없다 캄시로,"

"부모가 자식 헌혜(험담)하는 법이 어디 있소? 그러니까 아들한테 대접을 못 받지요. 하동 계시는 시아버님한테는 얼마나 잘하신다고요? 효자라고 소문이 자자하답니다."

보연이 발끈해서 남편을 변호하고 나선다. 이윽고 보연이 저녁상을 들고 왔다.

"상의아버지,"

상을 놓고 흔들어 깨운다.

"저녁 잡숫고 주무시오, 내일 일찍 가실려면."

"날 자게 내버려두어, 제발."

홍이는 돌아누웠다. 그리고 이튿날 아침 관수, 연학이와 함께 임이네를 강제 퇴원시켜놓고 진주를 떠난 것이다.

홍이 통영으로 돌아온 지 며칠이 지났다. 장모는 처가에서 다니지 않고 그런다고 언짢아했지만 홍이는 여전히 차고 안에 있는 더러운 방에서 잠을 잤고 매식을 했다.

고성(固城)에 짐을 풀고 되잡아 통영으로 돌아오는 날이었다. 죽림 고개에 이르렀을 무렵 해는 서산에 뉘엿뉘엿 지고

있었다. 홍이 눈앞에 장이 모습이 설핏 지나갔다. 순간 홍이
는 브레이크를 밟았다.

"와 그랍니까?"

조수석에 앉은 일주(一柱)가 물었다.

"내려가 봐."

일주는 차에서 훌쩍 뛰어내렸다. 허리를 구부린 일주는 허
여끄름한 것을 주워들었다. 그것을 길가 보리밭을 향해 힘껏
집어 던지는 것이었다. 손을 털고 조수석에 올라앉은 일주는,

"가입시다."

"뭐야?"

"닭우 새끼구마요."

"재수 없겠다."

다시 차를 몬다. 통영에 들어섰을 때 사방은 아주 어두워져
있었다. 그러나 부두가 번화한 한길에는 전등불, 가스불이 바
닷바람에 젖듯 어둠 속에 배어나 보였다. 부둣가 한길에서 화
물차를 멈춘 홍이는,

"기름집에 들렀다 갈 터이니 차는 차고에 넣어라."

일주에게 핸들을 넘겨주고 내린다. 기름집이란 일인 오타
[大田]가 경영하는 가게였다. 부두에 모여드는 기관선에 기름
을 대주는, 말하자면 이 지방에서는 거상(巨商)이다. 그리고 화
물차의 차주이기도 했다.

"이상, 어서 오세요."

금전 출납부를 맡은 오타의 딸 미야코[宮子]가 먼저 홍이에게 인사를 했다. 홍이는 웃기만 한다. 그리고 고성서 받아온 전표를 내민다.

"어머니 병환은 좀 어떤가요?"

미야코가 물었다. 밤이어서 가게는 한가한 편이었다.

"그저 그래요."

"안 좋은가 보지요?"

상냥하고 정답게 말했다. 미야코는 홍이에게 처자가 있는 것을 알면서도 때론 대담한 추파를 보내곤 했었다. 턱이 짧고 고수머리의 노처녀였다.

"두고 봐야겠지요."

"고생하는군요. 안됐네요. 뭐 내가 도와드릴 일은 없어요?"

"나 대신 운전해주시겠소?"

"아이구 참, 그건 안 되는 장사 아니에요? 호호호…… 양말이나 짜달라면 모르겠지만."

"솜씨에 자신 있거든 우리 딸 모자나 짜주슈."

홍이는 늘 그런 식으로 미야코의 추파를 감당해냈던 것이다.

"그럼 잘 있어요."

홍이는 가게를 나왔다. 부둣가 한길에서 지름길로 접어든다. 여관이 있고 창고 따위가 있는 지름길은 어두컴컴했다. 차고로 들어간다. 차를 손질하던 일주는 차 밑에 드러누운 채,

"형님, 누가 찾아왔던데요?"

하고 소리를 질렀다. 높은 천장에 소리가 울렸다.

"누가 찾아와?"

"젊은 여잔데 인물 좋더마요."

장이로구나 하고 홍이는 생각했다.

"처젠가?"

"아아니요, 형님 처제를 내가 모를까 봐서요?"

"그럼 누구 아는 사람이겠지."

"짐작이 안 갑니까?"

"무슨 소리 하는 게야."

방문을 거칠게 열어젖히고, 그리고 닫은 홍이는 팔다리를 쭉 뻗으며 눈을 감는다. 본시 조수가 거처하는 방인데 홍이 묵으면서부터 일주는 제집으로 갔다. 싼 월급에 일이 많은 자동차 조수, 일주는 운전기술을 배우기 위해 잘 견디었다. 부산 가서 운전을 배울 집안 형편이 아니기 때문이다. 말수가 적고 마음씨도 괜찮은 일주는 그러나 약간의 건달기가 있었다. 눈을 감은 홍이는,

'아닐 거야. 설마 그럴라구? 남편 있는 여자가 그럴 리 있나.'

"갑니다. 형님, 문 잠그이소."

얼마 동안이나 지났을까. 일주는 갔는데 홍이는 눈을 감은 채 누워 있었다.

'애 때문에도 안 되겠다. 상의네를 내려오라 해야겠군.'

부시시 몸을 일으킨 홍이는 차고의 큰 문 한 귀퉁이를 뚫어서 만든 쪽문을 잠그러 나간다. 차고 안은 방문에서 비치는 불빛으로 더듬으며 나갈 수 있었으나 거의 캄캄했다. 쪽문을 더듬었다. 뒷길이어서 밖은 더욱 어두웠다. 밤도 저문 모양이다. 쪽문을 잠그려 하는데 밖에서 잡아당기는 힘이 있다.

"누구요!"

"……."

"누, 누굽니까."

홍이는 문을 열고 내다볼 수가 없었다. 강도라도 만난 것처럼 등골에 땀이 흐르는 것만 같다.

"저, 접니다."

의외로 또렷한 음성이다.

"밤중에 무슨 일로,"

"문 좀 열어주이소."

홍이 팔에서 힘이 쑥 빠졌다. 쪽문을 열고 장이 재빠르게 들어왔다. 홍이는 저도 모르게 쪽문을 잠갔다. 방 안에서 마주 앉은 장이는 울기부터 했다. 우는 장이를 홍이는 넋 빠진 것처럼 바라보고 있었다. 울음을 거두자 처음으로 홍이는 입을 떼었다.

"여기는 어떻게 왔지?"

"저기, 씨고모가 살아요. 시가 어른이라고는 시고모뿐인께 시부모 맞잽이요."

그 말은 납득할 수가 있다. 친정에만 있다 갈 수는 없는 일이다.

"날, 날 왜 찾아왔을까……. 나는 장이한테 못할 짓 한 사람인데."

"나도 모리겠소. 일본 있는 그 사람하고는 아, 아무리 해도 살 수 없일 것만 같아서, 죽어도 살기가,"

또다시 흐느낀다.

"장이를 학대하나?"

고개를 저었다.

"그러면 왜?"

홍이 눈이 고개를 빠뜨린 장이 이마며 턱을 더듬어 내려간다.

"잘해주기사 잘해주지만은 정이 안 붙어서 살 수가 없소. 아이라도 있이믄 그냥 참고 살겠지마는,"

"……"

"내 맘을 알고 조선에 안 보낼라고……. 울기도 많이 울었소. 이분에는 밥을 안 묵고 드러눕었더마는 한 달만 가 있어라, 그, 그래서 온 깁니다."

무르팍에 눈물방울이 쉴 새 없이 떨어진다.

"안 살면 어쩌려구."

"그, 그거는 나도 모리겠소."

"사는 형편이 딱한가?"

"그렇지는 않소. 세탁소를 해서 묵고살 만한께."

"나도 장가든 것을 물론 알겠지."

"아, 알아요."

장이는 또다시 흐느껴 운다. 철부지처럼 운다.

"처자 있는 나를 찾아 어떻게 하겠다는 거야?"

홍이 목소리는 쌀쌀한 편이었다.

"우떻게 하, 하자는 기이 아니고 통영 올 때만 해도 이럴라고는 안, 안했는데."

"돌아가. 참고 살아야지. 못 살고 오면 너는 끝장이다. 자아, 남이 알아도 큰일이지. 자아,"

일으켜 세우려 하는데 장이 몸이 홍이에게 와락 실려왔다. 울음 때문에 두 어깨가 격렬하게 흔들린다. 홍이는 저도 모르게 포옹하고 머릿결을 만져준다. 더할 수 없는 애처로움과 회한과, 그리고 새로운 그리움이 가슴을 지져대는 것만 같다.

"이제 우리는 할 수 없다. 남남이야. 제발 가서 살아주는 것만 빈다, 빌어."

"아, 알아요."

"한 번 못 살고 오면 여자는 마지막이다. 자아, 어서 가아."

더 이상 고집하지 않고 장이는 울면서 돌아갔다. 그러나 장이는 다음 날 밤에 또 찾아왔다. 일본으로 돌아갈 것을 작정했으면서도, 작정을 했기 때문에 더욱 장이는 만날 수 있는 기회를 놓치지 않으려 한 것 같았다. 그런 심리는 홍이에게도 있었는지 모른다. 장이를 피하려면 처가에 가서 잘 수도 있었다. 비탈진 곳에 방 한 칸을 얻어 사는 자신의 거처에 가서 잘 수도 있었다.

"왜 또 왔어."

"가믄 못 만날 긴데."

두 번째 밤엔 울지 않았다. 세운 한쪽 무릎에 깍지 낀 두 손을 올려놓고 장이는 하염없이 홍이를 바라보았다. 멀고도 가까운 것이 남녀의 사이라던가. 아무도 없는, 외부와 단절된 차고가 유죄였는지 모른다. 불이 붙으면 태워야 하는 것이 이치였었는지 모른다. 사랑은 여하한 경우에도 아름다운 것인지 모른다. 치욕과 멸망의 결과가 크면 클수록 더욱 치열하게 타오르는 것인지도 모른다. 그것을 예감하면서, 강하게 예감하면서, 이들의 관계는 깊어지고 말았다.

사랑의 환희는 슬픔이었다. 다음 날 밤, 한숨과 애무와 눈물과 그리고 조속한 이별을 바라면서, 또 그 이별을 두려워하면서 말없는 포옹 속에 차고 문이 부서질 만큼 요란한 소리를 들었다. 홍이 화다닥 일어났다.

"숨어!"

장이는,

"어, 어디로!"

비명이었다.

"차고, 차고, 자동차 속으로 드, 들어가아!"

장이는 치마저고리를 걷어들고 달려나갔다. 차고 문은 쉴 새 없이 아우성을 치고 있었다.

"누, 누구요."

엉겁결에 속바지 바람으로 뛰어나간 홍이 떨리는 음성으로 물었다. 쪽문 틈새로 불빛이 새들었다.

"문 열어라! 안 연다믄 순사를 불러오겄다!"

쪽문을 열었을 때 홍이는 눈이 부시다고 생각했다. 초롱을 바싹 들이댔던 것이다.

"무, 무슨 일이오."

"무신 일? 몰라서 묻나?"

중늙은 여자의 눈이 번들거렸다.

"들어가서 찾아라!"

그의 아들인 듯 두 청년이 뛰어들었다. 말할 것도 없이 장이의 시고모, 사촌 시동생이었던 것이다. 홍이의 어깻죽지가 축 늘어졌다.

"이년, 어디 갔노! 이 화냥년이 어디 갔노 말이다!"

방문을 열고 초롱을 치켜든 중늙은 여자가 외쳐댔다.

"으응, 가도 밖에까지는 못 갔다."

중늙은 여자는 장이 버선을 집어들었다.

"차고 안을 쌀쌀이 뒤지봐라!"

두 청년은 발에 걸리는 쇠붙이 기구들을 걷어차며 마치 성곽을 점령한 병사같이 위풍당당하게 차고 속을 뒤져나갔다.

이윽고,

"어매! 여기 있소오!"

전리품을 발견한 듯 한 청년이 환성을 올렸다.

"그년을 이리 끌고 오너라!"

중늙은 여자는 일족을 거느린 족장같이 위엄 있게 추상같
은 명령을 내렸다. 미처 치마도 입지 못했고 저고리도 벗은
채 속치마 바람의 장이가 송장같이 두 사내에 의해 끌려왔다.

"네 이년! 네가 이러고도 살아남을 성싶나? 오늘 밤 내 손
에 죽어봐라!"

차고 밖에는 소란에 놀란 구경꾼들이 몰려들었다. 그러나
차고 안에는 들어서지 못했다. 도망갈 것에 대비하여 그들은
쪽문 문고리를 걸어잠갔던 것이다. 중늙은 여자 앞에 꿇어앉
은 장이는,

"죽이주시이소."

"죽이다마다, 그러나 니 남편 손에 죽어야 할 기다. 이년!
눈이 시퍼런 지 소나아를 두고 그새를 못 참아서 외간 놈하고
붙어묵어? 이년!"

이 뺨 저 뺨 번갈아가며 친다.

"징역을 가도 내가 가겠소!"

갑자기 홍이는 황소같이 달려왔다.

"오오냐 이놈아! 징역이사 따놓은 당상이고, 저놈을 반죽음
시키놓지 못하고 머하노!"

두 청년이 달려든다. 간부(姦夫)와 간부(姦婦)를 치는 것은 그 누구에게도 거리낄 것이 없는 불문율이다. 홍이와 장이는 비참하게 맞았다. 그러나 육신의 아픔이 무엇인가. 반죽음이 될 만큼 코피가 쏟아져서 낭자한데 중늙은 여자는 또다시 명령을 내렸다.

"징거가 있어야 한다. 야아들아! 그 쪽문 열고오, 이웃 사람들 들어와 구겡하라 캐라! 간통한 연놈들 얼굴을 똑똑히 구겡하라 캐라!"

문이 열렸다. 우르르 구경꾼이 몰려들었다. 제각기 한마디씩 했다.

"콩밥을 믹이야 하는 기라."

"서방은 여기 없는 모앵이제?"

"사내놈이사 오타 집 운전수다마는 제집은 못 본 얼굴인데?"

"곱상하게는 생깄고나. 얼매나 바빴이믄 치마도 못 걸칬노."

낄낄낄 웃는 소리.

"정통으로 맞았구나. 한참 좋았겠는데."

사내들의 음탕한 웃음소리.

"구겡치고는 점심밥 싸가지고 댕김서 볼 만한 구겡이구마는,"

"하는 행실이사 죽어 마땅할지 모리지마는 좀 너무한 것 같다. 개 패듯이 사람을 저리 때리는 벱이 있나."

동정의 소리도 있다.

"그러기 법으로 하믄 될 긴데 너무 무참하거마는. 세상에 저런 개망신이 어디 있겠노."

"법으로만 해도 안 되는 기라요. 징역 살고 나오믄 그만이고, 그라고 나믄 뗬다바라* 하고 살 긴데, 누구 좋은 일 시킬라꼬?"

"그렇다고 직이믄 살인죄요."

"직이는 것보다, 징역을 살리는 것보다, 나 같으믄 악대값*을 물리겠소. 그것도 평생 벌어 갚을 만한 돈으로."

"그래도 오기가 어디 그런가? 악대값 물린다고 헌 계집 데리고 살겠소?"

"그나저나 이런 일이사 제 임자가 와서 할 일 아니겠소?"

"그야 그렇지요."

새벽녘까지 실랑이는 벌어졌다. 그러나 날이 밝기 전에 장이는 그들에게 끌려갔고 홍이는 기다시피 비탈진 셋방으로 돌아와 쓰러지고 말았다. 육신의 고통이 무엇이랴! 시궁창과 같은 오욕, 홍이는 혀를 물어끊고 죽을 수 없는 것이 한스러웠다. 그러면서도 홍이는 어디든 도망을 가야 한다는 생각을 했다. 징역이 무서워서도 아니요, 죽음이 무서워서도 아니요, 보연이와 장인, 장모, 처제들, 기름집의 오타며 미야코며 일주며 자신을 아는 모든 사람의 눈길이 무서웠다. 그러나 도망갈 곳이 없었다. 아비의 깊고 깊은 눈이 뼛속까지 스며든다. 그리고 장이를 두고 갈 수 없다. 혀를 물어 끊고 죽을 수 없는 것은 장이 때문인지 모른다. 장이의 결과를 보지 않고는 죽을 수조차 없는 것이다.

홍이는 큰방 여자가 쑤어주는 죽을 마셨고 상처에 약을 발라주는 것을 잠자코 바라보았다.

사흘이 지났을 때 보연이가 왔다.

"들어오면 죽여버리겠다! 제발 부탁이다! 친정에 가 있어."

홍이는 애원하고 위협하고 울고 또 소리쳤다.

장모는 발걸음을 하지 않았다. 열흘이 지났을 때 보연이는 또다시 왔다.

"인제 잘됐어요. 인제 걱정 없소."

하며 한결 생기가 돈 목소리로 말했다.

"전보 받고 남편이 왔답니다. 고소도 안 하고 악대값도 내버리고 계집을 달래서 일본 데리고 갔답니다. 제발 이젠 마음 잡고, 우세는 이미 당한 것 아니겠소. 진주 가서 삽시다."

남편을 잃을지 모른다는 공포에서 놓여난 보연이는 관대했다. 제 임자가 여자를 데리고 일본으로 갔으니 이제 기우는 다 사라졌다고 보연은 생각한 것이다. 징역도 악대값도 다 눈앞이 캄캄해지는 일이었지만, 보연은 그 어느 것보다 소박당할 것을 무서워했던 것이다.

홍이는 울었다. 진정 악몽이었다. 일생을 두고 잊을 수 없는 악몽이었다. 먹던 죽을 거부했다. 사람만 찾아오면 미친 듯 날뛰었다. 석이도 연학이도 영팔이도 허행하고 돌아갔다. 다만 보연이만은 곁에 있어 무방했다. 한 달을 홍이는 앓았다. 이웃 사람들은 장이 남편을 두고 못난 놈이라 욕을 했다. 어디 계집이 없어 그런 계집을 데려가느냐는 것이었다.

"쓸개 빠진 놈이지. 아니믄 벵신이거나. 계집이 아이 배태도 못했다 카이 사내구실도 못하는 긴지 모를 일이구마."

"흥! 예사 똥 뀐 년이 성내더라고 개망신 당할 짓을 해놓고 밤낮없이 소리 지르는 놈도 한심한 놈이다. 뒤지게 내부리두지 머할라꼬 그리 벌벌 떠는지 모리겄더라."

"그런 말 마소. 가장은 하늘이라 안 카요. 사나아들이사 흔히 있는 일이고 재수가 없어서 그렇지. 아 그러씨 사내들치고 열 계집 마다는 것 보았소? 계집이 꼬리를 치는데 안 넘어갈 사램이 어디 있일 기라고. 아무튼지 망신살이 들믄은 독 안에 있어도 면할 수 없는 기라요."

"사람이 좀 작이(주책)없고 요망하다 싶었는데 이분에 본께 그럴 사램이 아니더마, 그 댁네 말이오."

"신랑한테는 공자요."

"그러믄 천생배필이지 머. 그럭저럭 세월이 가믄 아물 기고 남의 흉도 한때니께."

소란하고 분분하고 그런 중에 홍이 일가가 진주로 옮겨간 것은 초여름 녹음이 짙어질 무렵이었다. 그때까지 임이네는 실낱같은 목숨을 부지하고 있었다.

10장 박제한 학

　주일예배를 보면서 명희는 눈물을 흘렸다. 오늘따라 왜 그
랬는지, 무엇이 서러워서 우는 것인지 그럴 특별한 이유는 아
무것도 없다. 다만 집안에 변화가 좀 있긴 있었다. 사업관계
로 남편 조용하는 일본으로 떠났고, 대신 별장에 가 있던 시
부모가 돌아왔을 정도의 변화다. 애초 계획으로는 남편과 함
께 명희도 가기로 돼 있었지만 시부모가 돌아온다는 기별이
있어서 명희는 여행을 취소하고 조용하만 떠난 것이다. 남편
이 떠났고 시부모가 돌아왔다 하여 집 안이 전과 달라진 것은
아무것도 없었다. 잠긴 물속같이 조용하기론 마찬가지였다.
표면적인 것이긴 했지만 식구들은 제각기 자신의 성곽을 고
수하듯이, 또 남의 성 따위를 공략할 필요를 느끼지 않는 듯
이, 냉랭하고 이기적이며 점잖게, 법도가 시끄러운 보통 반가
와는 달랐다. 분위기에 세련이라는 표현이 적합할지 모르겠
으나 어떤 경우에도 감정을 위장한 온유함이 유지되는 것이
다. 물론 다시 말하거니와 표면적으로는 그렇다는 것이다. 그
러나 면면한 그들 계보 속에는 왕족의 피가 흐르고 있었으며
현관(顯官)을 지낸 선조들은 기라성 같았고, 친일을 아니했어
도 오늘 현재까지 대일본제국의 귀족인 조병모 일가. 이 빛나
는 명문이 비록 재취라고는 하지만 일개 역관의 딸을 맏며느
리로 삼은 것이 치욕일 것은 뻔하다. 못생긴 풋살구 같은 인

물에 친정살림이 빈한했던 조용하의 전처는 그러나 지체로는 시가와 맞먹는 명문이었으니. 조용하가 이혼을 제기했을 때 집안에서는 명희를 소실로 데려오는 것이 어떠냐는 의견이 있었던 것이다. 그러나 근대의 물결을 남 먼저 탔고 영국 신사를 표방한 조용하는 그런 조건으론 명희가 응하지 않을 것이라는 위구심에서보다 자기 자신을 위해 집안의 의견을 물리쳤다. 부모의 성품이 유약하고 장자숭상(長子崇尙)의 인습이 각별했던 집안에서는 결국 명희를 정실로 맞아들였던 것이다. 그랬는데 집안 처지에서 본다면 명희의 등장은 설상가상이었다. 형제간의 갈등과 불화의 원인이 명희에게 있었다는 사실에 그들은 경악했다. 요망한 계집이로고, 이러다가 집안이 어찌 안 망하겠느냐, 그런 혐오감과 불안이 시부모 감정 속에 팽배해 있을 것은 뻔한 일이다. 함에도 그들은 방관하며 침묵을 지키며 보다 빈번하게 별장으로 도피하곤 했을 뿐이다. 심지어는 유교사상이 뼛속까지 박혀버렸으며 선영봉사야말로 가장 중요한 집안 행사인데도 불구하고 며느리의 교회 출입에 대해서조차 일언반구 말이 없었다. 일종의 방치상태라고나 할까, 십여 년 전 아들 조용하가 세례를 받았을 때는 집안이 꽤 시끄러웠었다. 여하튼 그러한 집안 사정은 한결같은 것이었으니까 새삼스럽게 예배를 보며 명희가 눈물을 흘리는 이유가 될 수 없다. 하기는 예배를 보면서 눈물을 흘리는 사람이 명희 혼자만은 아니었다.

회당(會堂) 밖의 봄날은 아름다웠다. 조물주의 은혜처럼 신록의 나뭇가지는 창가에서 흔들리고 있었으며, 자연과 생명은 더없이 사랑스럽고 충실한 것같이 보였다. 싱그러운 푸르름, 문득 명희는 자신의 모습이 박제(剝製)한 한 마리의 학(鶴)이 아닌가 하는 생각이 든다. 하필이면 많은 새 중에 학이라니, 옛날에 부친이 생존해 있을 때 어떤 관상쟁이가 명희를 보고 학 상(鶴相)이라 말한 일이 있다. 귀하게 되겠으나 외로운 상호라는 것이었다. 회색에 가까운 푸른색 치마저고리를 입은 자신의 모습, 하늘거리는 옷감은 박래품 새틴이었고 조그마한 비즈백은 남편이 일본 갔다 오면서 사다 준 불란서 제품이다. 심미적이며 감성이 섬세한 조용하는 명희 의상이나 소지품을 그 자신이 선택하거나 자신의 취향에 따르도록 해온 터인데 그러한 남편에 불만이 있어서 명희는 자신을 박제품 학 같다고 생각한 것은 아니다. 자신이 소유한 신체와 영혼 그 자체를 두고, 친정이나 시가의 환경이나 자신이 처한 외적 상황과는 관계없이 자기 스스로 박제품이 되었고 박제품으로 되어가고 있다는 막연한 느낌, 누군가가, 어떤 상황이 자신을 그렇게 만들고 있다 할 것 같으면 그것은 상대적이요 따라서 상대적인 경우 필경 어떤 반응은 있었을 것이다. 그러나 그렇지가 않았으니, 그런 면에선 명희라고 시가 식구와 맞먹는 무관심이 아니라 할 수 없을 것이다. 조용하가 사금(砂金)같이 마지막 빛깔인 양 반짝이고 있지만 늙고 낡아버린 명문 조씨네 일가가 박제된 부엉이라면 명희는 박제된 학, 박제된 상태는 매한가지인 셈이다.

예배는 끝이 났다. 회중에 휩쓸리며 남의 눈을 끌며 명희는 교회당 밖을 향해 나간다.

"명희."

사람들을 헤치고 다가온 여자가 불렀다. 여학교의 동기동창인 길여옥(吉麗玉)이다. 그는 빨개진 명희 눈을 쳐다보며 피식 웃는다.

"네가 웬일이냐?"

당황하는 명희 어깨를 사내같이 활발한 동작으로 툭 친 여옥은,

"소식은 다 듣고 있었지. 요즘 열심히 교회 나온다는 얘기도,"

"열심히 나오긴,"

소위 말똥머리의 전도부인이다. 짧은 검정 치마에 흰 저고리를 입었고 투박한 검정 구두 하며 실로 짠 망태 비슷한 손가방, 몸은 뚱뚱한 편이었다. 햇볕에 그을린 자취는 있었으나 살빛은 희고 깨끗하다.

"하여간 좋은 현상이야."

다시 한번 어깨를 치고 나서,

"안 나가겠니?"

"응, 나가자."

반가움과 곤혹스러운 두 표정이 명희 얼굴을 교차한다. 교

회당 뜰에까지 나오는 동안 여옥은 많은 사람들과 악수를 나누고 쾌활하게 한두 마디 인사를 교환하곤 했다. 그러는 동안 명희도 더러 아는 얼굴과 마주치면 목례를 했지만 선망과 적의와 찬탄과 모멸의 가지가지 빛깔을 담은 수많은 시선이 괴로웠다. 여옥이 행복하고 자신이 몹시 불행하다는 묘한 착각에 빠지기도 한다.

"오래간만이야. 저기 나무 밑에 가서 얘기 좀 안 하겠어? 언제 또 만나게 될지 모르겠고 말이야."

여옥이 앞서간다. 교회 뒤꼍의 한 그루 수양버들은 햇볕과 연둣빛이 어울리어 눈부시게 아름다웠다. 나무 밑에 머문 명희는

"이젠 서울로 온 거니?"

"아니, 또 내려가야 해. 너는 여전히 아름답구나. 그렇지만 남자에게 희망을 안 가질 땐 아름다움이 불편해질 때도 있을 거야."

"전도부인께서 무슨 말씀."

"어머, 그런 소리 말어. 전도의 비결 중 하나가 솔직 대담이야. 얌전하고 정숙한 건 상대가 불편을 느껴서 안 된다는 걸 알아두어."

"내가 뭐 전도부인 된다 했니? 그런데 넌 서울로 옮겨올 순 없어?"

"올려면 못 올 것도 없겠지."

"그렇담 시골서 고생할 건 뭐람."

"오고 싶지 않아. 어쩐지 서울 오면 안일해지고 마음에 벌레가 생길 것 같아서 말이야."

"많이 쫓아다니나 부지?"

"쉴 새가 없지. 시골로 들어갈수록, 나 자신 개척자가 된 기분이 들어서 보람이 있고…… 또 몽매하고 가난한 사람일수록 일단 교회에 들어오면 믿음은 확실한 거야. 순수하고,"

"어째 그럴까?"

"돈 많고 아는 것 많은 사람들에겐 종교란 늘 불투명한 거거든."

"그, 그건 그래."

"가진 것 없는 사람들에겐 종교가 전부일 수도 있으니까. 타협해야 할 일이 없거든. 또 한편으론 육체노동이란 대개 신성한 것 아니겠니? 마음으로 죄를 범할 여가가 있어야 말이지. 해서 주님 앞에 서는 것이 즐거운 거야."

"그럼 가난한 사람은 다 착하고 부자는 다 악하단 말이니? 하긴 부자가 천당에 들어갈려면 낙타가 바늘구멍으로 들어가는 것보다 어렵다 하셨지만."

"사람 나름이라 할 수는 있지. 가난하다고 다 착하고 부자라고 다 나쁜 건 아니지만 비율로 봐서 그렇다 그 말이야. 서울서 차려내는 진수성찬보다 따끈따끈한 옥수수 한 개가 고맙게 느껴지는 것은 그 속에 담겨진 소박한 성의 때문일 거야. 뭐 그런 얘긴 관두자."

"넌 지금 생활에 만족하고 있나 보구나."

"글쎄, 만족한다기보다 기쁜 마음으로, 주께서 늘 가까이
계시다는 믿음 가지고 일하는 거지."

"그래……. 지난 일은 다 잊어버리고,"

하다 말고 명희는 낭패한 듯 얼른 눈길을 딴 곳으로 돌려버린
다.

"아마, 아마 잊어버리게 될 거야. 아직은 잊었다고 단언할
순 없지만,"

여옥은 쓰디쓰게 웃었다. 그것은 솔직한 말인 것 같았다.

'내가 왜 이런 실수를 할까? 무신경도 분수가 있지.'

그렇게 친했던 친구, 반가워야 할 친구가 곤혹스럽고 서먹
한 것은 명희 자신의 처지 때문이다. 여옥은 학교시절 무척
총명했으며 명희보다 적극적이었고 사고력도 명쾌했다. 일찍
부터 개화하여 남 먼저 기독교인이 된 여옥의 부친은 같은 교
인으로서 신앙이 독실하고 장래가 유망하다 하여 삼남매 중
외딸인 여옥을 오선권(吳宣權)이라는 청년에게 주었다. 사위를
아들 못지않게 사랑한 여옥의 부친은 넉넉하지도 못한 재산
을 쪼개어 사위를 동경유학까지 시켰던 것이다. 그러나 신앙
이 독실했던 오선권은 유학 중에 사귄 여자로 말미암아 여옥
에게 이혼을 요구하였고 종교도 버렸으며, 방학에 귀국했음
에도 여옥 앞에 모습을 나타내지 않았을 뿐만 아니라 사람을

보내어 유학에 소요된 비용을 변상하겠다는 심히 모욕적인 제의를 해왔던 것이다.

"애정 없는 결혼생활이었다면, 그, 그랬었다면 차라리 참을 수 있을 거야. 또 그, 그 여자 집이 우, 우리 집보다 못했다면 나 요, 용서할 수 있었을는지 몰라. 명희야. 이, 이렇게 이런 식으로 배신을 당하는 일도 있니? 으흐흣흣흣…… 양의 가죽을 쓴 이리를, 아, 아버지가, 으흐흣흣흣……."

몸져 누워 있는 여옥을 찾아갔을 때 여옥은 명희를 거머잡으며 통곡을 했었다. 유학을 끝내고 명희가 돌아온 지 얼마 안 되었을 때의 일이다. 오선권을 만나본 일은 없었지만 동경서 명희는 그간의 사정을 소문으로 들었으며 상대편 여자를 선혜가 안다 하여 화제가 되기도 했었다.

"좀 매력이 있긴 있지. 뭐라 했음 좋을까? 요부형은 아니지만 매섭고 다부지고 남을 휘어잡는 그런 형의 여자야. 심약한 사내들은 오히려 그런 형의 여자에게 끌리는 거 아닐까?"

"매력에 끌렸다기보다 좋은 조건에 끌린 것 아닐까요?"

명희는 여옥이 불쌍하고 분한 마음에서 꼬집듯 말했다.

"그야 모르지, 여자 집이 괜찮은 모양이니까."

"그렇담 사기꾼 아니에요?"

"순진하긴. 그럴 수도 있지 뭐. 하여간 날아간 새를 잡으려는 것처럼 어리석은 일은 없다. 남자건 여자건 말이야. 그렇게 생각하니까 내가 소박한 그 사내 꽤 괜찮았던가 봐. 생각해봐라? 마포 강서방 재산을 통째로 먹을 판인데, 안 그러냐?"

선혜는 낄낄대며 웃었다.

"거머리같이 달라붙었담 그나마 이런 생각도 안 할 텐데 말이야. 아무튼 처가 덕으로 유학한 사내라면 뭐 별 볼 일 없는 게야. 그 댁네도 일찌감치 단념하고 팔자 고치는 게 현명할걸."

선혜는 여옥의 처지를 동정하지 않았다. 그 후 이 년 동안을 이혼문제 때문에 옥신각신, 오라비와 사내동생이 오선권을 때려 죽이겠다고 여자 집에 쳐들어간 일이 있었고 여옥의 자살미수사건 하며 참담했다. 그러나 피신작전을 쓴 오선권의 말인즉

"연애의 자유는 인간의 정당한 권리며 애정 없는 사람하고 살 수 없는 것은 당연하지요. 일본 유학생치고 이혼하자는 사람이 어디 나 하나뿐인가요? 세상이 아는 저명인사 중에도 이혼한 사람은 얼마든지 있어요. 나만 죽을 죄를 졌단 말이오? 학비에 관한 것도 변상하려 했고, 다른 일이면 또 몰라. 은혜 때문에 싫은 여자를 평생 데리고 살 순 없어요. 흥, 배은망덕이라고? 은혜, 은혜 하면서 강아지 목 매달듯 그러지들 말라고 해요! 나 그 집에 팔려간 사람 아니니까."

결국 단념은 여옥의 부친이 먼저 했다.

"봉사 개천 나무랄 것 있나. 내 눈 멀었던 게 잘못이지. 잊어버리는 게야."

이혼장에 도장을 찍은 여옥은 악몽 같은 세월을 털고 일어

섰다. 그리고 전도사업에 투신했던 것이다. 여옥이 그렇게 되기까지는 미국인 선교사 미스 헤이워드의 영향이 컸었다. 학교시절 영어를 가르친 미스 헤이워드는 특히 여옥과 명희를 귀여워했었다.

"그런데 명희 너 서방님께서는 교회 나오는 것 반대 안 하냐?"

서먹한 침묵이 흐른 후 여옥이 물었다. 목소리가 까칠했다. 명희는 여옥을 힐끗 쳐다본다. 이혼한 남자가 정식으로 청혼을 하여 그것에 응했을 뿐이지만 남편 조용하의 경우는 오선권과 공통점을 가지고 있다. 본처를 버렸다는 점에서. 그러나 물론 일방적이긴 했지만 명희와 결혼할 야심 때문에 아내와 이혼을 한 것도 사실이고 보면 공범자라는 묘한 죄의식도 면할 수 없는 것이다. 특히 여옥이 앞에서는.

"반대는 안 해."

"으응?"

"오히려 나가라고…… 권하는 편이야."

"그러니? 그거 다행이구나."

빈정거리듯, 여옥의 눈은 차츰 어둡게 타는 것 같다.

"그이도 세례는 받았는걸."

"그랬었니?"

다시 따지듯,

"언제? 너하고 결혼한 후 받았니?"

"아니 그 전에, 오래됐나 봐."

"그런데 어째 함께 안 나오느냐?"

"늘 바빠서,"

"주님을 섬기는데 바쁘다는 게 이유가 되는가?"

"그건 그래. 거의 한 번도, 거의, 안 나왔으니까 신심이 약해진 거지 뭐."

"아니지. 그게 아닐걸? 나오지 못하는 게, 그건 당연해. 간음한 자가 어찌 교회를 더럽힐 수 있겠느냐."

별안간 들린 것처럼 여옥의 음성은 강렬하였다. 눈은 더욱 어둡게 타는 것 같았다.

"그렇담 나도 간음한 여자가 아니겠니?"

"누구든지 간음한 연고 없이 아내를 버리면 이는 저로 간음하게 함이요 또 누구든지 버린 여자에게 장가드는 자도 간음함이니라,"

하는데 여옥의 눈에서 눈물이 흐른다. 얼굴이 시뻘겋게 충혈된 명희는 여옥의 눈물을 날카롭게 주시한다.

"기만이야! 주를 욕되게 하는 수단이야! 젊고 아름다운 여자를 교회에다 묶어두는 건 아주아주 안전한 방법 아니겠니? 가히 사탄의 일급 제자로고,"

눈물 젖은 얼굴에 끔찍한 미소를 띤다. 혼란이 빚은 비약이다. 감정이나 얘기나 몸짓이나 웃음, 모두가 혼란의 물결 속에서의 자맥질이다. 하늘은 푸르고 교회당 뜨락은 텅 비어 있었다. 여옥은 쓰러지듯 땅 위에 무릎을 꿇었다.

"주여, 불쌍히 여기소서, 당신의 딸을 지켜주시옵고 미움을 멎게 하시옵소서. 죄인들을 용서하시옵고 주님과 같이 저도 용서하게 하시옵소서."

여옥은 오랫동안 기도를 올린다. 이윽고 일어섰다. 명희는 돌부처같이 서 있었다.

"오래간만에 만났는데, 네가 반가우면서 그러면서도 초월할 수가 없었어. 그 일에 대해서만은 걷잡을 수가 없어. 어째 그런지 나도 모르겠다. 꼬박이 밤을 새워가며 기도드리던 그때 내 모습을 아픔 없이 되새길 수가……. 참으로 길은 아득한 것 같구나. 가자."

여옥은 명희의 손목을 잡았다. 그의 손은 타는 듯 뜨거웠다.

"어디로 갈 거니?"

"너는?"

하고 여옥이 묻는다.

"나 헤이워드 선생을 만나뵐려구, 시간약속을 했는데,"

"무슨 비밀 얘기니?"

"그런 것 없어."

"그럼 나도 함께 가야겠다."

활기를 되찾은 듯 여옥의 동작이 발랄해졌다. 미스 헤이워드가 거처하는 집은 교회에서 과히 멀지 않았고 목사관의 이웃이다. 두 사람은 천천히 걸음을 옮긴다. 여옥은,

"왜 찾아가니?"

하고 물었다.

"그냥,"

"너도 고민이 많은 모양이구나."

"……."

"아까는 너 속이 상했지?"

"응."

"난 널 이해한다. 너를 경멸하고 비난할 순 없어. 허지만 실망한 것도 사실이야. 그래도 명희가 행복해주었으면, 그건 내 진심이다."

"알어."

"자동차는 어떻게 했니? 너 자동차 타고 다닌다고 소문이 자자하던데,"

"교회에 나올 때는 그냥, 주일은 내 자유야."

여옥이 픽 웃는다.

"마치 자동차가 감옥인 것 같구나."

"사실 감옥이지 뭐."

"남이 들으면 안 믿겠다."

"그 속에 앉아 있으면 남과 동떨어진 것 같아서 외로워. 견딜 수 없이 외로워져. 내가 뭐 왕족이냐?"

"귀족이지."

"너나 나나 근본은 뻔하잖니. 개발에 편자지 뭐."

"……."

"자동차 속에 앉아 있을 때만 그러한가? 어디를 가든 누구를 대하든 외롭긴 마찬가지야. 밀가루 뒤집어쓴 까마귀처럼 백로한테 가도 이단자, 까마귀한테 가도 이단자, 가문이나 금력에 대한 정열이라도 있담…… 귀부인으로 뽐내고 살아본들 시간은 말갛기만 하고."

"그러면 뭣하러 시집을 갔누."

"어쩌다 보니, 노처녀가 별수 있겠니? 가고 보니까, 하긴 시초에는 기왕이면 했었지."

"후회하니?"

"후회하는 건 아니야. 어차피 어디 가도 마찬가지였을 테니까. 다만 어쩌다가 돌부리에 채어 몸이 휘청하는 것 같은 그런 생각이 들 땐 있지만."

"그 사람을 사랑하니?"

"누구?"

"조용하, 네 남편 말이야."

"그렇다고 생각해. 그 집에서 내게 인간적 체취를 풍겨주는 사람은 그이뿐이니까."

하는데 명희 눈앞에는 시동생 찬하의 모습이 떠올랐다. 시집가기 전에는 찬하가 호의 이상의 것을 자기에게 가졌으리라는 것은 상상도 못했던 일이다. 덕화의 병 때문에 몇 번 만났었지만. 하기는 청혼을 받기까지 명희는 조용하의 감정도 알아차리진 못했으니까 형보다 수줍고 내성적인 찬하의 마음을 알 턱이 없었다. 이미 결혼은 했다. 비교나 선택이 있을 수 없는 일이거니와 시동생이라는 범주를 벗어나 생각한 일도 없다. 그러나 명희는 조씨 집안에서 가장 소박하고 비귀족적인 사람은 조찬하 한 사람일 거란 생각은 했었다. 자신을 사랑하고 자상하게 보살피며 또 집안의 냉랭한 분위기에서 단호하게 격리시키려 드는 남편에게서 인간적인 체취를 느끼지만 조용하는 철저한 귀족주의요 타인에게 비정하며 또 귀족성과는 이질적인 타산가인 것을 명희는 너무 잘 안다. 젊고 아름다운 여자를 교회에다 묶어두는 건 아주아주 안전한 방법 아니겠니? 아까 여옥이 말했을 때 명희는 내심 큰 충격을 받았다. 자세한 내막까지는 모를 것이다. 내막을 모르고서 막연히 다른 남자의 유혹을 막는다는 뜻으로, 또 신경질적인 상태에서 여옥이 쏟은 말이겠지만 명희는 찬하를 의식하지 않을 수 없었다.

"바람도 쏘일 겸, 나는 바빠 못 나가지만 당신은 나가구려."

권하는 남편의 자세는 늘 부자연스러웠다. 뭔가 석연찮은 것이 있었다. 또 그는 말하기를,

"환경이 달라졌다 하여 기왕의 것을 버릴 필요는 없지. 자신의 종교를 지켜나가는 게 좋고, 마음을 안전하게 하는 데 종교만큼 적절한 것도 없을 게요."

신자로서의 경건한 말투도 아니거니와 종교를 통해 보다 공고해지는 도덕으로 구속하려 드는 저의가 역력하였다. 남

도 아닌 동생과 겨루어야 했으며 동생을 밟고서 얻은 명희의
존재가 조용하에게는 불안했을 것이 분명했고 동생에 대한
죄책감이 없는 것도 아닐 것인즉 자신은 포기하다시피 한 신
앙을 명희에게 강요하는 심정은 이해할 수 있었다. 그러나 명
희는 그런 권고 때문에 교회에 나오는 것은 아니다.

"너하고 이 길을 걸어보는 것도 오래간만이구나. 그러고 보
니 우리는 서로 너무 다르게 변했고 세월도 많이 흘렀다. 너
희 친정은 모두 안녕하시냐?"

"어머니 병환 땜에 그렇지, 이럭저럭 옛날과 다름없어. 너
희 아버님은?"

"그분이야 강건하시지. 신앙과 애국심이 두루. 아버님 따라
갈려면 나는 아득하다. 내가 다시 살기로 작정하고 작은 힘이
나마 복음을 전하리라 결심한 데는 헤이워드 선생의 도움이
컸지만 아버님의 힘이 더 컸지. 어떤 면에선 아버님이 나보
다 상처가 더 컸었다 할 수 있겠는데 그분은 실망하시지 않았
어. 믿음은 반석 같고,"

"네가 그러니까 돌아가신 내 아버지 생각이 나는구나. 아버
님 살아 계실 때는 나도 자신이 좀 있었는데,"

명희는 다소 명랑해져서 웃는다.

"명희 너랑 난 계집애라구 구박 안 받고 자랐는데 말이야.
우리들 아버님은 별나게 딸을 사랑하셨지. 생각이 나. 너희
아버님 모습이,"

철쭉과 황매가 한창인 뒷벼랑을 등진 빨간 벽돌 양옥이 가까워진다. 모종을 옮겨 심은 꽃밭에 앙증스런 팻말이 꽂혀 있다. 검붉은 흙이 건강하고 싱그러워 보였다.

"여전하구먼. 봄을 기다리기가 무척 지루했을 거야."

여옥이 꽃밭을 바라보며 말했다.

"좀 더 있다 왔으면 맛난 딸기를 얻어먹을 수 있었을 텐데."

"그러게 말이야."

"서양사람들 합리적이라지만, 꽃피는 걸 보기 위해서 온갖 정성을 다하는 걸 보면, 그런 면에선 오히려 조선사람들이 현실적이다. 안 그러니?"

"글쎄 우리는 늘 가난했으니까······."

"가난한 사람들은 즐길 힘이 남아 있지 않았을 게고 부유한 사람은 노동을 천하게 여겼으니. 미스 헤이워드를 생각할 땐 남자같이 힘센 여자, 남자 하는 일이면 뭐든지 다 하지 않니? 아주 즐겁게 말이야. 집 칠에서 목수 일까지."

"덩치도 크니까."

미스 헤이워드는 겨울 한 철만 빼면 초봄에서 가을까지 꽃밭 손질에 보통 정열을 쏟는 것이 아니었다. 휴일도 꽃밭 손질 때문에 기쁘다고 했다.

"헤이워드 선생한테서 꽃 심을 땅을 뺏어버린다면 아마 무척 하나님을 원망할 거야."

"인생이 사막 같겠지."

지껄이며 포치로 들어갔을 때 낯익은 가정부가 재빨리 문
을 열어준다.

"오십니까요? 선생님이 기다리고 계십니다."

가정부 콧등에는 땀방울이 송송 나 있었다.

"그간 안녕하셨어요?"

"네, 고맙습니다. 여옥 선생님도 함께구먼요."

허리를 굽혀 인사를 한다.

"교회에서 만났어요."

여옥은 제집 드나들듯 거실로 쑥 들어간다. 창가 책상 앞에
서 편지를 쓰고 있었던지,

"미세스 조, 어서 오십시오. 여옥이도 함께 오시오?"

미스 헤이워드는 펜을 놓고 일어섰다.

"네, 선생님. 교회서 만났기 함께 왔습니다."

여옥은 거칠 것 없이 말했다. 명희는,

"선생님, 그간 안녕하셨어요?"

"이렇게 보다시피 아주아주 건강합네다."

팔을 벌려 보인다. 유창한 조선말이었다. 두 사람보다 십
년은 훨씬 위인 듯, 키가 크고 깡말랐으며 갈색 머리에 푸른
눈, 얼굴은 못생겼다. 그러나 가느다란 눈썹 밑의 푸른 눈은
그렇게 아름다울 수가 없다. 대개 얼굴은 잘생겼어도 눈동자,
눈언저리가, 그리고 빛이 엷은 눈시울 하며, 서양인은 동양인
들 눈에 동물적인 느낌을 주는데, 그 못생긴 얼굴에 눈동자만

은 누가 보아도 보석같이 아름다웠다.

"두 사람 다 오래간만입네다."

미스 헤이워드는 두 사람을 함께 포옹하며 뼈마디가 굵은 커다란 손으로 등을 다둑다둑 두드려준다.

"헬렌은 어디 갔나요?"

여옥이 두리번거리며 묻는다.

"오오 헬렌, 교회 일로 여행 떠났습네다. 순천으로."

"어머, 그럼 올라오고 내려갔나 부지요?"

"참, 여옥이 만난다 하던데 실망 컸겠습네다. 자아, 앉으십 시오."

만나기로 시간약속은 명희하고 했는데, 이야기는 주로 여옥과 미스 헤이워드 사이에서 오고 간다. 날라 온 커피를 마시며 교회에 관한 것, 지방에서의 포교상태, 명희는 의자 깊숙이 몸을 묻고 앉아서 참 편하다는 생각을 한다. 제집도 아니요 친가도 아닌데, 그것도 이질적인 외국인이 사는 집인데 마음이 그리 편할 수가 없다. 두 사람이 주고받는 얘기는 들으나 마나, 화제에 끼어들지 않는 것이 오히려 편안하다. 너무 답답하고 그 답답함이 뭣인지, 의식구조가 다른 외국인과 터놓고 얘기하리라, 즉흥적 생각에서 만나기로 했었다. 명희는 터놓고 얘기하지 않더라도 이대로만이라도 좋다는 생각을 한다. 아무런 이해관계가 없고 타인치고는 철저하게 타인인 이민족 앞에서 졸라맨 허리띠를 풀어놓은 것 같은 편안함을 느끼는 것은 미스 헤이워드의 인품 때문인지, 가로세로 아무런 유대 없는 이방인이기 탓인지.

'낯선 아무도 모르는 곳에 와서, 아니야, 낯선 공원에 와서 편안하게 쉬는 것 같다.'

명희는 모종을 옮겨 심은 꽃밭 생각을 한다. 사철 정원사가 가꾸는 넓은 시집의 정원을 바라보는데 어째 흙냄새를 맡은 것 같은 기억이 없었는지. 한여름에도 챙이 넓은 모자를 쓰고 땀을 흘리며 꽃밭에서 일하는 미스 헤이워드, 그럴 때 찾아가면 못생긴 이빨을 활짝 드러내고 화려하게 웃었다. 찻잔을 놓고 흔들의자에 앉아서 인생을 찬미하듯 만발한 꽃밭을 바라보던 미스 헤이워드, 그는 식물학자만큼이나 식물에 관하여 아는 것이 많았고, 그의 합리적인 면은 동양의 중용과 통하는 것이 있었다. 일체의 감상을 배격하면서 한 송이 꽃이나 지저귀는 새들을 삶의 일부같이 존중하고 즐기는데, 그러나 그는 신비주의자며 신비에 대하여 정열적이다. 그의 입에서 천당이라는 말을 좀처럼 들을 수가 없다. 그러나 그는 신의 위대함을, 그 무한한 능력을 찬미한다.

'어째서 우리 조선여자들은 결혼 못하는 것을 그렇게 수치스럽게 여기는 걸까. 독신주의를 이단시하며 모멸과 조롱으로 대하는 이유가 무엇일까? 남자의 경우도 마찬가지야. 몽달귀신이니 처녀귀신이니들 하고 사후까지 액신으로 처우하는 것은 결국 독신자를 사악한 존재로 보기 때문일 게야. 중을 보고 흔히 중놈이라 하는 것도 독신자를 경멸하는 의식에서 나온 말이나 아닐까? 외국에서는 신부님을 아버지라 하는데 말이야.'

엷은 빛깔의 커튼이 미동하고 있다. 창가에 심은 백목련 잎의 독특한 연두색은 녹색 중에서도 가장 우아하고 부드럽다.

'천주교, 가톨릭, 천주교, 가톨릭…… 그건 까치가 첫 신호로 까까거리는 새벽 같은 빛깔일까. 여옥이가 말똥머리 전도사라면 난 수녀가 됐어야 하는데, 수녀…….'

명희의 생각은 물결 위에 떠 있는 작은 배같이 방향도 없이 이리저리 떠밀린다. 조금 전까지만 해도 예배를 보며 눈물을 흘렸는데 집 떠나온 사람이 집을 생각하듯 기억은 눈물의 순간같이 절실하지도 밀착해오지도 않는다. 낯설고 먼 곳에 있는 것 같다. 명희는 종교나 신앙심이 전혀 낯선 것인 것 같은 생각이 든다. 자신의 모든 기억과 상황과 마찬가지로. 수양의 수단으로, 약간의 필요성 때문에, 혹은 호기심 때문에 종교를 생각하는 남편 조용하와 자기 자신의 차이점이 어떤 것인가를 명희는 생각한다.

"미세스 조."

대화의 권 밖에서 자기 자신 속에 푹 가라앉아 있던 명희는 놀라며,

"네, 선생님."

"무슨 생각을 하고 있습네까?"

"여러 가지, 막연하게요."

미스 헤이워드는 웃는다.

"지금 우리 하는 얘기 못 들었습네까?"

"제 생각하고 있었습니다."

"미안합네다, 생각 방해해서."

"아니에요. 이제 대화 속에 끼워주세요."

"지금 여옥이 중요한 얘기 했습네다. 여옥이는 신도를 지도하고 우리 기독교 모르는 길 잃은 양들한테 복음 전하는 사업하고 있습네다. 그러나 여옥이만이 아니고 우리 이곳에 와 있는 선교사, 상류사회 사람들, 그리고 명희 의견도 있을 것입네다. 들어보고 싶습네다."

"무슨 문제인데요?"

"선교사업하는 데, 특히 조선에 있어서 신앙과 애국심에 관한 얘깁네다."

하자 여옥이 받아서,

"어째 그 얘기가 나왔는고 하니 양근환 씨가 민원식이를 동경서 찔러 죽이지 않았어? 그리고 일본 천황을 박열 씨가 암살하려 했고, 의열단원이 일본 궁성에 폭탄을 던졌는데 이런 일련의 폭력적 수단은 우리 기독교 정신과 위배되는가, 그래 얘기가 발전된 거야."

헤이워드는 고개를 끄덕였다. 친일파 민원식(閔元植)이 총독 치하에 있는 조선을 일본 영토에 편입하고 지방자치, 다시 말해서 참정권을 얻어내자는 목적으로 도일했는데 고학생 양근환(梁槿煥)이 동경 역전 스테이션호텔에 묵고 있는 민원식을 비수로 찔러 죽인 것이 이월 십육일의 일이요, 그보다 앞서 정월달에는 의열단원(義烈團員) 김지섭(金祉燮)이 동경 궁성(東京宮城) 니주바시(二重橋)에 폭탄을 투척한 사건이 있었다. 의열단 사건은 지난해에도 있었는데 폭탄 밀수에 경기도 경찰부의 황옥(黃鈺) 경부(警部)가 관련되었다 하여 세인을 놀라게 했으며 1920년의 밀양(密陽)경찰서 습격사건, 이듬해의 총독부 습격사건, 작년 정월에는 김상옥(金相玉)이 종로경찰서에 투탄했고, 이와 같이 끊임없이 일본 위정자들을 괴롭혀온 것이다. 독립을 위한 폭력수단은 기독교 정신에 위배되는가, 아니면 합당한가, 과연 중요한 논제다. 미스 헤이워드는 탁자에 팔꿈치를 고이고 두 손을 깍지 끼고 있다가 다 식어버린 커피잔을 들었다. 한 모금 마시고서 입을 뗀다.

"언젠가 한번 닥터 오엔하고 그와 비슷한 논쟁 벌인 일 있습네다. 우리 선교사업 방향 잡는 데 중대한 문제입네다. 약소국이나 식민지에서 우리 선교사업 매우 곤란합네다. 고충 많습네다. 우리도 독립전쟁 겪었고 남북전쟁 상처 아직 남아 있습네다. 나라 잃은 백성들 슬픔 우리 충분히 이해합네다. 그러나 우리 미국에서도 선교는 개인의 영혼을 그리스도로 이끄는 일이며 그리스도의 진실 알게 되고 복종하면 사회개혁 저절로 되는 거라 해왔습네다. 그렇다면 사회개혁 무관심했다 할 수 없습네다. 그리고 지금은 그 생각 한층 발전했습네다. 사회가 자꾸 달라져가고 있기 때문입네다. 개인 영혼 회개시키는 일하고 함께 핍박받고 가난한 사람을 위해 옳지 못한 법률 고치는 데 참여하는 일, 부르짖는 성직자들 소리 있습네다. 그러나 이곳은 내 나라가 아닙네다. 우리는 손님입네다. 이해하고 동정할 뿐입네다. 우리 기독교 큰 조직 모두 조선사람이며 일하는 사람 모두 조선사람입네다. 외국인 몇 명 안 됩네다. 교육사업, 의료사업 이상 우리 하지 못합네다. 선교밖에는 아무 일 안 한다는 본시 취지에서 본다면 그거 발전입네다. 선교밖에는 아무 일도 안 한다, 특히 남의 나라서 그럴 만한 이유 있습네다. 선교사들 정치 관여하여 핍박 받았습네다. 또 약소국 침략하는 데 앞잡이 죄 저질렀습네다. 그런 일 때문에 선교는 개인 영혼을 그리스도로 이끄는 일만 해야 하느냐, 사회에까지 참여하느냐 매우 어렵습네다. 내 개인으로는 참으로 돕고 싶은 심정 간절합네다다마는."

"선생님, 제 말씀 들어보세요."

여옥이 입을 열었다. 심각해진 그의 얼굴은 지적으로 빛났다.

"저는 독립운동가가 아닌 전도사업에 종사하는 사람입니다. 더군다나 선각자 지식인들과는 동떨어진 산간벽촌을 찾아다니며 일을 하는 처지입니다. 저는 저 나름대로 복음전도에 있어서 어떤 방법이 효과가 있는가 많이 생각해보았고, 또

체험에서 얻어진 것도 많습니다. 한마디로 말씀드리자면 애국사상과 복음을 함께 전해야 한다는 것입니다. 산간벽촌에 있어서 기독교란 아주 생소하고 서양사람 종교라는 의식이 강합니다. 그리고 미신적으로 믿어지는 불교며 무당들, 점쟁이를 통한 귀신신앙도 뿌리 깊은 것입니다. 유교에서 오는 조상숭배도 그렇고요. 그러나 아무리 몽매무지한 사람에게도 내 나라를 잃었다, 내 나라를 찾아야 한다는 말은 대단한 호소력을 가지는 것입니다. 설령 그들이 아무것도 행할 수 없는 무력한 존재일지라도 심정적으로 불이 붙는 것입니다. 그래서 저는 우리 조선에 있어서 독립사상과 기독교 정신이 일치해야 한다는 것을 깨달았습니다. 순수한 전도정신만 가지고는 안 된다는 것입니다. 물론 선각자들이 기독교를 받아들였고 그 선각자들은 모두 애국자, 우국지사들이었습니다. 깨우치지 않아도 이미 깨달은 사람이며, 학생들 역시 그러합니다. 그러나 그 수는 우리 민족 전체를 두고 볼 때 매우 적습니다. 저의 생각으론 보다 확실하게 두 가지를 합쳐서 밀고 나가야 구석까지 스며들 수 있고 공고해질 것이며 헐벗고 굶주린 백성, 그리고 보살필 주권과 나라를 잃은 백성들을 구제하고 깨우치며 나라 사랑을 불어넣는 것이 곧 주를 향한 합당한 우리의 봉사라고 저는 생각합니다. 어찌 나라를 저버린 자가 반역자 아닐 것이며, 반역자가 어떻게 지순한 신앙을 가질 수 있겠습니까."

"여옥이 매우 영리해졌습네다."

"선생님 설득하려는 것 아닙니다. 저는 진실로 그리 생각하니까요. 양근환의 폭력은 지순한 것입니다. 민원식의 죽음은 우리 민족이 살아남아 무궁하게 주를 경배하기 위하여 마땅한 일이구요. 그러한 무리 때문에 우리 민족이 곤욕을 겪어야 하며, 남부여대, 고향을 등지고 떠나야 하는 슬픔을 생각할 때 주의 이름으로 그런 악의 뿌리는 잘라야 한다고 생각합니다."

"명희는 의견 없습네까?"

"의견을 말할 자격도 없지만 여옥이 말이 옳다는 생각입니다."

"폭력적 수단 말입네까?"

"어쨌든, 친일파 아닌 조선사람은 모두,"

미스 헤이워드는 창밖으로 눈을 돌렸다.

"저는 아까 여옥이하고는 전혀 다른 뜻에서 신앙문제를 생각해보았습니다. 저의 개인에 관한 신앙문제를,"

"어떻게?"

하며 여옥이 물었다.

"전혀 내 자신에 관한 얘기야."

"말해봐."

"음…… 수녀 생각을 했어. 그런 굴레를 써야만 신앙이 순수해질 거라는……."

여옥이보다 미스 헤이워드가 먼저 말뜻을 알아차린 듯 빙그레 웃는다.

"우리 주변은, 내가 아는 우리 주변 신자들의 믿음이 독실한 것은 알지만, 그렇지만 장사하는 사람은 장사하는 처지에서, 모두 제각기 처지에서 종교와 접근하는 게 아닐까 하구, 물론 외국인의 경우를 잘 모르지만 그들에게는 무의식 속에 예수가 늘 계시지만 우리들에게는 의식을 해야만 예수를 느낄 수 있다, 그런 얘길까? 그리고 과연 영혼의 구제를 어느 정도 희구하는지 모르겠다는 생각도 들구⋯⋯."

두 사람은 말이 없었고 명희는 더듬더듬 말을 계속한다.

"하나님을 사랑하기보다 무서워하게 되고, 무서워하다 보면 떠나게 될 거 아니에요? 그런가 하면 형식적으로 되어버리기도 하는 것 아닐까요? 영혼이 존중되지 않는 합리적 사고방식은 오히려 메마르게 될 것 같아요. 그리고 또 예수를 생각하는 마음은 서양과 같지 않으면서 그 밖의 것만 따라간다는 것은⋯⋯. 전에 생각한 일입니다만 적선이라는 말과 자선이라는 말인데요, 적선이라는 말은 참 공리적인 것 같아요. 해서 안심도 되는 말인데, 자선이라 한다면 뭔지 마음의 진실을 추구하고 채찍하는 것 같거든요. 한데 진실을 추구하고 또⋯⋯ 또 채찍질하는 느낌을 못 가질 때는 적선이라는 말보다 못할 듯도 싶구요. 결국 밀착이 돼야 하는데."

"세상에, 주눅 든 사람같이 왜 저 모양이야?"

여옥이 핀잔 주듯 했으나 명희의 말뜻은 알았던 것 같다.

"선생님, 명희 말예요, 학교 땐 꽤 똑똑했잖아요? 귀족한 테 시집가더니 바보가 됐나 부지요? 아니 말더듬이가 됐나 봐요."

세 사람은 깔깔 웃는다.

"두 사람이 한 얘기 모두 중요했습네다. 여옥이는 복음전도 하는 면에서, 명희는 신앙문제, 이런 대화 앞으로 가끔 가졌으면 좋겠습네다."

"선생님, 선생님은 말씀 안 하셨습니다."

여옥이 항의하듯 말했다.

"저의 질문에 대하여 답변 안 하셨습니다. 지난날 성도(聖徒)들은 싸우지 않았습니까? 싸웠습니다. 종교를 위하여, 정의를 위하여."

"독립 위한 폭력적 수단이 기독교 정신에 위배되는가 아니 되는가 그 말입네까?"

"네."

"나는 지난날 성도들의 행적을 옳다 그르다 아니할 것이오. 내게는 오직 예수 한 분이 가장 옳았습네다. 그리고 나는 내가 옳다 생각한 일 하겠습네다. 만일 내가 당신네 나라 사람이라면 양근환이 옳다 할 것이오, 기독교 정신에 위배된다 아니하겠습네다."

"……."

"예수께서 불법이 성하므로 많은 사람의 사랑이 식어지리라, 그러나 끝까지 견디는 자는 구원을 얻으리라, 이 천국 복음이 모든 민족에게 증거 되기 위하여 온 세상에 전파되리라, 그렇게 말씀하시었습네다."

미스 헤이워드는 깍지 끼고 눈을 감으며 말했다.

〈11권으로 이어집니다〉

어휘 풀이

가하라고지키[河原乞食]: 에도 시대에, 광대·연극배우 등을 낮잡아 부르던 말.

기드는고나: 어이없구나.

까끄럽다: 깔끄럽다. 매끄럽지 못하고 까칠까칠하다.

나배다: 되풀이하여 이야기하다.

돈뱌쿠쇼[土百姓]: 농사꾼을 경멸하여 부르는 말.

몊다바라: 여봐란듯이. 우쭐대고 자랑하듯이.

번펵스럽다: 번폐스럽다. 보기에 번거롭고 폐가 되는 데가 있다.

뱃핀[別嬪]: 미인.

불두둑: 불두덩. 남녀의 생식기 언저리에 있는 불룩한 부분.

소동(小童): 남의 집에서 심부름을 하는 어린아이. 여기에서는 혼례 때 초행(醮

512

行)을 따라가는 어린아이를 뜻함.

송충이같이 고개를 흔들어대다: 어떤 상황이 무척 꺼려질 때 쓰는 말.

신겐부쿠로[信玄袋]: 헝겊으로 만들어 아가리를 끈으로 묶도록 되어 있으며 단단한 종이로 바닥을 댄 휴대용 큰 자루.

실이 노가 되다: 실이 노끈이 되다. 즉, 오랜 기간 동안 반복하다. 늑실이 노이 되다

아카보[赤帽]: 적모. 일제강점기에, 정거장에서 짐을 날라 주던 짐꾼. 붉은 모자를 쓰고 있는 데에서 유래한 말.

악대값: 나쁜 짓을 한 대가로 물리게 하는 벌금.

어항 속의 붕어 물 먹는 꼴: 좁은 공간에 갇혀 만족하며 지내는 사람을 빗대는 말.

오복겹이 조우다: 심히 조르다. 늑오복같이 쪼우다

오야카타[親方]: 우두머리. 공사판 인부들의 감독.

와카조[若造]: 젊은이. 애송이.

웃쌀: 윕쌀. 솥 밑에 잡곡을 깔고 그 위에 조금 얹어 안치는 쌀.

이문가문: 정신이나 호흡이 오락가락하는 모양.

제밋대: 상앗대. 배질을 할 때 쓰는 긴 막대. 배를 댈 때나 띄울 때, 또는 물이 얕은 곳에서 배를 밀어 나갈 때 쓴다.

쿠소[糞]: 똥. 대변.

퉁방울: 퉁바리. 퉁명스러운 판잔.

하라마키[腹巻]: 배가 냉해지는 것을 막기 위해서 배에 두르는 천이나 털실로 뜬 것.

헤이조오쿠리[平壤お栗]: 평양 밤[栗].

헤코오비[兵児帯]: 어린이 또는 남자가 한쪽으로 매는 허리띠.

훈도시[犢鼻褌]: 남성의 국부를 가리기 위한 폭이 좁고 긴 천.

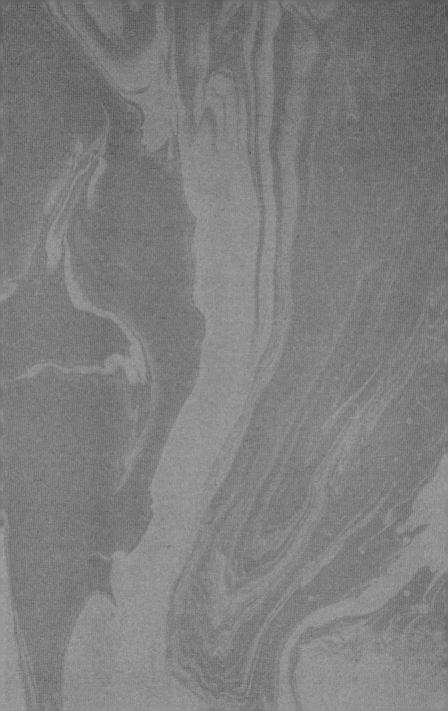

토지 10

3부 2권

초판 1쇄 인쇄 2023년 5월 5일
초판 1쇄 발행 2023년 6월 7일

지은이 박경리
펴낸이 김선식

경영총괄이사 김은영
콘텐츠사업2본부장 박현미
편집 임경섭, 한나래, 임고운, 임소정 **디자인** 정명희 **책임마케터** 박태준
콘텐츠사업6팀장 임경섭 **콘텐츠사업6팀** 한나래, 임고운, 임소정, 정명희
편집관리팀 조세현, 백설희 **저작권팀** 한승빈, 이슬
마케팅본부장 권장규 **마케팅4팀** 박태준, 문서희
미디어홍보본부장 정명찬 **브랜드관리팀** 안지혜, 오수미, 문윤정, 이예주
크리에이티브팀 임유나, 박지수, 변승주, 김화정 **뉴미디어팀** 김민정, 이지은, 홍수경, 서가을
지식교양팀 이수인, 염아라, 김혜원, 석찬미, 백지은 **영상디자인파트** 송현석, 박장미, 김은지, 이소영
재무관리팀 하미선, 윤이경, 김재경, 안혜선, 이보람 **인사총무팀** 강미숙, 김혜진, 지석배, 박예찬, 황종원
제작관리팀 이소현, 최완규, 이지우, 김소영, 김진경, 양지환
물류관리팀 김형기, 김선진, 한유현, 전태환, 전태연, 양문현, 최창우
외부스태프 교정 김태형

펴낸곳 다산북스 **출판등록** 2005년 12월 23일 제313-2005-00277호
주소 경기도 파주시 회동길 490
전화 02-704-1724 **팩스** 02-703-2219
이메일 dasanbooks@dasanbooks.com
홈페이지 www.dasan.group **블로그** blog.naver.com/dasan_books
용지 아이피피 **인쇄** 한영문화사 **코팅 및 후가공** 평창피엔지 **제본** 국일문화사

ISBN 979-11-306-9956-1 (04810)
ISBN 979-11-306-9945-5 (세트)